夏甲乙 Xia Jia Yi

著

芳华处处 上

台海出版社

图书在版编目（CIP）数据

芳华处处：全2册／夏甲乙著.—北京：台海出版社，2018.10

ISBN 978-7-5168-2115-2

Ⅰ.①芳… Ⅱ.①夏… Ⅲ.①长篇小说-中国-当代 Ⅳ.①I247.5

中国版本图书馆CIP数据核字(2018)第213648号

芳华处处：全2册

著　　者：夏甲乙	
责任编辑：王　艳　曹文静	装帧设计：天下书装
版式设计：天下书装	责任印制：蔡　旭

出版发行：台海出版社
地　　址：北京市东城区景山东街20号　邮政编码：100009
电　　话：010-64041652（发行，邮购）
传　　真：010-84045799（总编室）
网　　址：www.taimeng.org.cn/thcbs/default.htm
E－mail：thcbs@126.com

经　　销：全国各地新华书店
印　　刷：三河市人民印务有限公司
本书如有破损、缺页、装订错误，请与本社联系调换

开　　本：880mm×1230mm　　1/32
字　　数：350千字　　　　印　　张：14.5
版　　次：2019年1月第1版　印　　次：2019年1月第1次印刷
书　　号：ISBN 978-7-5168-2115-2

定　　价：80.00元（全2册）

版权所有　翻印必究

目 录
CONTENTS

楔　子 >> 001
第一章　　第一次绿皮车的长途旅行 >> 002
第二章　　和北京蓝的一场约会 >> 007
第三章　　开学第一堂课和第一支舞曲 >> 014
第四章　　流鼻血的初秋 >> 019
第五章　　春潮涌动的小组会 >> 024
第六章　　二道贩子舍友 >> 034
第七章　　裸奔的"凉鞋" >> 040
第八章　　黑板报接班人 >> 046
第九章　　提词器的妙用 >> 051
第十章　　大刀向鬼子头上砍去 >> 056
第十一章　柔软冰凉的小手 >> 064
第十二章　初次归旅 >> 073
第十三章　回家团聚 >> 079

第十四章　李婳的来信	>> 086
第十五章　土特产品尝会	>> 092
第十六章　十五的月亮十六圆	>> 101
第十七章　自行车的季节	>> 109
第十八章　圆明园的夜	>> 123
第十九章　打击乐演奏会与教改风潮	>> 137
第二十章　骑行密云	>> 146
第二十一章　李老师发飙	>> 152
第二十二章　李清照的妹妹李清瘦	>> 156
第二十三章　照妖镜和登泰山	>> 164
第二十四章　泰顶迷雾和海上暴风雨	>> 174
第二十五章　易水寒还是不寒	>> 185
第二十六章　童话的开始	>> 193
第二十七章　放大机的红光	>> 200
第二十八章　字里行间的滚滚肉香	>> 208
第二十九章　诗人的天空	>> 216

楔 子

夏天依然清晰地记得19年前最后一次见李婳时的情形：在某国家级大报的游行队伍中，李婳和陈斯凡并肩走来，嘴里喊着口号，脸上表情却似笑非笑。作为在事件现场围观多日的闲杂群众，夏天习惯性地在马路边为走过的游行队伍大声喝彩，见到他们两个，虽然有些意外，但仍然使劲儿地鼓了掌。掌声显然也吸引了李婳和陈斯凡的注意，陈斯凡很有风度地对夏天微微颔首，李婳却仿佛看到他们游行示威要声讨的对象似的，脸上泛起了愠色，并在经过夏天时把头故意别了过去。

这是夏天19年前最后一次见李婳，也是他们毕业分别一年后的一次不期而遇，在那样一个波澜壮阔的大场面中。

李婳和夏天是北京那所著名的新闻学院的同班同学，也曾经是一对恋人。此时，他们在人山人海中相会，却如路人般渐行渐远，一别就是19年。

19年后国庆节前的一天，夏天约好和班里在京的几个同学商量筹备毕业20周年的庆祝活动，陈斯凡也来了，一见面，他就眨巴着亮晶晶的小眼睛说："李婳要来！"

第一章
第一次绿皮车的长途旅行

夏天知道，他真正的人生，其实是在北京展开的……

和夏天相约同一天出发的，是考取燕大世界经济系的王飞鸣。他那早熟的眼神和擦得锃亮的皮鞋至今让夏天记忆犹新，王飞鸣仿佛早已洞悉，这趟通往北京的绿皮火车，对他来说，正奔向一条前途无量金碧辉煌的康庄大道。王飞鸣毕业后去了深圳，和一位很厉害的大叔一起，成为第一批国企股份制改造工程的操盘手。

火车喷吐着煤烟，拖着长长的汽笛声缓缓启动。夏山水看着在车厢里向他挥手告别的夏天，一向犀利的目光似乎也蒙上了一层雾气。夏天的头发浓密而微卷，嘴唇周围已长了一圈微黑的茸毛，身材精瘦但肌肉结实，眼神肆无忌惮地清亮。夏天冲夏山水和妹妹夏雨咧开嘴，没心没肺地笑着，露出一口整齐闪亮的牙齿，仿佛一只刚刚成年但又躁动多时，即将独自进入山林觅食的猎豹，自信而且一往无前。

南昌到北京的列车，途经湖南、湖北、河南、河北，全程一千八百多公里，历时三十六个小时。夏天和王飞鸣买的是硬座学生票。

对所有人来说，这都是一段拥挤而漫长的旅途。那时候，南昌到北京每天，只有这么一趟列车。开学时，大学生凭学生证买票还是有保证的，但一般旅客买不到坐票就只能买站票了。于是过道儿中，车厢连接处，座位底下，到处都是人。人们亲密无间地挤靠着，随着车厢摇晃着，大部分时间昏睡着，一路向北。

夏天对这种拥挤毫不在意，他坐的是靠窗的座位。沿途次第变化的风景和植被，一个个停靠的站台和站台上售卖的各种风味小吃，让他兴味盎然，仿佛这个世界的面貌正向他一点一点展开，他记住了长沙臭豆腐、孝感麻糖、道口烧鸡……

但他没舍得花一分钱。他贴身的内衣兜里，用别针别着八张十块面值的人民币和五十斤全国粮票，那将是他一个学期的花销，也是他长这么大以来拥有的最大的一笔财富。渴了，他就喝军用水壶中灌的白开水，饿了，饭盒里有母亲准备的茶叶蛋和炒粉。网兜里大婶送的苹果和方便面是准备车行至第二天再吃的。在那个时代，刚刚出现的方便面对夏天来说，是珍贵而奢侈的。

当然，夏天的行囊中还有几件值得骄傲的时髦东西，一件军绿上衣，一个军用挎包，一个军用水壶，还有一件重量级的军大衣，都是三叔从部队转业带回来压箱子底没舍得用送给他的。

王飞鸣一路上也是兴致勃勃的样子，他的那双锃亮的尖头皮鞋几乎踏遍了每一节车厢，而且屡屡有所斩获。正是开学季，车上很多都是北京各高校的学生，王飞鸣和若干师兄师姐没过多久就在一起谈笑风生了……

中间夏天发现有小半天儿都没看到王飞鸣的身影，借着上厕所的工夫，费劲儿地挤到隔壁车厢，发现他站在一个长发女孩的座位前，正手舞足蹈地海聊着。这拥挤不堪的车厢，仿佛变成了一座庄严的礼堂，车厢里挤叠在一起的人群，仿佛是他虔诚的听众。只是他对面的对象,却是一脸不置可否的表情。这让王飞鸣似乎有些气馁,这是向来所向披靡的王飞鸣很少遇到的状况,看到夏天,他挤挤眼睛,示意夏天过来助阵。

夏天挤到他们旁边,王飞鸣向夏天介绍说:"我替你找到了一个校友,也是今年上学。"

"哦,是吗?"夏天没心没肺地咧开一嘴白牙冲这女孩点点头。

女孩看到夏天,站起身来,大方地伸出手:"张倩,财政系的。"

"夏天,新闻系的。"夏天被动地握了一下张倩的手,自觉跟女生握手有些怪怪的。高挑的个头儿、细长的眼睛、白皙的皮肤,像个大户人家的孩子,这是张倩给夏天的第一印象。

王飞鸣借势而上,主动邀请张倩道:"碰到校友,又是老乡,上我们车厢坐会儿吧!"张倩看了看王飞鸣,又看了一眼夏天,点头答应了。

王飞鸣喜滋滋地把张倩引到夏天和他坐的卡座,并迅速说服同一卡座的一个人跟张倩换了座位。

夏天对王飞鸣的沟通能力和行动力的景仰之情简直如滔滔江水,也看出了王飞鸣对张倩的浓厚兴趣。于是,自然而然地让王飞鸣承担了照顾女同学和女老乡的重任,自己只是有一搭没一搭地哼哈着,并不主动挑起话题。

一路上,王飞鸣再也没有离开自己的座位,除了上厕所。

在一次王飞鸣上厕所的间隙,张倩眯着一只眼睛用审视的目光看了看夏天,然后问道:"你这位新闻系的同学怎么这么内向?将来怎么适应新闻工作啊?"

夏天嘿嘿一笑:"这位财政系的同学看我怎么像审查账本似的?不过我接受你的监督,有机会一定好好改。"

张倩扑哧一乐，嗔道："是得改！"

车行至第二天中午，车厢里响起叫卖盒饭的声音，夏天才发觉自己有些饥肠辘辘，从家里带来的熟食已吃得差不多了，夏天准备泡一盒方便面充饥，因为车上的盒饭居然要两块钱一份，实在舍不得。还没待夏天起身拿方便面，张倩就叫住了送餐的服务员，迅速掏出十块钱，要了三份盒饭，并义正词严地对夏天和王飞鸣说："我请客，你们谁客气我跟谁急！"

推辞不了，夏天和王飞鸣只好接受。这是夏天第一次被女生请客，感觉怪怪的，但夏天想，既来之，则吃之，也便甩开了自己的腮帮子跟盒饭战斗。

看着夏天迅速消灭一盒饭菜，张倩面露微笑。

在后来张倩离开座位上厕所的时候，王飞鸣神秘兮兮地告诉夏天，张倩她爸是经商的，家里经济条件好，吃她的盒饭不要有什么心理负担。

夏天一乐，道："原来是这样！要不晚上再吃她一顿？"

晚上自然不好意思再让张倩破费，但又实在不舍得回请盒饭，夏天于是早早地就拿出方便面泡上，并要分一袋给张倩，张倩善解人意地举起一个大苹果道："我不爱吃方便面，晚上我爱吃这个。"

列车经过三十六个小时的行驶，终于驶进了高碑店站，这是离北京最近的一个停靠站。

终于要到北京了，大家的心情莫名激动。高碑店破旧简陋的站台，妨碍不了夏天对伟大祖国首都的无限遐想。传说中的天安门、人民大会堂、长安街、故宫，这些共和国的心脏地带，就在离北京站不远的地方，而如今，到达祖国心脏只有最后半小时车程。

夏天忍不住向车窗外探头瞭望，列车喷吐的煤烟和蒸汽弥漫了站台，卷裹着北方九月夜晚的秋凉，这就是北京的气息吗？夏天打了一个喷嚏，不经意间挖了一下自己的鼻孔，发现手指上沾了一圈黑烟，再看看王飞鸣和张倩，发现他们眉目和脸颊间也是一层黑气，夏天指着他们哈哈大笑，示意他们用纸擦擦。

黑黑的纸巾显示了擦脸的成果，他们发现车厢里的大部分人都是面目微黑如画，烧煤的蒸汽机车对大家都是公平的，真所谓：三千里路云和月，风满怀，尘满面……

趁着列车停靠，夏天他们抓紧时间洗脸、梳头、整理衣物，他们一定要以一个整洁的形象和精神面貌来到首都和首都人民见面。

但列车在高碑店站的停靠时间，却远远超过大家的想象，半小时过去了，一个小时过去了……夜色越来越深，站台的灯光仿佛也变得越来越昏暗。终于，在两个半小时后，列车才重新启动，奔向这辆绿皮车的终点，北京站！

列车员解释了停靠这么久的原因，是因为进京的火车要排队。

第二章
和北京蓝的一场约会

列车到达北京站的时候，已是子夜时分。拖着行李到出站口，发现站口人已经不多了，但各学校欢迎新同学的条幅还在，找到学校的欢迎条幅，就能找到接站的人。

夏天、张倩和王飞鸣别过后，找到了自己学校的接待人员，负责接待的人说，这是今天最后一趟车，就等你们几个了。他们把夏天等几个人领上了一辆学校包的公共汽车，长长的车厢里就几个人，显得空荡荡的，夏天喜滋滋地对张倩说，咱们是专车待遇。

汽车出北京站，直接就上了长安街。深夜的长安街安静肃穆，大部分街灯都熄灭了，公共汽车马达轰鸣着，声音孤单而又急切，一路飞驰，长安街沿线的建筑，在夜色中显得神秘而庄重，而长安街街道的宽阔，也让夏天肃然起敬。唯一让夏天意外的，是天安门没有想象中那么高大，但看到城楼上悬挂的毛主席画像，夏天心里还是一阵激动……

一路向西，经木樨地路口汽车向北拐，忽然道路就变窄了，道路两旁高大的白杨树，把整条向北的路围成了林荫路，顺着这条林荫路，汽车驶进了校园。

夏天至今依然深深地怀念着这条林荫路，在四年的大学生活中，夏天无数次在这条路上走过，无论是踽踽独行，还是牵手相伴，这条路承载着夏天几乎所有初恋的记忆。这是一条充满温馨和灵性的道路，沿路是各所高校的大门，这条林荫路把各所高校串联起来，仿佛是海淀高校区的绿色动脉，整个高校区都因为这条路显得安静而灵动。可惜这条路现在已经面目全非，道路两旁的白杨树被砍伐殆尽，代之而起的是那些毫无特色不伦不类的现代建筑，显得粗糙而功利。

下车后，夏天和张倩就被各自系里的人接走了，甚至都没来得及道别。

新闻系负责接新生的人把夏天直接领到学校安排的宿舍学二楼225房间。

夏天在来之前其实曾无数次设想见到新同学的情形，但开门后夏天见到的第一张面孔还是让夏天暗暗吃惊，这明显是一张成熟的脸。这人自我介绍说是老郑，而进门后从蚊帐中探出来打招呼的几个脑袋中除了一张娃娃脸，其余给人的印象也明显是成熟有礼，目光从容，甚至有些居高临下的感觉。夏天心中有些忐忑，看样子同学们都很强啊！

因为已是深夜，夏天也不好意思多聊，在自己的床上铺上一条草席，再从行李中揪出一条毛巾被，也许因为旅途太疲倦的缘故，夏天躺下没多久就呼呼入睡了，一觉睡到大天亮。

都起床后，夏天才慢慢搞清状况，原来这是一间新闻系的混合宿舍。学校每间宿舍住八个人，每个班整八人以外的被安排到混合宿舍，225房间有三个大四的，两个大三的，另外三个就是夏天这个新生班的人。那个娃娃脸是夏天的同班同学方超，其余都是老大哥,方超介绍说,宿舍还有一个同班的北京同学没有露面。

虽然当时有脱离大部队的感觉,但夏天至今依然感激当时学校的这种安排,宿舍的老大哥让夏天迅速明白了大学生活应该如何开始,他们经历过的许多事都是夏天即将经历的,有高年级同学的指点,夏天可以提前做准备,并根据自己的情况进行调整。后来这些师兄毕业后,宿舍又不断有低年级同学进来,夏天他们也很好地起到了传帮带的作用。在大学四年级,他们甚至跟法律系的同学住在一起,和法律系同学也是互通有无,互帮互学,并在毕业后有机会经常开展跨界合作。

到校后的第一天中午,四年级的阿贵领着夏天和方超到学校食堂吃了第一顿饭,并慷慨地拿出自己的饭票帮夏天和方超垫付。夏天对学校食堂非常满意,上下两层四个餐厅,窗明几净,菜品丰富,菜量不小,关键是大米饭敞开供应,这让来之前所谓北京高校吃不到大米饭的谣言不攻自破,也让夏天心里非常踏实,相信自己很快能适应北方学校的伙食。方超只比夏天早到两个小时,也没来得及换饭票,吃完中午饭后,阿贵又为夏天和方超指点了可以换饭票的学校总务处以及杂货铺、澡堂子等生活服务部门的所在,让夏天和方超感到非常贴心温暖,有一种在异乡迅速找到组织的感觉。

夏天在总务处换了十五块钱饭菜票,这是夏天长这么大花的最大一笔钱,家里给夏天的预算是每月二十元,十五元吃饭,五元零花钱及学杂费用。后来夏天才知道,在班里许多从农村来的同学眼里,每月二十元预算,无疑是一笔巨款。

夏天和方超结伴买完一些生活必需品后,在宿舍水房里痛痛快快地洗了一个凉水澡,然后一起敲开了班里另外三个男生宿舍的门,和男同学开始互相认识。

夏天对班里男生的普遍印象是衣着朴素，身材瘦削，但脸上大都透着一股自信的劲儿。只有几个北京的男生看起来比较营养，神态也显得从容一些。夏天暗自猜想，这些人大都是高分考生甚至是各地状元，估计都有"两把刷子"，这样一群硬茬儿聚在一起，也不知道会擦出什么样的火花？

刚刚见面，大家其实很难有深入了解，但这些同学从全国各地奔赴北京，其路途的辗转、条件的艰苦，让夏天印象深刻。

来自广东韶关山区的阿祥居然只带着一床草席和一个军挎就来了，军挎里除了一个日记本、一支笔，就只有两件衣服。夏天和方超进他们宿舍217的时候，这位老兄就坐在上铺的床头用笔在日记本上写着什么。大家很快知道，他除了一床草席和一个军挎，身上仅有五元钱，还是家里亲朋好友临行前凑的，他是班主任老师第一个安排申请紧急助学金的同学，学校后来还帮他添置了被褥和冬衣。当然，现在的阿祥今非昔比，就是靠着一支笔、一本日记，阿祥已成为广东某权威新闻机构的一位领导。

来自内蒙古某县某乡得令不浪村的阿峰，在来京的路上就用了三天时间，先骑马到乡里，坐拖拉机进县城，再从县城坐长途车到呼市，再从呼市坐火车到北京。行囊中最值钱的就是腰间用麻绳系着的一件羊皮袄。羊皮袄的夹缝里，塞着仅有的十块钱和二十斤全国粮票。钱没舍得花，一路用粮票换馒头啃着到了北京。

还有来自大巴山区的老廉，除了飞机，动用了当时几乎所有的交通工具。先步行，再坐拖拉机，再坐船，再坐汽车，最后坐两天两夜的火车才到的北京。老廉后来忆苦思甜，说交通条件的改善，充分说明了社会主义建设的日新月异，现在他要回家，从北京直飞两个小时到重庆，再一个小时高速路就可直达家门口。

当然，新疆的同学一路也很艰苦，光从乌鲁木齐坐火车到北京就要三天三夜，还都是硬座。夏天想到自己坐火车的三十六个小时，简直就是小巫见大巫。

夏天了解到，这个班有五十一个同学，一届只有这一个班，除了北京同学有十一人外，其余基本每个省一两个人，班里男生二十七个，女生二十四个，女生正好三个宿舍。

到校第一天，一个女生都没见着，因此，男生们对第二天即将召开的开学典礼还是有所期待。因为在开学典礼上，除了有老一辈无产阶级革命家给大家讲讲学校的光荣传统并为大家指引未来的方向外，还可以见到这个班级里的另外一半——女生同学。

开学典礼在学校的小操场举行，小操场离学校大门很近，周围被一圈高大的杨树林和低密的松树林环绕，靠近校门方向的杨树林后面还隔着一片柿子树林。当时学生出早操、上体育课、开大会主要在这个操场，可算是一个动静咸宜的地方。开学典礼早上九点开始，夏天和同学们各自拎着小马扎早早地在划定的区域坐等。

这个早晨是来自南方的夏天见过的最晴朗的早晨，初秋的北京如此明快的色彩让夏天甚至有一种眩晕的感觉。

各色彩旗在微风中时不时曼妙卷舞着，高大的白杨树如一杆杆粗壮的白色标枪挺举着一蓬蓬墨绿的华盖，那油油的墨绿在风和阳光的作用下不时闪闪发亮，如同洒下点点碎银。而透过树林，再抬头看天，是一片深湛的蓝，没有一丝云彩。

是的，没有一丝云彩，那是一种会把人整个身心都融化进去的蓝。

后来，有人问夏天为什么会选择留在北京，夏天回答说，就是因为当时的北京蓝，让人仿佛找到归宿的感觉，而他来到北京，也仿佛就是为了奔赴和北京蓝的一场约会。当然，众所周知，若干年后，北京蓝变成了北京霾……

这样一个早晨，一张张年轻的面庞在阳光下显得如此鲜活、生动，他们来自五湖四海，他们将在北京，从大学开始，一起展开真正的人生画卷。他们可能当时都没有意识到，他们，将是彼此青春的见证者！

开学典礼上，主要是学校的领导介绍学校的历史和光荣传统，强调了作为党办的最高学府学生的重要使命，教育部和国务院的主要领导也到会面对面地鼓励青年学子好好学习，做好将来接班管理国家的准备，并引用毛主席他老人家的话说："世界是你们的，也是我们的，但归根结底是你们的，你们就像早晨八九点钟的太阳……"

夏天和同学们心里一阵激动，作为那个时代为数不多的大学生，人群中的天之骄子，一种强烈的使命感油然而生。夏天深信，这个国家的未来在向他们展开，他们需要为这个即将展开的未来做好准备，他们需要迅速成长起来，迅速强大起来，撑起他们应该撑起的那片蓝天！

在开学典礼上，班里的男生女生终于互相见面了。若干年后，班里的男女同学互问第一印象，女生们的普遍回答是，男生又瘦又土，脸上还挂着稚气，基本没有长开。男生的普遍回答是，各种女神、各种矜持、各种高冷。

新闻系在当时是一个热门的专业，新闻系的女生考分高，气质佳，很快就成为学校新老男生甚至年轻教师关注的焦点。而且，一般情况下，北京高校录取的北京学生分数和外地学生比都相对偏低，但大热的新闻系却不一样，尤其是北京女生，个个是学霸，平均分高出外地学生平均分一截。面对这样一群女生，尤其是北京女生，一年级外地小男生难免会有些自惭形秽。

但夏天并不这样想，这时的夏天，有着一往无前的自信，有着征服世界的冲动，虽然还没想过要征服女生。夏天有着一种无知者无畏的劲头儿，热烈地相信自己的能力，相信自己总有一天会具有碾压一切的力量，相信时间一定是站在自己一边。因此夏天面对新老同学，包括女生，丝毫没有卑怯的感觉。

夏天可以说是用肆无忌惮的目光打量着刚刚认识的女生们，他当时心里其实稍稍有些失望，夏天认为班里的女生并不比中学同学颜值更高，但好在夏天这时对男女之事懵懂未开，并没有急着找对象的想法，所以面对新同学情绪依然高涨。

第三章
开学第一堂课和第一支舞曲

第一次班会是在开学典礼后的当天下午举行,可以说是开学第一堂课。

通过这堂课,夏天有了对全班同学的第一印象,有了对班主任老师的第一印象,也有了对未来的新闻事业的第一印象。

一张张青春飞扬、意气风发的面庞,一双双闪亮的眼睛透着自信、才气甚至骄傲,一群全国文科的高分考生聚在一起,会产生什么样的化学反应?会互相激发怎样的潜能?又或者会对彼此产生什么样的压力和竞争呢?甚至还会有什么样的爱恨情仇呢?夏天相信,在未来四年甚至更长的岁月中,这一切都会找到答案。夏天也相信,自己在这个集体中一定能找到自己的位置,找到自信,找到自己的好伙伴。

但第一次班会的主角显然是班主任。夏天至今仍然认为,大学里对自己影响最大的老师,就是班里的第一任班主任李固老师。

李固是一个三十出头的内蒙古汉子,身材敦实,戴一副黑色的玳瑁边眼镜,透过镜片,眼神犀利如刀,严肃说话的时候,一边嘴角会微微上扬,露出似笑非笑的表情,像嘲讽,又像顽皮。

作为新闻系的老师,李固曾在党的第一大报工作过,也在基层农村摸爬滚打过，浑身透着成熟和洞悉世故，眼神中有一种无形的威压。但他一开口说话，又迅速拉近了和学生们的距离。好像他随时可以变成一个和学生在一起胡吃海塞、吆五喝六的兄长。

李固在做完自我介绍后，向全班同学提了入学后的第一个课堂问题：大学四年，作为新闻系的学生，你们最需要学会的是什么？

没有同学尝试回答，夏天也在心里默默地问自己，需要学会的有太多了，可什么是最重要的呢？

李固老师没有尝试点名提问，而是很快给出了答案，只有两个字：沟通。想方设法和采访对象沟通，锻炼一切沟通的能力，掌握一切沟通的手段，用尽一切沟通的方法，表达出所有沟通的内容，挖掘并总结所有沟通的成果，把沟通做到极致，你就会成为一个合格的新闻系毕业生，将来就有机会成为一个伟大的新闻工作者。

李固老师的话让夏天耳目一新，仿佛在迷茫的大海上摸索时眼前忽然出现雪亮耀眼的灯塔，你只需向着灯塔前行。李固老师的身形在夏天眼里迅速变得伟岸起来，夏天对李固老师不由得心生景仰，也对李固老师后面说的话深信不疑。

李固老师的表达可谓深入浅出，他说，大学四年首先要锻炼的就是沟通的能力，锻炼沟通能力从哪儿开始呢？这就要求学生们要有一定的社交能力，学会在各种场合与各种人打交道。

李固老师的话对夏天这些新闻系一年级的新生来说极具震撼力，上大学，学新闻，仿佛忽然间就把他们和社会拉得如此之近，他们需要迅速变成社会人。

夏天内心深处感到一种需要急剧蜕变的躁动，就像少年时在雨后树林里从松软的小泥洞中挖出的蝉蛹，在地下蛰伏多年，一场暴雨过后，加速了拱出地面的进程，急于爬上树干，爬上树梢，在晨露未干的时候,迅速破蛹。在清晨的第一缕阳光中,让自己的身体和翅膀由嫩白变浅绿,变深绿,再到棕黑,直至黑得发亮,并且有机会有能力对着全世界聒噪。

大学第一堂课,在夏天的心目当中,就是一场成人礼,夏天朦胧而坚定地认为,自己需要变成另外一个人!而且,夏天也很憧憬自己变成另外一个人时的情形……

沟通从跳舞开始。

开学第一天晚上,系里就组织了迎新晚会,确切地说,是迎新舞会。

对夏天和他的同学来说,这也是开学很重要的一堂课。夏天感到,大学生活就这样呼啸着劈面而来,来不及任何准备,自己就融化其间,体会并享受着那种不可阻挡的自由和新奇感。

迎新舞会是在新闻系的活动室举行,除了新生,系里负责学生工作的老师和各年级的老生代表也参加了舞会。舞会开始前,李固老师先安排了大四的两位高年级学生给新生介绍大学几年来的心得体会。具体讲什么其实夏天已经印象模糊了,但两位师兄眉飞色舞、意气风发的神态,和那两张貌似成熟而长大的脸,让夏天记忆犹新。

跳交谊舞对夏天来说并不陌生,在家里,夏天的父亲夏山水就多次带着一家四口举办家庭舞会,三步、四步之类的交谊舞,夏天曾带着妹妹夏雨实践过好几次。舞曲一响,夏天跃跃欲试,在班里大部分同学都在扭捏、观望和各种羞涩的时候,夏天已经凭着自己的感觉邀请班里的一位女同学下了舞池。

这是夏天第一次和家人以外的异性跳舞,第一次牵住一位女生的手,第一次搂住女生的腰肢,第一次和女生如此近距离地相拥、旋转、前进、后退、交错,以及不时轻微地碰撞和摩擦。夏天觉得自己毫不怯场,挥洒自如,仿佛他这样跳舞已经很多年。夏天的印象当中，和这位女生的配合非常默契，他迅速沉浸在舞曲的旋律和舞步当中，完全忘我，甚至也忘了对方的存在。所以，一直以来，夏天始终想不起来和他跳人生第一支舞曲的女生到底是谁，夏天甚至怀疑那天自己是不是正好脸盲症发作。

夏天后来和李婳好上以后试探着问过李婳，第一次舞会上第一支舞曲是不是和她跳的？

李婳斜睨了他一眼说："你就是眼里没人，我才不会和你那样张狂的男生跳舞呢！"

"那你还跟我好？"夏天嘻嘻笑着反问道。

"我跟你好吗？我还要看你的表现！"李婳撇撇嘴，又狡黠地笑道，"我就是知道你是和谁跳的，也不会告诉你！"

李婳指责夏天眼里没人，不知道是指夏天记不住和自己共舞第一曲的女生，还是指夏天当时没发现李婳风姿绰约的存在。

舞会的气氛在夏天和几个北京同学的带动下渐渐地活跃起来，班里的大部分男生本来就不是怯场的人，加上很多女生也是落落大方，所以有的男生即使不大会跳，也勇敢地向女生发出邀请，以求教的姿态牵起了女生的手。

两个四年级的男生自然成了师弟师妹们共同的老师，在夏天看来，这两位师兄之所以愿意点拨男生，是为了以教学的方式更好更自然地和小师妹交流，还不会引起反感和警惕。这种虎口夺食的方式，是不是也算他们的沟通技巧呢？

随着舞会的进行，新闻系各年级的师兄师姐也陆续闻风而来，基本上男生就像到了成都，来了就不想走，以认老乡的名义专门挑模样身条都不错的小师妹下手。而女生环视一圈之后，大多会留下一个礼貌的微笑和远去的背影。只有几个仿佛极爱跳舞的高年级女生留了下来，但基本上也是跟高年级的男生一起跳。

夏天也许是刚跳了几曲之后，信心爆棚，也许是因为有要为本班同学争光，为全体男生报仇的促狭心理，挑了一个气质成熟婉约、身材窈窕的师姐发出邀请。师姐显然看出来了夏天这张陌生的面孔是个一年级菜鸟，表情先是有些愕然，后又有些饶有兴味。师姐款款站起身，把手交给夏天，侧着头笑看着夏天等待他的动作。

师姐的舞技显然在大学的这几年里浸染得炉火纯青，刚开始时夏天还带着师姐做了几个动作，到后来师姐仿佛进入自动程序，看似在配合夏天的指挥，实际上在她行云流水的动作中好像有一股无形的力量，带动着夏天配合她，夏天只是机灵地顺水推舟。在旁人看来，他们的舞蹈默契十足，但夏天心里清楚，师姐是不露痕迹地弥补了夏天跳舞动作的生疏和花样的单调。夏天记住了师姐的名字，江波。但夏天没想到的是，这个爱跳舞、会跳舞的师姐江波，后来成为北京著名的调查记者，那种专门揭秘大案工作，非常严肃严谨的调查记者。

夏天请师姐跳完舞下场后，在班里一些同学的眼中仿佛有英雄归来的感觉。连班主任李固老师也来到夏天身边，目光锐利地打量了一下夏天，拍了拍他的肩膀。夏天依然是咧开一嘴白牙，冲着李固老师傻乐了一声。

对夏天班里的同学来说，大学第一次舞会是在一种新鲜和慌乱的感觉中结束的。相信这个舞会对班里的很多同学都是第一次，青涩的起步，人生初始的旋转起舞，大学生活刚刚拉开的帷幕。迈出这一步之后，一切都停不下来，这是大家共同起步的人生舞台，无论将来大家是牵手、是相拥、是相互扶持，还是相争、相撞甚至大打出手，大家都会通过这个舞台的经验迈向一个更大的世界，并再次起舞，直到变得舞步蹒跚。

第四章
流鼻血的初秋

开学典礼过后,第一学期的大学生活正式开始了。

开学以后班里组织的第一次集体活动是去天安门广场。

在李固老师的带领下,全体同学分乘332路再倒大1路公共汽车到达广场,约好首先在人民英雄纪念碑附近集合。除了北京的同学,班里绝大部分同学都是第一次到天安门广场,因此,这次活动在大家的印象中,有很强的仪式感。

在同学心里,天安门广场是神圣的广场,是祖国的心脏,在这里,能清晰感受到祖国脉搏的跳动,而祖国的脉搏如何跳动,也仿佛和自己的命运和使命有着某种密不可分的联系。事实上,大学四年包括以后的一段时间里,天安门广场往往成为大家聚集的目的地和表达诉求的中心,伴随了大家思想的进化、成长和蜕变,就像它见证了这个共和国几十年来的风风雨雨一样。

若干年后,夏天翻出了这次活动中全班同学在天安门城楼前的合影,角度和取景与全国乃至全世界人民到这儿拍纪念照时几乎毫无二致,这是全班同学的第一张合照。虽然是黑白照片,依然可以看出天安门城楼上方云彩的仪态万方,依然可以想象出比云彩更远的天是如此深邃湛蓝。五十多位身形消瘦、表情模糊的年轻学子目视前方——其实是镜头，或站或蹲，好似经历长途跋涉后的一次集合，又似集合后的一次全新出发……

在天安门广场照完合影后，大家就近参观了中山公园，在中山公园的九龙壁前又照了若干照片。本来大家还想去毛主席纪念堂，但因为当天不开放，只得作罢，大家又按来时的线路返回学校。

这次集体游天安门广场后，李固老师给大家布置了作业，要求写游后感。很多同学的文章几乎用了同样的标题：我爱北京天安门。

来自山东的江驴儿在写到九龙壁的时候感慨：也许下次我们再来到中山公园的时候这些龙已经不在墙壁上了，我们要为中华崛起而读书，为中国龙的腾飞而努力奋斗。等到中国龙能破壁而出，腾飞于世界的时候，就是九龙壁都不存在了又如何呢？

来自内蒙古的阿峰在文章的结尾处写道：这次来到天安门广场，最大的遗憾是没有见到毛主席，这使我对毛主席的思念更加强烈。请毛主席放心，我一定会再来看您的！

李固老师在点评江驴儿的作文时道：即使中国龙腾飞了，九龙壁是否也可以保留一下？

在点评阿峰的作文时更是调侃道：想毛主席可以，不要让毛主席想你。

九月的北京，最是阳光灿烂，除了班级组织的活动，外地初来北京的同学，也利用周末的时间结伴出游。在外地同学心中，香山名气极大，几个人一拍即合，第一站便是爬鬼见愁。

出游也没什么好准备的，每个人背一个军用水壶，灌满凉白开，再在学校的小卖部买上一个义利面包或者干脆用饭盒打包早上食堂的馒头和腐乳装在军挎里就上路了。332路倒331路，车里虽然拥挤，但并不影响大家的兴致，一路高声阔聊，引旁人侧目也毫不在意。

和夏天一起爬香山的，有四川来的老廉、天津来的老马、夏天的同屋方超和夏天的老乡阿宝等人，除了老马，其他人都是南方人。俗话说，"京油子，卫嘴子"，老马的普通话讲得很溜儿，时不时故意穿插一些津门段子自己还不乐，再加上快瘦成一道闪电的身形和仿佛随时要掉下来的玳瑁眼镜，老马在大家眼里俨然就是马三立的亲戚。

阿宝和老马是同屋，看得出来，他对老马的普通话佩服得五体投地，一直在努力地学习北方话的咬字发音，尤其是想尽量让自己平板的舌头卷起来。在爬鬼见愁之前，先远远看到了碧云寺，阿宝很激动，大声提议道："我们四不四先上碧云市，再爬虽见愁！"老马立刻促狭地附和道："对对，先上碧云市，跟市长聊聊，再去鬼见愁。"本来大家并没太注意阿宝的南方口音，但听老马一学，都忍俊不禁。

夏天想起自己的普通话和阿宝比起来不过是五十步笑百步，心中暗暗下定决心一定要先过语言关。虽然半年后夏天回南昌跟人说起普通话时，当地人使劲儿夸夏天的口音一听就是北京来的，但夏天知道，自己的普通话永远都不可能赶上北方尤其是北京的同学。这一点，在夏天后来和李婳相处时也得到了验证。李婳经常毫不留情，耳提面命地纠正夏天的普通话，但夏天总是会不自觉地犯错误，尤其是说话比较快的时候。后来李婳放弃了，感叹道："L和N不分的口条，你就是一个南蛮子！"

夏天一行人到底是年轻体力好，不到半个小时，就从山脚爬上了香山山顶鬼见愁。来自四川的老廉吸了吸自己的鼻子，指点着鬼见愁周围的群山嬉笑道："原以为香山是多高的一座山,这在我们四川也就是一个小山包,我每天上学都比今天走的山路多。爬这山,我一点儿感觉都没有,除了鼻子有点儿干。"夏天深有同感,不觉得累,但鼻子却干得不行,嘴唇也干。而且,他忽然发现,自己流鼻血了,平生第一次。

夏天发现,到北京身体最先需要适应的,是秋天的干燥。

这一年的中秋来得格外早,九月二十四号,就是中秋节,开学以来各种各样的讲座、课程、活动把时间填得满满的,而各种新鲜的人和事也让夏天一直处于兴奋的状态,甚至都无暇想念家乡的亲人,除了刚到北京时给家里打过一个电话外,还没来得及整理思路写下第一封家书。而中秋节的到来,让夏天一下子安静了,对家人的思念之情,也如潮水般涌上心头,流诸笔端。

夏天写下了平生第一封信,也是第一封家书:

父亲、母亲,你们好!小雨妹妹好!

　　去京的列车徐徐开动了,亲人们在招手,在微笑,在流泪……别了,我可爱的故乡,别了,我故乡的亲人,别了,我十八年虽然不算平坦却温馨宁静的岁月。亲人们的身影在慢慢儿远,慢慢儿淡,亲人们的形象却越来越清晰。亲人们在招手,那是在送别远行的游子,也是在召唤游子的回归;父亲在微笑,那是男子汉的微笑,从父亲的微笑中,我看到了父爱的深沉,这是钢,这种钢会带给我迎接一切困难的勇气;母亲在流泪,虽然说过我临走您不会流泪,但还是流了,这是河,母爱的河是什么都挡不住的,即使在异乡,我也会时刻感受到河的温暖和抚慰……

目前我一切均好,学校的食堂很大,是新建的,可容纳几千人就餐,就是菜贵了些,每个都是三毛以上,但是能保证供应大米饭,只要我愿意,顿顿都可以吃大米饭。这儿比北京好多高校强多了,我听说有的高校常为了抢大米饭打架呢……

第一次离家过中秋,在同样的月光下,你们在干什么?是不是在边吃月饼,边默默念叨远方的游子?

请你们自己多保重,也请你们放心,我会很快适应新的气候,新的环境,我在北国的风雪中一定会锻炼得更成熟、更坚强!

班里也组织了中秋聚会,在教学楼的一间教室里。由于大家各怀思乡的心绪,加上北京的同学纷纷回家,聚会显得有点儿冷清,早早就散场了。但教室黑板上的四个彩色粉笔大字"月到中秋"让夏天印象深刻,夏天在中学一贯是主持出黑板报的,自诩自己的毛笔字和美术字颇有独到之处,但这几个字明显功力不凡,让夏天暗暗佩服。一打听,这几个字是来自山西的阿朗和来自新疆的女生程程的联袂之作,夏天又一次知道班里其实是卧虎藏龙。

第五章
春潮涌动的小组会

开学没多久,班主任李固老师就指定了班长、副班长,分别联络男生、女生。考虑到班级较大,为便于管理和组织,李固老师又把全班分成三个小组,刚入学时,很多活动都是以小组为单位展开。夏天被指定为第三小组组长,这是夏天从上小学以来当过的最小的官儿,但夏天非常高兴当这个小官儿,认为这是展示自己的一个好机会。

第三小组有夏天、方超、白乐东和老廉、老王、阿美、班长老凯宿舍的几个男生和一个完整的女生宿舍成员。小组刚成立时,男女生并不熟悉,互相基本对不上号。

第一次小组见面会是在女生宿舍召开的。

夏天作为小组长,第一次召集会议,还是非常注意给人留下的第一印象。会前他找了一块香皂,用凉水把头发认真搓洗了一遍,换上一件干净的衬衣,穿上了从家里带来的一双三接头皮鞋。穿之前给皮鞋打上油,擦得锃亮。

会前他还征求了男生的意见,每人出一块钱,在学校东门外332路公共汽车站前的国营食品店买了一些吃食,包括盐炒花生米、葵花籽、蒜肠、核桃、白梨、汽水等，凑的份子钱不够，夏天自己悄悄地把差额补上了。

夏天自认为还算体面地领着小组全体男生第一次敲开了女生宿舍的房门。

开门的是广州来的阿蓉，阿蓉梳着齐刘海，皮肤有着热带的黝黑，一双大眼睛灵动中似乎又有些羞涩。她上身一件绿色的对襟衬衣，下身是一条红色的灯笼裤，脚蹬一双红色的布鞋。

夏天历来认为红配绿很俗，但他到今天还是认为，这是他见过的红绿搭配中最和谐的一身打扮，所谓青春无敌，可以颠覆一切。

阿蓉用不太标准的普通话热情招呼着："欢迎，欢迎！请进，请进！"男生们立刻就有了外国元首在天安门广场接受首都各界群众欢迎的感觉，这也让阿蓉的形象在男生中变得亲切、温暖。

夏天注意到，女生们对男生的到来还是做了一番准备，地面一尘不染，桌子干干净净，女生的各种小零碎一概看不到。上铺的女生，把帐幔拉得严严实实的，很难窥到究竟。而下铺的女生，很细心地在床沿铺上了围单。在宿舍开会，因为凳子不够，大家只能坐到下铺的床上，有了围单，男生似乎增添了坐到女生床上的勇气，也使小组见面会在比较自然的氛围中举行。

男生们把带来的吃食饮料之类在桌子上铺开，女生也把自己的一些小零食贡献出来，桌面上立马有琳琅满目的感觉，整个宿舍很快就有了欢聚的气氛。

夏天作为小组长先挑起话题，让每个小组成员作自我介绍，主要讲一下自己的特长，以便大家加深了解。

大家互相看了一下，来自广州的阿蓉爽快的抢先发言，她用广普说道："我来自广州，大家可以叫我阿蓉。我们广州有很多的好吃的和好玩的，日后大家谁要是想要去广州玩，就找我当导游，保证让你们玩得尽兴。"

阿蓉的快人快语活跃了小组会的氛围，大家争相发言，很快几个人就介绍完了自己。

夏天看到大家的热情，于是，建议每人轮流出节目，大家各展其能，可以唱歌，也可以说笑话。

一说表演节目，陈若珊就落落大方地打了头炮，一曲《熊猫咪咪》唱得轻柔娇美：

> 竹子开花啰喂，
> 咪咪躺在妈妈的怀里数星星，
> 星星啊星星多美丽，
> 明天的早餐在哪里？

这首让人听起来既有母爱又有童趣的歌，夏天认为充分体现了陈若珊的天性。陈若珊自己唱完，自然而然就转换成主持人的角色，一个都不放过，要大家都必须表演节目。

轮到方超，方超刚开始虽略有腼腆，但很快就放开了，一曲《三月里的小雨》，让人仿佛看到一个英俊少年的心思在流淌。

> 三月里的小雨，淅沥沥沥沥沥，淅沥沥沥下个不停，
> 山谷里的小溪，哗啦啦啦啦啦，哗啦啦啦流不停，
> 小雨陪伴我，小溪听我诉，可知我满怀的寂寞……

方超嗓音清亮、深情，夏天不禁对方超又多了一层认识。

白乐东也很活跃，学了几个马三立的相声和北京话的绕口令，让外地同学尤其是南方同学充分了解了北京男孩的口条，并心生羡慕。

夏天自己唱了一首《莫斯科郊外的晚上》，这是他跟父亲夏山水学的，算是应景。这首歌夏天后来又唱了很多次，对夏天来说，自己的很多故事好像都跟这首歌有关系。

不愿唱歌或讲笑话的，陈若珊允许他们用自己的方言讲一段话，尤其欢迎讲骂人的话。于是，各种方言，尤其是骂人的方言，让大家深刻领会了毛主席他老人家的一段话："我们都来自五湖四海，为了一个共同的革命目标，走到一起来了。"

第一次小组会，很快拉近了大家的距离，甚至有了一种小组一家亲的感觉。

这次小组会，是全组男女同学第一次面对面较长时间的交流，小组的同学算是互相认全了。这也是夏天第一次和李姗交谈，李姗是这个小组的两个北京女生之一。第一次在一起开小组会，夏天对李姗并没有太多的印象，只是记住了她的苗条和衣着的朴素，看不出北京女孩的傲娇之气，听人说笑话时也显得大方随和，有时还会透露出小女生的天真好奇，但偶尔微蹙的眉角又让人产生清冷的距离感。

在这个小组中，大家还按年龄进行了排行，李姗老五，夏天老七。夏天后来跟李姗开玩笑说，他们在一起按打麻将的说法，叫"五七香"。

小组的第一次户外集体活动是打槐树籽儿。这也是一次全班性的活动，全班三个小组竞赛看哪个小组打的树籽儿最多。树籽儿打下后要分拣、晾干，然后统一寄送到西北的甘肃、宁夏，支援当地人民建设三北防护林。当时的北京，一到春天，风沙极大，建设三北防护林，既保护了西北当地的水土，也有利于北京减少风沙。同学们都认为打树籽儿是一件非常有意义的事情，摩拳擦掌准备大干一番，也比拼一下哪个小组最有实力。

学校东门的大路边，是一排排挺拔的白杨，而在北门外那条长长的巷道两侧，却是密密匝匝的槐树林。这些槐树和道路两旁的小院平房互相错落着、抵靠着，掩映出一番古城的风韵。此时槐树叶虽泛微黄，槐花瓣也略显枯瘦，但如豆角般一簇簇的槐树豆荚却绽着饱满的绿色挂在树枝上，沉甸甸地招摇着。

这些豆荚就是夏天他们的目标，他们需要用各种手段把它们敲打下来或者拽下来。学校配发的工具极其简陋，只有几根竹竿和几个蛇皮口袋，用竹竿打下槐树豆荚，再收进蛇皮口袋，大概就是所谓打树籽儿的标准操作流程。

夏天小组的人很快就发现，光用竹竿敲打树籽儿是一件耗力且效率极低的事。由于枝头的槐树豆荚并未干枯，竹竿掠过，豆荚摆舞几下之后又稳稳归位，下面挥竹竿的人使了大劲儿却着不上力，花好长时间也没打下多少。于是他们停下来研究策略，他们发现，只要手能够着，就能轻易把槐树豆荚摘下来，而手要够着豆荚，就必须上树或者上房。

夏天心里暗暗轻笑，自己拿手的事儿来了，小时候无数次抓知了、掏鸟窝、偷板栗练就的爬树本领终于有了用武之地。借着平房的院墙，迅速爬上槐树的高枝，专挑豆荚密集的地方下手，很快豆荚就落了一地，豆荚夹着槐花不时会砸在树下捡豆荚的女生头上，不断引起欢快的惊叫。同样来自南方的老廉心领神会，如法炮制，掉在地上的豆荚很快就堆得跟一座小山似的。沿院墙几棵槐树的豆荚被揪得差不多了，四个蛇皮口袋都装满了，小组任务也就算基本完成了。其他两个小组受夏天他们组启发，也纷纷有人上树，大大加快了任务进程。

夏天小组在竞赛中胜出，夏天等几个上树的男生被小组的女生们用崇拜的目光致敬着。让夏天意外的是，对男生一直略有距离感的李婳居然给自己和老廉递上了纸巾擦汗。

夏天看见李婳头上被他砸上的树叶和槐花瓣儿，忍俊不禁打趣道："哟，都成花姑娘了！"

李婳从夏天的目光中意识到了脑袋顶上的花瓣儿，羞颜一笑，又嗔道："你们这些野人，三天不打，上房揭瓦！"

夏天忽然觉得李婳身上那清冷的外壳儿似乎有些松动，多了几分亲切感。

班里的几个小组之间，还会举行一些体育项目的对抗比赛。为了让男女生都能参与，经常是混合编队，比拼团队实力，比赛的主要项目是乒乓球和排球。

乒乓球是多轮次混合双打，夏天、方超、老廉代表小组男生出战，女生选出来的代表是老康、阿蓉和李婳。阿蓉主动要求和老廉搭档，夏天知道老康以前在中学是校队，实力不凡，她搭档方超会保证这一对的力量均衡。而夏天基于对自己的信心，觉得偏瘦弱的李婳即使实力略逊，自己也有能力弥补她的短板。于是大咧咧地说："咱俩一对儿吧，保证赢他们！"

李婳听了突然脸一红，马上又板起面孔白了夏天一眼说道："谁跟你一对儿？我跟方超早就说好了一起搭档。"

夏天对李婳突然板起的面孔没有思想准备，心里暗忖，没觉得哪儿得罪她呀，怎么忽然这么严肃？

夏天后来问李婳拒绝和他搭档的理由，李婳撇着嘴道："有你那么跟人表白的吗？一点儿诚意都没有！"

夏天做无语状，说："我那会儿压根儿就没想过要那么早跟人谈恋爱，哪会跟人表白？"

李婳指着夏天的脑门儿说："你呀，就是后知后觉，眼里没人！"

三个小组间的乒乓球赛争夺颇具戏剧性，夏天的第三小组第一场比赛以三比零赢了第二小组，第一小组对第二小组也是二比一获胜，冠军的争夺在第一和第三小组之间。

先出场的阿蓉、老廉对第一小组的一对选手轻松取胜，夏天和老康上场的时候可谓信心爆棚，他们只要赢下这场就冠军到手。可打起来之后，他们发现事情没那么简单，他和老康仿佛处处受制，第一局很快败北。第二局打起精神调整战术，靠着两个幸运球好不容易扳了回来。但第三局抵抗了没多久还是败下阵来，输掉了整盘比赛。

第一小组组长赵靓青是个北京姑娘，眼镜后面目光深邃，她露出一口银牙对输球的夏天笑道："你们输给他们不冤，他们可是刚选拔的校队替补选手。不过好戏在后面，我们组第三对选手也不是一般人！"

夏天知道赵靓青是心理战，他们采用了田忌赛马的战术。夏天不由得对最后上场的方超、李婳组合有些担心。夏天见方超的表情稍有紧张，但李婳却显得很淡然。

第一小组的第三对选手上来攻势很猛，几个失球之后，李婳开始利用削球稳住了阵脚。经过几番拉锯，方超、李婳获得了优势，第一局险胜。第二局，方超、李婳左攻右挡，气势如虹。尤其是李婳，进攻中移动迅速，竟有几分凌厉的感觉，和她苗条纤细的身形似乎并不合拍,这局轻松拿下。

输掉比赛后,赵靓青还是很有风度地对夏天小组表示祝贺,同时又很不服气地说:"你们赢球主要靠人家李婳,下周的排球比赛再见!"

比赛完回到宿舍,方超欢乐而神秘地对夏天说:'你没想到吧,人家李婳是什刹海练过的。"

几天后的排球比赛,赵靓青小组派出了强大的阵容。依然是男女混合赛,班里男女生中的几大高个儿几乎都集中在她这组,尤其在男生中,班里的第一高度,校篮球队的替补中锋,以及第二高度两人都在他们组,两个女生身高也超过了一米七。夏天组的基本上是小个儿队员,赵靓青组的高度对夏天这组来说,具有压倒性的优势。夏天心里隐隐觉得可以倚赖的,就是队员的速度和灵活性,加上自己在中学苦练过的发球技术。

赛前夏天组的队员们鼓励自己,要向中国女排学习,美国队员高不高,不是照样被中国队三比零拿下,我们面对强手,要勇于拼搏。

比赛第一局,赵靓青组的身高优势体现得淋漓尽致,网上轻松拦截,时不时打打探头,加上个个身高臂长,防守面积大,让夏天组的队员们几乎找不到发力点。而由于个头小,夏天组这边的场地仿佛变得特别空旷,时不时就响起球砸在地上的嘭嘭声。这一局,比分悬殊,夏天组惨败。

第二局,赵靓青组明显轻敌,嘻嘻哈哈中,失误增多了,比分交错上升。在关键比分时,轮到夏天发球,夏天大胆采用了砍式发球,球的线路有些飘忽,几次都绕过接球队员,直接落地,这局夏天组艰难扳回比分。

第二局的胜利让夏天组信心倍增，局间休息，队员们交换了看法，发现打篮球的大个儿，接发球是个短板，发球时要重点瞄准他。而且对方个儿大有移动速度慢的问题，已方要充分发挥小快灵的特点，不多在网前纠缠，尽量打到后场。第三局，由于战术对头，夏天组顺利拿下。

被连扳两局，赵靓青组很不服气，也看到了问题所在，加强了对大个儿接球的支援和后场的保护，第四局开局后取得了领先优势，夏天知道不能让他们把势头扳回去，必须一鼓作气拿下比赛。而现在双方战术几乎透明，就看谁能咬牙顶住，减少失误，拼掉对方。夏天组的文迪发挥了关键作用，文迪是校田径队女子一百米栏队员，有着出色的运动天赋，几次救险都靠她的迅速移动和女汉子般的倒地接球。夏天也杀红了眼，干脆赤膊上阵，利用自己打篮球练就的弹跳能力和反应能力瞄着大个儿拼起了网前，大个儿可能是消耗太大，好几次居然让夏天占据了上风。最后的胶着阶段，又轮到夏天发球，夏天收慑心神，平静呼吸，精确地找到对方因保护大个儿留下的空当，皮球直接落地，一举拿下比赛。

艰难赢得比赛，夏天组的参赛队员和啦啦队员们都欢呼雀跃，作为小组成员的自豪感油然而生。第一小组组长赵靓青这回送上了绝对真诚的祝贺，镜片后面的眼神热乎乎的，伸出软软的手跟夏天握了好几秒都没抽开。文迪高兴得脸红扑扑的，不顾自己一身汗，也不顾夏天光着膀子，上来就是一熊抱，边抱边拍着夏天肩膀使劲儿夸道："夏天，最后那球真帅！牛！"

夏天心中得意，因正好是饭点儿，琢磨着召集组员马上奔食堂庆祝一番。

建议每个人都加一个菜，再来几瓶汽水。

夏天环顾四周，忽然觉得自己小组好像少了人，仔细一看，发现刚才还在使劲儿加油的李婳不见了，再往远处看，李婳已经轻甩头发，扬长而去，留下一个看不到表情的背影。

夏天心里奇怪，不知李婳什么情况。只是觉得没有李婳参与的庆祝似乎有些遗憾，而这种遗憾的感觉也让自己有些迷惑。

夏天打消了和全体组员庆祝的念头，只在晚饭后给自己加了一瓶酸奶作为奖励。

第二天的课间，夏天假装不经意地问李婳："你昨天怎么走得那么快，本来还说大家一起庆祝一下呢。"

李婳垂下眼睑，淡然笑道："你忙，我也忙呢。"

李婳的这句话，夏天琢磨了好长时间。

第六章
二道贩子舍友

和夏天最先熟悉起来的,是同宿舍的几位。

夏天和同样来自南方的方超很快就找到了共鸣点。方超来自湖北的一个水乡,长着一张清秀的娃娃脸,笑起来略显羞涩,一副与世无争,人畜无害的样子,让人忍不住对他敞开心扉。他是夏天在大学四年所有感情经历的见证者,甚至可以说是部分参与者。

夏天后来还清楚地认识到,方超当时略显稚气的笑容下,是一颗敏感细腻的心,是狂野丰富的感情,是关键时刻清醒得可怕的头脑。

夏天来北京后的第一个生日,也是他的十八岁生日,就是方超陪着度过的。

夏天一直忘不了十月那个微凉却格外舒爽的秋夜,方超陪着夏天在宿舍楼后的小花园里过了一个简单却别致的生日。

花园其实很小,小到似乎都不能称为一个花园,几蓬翠竹,一弯小径,一块青草地,青草有的已泛微黄,中间杂着一些白色、紫色的雏菊。多年以来,这个小花园始终是夏天心中最美的花园。

夏天和方超一人拎了一个小马扎下楼,在草地上铺上两张报纸,把所有的吃食都放在报纸上。一包花生米，一盒黄桃罐头，两根蒜肠……

两个来自南方的毛头小伙，并没有很多话，直到月上柳梢头。

同宿舍的另一位同班同学，是北京本地的白乐东，一个皮肤黝黑的浑身充满北京风味儿的胖小伙儿。当然，他所谓的胖，是参照当时的标准，现在看，应该也就是中等身材。一段时间内，白乐东是夏天了解北京、观察北京的一扇重要窗口，也是夏天学习北京话的第一个老师。夏天学会了一个"忒"字，觉得用在各个场合特给力，忒棒，忒漂亮，忒没劲，忒恶心……只要一加忒，什么感觉表达出来都能翻倍。于是，夏天在一段时间内用"忒"字用得忒勤。

白乐东加速了夏天融入北京的进程，并很快成为夏天平生第一个生意合伙人。

做这单生意，他们一方面是受到了高年级同学的启发，一方面也是因为他们深感自己囊中羞涩，希望依靠自己的力量改善经济状况，提高生活水平。

细心的白乐东发现，在刚入学时高年级同学打着新闻系集邮分会的旗号推销给他们新生入学纪念首日封，每个售价是一毛钱，但实际成本是八分邮票钱加一分信封钱，每个居然有一分钱的利润。由于每个新生购买的数量都不少，总利润还是非常可观的，起码有大几块钱呢。

白乐东和夏天商量，他们也应该勇于发现商机，并果断出手。

最后，他们认定，随着冬天的到来，麦乳精一定会在同学中大行其道，成为时尚饮品。

他们做这种判断的依据主要有两点。

一是班长老凯的示范作用。老凯每晚睡觉前都会冲上一杯浓浓的麦乳精，不仅自己喝得"吱儿咂儿"乱响，还故意晃悠杯子，让热热的乳香和可可香荡漾开来，惹得众人心神不宁。于是他们宿舍的人一致通过决议，认定老凯这是资产阶级的生活方式，是对无产阶级群众的严重挑衅，以后绝不允许老凯在晚上大家饿的时候公开喝麦乳精。

二是自己的切身感受。某个初冬的夜晚，突然降温，夏天同宿舍的几个人上完晚自习，被从图书馆回宿舍这段路上长长的冷风吹过后，颇有饥寒交迫的感觉。此时，和老凯同宿舍的江驴儿举着半包麦乳精如精灵般进到夏天他们宿舍，充满关怀和体贴地说，你们肯定是又冷又饿吧，我请你们喝麦乳精，大家泡浓点儿，把这些都分掉。夏天、白乐东、方超莫名感激，但也毫不客气，和江驴儿一起把那半袋麦乳精都瓜分了，各自用滚烫的开水泡了一杯极其香浓的麦乳精，有滋有味地喝着，齐声赞叹这麦乳精既热身，又暖胃，喝完打出嗝来都是甜香的，实在是睡前的上佳饮品。

正喝着，隐约听到对门屋里老凯的号叫声："我的麦乳精呢，谁偷了我的麦乳精？"江驴儿咧开大嘴直乐，并对夏天他们做了一个噤声的手势，夏天他们非常默契地迅速把杯里的麦乳精喝完，又倒了点儿水涮涮杯子……

夏天和白乐东决定开始从事麦乳精在校园的经销工作。所谓经销工作就是去找到便宜的货源，批发出一些货来，加点儿价再卖。

白乐东找到了北京的生产厂家，还通过关系说服厂家允许赊账，卖出货后再结账。他们拿到的批发价比学校小卖部的同样产品每袋要便宜四毛钱，这让夏天和白乐东信心满满。他们决定让两毛钱利给同学，自己每袋只挣两毛钱，这样既能造福广大同学们，还能让自己发点儿小财。

夏天和白乐东先进了一箱麦乳精回来，二十包装的。

这天上午的最后一堂课是政治经济学，夏天和白乐东决定利用这堂课进行社会实践，希望通过自己的实践充分论证流通环节中销售的作用。

夏天找到一张大白纸，用毛笔写下若干大字，制作了他平生第一张广告宣传海报。海报上的内容是这样的：

批发价麦乳精，国营品牌，每袋1.60元，比小卖部直降0.20元！

这个"0.20元"写在海报的右下角，字体巨大，第一时间就能抓住过路人的眼球。他们把摊位设在了东区食堂楼下的布告栏前，这是同学上食堂买饭的必经之路。

他们把海报铺在地上，海报的四个角分别用一袋麦乳精压着，避免被风吹跑。因为刚刚降温，他们站了一会儿就被冻透了，但他们的眼光却无比热切地期盼着过路的同学关注他们的小摊。

确实有一些同学被海报上大大的"0.20元"吸引，上前一看，发现每袋要1.60元，撇撇嘴就要走，夏天和白乐东总是不遗余力地解释说，这比小卖部还要便宜两毛钱呢，但大部分人还是摇摇头就走了。过了二十分钟，终于有一个同学停留下来，很有诚意地进行讨价还价，说是要去看望生病的朋友，希望便宜一点儿卖给她。夏天和白乐东咬咬牙，再便宜一毛钱卖了一袋给她，算是开张大吉。

卖出一袋后，给了他们极大的鼓励，他们像打了鸡血一样开始扯开嗓子喊："批发价麦乳精，一块六一袋，走过路过不要错过啊！"他们为自己能解放天性，放下知识分子的臭架子，像一个真正的二道贩子一样吆喝感到无比自豪。

但他们的吆喝,并没有起到吸引客户的作用,问津他们小摊的人反而越来越少。有的路过的人还侧目哂笑:"这年头,卖什么的都有……"

在后面的将近半个小时,他们一袋都没卖出去,来吃饭的同学已经寥寥无几,食堂快打烊了。这时候的夏天和白乐东冻得鼻涕都快掉下来了,饿得前心贴后背,也没力气吆喝了,一种巨大的挫败感在心中弥漫开来。收摊不甘心,挺在这儿卖出东西的机会又非常渺茫,真不知如何是好?这时候,一个人的出现算是把他们解救了。

一个两鬓斑白的老者手扶着自行车把停在他们前面,很客气地问道:"同学,我买一袋麦乳精可以吗?"

"可以,当然可以!"夏天和白乐东喜出望外。"一块五一袋!"他们自动把价格降了下来。

"你们是哪个系的同学,这大冷天还站在外面卖东西?"

夏天和白乐东听老者一说鼻子都酸了,回答道:"我们是新闻系的。"

回答完有些不好意思,又忙补充道:"我们卖东西主要是为了进行社会实践。"

"哦,新闻系的,新闻系的学生多了解一下民生也是很好的。"老者沉吟了一下,又说道,"那我买两包,还是一块六一袋付给你们。你们也赶快去吃饭吧,食堂快没饭了,别饿着了。你们还是要以身体为重,学业为重啊!"

老者的话里带着一种父辈的关爱和慈祥,夏天和白乐东好像忽然一下听明白了什么。跟老者告别后,他们赶快把剩下的麦乳精都装回纸箱,卷起了海报,匆匆赶到食堂的卖饭窗口。好在食堂在卖加煮的热饭,四两米下肚,也算是对他们冰凉的身体有少许安慰。

吃完饭后,白乐东把剩下的麦乳精全退回了厂家,他们一袋都没舍得留下来给自己喝。

他们这单生意的营业额总共四块七,净利润五毛钱。

这次贩卖麦乳精的经历对夏天有所触动,他和白乐东总结经验认为:麦乳精在学校属于奢侈品,他们高估了学生的消费能力,导致应者寥寥。

以他们贩卖麦乳精获得的利益和花费的时间比,效益极低,若非那个老者慷慨出手,利润几乎可以忽略不计。他们目前并非生意道上的人,而且也不可能马上成为此道中人,他们的精力还是应该放在学习上,要珍惜大学宝贵的学习时光。

当然,他们没多久又见到了那位老者,不是在路边,而是在课堂上,那位老者居然是方童分,全国最负盛名的新闻史学泰斗。夏天和白乐东是有眼不识泰山,但即便如此,方老的三言两语在当时还是起到了醍醐灌顶的作用。直到现在,在夏天心中,依然健在的方老还是他最崇敬、最感激的恩师。

第七章
裸奔的"凉鞋"

大学的集体生活很快让夏天和其他宿舍的男生也打成一片。所谓大学同窗，就是同吃、同玩、同学，再加上同床。尤其是外地同学，脱离了家长的羁绊，大家成天厮混在一起，学习之余，有大把精力琢磨各种玩法。

于是，班里各种奇葩的兴趣小组应运而生。

夏天是各兴趣小组的积极参与者。

夏天最早参与的小组是凉协。凉协的成员要求每天必须用凉水洗脸、洗脚甚至洗澡，看谁能一直坚持下去。凉协的成员被称作"凉鞋"。

凉协成立的时候已近初冬，天气一天比一天冷，北京的自来水刺骨冰寒，但夏天全凭年轻火力壮，毫不为意。兜头一盆凉水浇下去，在短暂的冰寒过后，是由内而外的热力的反扑，热力扩散至每个毛孔，慢慢地似乎有白烟从身体里蒸腾出来，顿觉浑身舒坦，头脑也分外清醒。夏天和几个"凉鞋"乐此不疲，越来越上瘾，一直坚持了很长时间。

来自贵州的小豹子是夏天的"凉友"，小豹子其实并不彪悍，只是因为名中有豹字才被称为小豹子，本人个头儿不高，身材娇小圆胖，圆圆的脑袋再加上一副圆圆的玳瑁眼镜，更像一只温柔的小海狮。小豹子每次用凉水洗澡，都会唱《咱们工人有力量》，凉水一激，哆哆嗦嗦必然跑调，为此老马老笑话他，小豹子对老马的嘲笑嗤之以鼻，说老马没有悟性，不会欣赏，他这是生活的颤音。

老马号称班里的四大名"瘦"，出乎夏天意外的是，老马也极爱此道。当老马挺着突出的两排肋骨，用两条细长的胳膊战战兢兢端起满满一桶凉水从头往下倒的时候，夏天老觉得他是在浇灌一把瘦长的琵琶，这把琵琶在被浇灌的时候，还会发出各种抑扬顿挫满足的声音，着实让人销魂。老马把这种凉水澡称作"黯然销魂澡"。

老马后来觉得这种玩法很不过瘾，于是发起了一种升级版的玩法，这种玩法就是人必须光着从宿舍闪进水房，洗完后还要光着闪回宿舍。

这么做是要冒着被女生看光的危险的，因为当时是混合宿舍，男女生住在同一栋楼里，女生在上面几层，男生在下面几层，男生的楼层经常有女生出入。一段时间内，老马裸身闪进闪出屡屡得逞，其他的"凉鞋"都因胆量不够不敢尝试，受到了老马的冷嘲热讽，老马也以凉协的长老"大凉鞋"自居，夏天等众人颇有在老马面前抬不起头的感觉。

凉协的另一位成员老石很不服气，说老马胜之不武，认为老马利用了其他人的羞耻心。于是他私下里和班里各个宿舍的"凉鞋"合计要治老马一回。

他们选了一个晚饭后宿舍楼道人流高峰的时候，邀请老马一起洗凉水澡并号称准备和老马PK一番。老马不屑一顾地脱光了闪进水房，照例吟哦着用凉水冲完，老石在水房用崇拜的目光看着老马冲凉水的一举一动。老马用鼻子哼了一声说:"你这样看得我很不舒服,你又不是美女,使劲儿看我干吗?怪害羞的!"

老马于是拉开水房门,探出脑袋,机警地观察了一下楼道里的情况,发现虽然人多,但并没有女生出没,于是迅速拎着水桶闪出水房,往宿舍飞跑。可跑到自己宿舍门口的时候,伸手一推,发现门从里面反锁了,叫小豹子开门,无人答应。老马隐约觉得有些不妙,于是机灵地推班里其他临近宿舍的门,这几个宿舍的门也同样是铁面无情地反锁着。老马感觉大事不好,又急忙跑回水房,可谁知,水房的门被老石在里面死死顶住了。水房是没有锁的,老马光着身子横着瘦瘦的肩膀来回冲撞着水房的门。

可这时候,惊叫声在楼道里响起,一群上男生宿舍串门的女生结结实实地目睹了这一幕。老马一看撞门不成,赶快用水桶挡住要紧处,飞也似的随便找了一个门开着的男生宿舍门窜了进去。那是外系同学的宿舍,紧接着宿舍里发出了惊叫声,不仅有男声,还有女声……

老马后来很长一段时间都对这段惨痛的经历耿耿于怀,他控诉老石,说是他的这个恶作剧严重影响了他的人生道路,他作为一个男人的尊严被老石几个在楼道里残酷地剥夺了,使他从此以后在女生面前变得非常害羞而且自卑,将来如果找不到女朋友的话一定是因为这事儿,老石要时刻准备好伺候他晚年的吃喝并要对他的孤独寂寞负责任。

因为这个恶作剧,凉协作为一个组织从此就不存在了,但夏天他们几个人用凉水洗澡的习惯却一直保持了很久。

除了凉协,班里还有球协,是群众基础最广泛的一个兴趣小组。球协的会员不承认自己的别号是"球鞋",主要是嫌臭。

球协成员的活动涉及各种球类，篮球、足球、排球、乒乓球……羽毛球也有人尝试，但没人坚持下来，因为羽毛球换球的频率太高，一个羽毛球的成本够一个菜钱，大家心疼不舍得。

篮球和足球是最受欢迎的群体性运动，每天下午下课到晚饭前这段时间，球协成员换上行头，互相吆喝着来到运动场上，自己分拨组队或同外系的同学赛一场。十八九岁正是精力最旺盛的时候，剧烈的运动消耗了大量的荷尔蒙，也使一个个躁动的身体得到稍许平静。

运动完后，最奢侈的享受是喝一瓶汽水或者吃一根红果冰棍。有一位老太太每天下午五六点钟都会在宿舍楼前，推着一个木箱子等候这些打球归来的小伙子们。木箱子里装的是红果冰棍，被一层层棉被覆盖着，红果冰棍五分钱一根，酸甜冰凉沁牙。

夏天通常是在下午的比赛中获得小胜的时候，奖励自己一根红果冰棍。汽水一毛五一瓶，相当于一个菜钱，那时候，夏天和同学们衡量一个东西的价值时通常是以食堂一个普通菜的价格作为参照。夏天和球协的小伙伴们通常只有在赢了外系的队伍时，才舍得喝一瓶汽水。大汗淋漓，举瓶相庆，一口顺下，然后打出一个顶肺冲天的大嗝儿，确实有一种爽歪歪的感觉。

当然，他们更多时候是回宿舍灌一通凉白开，擦把脸，赶到食堂吃晚饭，多要一个馒头。

能赢下和外系的比赛，来自山西的老王总结出两条成功的经验。一条经验当然是大家的团队协作和努力拼搏，另一条经验则是队伍装备的精良。老王认为，装备精良，自己就觉得有精神，就会从气势上压倒对手，气势赢了，比赛就赢了一半。而装备的精良，老王认为，自己就是一个很好的榜样。

老王酷爱且只爱足球，脚上那双青岛出的双星牌专业足球鞋，在当时几乎是一件奢侈品，据老王说，那双鞋是他花一个月时间从牙缝里抠出来的。老王不仅鞋专业，球袜也很专业，他那双红黑相间条纹的长筒足球袜，是花了比普通袜子多三倍的粮票找来宿舍的安徽大姐换的，而且是特别预订的。

那时候，经常有一些外地妇女挎着篮子流窜到学生宿舍，用鸡蛋和袜子等小商品找学生换粮票。当时大学生的粮食指标是足额保证的，每人每月有二十八斤之多，一般都会有一些结余。而在京打工的外地农民工粮食指标则往往不够，就让自己的家属批发一些小商品到各高校找学生换，鸡蛋和袜子是最受欢迎的东西，许多同学大学四年穿的袜子几乎都是用粮票换来的。

老王用来换袜子的还不是北京市粮票，而是十斤全国粮票，十斤全国粮票起码能换三十个鸡蛋。老王穿着这双值三十个鸡蛋的袜子，踢起球来自觉脚底生风，非常有风采。

有一次雨战过后，袜子全湿了，这让老王非常心痛，他小心翼翼地把袜子搓洗干净，再晾干。待到下次再穿时，老王更心痛地发现，袜筒有些松懈了，跑着跑着会往下掉，这让老王有些沮丧。老王下定决心，这双袜子再也不能洗了。从此老王踢完比赛后，脱下袜子来只是放在床底下晾干，下次比赛接着穿。时间久了，袜子的味道就很大，毒化了宿舍的空气，遭到同宿舍人的抗议。于是，老王每次踢完球，就把鞋和袜子脱在宿舍门口。时间久了，大家惊奇地发现，老王那双长筒袜，居然可以像靴子一样靠墙站立着，仿佛在门口站岗，又仿佛在等待大家的检阅。

再后来有一天，那双袜子突然失踪了！

老王花了很长时间，盘查可疑人等，尤其是负责打扫楼道的老大爷。老王甚至不惜以一瓶二锅头的承诺，诱导老大爷说实话。老大爷发了毒誓，坚决否认动过他的那双袜子。老王很愤怒，却又无可奈何。从此到了球场上，很多时候都是盯着别人的袜子看，希望找到自己爱袜的蛛丝马迹。

若干年后，老王对那双袜子还是念念不忘，并叨叨说，在自己的衣柜里，始终缺一双长筒袜。

在毕业二十周年的聚会上，老王袜子失踪的谜底才得以揭开。原来是他同宿舍的江驴儿和老廉实在忍受不了每天回宿舍都要先闻到老王的臭袜子味儿，于是一人一根树枝把那双靴袜挑到水房的泔水桶里，并不断搅拌直至靴袜沉底。老廉在聚会上向老王赔礼道歉，不无遗憾地感慨，扔掉老王的袜子后，宿舍里的蚊子一下就多起来了。

第八章
黑板报接班人

夏天到校后没多久,很快就被两块黑板报吸引。黑板报有一个很高大上的名字,叫《新闻周报》,和美国的《新闻周刊》只有一字之差。

每到周末,《新闻周报》的主编,四年级的琴姐就会来到夏天的宿舍,找夏天同屋的四年级的老郑和三年级的阿刚开会,会开得严肃认真,像共产主义小组成员碰头似的。他们一起盘点上一周学校发生的各种事情,汇总各种稿件和材料,并安排布置下一周的采访任务。一周材料整理完毕后,周日晚上就进行出版工作。

所谓的出版工作,就是在新闻系的活动室里,把上周的两块黑板擦干净,重新规划黑板报的版面和内容,然后用毛笔蘸着水粉一笔一笔抄上去。

这份用毛笔抄写的《新闻周报》,是新闻系的系刊,也是新闻系学生的独家实习园地。形式虽然简陋、原始,却是当时校园最具影响力的主流媒体。周日晚《新闻周报》出版完毕后,会被安置在学校主教学楼的门口,周一上课前通常会被学生们围得里三层外三层,大家伸长了脖子争相一睹为快。

这张黑板报之所以受欢迎和关注主要是因为它的内容，所谓内容为王。黑板报报道的内容，大到国家政治经济改革的争鸣，教育改革的方向，学校课程的设置。小到食堂排队的秩序，澡票数量的增减，以及电影院票价是否应该涨价的争议……最多的是身边人、身边事，用新闻专业的手法表现出来，有时配上一些犀利大胆的评论，很能引起同学的共鸣。

夏天看过几期《新闻周报》后，以他对新闻事业粗浅的理解，认定这是一张他朦胧中理想的同仁报，也是他实现新闻理想起步的阶梯。夏天自告奋勇地向琴姐和老郑表达了希望承担用毛笔抄写黑板报任务的愿望，他试着用毛笔字抄写一篇稿子，并在抄写的过程中提了一些自己的修改意见。第一次试抄任务完成后，琴姐和老郑默契地相视一笑，提出希望夏天能够成为黑板报的正式一员，夏天当然求之不得。

琴姐很快为夏天办了一张黑板报的记者证，有了这张记者证，夏天出入学校各个场所，参加学校的各项公开活动都畅通无阻，除了看电影，夏天不需要出示任何其他票证。

后来，老郑告诉夏天，当时他们大四正面临找工作和写毕业论文，正准备物色接班人，夏天被他们一眼相中了。夏天中学时锻炼出来的宣传方面的综合能力得到了他们的认可，他们一致向系里推荐把夏天当接班人培养。夏天作为一年级新生很快就被任命为黑板报副总编辑，据说这在该黑板报历史上还是第一次。夏天心中也暗暗得意，认为自己已经开始找到一些从事新闻事业的感觉了，甚至有时会狂妄地认为，自己简直就是为新闻而生的一个人。

夏天很快就进入角色，开始在班里物色抄写团队，广泛组织记者团队。其实全班每个同学都是记者团队的候选人，但编辑部的核心班底一定会是抄写团队的人。夏天物色的抄写团队的表现让人惊艳，阿朗、阿辉、程程、老廉，这几个人的毛笔字水平得到全班同学、高年级同学和系里老师的高度认可。夏天也暗暗比较，发现自己除了美术字外，抄写水平确实略逊一筹。夏天相对自信的是对黑板报内容和文字的把控。夏天当时没有想到，自己会将这个工作一直坚持到大学四年级。夏天更没有想到，在黑板报的这段新闻从业经历，几乎就是他今后职业生涯中最正式的新闻从业经历。

夏天后来用一篇随笔纪念他这段黑板报的新闻职业经历。

"黑板报"随笔

记得作为一块黑板报的《新闻周报》总是放在教二门口，与图书馆隔篮球场相望。此处人多眼杂，好事者络绎不绝，可以大量地吸引受众。《新闻周报》报道的内容和研究生师弟所述的现况相差无几，无非是一些校园琐事，或是对学生关心的问题进行追踪报道。追踪报道有不了了之的，也有分期进行系列报道的。方童分教授的教导我们时刻牢记：要注意导向，要发挥新闻工作者正面作用，时刻注意跟党走，为建设社会主义伟大理想而奋斗。

黑板报都是手抄的，用水彩笔，阿辉、阿朗、老廉、程程等人的大字能写那么好，都和那时候的锻炼有关系（当然这些人也是天赋异禀）。后来老利告诉阿婧小美眉的说法其实有误，从大一到大四，我只当过黑板报的三任副主编，负责具体业务统筹，却没当过主编。主编分别是琴姐、老胡、阿辉，都是团组织派来把握方向的，因此四年间《新闻周报》从来没有被校宣传部开过会。

黑板报虽小，稿件来源却挺广，除了新闻系各年级的本报记者，更有外系大量的群众来稿：有冤的申冤，有苦情的道苦情，当然最多的是自我表扬，我们挑合适的用。因为说的都是老百姓自己的故事，每周一出刊，总有一小堆人挤着看，这时候我们会有一点儿满足感。四年坚持出刊，着实不易，因为这么多期，都是哥们姐们用大字一个一个写出来的。

　　黑板报有时候也挺热衷于所谓的灾难报道和揭丑报道，还是图片新闻：照片是自己拍的，自己配药水冲洗，在人大的地下防空洞用老式的放大机放大，把照片粘在黑板报上，配上消息和评论，可说是图文并茂。

　　灾难报道有类似某女生宿舍用电炉子煮方便面短路造成失火的，图片上是烧焦的烂棉絮，泡在水里的衣物和教科书……

　　黑板报一出来，报前立刻人头攒动，不知是想看女生宿舍还是想看灾后惨景。我当时心里就想：下回再烧起来，一定拍得再多点儿，再细节一点儿，以飨广大对女生宿舍感兴趣的男性读者群。

　　而揭丑报道呢，最严重的莫过于批判一些在小电影院窗口前买票插队的加塞儿分子。特写镜头前是头发蓬乱、张牙舞爪、手脚并用扒着窗台，样子像民工却戴一副眼镜的肇事者，每次揭丑报道的肇事者都会在学校引起大家的讨论。有一段时间，我走在校园里，经常会被小石子砸到，我猜就是这些肇事者的"报复"。

日常报道中也会有一些动态消息，什么成某某边唱边弹（谈），谈出几个别字；什么文坛黑马文晓波在座谈会上遭到学生群起抨击；什么校园诗人汪国正带着一低头的温柔来了等等。不管怎样，这些都锻炼了我们对新闻的敏感、对新闻题材操作的把握，也使我们对未来走上新闻工作岗位信心满满。

如今，当年参与过《新闻周报》的人已星散各地，各有前程，这块黑板报给大家带来的回忆肯定不仅仅是青涩。看了研究生小师弟的那篇美文，心里既感激又欣慰，小师弟师妹们还在一笔笔写着大字，还在锤炼着他们对新闻的理想，而那块黑板报，还在学校冬日暖暖的阳光中站立着，朴素而执着，到现在已经二十多年。

有人建议赞助《新闻周报》，设个基金什么的，我认为其实大可不必，小时候拿黑板报练练手，当个苦孩子，黑板报就当作是忆苦思甜的好材料吧。

另，我觉得小师弟《新闻周刊》的"刊"字错得有道理，没准儿大家就是把黑板报当《新闻周刊》来办的，想办出自己的《新闻周刊》。

最后，在此谨向所有参与和关注过《新闻周报》的新闻系师兄弟姐妹们致以节日的问候，元宵节快乐！

在这篇随笔中，可以看出夏天对于新闻工作的热情，他几乎相信自己就是为新闻事业而生的人。

第九章
提词器的妙用

随着刚开学时的新鲜感渐渐过去,班里大部分同学又都开启了学霸模式,争强好胜是这帮学霸的优点,也是他们的劣根性。夏天很快就充分感受到了周围同学空前高涨的学习热情给自己带来的压力。

学新闻的人,知识面一定要宽,必须是一个杂家,必须是个超级杂货铺。同屋四年级的老郑谆谆告诫夏天,并给夏天提供了一张长长的参考书单。据他说这是集改革开放以来历届同学智慧凝成的一份读书宝典。这份宝典上的书涵盖了文、史、哲、经济、法律、社会、军事、宗教、天文地理等各个范畴的主要经典著作。读完这份宝典上的书,大学四年的学习任务便可大功告成,今后纵横江湖不在话下。

此时老郑书包里每天背的书是马克思的《资本论》和康德的三大批判:《纯粹理性批判》《实践理性批判》和《判断力批判》。每晚睡觉前的卧谈会,老郑都会把马克思和康德放在一起,比较学习的心得,并把康德的批判再批判一番,有时候批判得来劲儿了,连马克思的一些观点也批判,把夏天他们几个一年级新生听得心惊肉跳,云里雾里,景仰之情如滔滔江水。

但夏天知道，自己根基尚浅，学好新闻，要先从写作基础开始抓起，其他高深的学问，后面慢慢再跟上。夏天计划，除了第一学期学校安排的各科必修课，还要利用一切时间通读书单上的古今中外文学名著，边读边写文学笔记。

作为文科生，夏天文学名著自然已经看过不少，但系统阅读开始后，夏天发现自己还有许多知识缺漏。毕竟高中时，在高考的指挥棒下，花大把时间看文学书也是一种奢侈。而作为大学文科专业的学生，堂而皇之地享受这种奢侈却能美其名曰刻苦钻研，夏天心里不禁暗暗偷笑。当然，让夏天偷笑的还有一件事，那就是可以一场不落地看各种电影，因为看电影也是文学赏析课的一部分。这段时间，是夏天刻苦而快乐学习的美好时光。

夏天在各种时代、地域和故事场景中自由切换、穿越，肆无忌惮地享受着文字的芳香、情节的刺激、故事的鲜活并和各种灵魂进行从容、深入的对话，夏天开始学着从人性的角度去分析、发掘人物的内心，再比照到现实中，并根据读书时的心得，体会尝试各种体裁的文学创作。这是对文学和文字感觉进行淬炼的一个过程，经历了这个过程，夏天觉得对驾驭文字更有信心了。

新闻系的专业课程安排也非常给力。为了让一年级学生迅速找到新闻专业的感觉，系里结合"新闻事业概论"课很快就安排大家参观了首都几家主要的新闻媒体，让大家了解各类新闻产品出炉的全过程。

《北京晚报》是大家参观的第一站。《北京晚报》当时号称全国第一大晚报，中间一度停刊，80年代初才刚刚复刊。

夏天了解《北京晚报》是从邓拓的《燕山夜话》开始的，《燕山夜话》里的杂文敢于正视现实，大胆评论时事。夏天在中学时就很喜欢读，写作风格也深受其影响。夏天对作者的敏锐敢言、博学多才深感钦佩，内心希望自己也成为邓拓那栏有才华、敢于仗义执言的杂文大家。

夏天和同学们怀着景仰的心情，沿长安街穿行至建国门内的晚报小院楼前，晚报楼房的破旧让大家吃惊不已。地处城市中心，这栋红砖楼的外观却沧桑斑驳，颇有点儿影响市容的感觉。进到楼内，裂缝的墙壁、吱吱作响的楼梯、昏暗的灯光以及老旧的办公家具让人仿佛回到了50年代。

晚报对新闻系学生的参观非常重视，总编辑、副总编辑亲自为大家介绍晚报的历史沿革和晚报出刊的全过程。

总编辑仿佛洞悉学生们的心理，开场一席话很快就让大家忘记了周围环境的简陋："未来的大记者们，也许是未来的同事们，你们现在所处的位置，几年前还属于一个印刷厂，晚报虽然中间停刊数年，但就在复刊的几年内，晚报发行量很快就突破了七十万份，成为当之无愧的北京市民报纸，也是全国发行量最大的晚报。虽处陋室，也要兼济天下，这充分体现了晚报采编队伍的专业和艰苦奋斗精神。希望你们学成以后，也能加入我们的队伍，我相信，经过我们的努力，晚报的办报条件一定会越来越好，将来一定会拥有我们自己的新闻大厦，可以为广大市民提供更好的精神产品！"

夏天听了总编辑的一番话也深受激励，联想到自己参与出版的《新闻周报》，虽然条件简陋，靠手工抄写，但一定要当大报来办，要办出一流的专业水准，为将来创办真正的大报做好准备。

值班副总编辑向大家介绍了报纸从编稿、排版、签样到印刷等一系列流程。在印刷车间，还给每位未来的新闻记者们赠送了一份带着墨香的当日报纸。那张报纸，夏天至今珍藏。

对媒体的参观系里安排得紧锣密鼓，很快，夏天他们就来到了中央电视台，他们有机会窥探银屏后面的秘密。

此时的中央电视台，已经启用了军博附近的新的电视大楼。现代化的录播设备、规模宏大的演播厅给人耳目一新的感觉，中央电视台的台长、副台长也亲自出面接待。

台长介绍说："这几年国家对电视台的投入非常大，电视台目前的演播设备先进程度在世界上是一流的。中央电视台作为国家电视台，影响力越来越大，央视的节目，甚至影响了中国老百姓的生活方式。比如，央视的春节晚会，是家家户户大年三十团圆宴的必备。而央视热播的电视剧，也经常造成播放期间万人空巷的奇观……这都说明，电视业的发展代表了媒体发展的方向，希望你们学成之后，能加入到未来的电视大军中，我们一起来创造中国电视业的辉煌。"

台长的讲话，意气风发，夏天的很多同学都深受影响，顿时觉得慷慨激昂了起来。

副台长领着大家参观了春晚的演播厅。演播厅并没有夏天原先想象中那么大。春晚屏幕上营造出来的盛大、热闹、喜庆的气氛，更多的是利用了电视语言以及镜头的切割和转换。一台节目呈现出来的内容其实包涵了台前幕后无数人的努力和辛苦，夏天初次感觉到了做电视节目的挑战性。

此次参观的重头戏是了解《新闻联播》的录制过程。到达《新闻联播》的录制现场，几张"国脸"正等着他们，和在节目中的字正腔圆、严肃认真相比，这几张"国脸"面对这群新生代显得亲切随和，一副大哥哥、大姐姐的样子。他们在主播台演示了播报新闻的流程，还邀请同学上主播台试试镜。让夏天暗暗吃惊的是，他这小组的陈若珊居然毫不怯场，施施然坐上了主播台，模仿"国脸"

的范儿有模有样地念了几段新闻，连"国脸"大姐也赞许地点了点头。陈若珊后来回忆说，此次参观几乎影响了她一生的选择，也是她后来拿到金话筒的最大动力。

而夏天此次参观的最大收获是知道了提词器的妙用。以前他对新闻主播的记忆力一直是佩服得五体投地，看到主播们面对镜头可以一字不差地长篇播报，他认为新闻主播个个天赋异禀，非凡人所能企及。待看到悬挂在镜头前方的提词器后，夏天当场就哑然失笑了。

第一学期的专业课中让夏天收获最大的是"中国新闻史"，近现代新闻史上那些响当当的报人让夏天心生景仰并感到兴奋，王韬、梁启超、史量才、邵飘萍、于右任、邹韬奋、范长江、成舍我……这些名字，几乎就代表了新闻的力量。

尤其是邵飘萍，他"新闻救国"的思想让夏天似乎找到了选择新闻专业的神圣感。"铁肩担道义，妙手著文章"，也几乎成为夏天自己的座右铭。而邵飘萍的新闻采访技巧，如"查心意、广交友、巧做戏"等方法也让夏天初窥新闻采访的关窍。夏天发誓一定要早日让自己成为一个新闻全才，"铁肩辣手，快笔如刀"，随时为捍卫新闻自由和社会的公平正义而战斗。夏天坚信，如邵飘萍一般，拥有一颗自由的灵魂，才会成为一个有良心的、公正客观的新闻工作者，一个真正意义上的无冕之王。

夏天心无旁骛地读书、练笔，并把初学的新闻专业知识运用到《新闻周报》的实践中。不仅如此，他还借来了高年级的专业课本，提前自学，充实自己，让自己能更好更快地适应《新闻周报》的工作要求。

读书和参与办黑板报，成为夏天大学第一个学期的主旋律，几乎把所有时间填得满满的，夏天自己也觉得格外充实。

第十章
大刀向鬼子头上砍去

夏天的大学第一学期，对北京、对大学生活、对人生即将展开的可能性，充满了兴奋、好奇，就像一只刚刚走出山林的小猎豹，跃跃欲试、野心勃勃，有一种一往无前的自信。相信面包会有的，一切都会有的，未来的世界一定会有属于自己的一片天地，未来的新闻事业一定会有属于自己的重要角色，只要自己努力！

这半年，夏天延续了高中好学生的光荣传统，在各方面严格要求自己，充满了正能量，也充满了正义感和使命感，得到了老师、同学的认可，也让家长甚感欣慰。夏天认为，这半年的努力得到了很好的回报，让他在这个人才济济的团队中有充分的自信，也让他对今后的学习生活有更多期待。

这个学期后期，由于系里明确了夏天接班《新闻周报》的方向，夏天在《新闻周报》承担的任务越来越多，感到自己已没有太多精力组织好小组活动，于是向班主任李固老师申请重新安排一个小组长。夏天的请求得到李固老师的理解和支持，指示新的小组长可由小组成员自由选举。

夏天于是召集小组会，一是讨论选举新任小组长的问题；二是讨论参加一二·九纪念活动的组织安排问题。当然,第二个问题将由新接任的小组长来负责。

小组会照例在女生宿舍举行,此时的男女生已没有学期刚开始时的拘束和隔阂,一进女生宿舍,男生们就很自然地坐上了女生的床铺,也同样自然地翻看起女生的枕边书,女生好像也并不以为意,互相还有一搭没一搭地讨论枕边书的内容,充分体现了小组一家亲的感觉。

夏天先解释了希望更换小组长的原因,一是因为自己最近办报事务繁忙,没能很好地组织小组活动,影响了为大家的服务,觉得非常抱歉;二是觉得小组里人才济济,在中学都是干部出身,一定会有人有更好的办法把小组活动搞得生动有趣。

夏天还建议可由女生先提名,夏天的说法得到了大家的理解,快人快语的阿蓉于是就打了头炮,对夏天说:"既然你重任在肩,我们就不勉强你了,我提名一个人当组长,一定不会逊色于你。"

夏天呵呵一乐,说道:"那太好了,你快说是谁?"

阿蓉环视了一圈儿,目光停留在某个方向,狡黠地笑了笑,准备揭晓答案。

方超观察着阿蓉的目光,忽然站起来,阻止阿蓉道:"你先别说,我们把这个人的名字各自写下来,看看说的是不是同一个人。"

大家觉得有趣,就让他们各自在一张小纸条上写下一个名字,同时亮出来。

阿蓉和方超写下的名字果然是同一个人,只是这个名字让夏天略感意外,因为他们写的这个名字居然是李婳。李婳给人的感觉一贯有些清冷,夏天其实心里觉得李婳不会是愿意担任公益职务的那种人,而且对两人同时推荐李婳也感到出乎意外。

阿蓉和方超写的名字一对上，大家就起哄说英雄所见略同，新组长就是李婳了。

夏天用探询的目光看向李婳，李婳居然没有回避，迎着夏天的目光轻笑道："你们太能起哄了，要赶鸭子上架，我这样的当组长怎么可能超越夏组长呢？夏组长你说是不是？"

李婳目光定定地看着夏天，并没有使劲儿推脱的意思，相反却把问题抛给了夏天。

夏天觉得李婳叫自己夏组长叫得怪怪的，于是赶紧表态道："看样子你是众望所归，你就别客气了，李组长！走马上任吧！"

陈若珊也在旁边推波助澜道："本主持人宣布，夏组长和李组长的组长工作交接仪式现在开始！"

夏天趁势说："革命工作，一切形式从简，下面即刻就请李组长走马上任，主持讨论小组会的第二个话题，如何组织小组参与一二·九纪念活动。"

大家热情如斯，话又说到这儿，李婳也就不好推辞了。

她脸有些微红，半开玩笑道："不带你们这么欺负人的，搞突然袭击，也不知道你们从哪儿看出来我能当好这个组长。"说完捋了捋头发，平静了一下又道，"既然大家这么看得起我，我就恭敬不如从命了，接受这个为大家服务的角色。但我当组长之前，大家必须答应我几个条件，否则我这个鸭子绝对不会上这个架，大家伙儿还得另请高明。"

李婳的几句话说得似乎很有水平，大家纷纷点头说有什么条件你尽管提，夏天也用鼓励的眼光看着她，心里觉得自己以前似乎小看了李婳，李婳看似清高的样子什么时候有这么好的群众基础。

李婳清了清嗓子，不紧不慢地说道："我只有两个条件：一是全体组员参与小组活动不得无故缺席,大家要互相提醒、监督;二是夏天虽然卸任了组长,但依然有责任支持、协助本组长的工作,不能以为从此可以'一推六二五'。"

大家听后纷纷表态说没问题,一定积极参与李组长组织的任何小组活动。夏天也赶紧表态:"支持李组长的工作是必须的,请李组长放心。这次参加一二·九纪念活动,李组长指到哪儿,我们就打到哪儿!"

李婳听完大家的表态后显得面色红润,也开始进入角色,道:"不管一会儿大家讨论的方案如何,我先有个提议,就是纪念活动结束的那天晚上,我们组集体散步回校,大家考虑一下散步回校的路途中可以有什么节目。"

方超首先附和了李婳的想法,说:"对,我们回校时全组同学一定要集体行动,要显示出我们是一个坚强、团结、战斗的集体。"

白乐东有些犹豫,道:"乖乖,这晚上可是够冷的,从首体到学校十来里路走下来可别冻着。"

陈若珊听了不以为然,道:"这算啥,当年的学生们走得比我们远多了,那时还有反动军警用警棍打,用高压水枪喷呢。"

夏天觉得李婳的提议挺有意思,赞同道:"李组长这个建议挺有创意的,咱们多穿点儿衣服,走动起来应该不会冻着,而且我听说晚上活动回来学校还会准备夜宵呢!"

这次一二·九纪念活动可以说是各首都高校官方组织的一次集体活动,活动结束后,公交末班车已经停驶,大家实际上也只能步行回校。这次官方组织的集体活动结束后,首都高校的学生们后来又自发地组织了多次活动。当然,这些活动的目的不再是纪念一二·九运动,集合地点也不再是首都体育馆。

一二·九当天晚上的活动结束后，李娴把小组的全体组员召集在一起，同步出发走回学校。大家排成两排，男女混搭手挽着手齐步走，边走边唱着抗日歌曲："同学们，大家起来，肩负起天下的兴亡……风在吼，马在叫，黄河在咆哮……大刀，向鬼子们的头上砍去……"

大家旁若无人地高声唱着，根本不管路人和其他同学的侧目，尤其是唱大刀向鬼子头上砍去的时候，有一种非常解恨的感觉，让人忍不住想参与进来一起砍。因此，不仅是本校的，其他学校的同学居然也跟他们一起，边走边唱起来。

看到不断壮大的队伍，大家唱得更来劲儿了，歌唱间歇，还不时狂放地嬉笑着。尤其是陈若珊和来自新疆的程程的笑声，极具感染力，秒夺路人的注意，李娴的表情也很生动，跟平时比像换了一个人。此时大家根本感受不到冬夜的寒冷，头上冒着蒸汽，脸红扑扑的，情绪兴奋高昂。

不知什么时候，夏天和李娴走到了一排，胳膊自然地挽在了一起，夏天笑着打趣道："没想到你也有这么热烈的一面。"

李娴露齿一笑道："人不轻狂枉少年，跟你共勉！"

回到学校后，食堂果然有夜宵供应，参加活动的同学还有特别优待，每人可以免费领取一个热腾腾的糖三角。糖三角咬开一个角，会有又甜又热的糖汁缓缓流出，夏天很享受被糖汁烫着嘴和舌尖的感觉。

一二·九纪念活动结束后，大家就进入了期末迎考的阶段，夏天憋着一股劲儿，拿出了高考时的学习劲头，全力备战。

在临近元旦的一天，夏天吃过晚饭正在自习室复习功课，方超气喘吁吁地找到他，说："你爸爸来了，快去吧！"

"你没开玩笑吧，我怎么不知道他要来?"夏天觉得有些意外。

"你上宿舍看看就知道了，我们刚吃了你爸带的南丰蜜橘呢。"方超笑道。

说起南丰蜜橘，夏天自然就相信了。于是，赶快收拾书包回到宿舍。

此时夏天的父亲夏山水已经在夏天的宿舍等了一会儿。等候夏天的时间里，夏山水倒也并不寂寞，他和宿舍的几位高年级学生聊得还挺热闹。

夏天其实一直是知道父亲夏山水的沟通能力的，他在学校工作，经常和学生打交道，很容易就和学生们找到共同语言。

当天晚上夏天送走夏山水回宿舍后，宿舍的几位同学跟夏天谈论起夏山水。说他是个亲切随和、很健谈的人，就是说话南方口音有点儿重，几个北方的同学经常会有些词听不明白。比如，他们讨论《罗丹艺术论》，夏山水一直在说《罗丹"逆宿"论》，他们琢磨半天才明白过来。夏天听后心里笑了笑，暗忖自己来北京之前，又何尝不是经常把"艺术"念成"逆宿"呢?

夏天对父亲的到来感到非常高兴，又觉得有些意外，因为过些日子就要放寒假了，父亲怎么会突然来北京呢?事先也没写信告知。

夏山水解释说，自己自告奋勇临时承担了一个来北京出差的任务，顺便看看夏天。因时间匆忙，也来不及写信，今天刚下火车，就直接先到学校来了，过几天办完事还会再过来。

夏山水带来了一些南丰蜜橘，两包英雄牌奶粉，还有一件丝棉外套。夏天觉得那件丝棉外套简直就是惊喜，因为这几天正犯愁呢，夏天对北方冬天尤其是元旦前后室外的寒冷估计不足，除了那件军大衣，几乎没有更多御寒的衣物，而老穿着军大衣，行动很不方便，这些天都穿脏了也无法换洗。

因过了食堂的饭点儿,得知父亲还没吃晚饭,夏天就把他领到学校马路对过儿的"香河肉饼"。"香河肉饼"是学校周边仅有的几个小饭馆之一,在同学中有极高的知名度,但班里同学绝大多数并未有机会尝试。据说老王曾经去吃过一回,吃完不擦嘴,满嘴油光地回到宿舍赞不绝口,说那招牌牛肉饼面皮薄酥,牛肉馅儿肉多油足,加上刚出锅时的热葱香味儿,能馋倒一大片。老王遭到全宿舍人的一致谴责,说他吃独食儿一定会拉稀,老王赌咒发誓说是他一个有钱的老乡来看他请客的,自己并不舍得花钱吃。

夏天也是第一次来,想让父亲夏山水尝尝这闻名遐迩的北方肉饼,自己也顺便沾点儿光。落座之后夏天仔细打量了一下父亲,发现父亲表情虽然很开心,但脸上依然写着经过长时间火车颠簸后的疲惫,不似夏天印象中一直神采奕奕的样子,眼神也不像以前那么犀利,更多了一些慈爱和怜惜。夏天还发现,父亲两鬓的白发比几个月前多了不少,皮肤也更松弛了,加上到北方衣服穿得鼓鼓囊囊的,整个人似乎苍老了不少。

夏天打量夏山水的时候,夏山水其实也是一直在打量夏天。夏山水看着夏天笑道:"你到北方好像还长了一点儿个,结实了一些,小胡子也长出来了,更像个男子汉了,就是身体还是有点儿瘦。"

夏天嘿嘿一乐道:"还是家里伙食好,等寒假回家补补就会胖的。"

夏天点了一斤肉饼、一盘拍黄瓜、一碟花生米,父子俩边吃边聊。很快就找到彼此间熟悉的感觉,夏天想起了在家时与父亲的无数次长谈,就像一对知心朋友一般。

夏天问起了母亲和妹妹以及家里其他亲人的情况,也介绍了自己在学校这几个月的学习生活和感受。谈起在学校的情况，夏天颇有些意气风发，认为自己已经找到上大学的感觉了，前途一定是光明的。

夏山水看着儿子神采飞扬的样子，含笑不语。

父子在一起的时间总是过得很快，夏天把父亲送上去招待所的末班公共汽车时，已经快晚上十点了。在父亲上车的瞬间，夏天注意到了父亲脚上穿的皮鞋，发现鞋面已经皲裂得不成样子了，穿着这双鞋登上公共汽车的父亲的背影，移动起来似乎也有些迟缓。夏天心里不禁一酸，暗暗叹息道：一向矫健的父亲这么快就要变老了吗？难道儿子的成长伴随的就是父辈的渐渐衰弱吗？

夏天本来想跟父亲说让家里给买一个卡式录音机，以便放英语磁带提高听力用，但看到父亲皲裂的皮鞋，就不禁把话咽回去了。

几天后夏山水又来到学校，带来了一封信，是他托北京的一个朋友写给学校某个领导的，叮嘱夏天有时间可以去拜访一下。夏天收下信，并没有去拜访这位校领导，而是把信塞到抽屉底下，很快就遗忘了。

夏山水还给夏天带来了一个剃须刀。这是夏天的第一把剃须刀，一直用到大学毕业。

夏天后来才知道，其实这次夏山水是专程来看望自己的，那个差他本不用出，他实在是想看看自己儿子在大学里的样子。

第十一章
柔软冰凉的小手

夏山水离开北京后,夏天学习更用功了。期末考试一切顺利,不仅英语成绩好,其他科目也是优秀。在这学期他如愿被评为三好学生,拿到了奖学金,金额十五元,这是他人生中获得的第一笔奖金。

用这笔奖金的一部分,他为自己的妹妹夏雨买了一个不倒翁玩具娃娃。因为在他的记忆中,妹妹长这么大好像还没有过类似的女孩子的玩具,当哥哥的也算是为她弥补一些缺憾。夏天给家人也买了一些当时流行的北京果脯、蜜饯之类,准备寒假带回去。

期末考试完,面对即将开始的大学第一个寒假,外地的同学大都是归心似箭。买火车票,收拾回家的行装,采购几样北京的土特产,忙得不亦乐乎。

与此同时,一种离别的不舍也忽然在同学间弥漫开来。

小半年朝夕相处,同学习,同玩耍,有的还在一个宿舍里同呼吸,共睡眠,这是大家上大学之前很少有过的经历,同学之间都有了一种很亲近的感觉,这次分别,仿佛就像要离开自己的兄弟姐妹一段时间似的。

这种感觉，在夏天这个小组尤其强烈。

放假的前几天，李婳找到夏天，说要跟他商量一下第三小组给外地同学送行的事，夏天嘻嘻哈哈地说："我就是外地同学，一切听你们北京人民的安排。"

"那可说好了，我们怎么安排怎么是，你们可不许挑理儿。尤其是你，要好好配合啊。"李婳轻笑着，脸上露出调皮的神色。

夏天并不以为意，满不在乎地说："你们怎么安排我都保证配合好。"

小组大部分同学订的票都在同一天，在大家临行前一天，李婳宣布了送行的活动安排，就是小组集体包饺子，在李婳家里。大家各有任务，调馅儿的、和面的、擀皮的、负责包的，其中给夏天安排的特别任务是和面。

宣布完大家的任务，李婳还表功似的对夏天说："这可是照顾你了，考虑到你是南方人，估计包饺子笨手笨脚的不会太在行，这和面你卖卖力气就行了。"

夏天猛一听，觉得李婳考虑得很是周到，不禁很感激地使劲儿点点头。只是他当时并不知道，这和面居然是一个技术活儿，他在和面过程中出的洋相，成为李婳后来打击他骄傲情绪的有力武器。

李婳带领小组全体成员坐公交车来到她家。她家是在一个部队大院，门口两个持枪站岗的士兵军容整齐，枪上的刺刀闪着钢灰色的光芒。因为有李婳领着，士兵并没有盘问这群学生模样的人，大家大摇大摆地进了大门，又嘻嘻哈哈地穿过部队营房，来到住宿区。

到李婳家楼下的时候，李婳示意大家等一下，说她先上去看看家里情况。很快李婳就下来了，有些小得意地说："他们果然不在家。"

夏天这时暗自猜测，李姗是自作主张把同学领到她家里的，并没有跟家里人打招呼。

跟着李姗热热闹闹地进了门，因为她家里没有其他人，大家立马就放松了，都不把自己当外人，并很快就有了喧宾夺主的感觉。

大家七手八脚摆起了桌子，把来之前在学校大门口小卖部买的花生、核桃、瓜子、京白梨在桌上铺排开来，再把在学校食堂买的蒜肠、泥肠切成片盛盘，又把从李姗家冰箱里翻出来的西红柿切开撒上白砂糖整成一个"雪山飞红"，加上拍了一个翠绿的黄瓜，桌上也算是五颜六色，很快就有了喜庆热闹的气氛，虽然是送别会，竟有大家聚在一起过小年的感觉。

一应安排停当，接下来自然就是今天的重头戏，包饺子了。

从面缸里找出面，从橱柜里翻出面板和擀面杖，从冰箱里拎出两大块冻肉，再从阳台抱进一捆葱，包饺子的前期准备就算完成了。

和面，是包饺子的第一道工序，也是李姗分配给夏天的主要任务。

夏天忽然意识到和面对自己来说是一个艰巨的任务，自己从来没和过面，和面要怎样开始呢？他用探询的目光看了看李姗，希望她能提点一下要领，并开玩笑地说："我可把我的第一次和的面留在你们家了。"

李姗抿着嘴笑了笑，似乎善解人意地给夏天领到厨房，拿出了面盆，又指了指面缸，说："一切交给你了。"说完就走开了，一点儿也没有要指点迷津的意思。她还对其他同学说："和面的事交给夏天大家就放心吧，他和完面我们马上就可以开工包饺子了。"

夏天也不好意思求援了，心想：和面无非就是给面里加上水，把水面和在一起，和匀了不就完了吗，这点儿事难不倒我。心念至此，他从面缸里舀出两大桶足量包饺子的面倒在面盆里，又接了一大桶水也全部倒进面盆里。

就在把那桶水倒进面盆的瞬间，夏天就听到李婳的一声轻呼："啊，你确定你是在和包饺子的面吗？"李婳忍住笑，脖子上还挂着一个相机，她不知道什么时候又回到厨房了。

夏天把盆里的面和水使劲儿搅动了一会儿，发现水倒得太多了，分明是一盆面糊糊。夏天不自觉地挠了挠头，又用手背擦了一下额头的汗，心情有些沮丧。

李婳好像并不在意，还嘻嘻乐了起来，把相机对准夏天拍了一个闪照。

把夏天的照片存好之后，李婳卷起袖子开始帮夏天收拾残局。她拿来另外一个盆，把一半儿的面糊糊倒进去，然后在盆里继续加面粉，边加面粉边搅和、揉搓，直到变成一大团软硬合适的饺子面。李婳动作熟练，干净利索，让夏天暗自惭愧，同时也暗暗怀疑李婳让自己和面的动机。

李婳后来告诉夏天，她知道夏天和面有可能出洋相，就是不知道会出什么样的洋相。

在夏天准备把和好的面端到客厅给大家包饺子之前，李婳忽然笑着说："你出去前是不是要照一下镜子？"说完，她把她随身携带的一面小圆镜递到了夏天眼前。

夏天照镜子一看，发现自己头发上、眉毛上都沾上了面粉，都快成一个白头翁了。李婳乐得更欢了，夏天也意识到，自己刚才的形象已经被李婳敏捷地抓拍了。李婳很得意地说："看出我的新闻敏感性了吧，我不仅反应迅速，还先知先觉。"

夏天只好苦笑，赶紧洗完手，把面粉擦掉。

李婳还不失时机地继续表功道："你还要谢谢我吧？要不是我及时提醒，您头顶面粉的光辉形象将在小组全体同学面前一览无余。"

夏天赶紧点头道："真是太谢谢您了，您是我光辉形象的坚定维护者，只是还希望您刚才拍的那张照片不要随意扩散才好。"

李婳狡黠地一乐，道："这要看你的表现，这次寒假回家看你能带什么好吃的土特产贿赂我，贿赂成功了，照片就不会扩散。"李婳乐的时候，露出了一排细白闪亮的牙齿。

夏天看李婳乐的样子，忽然觉得她就像一个童心未泯的小女孩儿。

和面成功后，包饺子就简单了，大家一起动手，几斤饺子一会儿就包完了。夏天也向北方的同学学习，试着捏了几个饺子，居然有一两个可以稳稳地站住，这让他克服了不少对包饺子的畏难情绪，也让他刚才和面时造成的心理阴影面积大大减少。

李婳一直很开心地笑着，对夏天和面时出的洋相只字未提。

上大学还是第一次这么些男女同学聚在一起，就着热腾腾的饺子，在一个家的氛围中欢乐畅饮，互相之间那么亲近自然，像真正的兄弟姐妹。

阿蓉平时就是一个快言快语、活泼开朗的人，此刻她正到处找人聊天，遇到平时玩得好的，也不顾有人在场，上来就搂住人家脖子，夏天几人嘲笑她是"交际花"。

没等阿蓉反驳，老廉就站出来了，笑着对阿蓉说："怎么半天还不见你来找我，看来咱们平时关系一般啊。"说着还捂住胸口，假装伤心的模样。

阿蓉刚开始有些发愣，旋即明白过来了，有些害羞地说："我现在就找你好好聊聊!"

大家看见他们二人开玩笑,均在旁边哈哈大笑。

若干年后,老廉告诉夏天,他和阿蓉就是那天晚上一"聊"定情。

阿蓉和老廉被大家笑话过后,便开始了"报复"。阿蓉指着夏天说:"'夏前组长',你应该好好谢谢李姗,正是因为李姗顶替你当组长,在后方默默奉献,组织好小组活动,你才能在前方没有后顾之忧,风风光光办报露脸。"

夏天看了李姗一眼,发现李姗被阿蓉这几句话说得脸都红了,正目光闪闪地看着自己。夏天于是没心没肺地哈哈一乐,对着阿蓉调侃道:"你把人李姗说得跟农村的军嫂一样,李姗可是巾帼英雄,哪儿能一直待在后方啊。"

夏天顿了顿,又说道:"不过,这谢我是一定要谢的,正是李姗同学,使我们第一次有机会参观一个北京人的家,让我们体会到了北京人民的温暖和包容,我代表外地同学,向李姗鞠一躬。"

"外地同学不用你代表,你还是管好你自己吧!"方超这时突然插话,说着还用力拍了拍夏天的后背。

陈若珊跟着附和,重复方超的话道:"外地同学不用你代表!"

其他几个女生也如法炮制。

夏天知道他们在起哄,也不理他们,直起身子后盯着李姗。

这时,在大家起哄过程中一直没怎么说话的白乐东忽然站了起来,对着李姗说:"今天真是谢谢李姗同学了。"

夏天虽然觉得白乐东的行为有些怪怪的,但并没有太在意。

李姗不好意思地对大家说:"能和大家在一起我很开心,我觉得大家都是特别真诚的人,为大家服务是我的荣幸。"

"组长的觉悟就是高,我希望你这个组长要一直当下去,不管你以后当多大干部,你都会是我们永远拥护的小组长。"夏天半开玩笑半认真地说着。

"对,我们希望你这个组长要一直当下去,不管你以后当多大干部,你都会是我们永远拥护的小组长。"方超和老廉几个也重复着夏天的话,跟在后面起哄。

李嬗深深地看了一眼夏天,又对着大家笑道:"你们就是想把俺逼成农村妇女!"

大家说说笑笑,正是热闹的时候,忽然听见李嬗家外面有钥匙开门的声音,李嬗的表情有些疑惑,大声问道:"谁呀?"

"我呀,你在家?"一个和李嬗相似度很高的女声回答道。

"我四姐。"李嬗脸上居然掠过一丝紧张。

后来夏天才知道,为这次同学聚会,避免同学拘束,李嬗把她爸爸妈妈早早地安排出去了,让他们晚些再回来。她四姐平时并不常回家,四姐的出现,对李嬗来说显然是个意外。而且关键是,这个四姐很有御姐风范,总觉得李嬗是个不经事儿的小女孩儿,对李嬗常常会批评指点,但李嬗并不服气,姐妹俩拌嘴是家常便饭。这次李嬗把同学带回家,事后她四姐对她也是好一顿说。可见李嬗为了这帮同学,是付出了很多的,当时一个北京女孩能做到如此,确实让同学尤其是外地同学感动,这给夏天也留下了深刻的印象。

夏天从李嬗的紧张中感到了一些不安,因为现在的李嬗家中不管是厨房还是客厅都是一片狼藉。

只见李嬗迅速赶到门口,主动把门打开了,把她四姐堵在门口简单说了几句什么。

很快有一个和李嬗身形、面目极其相似,只是年纪略长且打扮相对时髦的女孩出现在客厅门口。

"我四姐。"

"这些是我们班同学……"

李姏给我们相互介绍着。

大家赶紧站起来跟李姏四姐打招呼,喊四姐你好。

李姏四姐进屋后马上就看到了热闹而狼藉的场面,她并没有热情回应大家的问候,而是表情冷淡地点点头径自进了自己的房间。

四姐的到来显然打乱了李姏的计划,同学们也有些不安,好在高潮已过,大家基本都已吃饱了。

于是夏天提议大家赶紧消灭掉那些饺子,把厨房、客厅收拾好后就打道回学校。

人多力量大,大家很快把屋子收拾好后,准备一起离开李姏家。

李姏示意不用跟她四姐打招呼,并把大家送下楼来。

到楼下后,李姏表情有些不安地对大家抱歉道:"不好意思,没想到我四姐今天回来,大家没尽兴吧!"

"恰到好处时戛然而止是聚会的最高境界,今天的聚会一定会让大家回味很久的。"夏天赶紧安慰道。但他当时并没有完全意识到,李姏为了把大家请到家里聚会,确实是费了很多心思,做了若干安排,而她四姐的突然出现,也给了她不少压力。

夏天故意转移话题,跟李姏开玩笑说:"你跟你四姐长得怎么那么像,声音、身材、面孔,一看就是一家人,我觉得几年后你就会是那个样子。"

"我才不要像她呢,我跟我四姐是很不一样的。"李姏白了夏天一眼。

夏天赶紧找补道:"当然,你的境界是独一无二的,一般人很难追赶!"

　　李妩一直把大家送出了部队大院的大门。跟女生拥抱告别,跟男生握手说再见,叮嘱大家一定别忘了带回各自家乡的土特产,到开学时要搞一个土特产品尝会。

　　李妩最后一个跟夏天握手,夏天感觉李妩的手骨感中有些柔软,又有些冰凉,就忍不住多握了一会儿。李妩让夏天握了一会儿才脸微红着把手抽出来,眼波在街灯下闪烁,似乎想说什么又没有说出来。

　　最后,这群年轻的学生们在冬夜的长街边挥手告别,带着亲人般的不舍。

第十二章
初次归旅

送别会的第二天,夏天踏上了回乡的漫漫旅途,还是那趟绿皮火车,还是那拥挤的车厢,还是那将近四十个小时的"咣咣当当"。和来时不同的是,夏天虽然归心似箭,但已没有去年初出家门时的忐忑不安,而是带着小试牛刀后的信心和喜悦,带着在北京熏陶半年可以卷起舌头说的普通话,带着在人文最高学府吃过见过的自满心态,重新回看来时的路,路上的风景和人。

这次坐同一趟车回家的,主要是同校的一些老乡,包括高年级的。燕大的王飞鸣因放假时间不同,并没有和他同行。倒是同班的阿宝、本校财政系的张倩早早地就跟夏天打招呼,要跟他买同一趟车的车票,路上好有个照应。加上学校同乡会上认识的老乡,夏天上车后就发现有不少熟人。

阿宝和张倩的座位和夏天是在一起的,几个老乡同学的座位离得也不远,上车以后,大家很快就把座位调到了一个卡座内,这样说话聊天比较方便,关键是可以凑在一起打扑克牌,消磨旅途漫长的时间。

这些同学老乡很多来自不同的专业,大家凑到一起,自然会聊聊各自专业的情况。这是夏天第一次听说除新闻系以外的学生情况，显得十分好奇，听完大家的讲述后，夏天觉得其实大家的生活也没什么不同，只不过课程上的安排不同罢了。

和夏天一路的有一位党史系的高年级同学，夏天一直好奇这个系的学生平时都学些什么，于是问道："党史课我们初中、高中、大学加起来学了三遍了，不知你们再花四年学习的内容在哪些方面更加深入广泛呢？"

夏天自认为还是注意了提问技巧的，但他并没有意识到自己的潜台词其实很容易让人尴尬，心眼小的人很容易会理解成你无非就是说我们在重复学习历史故事，会白白浪费四年时光。

这位党史系老乡颇有我党老一辈无产阶级革命家历经风雨、宠辱不惊的感觉，淡淡笑答道："历史是需要不断学习、研究的，不同阶段会有不同的视角。而且专业只是一个基础，学校是一个更大的平台，除了专业，在学校我们还可以学到自己想学的各种理论知识，这都是我们走上社会的基础。"

党史系学长的一席话，让夏天冒了一脑门细密的热汗，心里对学长刮目相看，他记住了学长的名字：吴敏波。这个人后来成为了夏天多年以来的良师益友。

夏天觉得跟吴敏波聊天有一种淋漓酣畅的感觉，双方都觉得挺兴奋，夏天和吴敏波迅速从群聊模式中脱离开来，谈话变成了两人之间的互相印证、切磋。

夏天在聊天中还意外得知，吴敏波居然是校散打队的队员，这让夏天马上产生了拜师的念头。因为一直以来，夏天就缠着父亲夏山水教自己一招制敌的本领，夏山水一直没有吐口，说夏天心性还需要磨炼。这回高人在前，岂不是瞌睡碰到了枕头？

吴敏波接受了夏天拜师的请求，说下学期开学时正式开始训练，但训练前会约法三章，至于如何约法三章，寒假回来自见分晓。吴敏波的承诺，让夏天对寒假后返校又有了一个小小的期待。

趁着夏天和吴敏波聊天的间隙，张倩不失时机给他们各自递上一个削好的京白梨，这时夏天也意识到，自上车以后，自己基本没怎么和张倩交流，觉得自己有点儿太冷落这位同行的唯一的女同学老乡了。

夏天赶紧连声道谢并不失时机地使劲儿夸起张倩来："你真是太有眼力见儿了，将来事业和生活一定会大有前途。"

张倩眯着眼睛笑嗔道："你们聊国家大事民族前途都聊得嗓子冒烟了，我们这些只会算小账的庸俗百姓，做点儿力所能及的事不是应该的吗？"

"我们聊得再欢不还得靠你们这些管钱的粮草先行吗？"夏天跟张倩贫道。

夏天发现有张倩的场合自己很放松，因为他知道张倩不是一个爱急眼的人，也开得起玩笑，有一种大家闺秀的风范。

在过去的这个学期，夏天一脑门子就扎到新闻系火热的学习生活中去了，张倩刚开学时来找过他几回，问一些学校生活方面的琐事，还有一次曾想请他陪着去西单帮忙采购一些生活用品，但夏天可能也是正好有采访任务，没有答应她的请求，后来联系就比较少了。

这次回家同行，算是难得聚在一起的机会。夏天也关心了一下张倩这学期学习的情况，张倩告诉夏天说："没别的，就是数学课多！"

夏天听后微微笑道："太佩服你们了，高考以后，我们基本就没听说过数学了,数学那根弦早就生锈了。"

张倩也微笑道:"其实我觉得你们学新闻专业的也应该多学习一些数学,因为数学使人更理性、更公平!"

"数学使人更公平?这个说法挺新鲜的。"夏天饶有兴趣地回问道。

"数学是要探究平等的,一个复杂的等式要成立一定是在多种条件能满足的情况下才可行,而你们新闻要报道的社会不就是由各种各样的等式和不等式组成的吗?当不等式太多了,社会就失去平衡了,而追求等式的时候,就需要数学这把钥匙,所以从某种角度来说,社会问题也是一个数学问题。而且由社会推及到人,人和人之间不也是在追求各种等式间的平衡吗?只是看每个人如何找到能实现平衡的那个 X 因子。"

张倩的一番论述,让夏天不禁睁大了眼睛,觉得自己都有点儿似懂非懂,也觉得张倩这个女孩的小脑瓜儿居然有这么多道道儿,有些不可思议。

后来张倩大学毕业去了英国,临别前给夏天留了一张便笺,上面写道:"我一直都有那个 X 因子,而你的却一直是 Y!"夏天本来想要耍贫,给她回一个:"这不是要生男娃的节奏吗?"但当时想想还是忍住了。

列车走得很慢,四五个小时还没到石家庄,中间张倩出去了一趟,挺长时间才回来,回来后就向夏天示意跟她到车厢连接处说点事儿,夏天不明所以跟着张倩从过道的人缝里挤出来。张倩告诉夏天,出发前她家里人给这趟车的列车长带了一张条子,拜托车长一路上照顾她一下,刚才她去找过车长,车长说她可以去列车员车厢休息,带一个人也可以,那里有卧铺,张倩问夏天愿不愿意跟她过去。

夏天心里觉得机会难得，去卧铺车厢肯定不会那么辛苦了，可一想到离开同行的阿宝和刚刚聊得投机的吴敏波等几个同学去独乐乐有点儿不太落忍，不禁面露难色。

张倩看夏天犹豫不决，于是下定决心似地对夏天说："算了，我觉得离开大部队也不好，我们还是跟他们一起混吧，这样也热闹些。"

夏天看到张倩如此善解人意，宁愿自己吃苦也要顾全大局，心里一阵赞叹。

绿皮车在京广线上不断大口喷吐着煤烟，嘶吼着向前。近四十个小时的漫漫长路，白天的时间还好打发，打打牌，侃侃大山，再吃吃喝喝也就过去了，到了晚上，所有人的睡眠就无处安放了。有的人不管不顾地钻到了座位底下，大部分人不是趴在三座中间的小桌上，就是互相挤靠着时睡时醒。

张倩的座位和夏天是挨着的，刚开始时张倩还是靠着椅背正襟危坐地睡，边睡边随着列车的行进前后点着头，睡熟之后就开始左右摇晃了，最后她的脑袋就一下一下地敲在夏天的肩膀上。夏天干脆把肩膀放低，让张倩脑袋抵着，这样互相支撑着睡得踏实一些。

中间张倩醒来，发现自己的脑袋靠在夏天的肩膀上，很不好意思地赶紧坐直了。张倩一动，夏天也醒了，张倩跟夏天抱歉说："我睡觉特别死，把你压着了吧？"

夏天笑笑说："没事，都是江湖儿女，互相倚靠是应该的，不过你刚睡着那会儿一下一下点头挺有意思的，我在想那时候我要求你办什么事估计你全都能答应。"

"夏天你太贫了，你快把我瞌睡气跑了。"张倩在昏暗的光线中迷迷糊糊地横了夏天一眼，换了一个姿势趴在卡座间的小桌上接着睡。

在半睡半醒间长夜慢慢过去，车窗外的天光终于开始放亮了，大家渐渐清醒，纷纷站起来活动身体。

张倩在大家的活动声中醒来，她揉揉眼睛看了看夏天问道："我昨天没影响你休息吧？"

夏天咧嘴笑道："你又没打呼噜，怎么会影响我休息，倒是后来没人挤着，反而睡得有点儿不踏实。"

张倩听了眯着眼露齿一乐。

"不过睡这一宿，你脑门儿上长了什么怪东西？"夏天忽然严肃认真地问道。

"瞎说，脑门儿上能长什么东西？"张倩有些不信。

"真长了，长得还挺大，不信你照照镜子。"夏天的表情看起来似乎很惊恐。

张倩看到夏天的表情后不由得有些紧张，赶紧掏出小镜子，发现脑门儿上果然有两粒大大的紫色圆形印记。

刚开始张倩有些不明所以，对着镜子伸手摸了摸。待她再一看自己大衣袖口上的纽扣，恍然大悟，一下乐得不行，一拳朝夏天捶了过去……

一路上大家疲惫却开心，终于到了湖南株洲站，扑面而来的已然是一派江南的气息。那时，京广线往南的列车都要绕道株洲，会多出六七个小时的路程。到株洲，换过一个火车头，便一路向东奔向终点站南昌。

第十三章
回家团聚

来火车站接夏天的是父亲夏山水和妹妹夏雨,夏天发现,半年不见的夏雨长高了不少,有点儿亭亭玉立的味道了。夏天伸手摸了摸夏雨的脑袋,夏雨的神情兴奋中还有些羞涩,已经不似半年前的一派天真了。

夏天得知,母亲在家里准备饭菜,几个叔叔、婶婶也在家里帮忙,准备给他接风呢。回到家乡的兴奋,使夏天丝毫感觉不到旅途的疲惫,在回家的路上,他把大家庭里每个人的情况几乎都问了一个遍。

回到家,接风的菜肴已经摆了满桌,夏天忽然发现,在北方半年,让他魂牵梦萦的,除了家乡的亲人,还有这地道的家乡美食:南昌炒粉、藜蒿炒腊肉、德安板鸭、三杯鸡、米粉蒸肉、红烧鲤鱼、福羹……几乎就是年夜饭的规格。

看到这些饭菜,夏天几乎是口水和眼泪齐飞,他连水都没喝,先吃了一碗凉拌米粉垫底。

妹妹夏雨已经乖巧地给哥哥盛上了糙米饭,就着家乡菜,夏天觉得糙米饭和这些菜简直就是绝配,不觉连吃了三大碗。

夏天母亲看着夏天有些清瘦的面庞，怜惜地感叹道："北方学校的伙食肯定不行吧？真后悔让你跑那么远上大学，你要留在南昌上大学随时可以回家吃好吃的。"

夏天拍拍肚子，打着饱嗝呵呵乐道："没事，我这一个月好好补补，回去有本钱接着瘦。"

回家以后，夏天饱吃饱睡了几天。这几天，父亲夏山水也在假期中，父子俩经常晚上一聊就聊到深夜，夏天把这半年在京的所见所闻所感毫无保留地描述出来。在夏天离家前，父子的对话常常是夏山水说得多，夏天说得少，夏天有时还会嫌父亲啰唆。这次夏天回家，夏山水成了一个很好的听众，笑眯眯地听着夏天的叙述，偶尔会点评提醒，讲讲自己的看法，父子俩就像朋友般你来我往，有些平等对话的味道了。

夏天慢慢觉得自己很喜欢这种感觉，把父亲当作个不设防的朋友，绝大多数对人对事的想法都可以说出来，父亲可以根据自己的人生经验提供一些参考意见，让夏天自己去判断、思考。对一些比较复杂、敏感的话题，父子可以敞开心扉，共同商量解决之道。夏天觉得，父子俩甚至可以在一起策划一些"阴谋诡计"，以方便将来扫除人生过程中的各种障碍。

从这个寒假开始，这对父子的对话就持续了下来，一直持续了二十多年。

夏天回家后，高中同学也陆陆续续联系上了，有考取外地学校回家探亲的，也有就在本地上大学的，还有一些没考上大学在本地读大专或专科学校的，甚至有高中毕业直接就上班的。

夏天很长时间一直认为，高中毕业是人生一个重要的分水岭，年少时亲密无间的小伙伴儿分别后人生轨道很快就拉开了距离，有的人也许会殊途同归，但绝大部分人可能一生中不会有太多的交集，高中毕业是每个人新的命运的开始。

在南昌本地的曹非凡和涂坚强、唐群等张罗了寒假期间高中同学的聚会。

曹非凡是夏天的同桌，考取了本地的重点大学赣江大学新闻系，算是夏天未来可能的同行。唐群考取了赣江大学的哲学系，涂坚强只考取了本地的一所大专学校。

但夏天知道，涂坚强是个聪明且不安分的人，能否考取一个好的大学绝对不是衡量他能力的标准。后来他确实用实际行动证明了自己，不仅把生意做大了，还娶了母校高中的一个美女老师为妻，用他自己的话说："我学习成绩不行，我娶个老师回家当家教总行了吧？不仅可以教我，还可以教我儿子，一下把两代人的教育问题都解决了。"

聚会是年前在母校的小礼堂举行的，几个上届高中毕业班都约在了一起，可谓热闹非凡。这一届的人有的中学同学了六年，有的甚至小学就是同学，中间几次分班、并班，相互交集很多，大家几乎都认识。而且，经过这半年社会生活的洗礼，很多以前不敢说的话也敢说了，不敢做的事也敢做了。尤其是那些曾经互有好感的男女同学，原来受高考的压力和中学生守则的束缚，都没有机会正视自己的感情，也没有机会试着表达自己，这次聚会，把大家的能量和情绪都引爆了，短短半天的聚会，许多男生意气勃发，女生也面若桃花。

曹非凡一见夏天的面，就跳起脚捶了夏天的后背一下，大骂道："夏天，你是个坏人，只顾自己在北京风流快活，不顾同桌兄弟的死活。"

夏天不服道："你哪只眼睛看到我在北京风流快活了，这半年我一直都在为中华崛起而努力读书。我倒是听说你一直在发动情书和玫瑰攻势，狂追我们班的班花柳静波，一定战果辉煌吧？"

柳静波是夏天、曹非凡的中学同班同学，考取的大学也是赣江大学新闻系，曹非凡本有希望考取北师大，但为了柳静波，毅然留在省内上大学。当然，这也是夏天此次寒假回家后才知道的。

曹非凡颓然道："别提了，几乎得手。"

"什么叫几乎得手？"夏天饶有兴趣地问。

"在赣江边牵过手。"曹非凡神情有些回味的感觉。

"那不就是得手了吗？"夏天戏谑道。

曹非凡翻了翻白眼："你真那么幼稚啊！"

夏天呵呵笑问道："后来呢？"

"后来没戏了。她嫌我太幼稚，现在跟一个快毕业的师兄打得火热。所以我要给你一个忠告，就是防火、防盗、防师兄。"

"太谢谢你的忠告了，你自己深陷失恋的痛苦深渊中，还不忘以自己血淋淋的教训警醒后人，这种高风亮节真让人感动。"

夏天和曹非凡在一起就是互相调笑惯了的，这次一见面你来我往几句话，很快就找到原来熟悉的感觉。

这次聚会夏天没有见到身材窈窕丰满的柳静波，但几年之后，柳静波还是被曹非凡攻克了，曹非凡把他的成功经验归纳总结为：坚持不懈和让对方无处可逃。

夏天上高中时只知道读书和打球，对学校的女生想法不多，交流也不多，这次回校聚会，看到男女生们打得火热，觉得自己仿佛成了打酱油的局外人，暗暗感叹自己的情商开发太晚。

好在几个考取外地学校的铁哥们都回来了，大家凑在一起乱侃成一团也并不寂寞。尤其是夏天和从小学到高中一直同学兼搭档的刘纯，分别半年再见面，俩人像小女生似的仿佛有许多话说不完。

从学校食堂的伙食，到寝室熄灯的时间，到文理科课程设置的不同，到男女生的比例和女生的美丑，再到现在比较流行的"改革开放"、"经济建设"的思潮话题和科大极有名的方教授的最新动态……

当时的老师都是住在校内，同学聚会的同时，也相约着拜访自己当年的任课老师。夏天最感激也最牵挂的是教数学的陈培元老师，夏天高考时几乎满分的数学成绩和陈培元老师的悉心调教是分不开的，陈培元老师让夏天这个文科生发现了数学的乐趣，也使夏天后来一直保持着对数学的兴趣。

这次夏天见到陈老师，印象最深的就是他头发更白了，手指和牙也更显焦黄，依旧是不修边幅，但眼神依旧是那么锐利、清亮，乐起来依旧像孩子般天真烂漫。

寒假回高中母校和老师同学的聚会快乐而短暂。聚会之后夏天迅速回归家庭，父母亲的兄弟姐妹很多，外公、外婆又健在，夏天面对的是一个大几十号人的大家族。在这个大家族中，夏天是第一个考到外地上大学的，又是在首都北京，自然成为大家关注的焦点。在过春节的这段时间里，夏天免不了挨家拜访，从东家吃到西家，天天吃得满嘴流油并且心安理得。因为夏天相信，虽然现在自己老是两手空空地吃各家饭，将来自己一定会有能力回报大家。

大年初二在外公外婆家的家族团聚是春节期间的重头戏，母亲这边的兄弟姐妹和孩子们不管有什么理由都不能缺席。外公是一个老派的知识分子，对自己和后代们都要求极严。

外公一生节俭，他和外婆退休后，挤住在一间二十平方米的小平房里，而几十名家族成员就挤在这间二十平方米的平房聚会。孩子们家里也有房间较多的，劝他们搬过去住，但外公坚决不同意，理由是这辈子都没向别人伸手，老了更不会向儿女伸手。

在夏天心里，大年初二的家族聚会，是有很强的仪式感的，是家族文化的集中体现。

聚会这天，家里的女人们都在平房后面自己搭的厨房里忙活，准备聚会的饭菜。饭菜准备好后，女人是不能上主桌的，作为长辈的外婆，被儿孙们强按在主桌上，也是坐不安宁，勉强待几分钟就下去和女儿们到厨房吃去了。

家里只有成年男丁才可以上主桌吃饭，其他人只能在另外一张小桌和小孩子们一起吃。

夏天今年是第一次被安排上主桌，理由是他满十八岁了，并且是个大学生，而没考取大学的第三代即使成年了，也没有上主桌的资格。夏天看着比自己长几岁没考上大学的表哥在小桌吃饭，觉得很是尴尬，小声向外公提示把表哥也叫上主桌。外公耷拉着眼皮，没有任何表情，也没有任何解释，只是示意夏天坐下。第二年表妹也考上了大学，虽然是女孩儿，也被外公请上了主桌。以后依此形成惯例，只要考取大学的人，不管男女，都可以上主桌吃饭，否则免谈。

外公就是用这种显而易见且毫不留情的方式表达对知识的尊重，激励第三代人好好学习，而是否好好学习的标准就是能否考上大学。后来的事实证明外公的这种激励方式确实起到了一定的作用，夏天后面的弟弟妹妹们大多考上了大学，即使当时没考上的，后来也通过各种方式完成了学业，拿到了大学文凭。

夏天坐上主桌，自然会被长辈们问起在北京学习的各种情况，夏天——作答,也把在北京听到的各种时事八卦跟大家分享,大家听起来还是蛮有兴致的。毕竟北京是国家的政治文化中心,是祖国的心脏,从心脏附近带来的消息会被认为更真切,这使夏天心里有了小小的优越感,而且夏天相信,将来自己这种消息的发布会越来越给人权威的感觉。

夏天坐上主桌开始时的拘束感,很快就在海阔天空的闲扯和美味佳肴的胡吃海塞中消弭干净,夏天知道,每年这顿年饭,外公都是花费大量时间精力,搜罗了各种新鲜的食材和市面上不容易见到的稀罕物精心准备的,满足了小孩子们过年时的念想。

外公的观念是,人和自然结合得越紧密的时候,就是人的生存状态越好的时候,当季的、新鲜的食物是最顺应天时的健康秘方。

掐了尖儿炒的红菜薹、井冈山的冬笋炒土猪肉、第一茬的春韭炒土鸡蛋、修河的清蒸白鱼、庐山的辣炒石鸡、精选的牛里脊肉炒南昌米粉、土鸡墨鱼瓦罐汤……这顿年饭上的每一道菜,无一不体现了赣菜的精华,让夏天一生都回味绵长,摆脱不了对家乡和家乡美食的牵挂。而每当夏天回味这些美食的时候,都会不经意间揣摩到外公的良苦用心,即便他老人家仙逝多年,他的形象在夏天心中也总是那么鲜活,在外公那貌似端严的外表下,是对孩子们温情脉脉的关爱和宠溺。

第十四章
李婳的来信

寒假大快朵颐的日子是短暂的,毕竟不是一个物质和金钱极大丰富的年代,几顿丰盛的年饭过后,日子还是要归于平淡,而平淡中寒假很快就过半了。夏天打算利用剩下的时间好好陪陪父母亲和家人,也顺便整理一下家里的藏书,有的趁寒假在家里读一读,有的打包待开学时带回学校。

在平淡中夏天忽然接到了一封来信,这是夏天第一次在家里接到外地来信。信是从北京寄来的,淡蓝色的信封,寄信人写着内详,但从那娟秀又颇有力度的笔画来看,夏天隐约觉得像是李婳的字,不禁有些暗暗高兴。

信确实是李婳寄来的,李婳的信基本是用文言文写的。

七弟,尚健在否?归途安否?遇窃否?念诸位弟兄去日已久,而音讯杳然,余心中不安,特致函问候……

夏天看李婳的信,开头一声七弟,叫得倒是亲切自然,但紧接着便有暗藏怒意、兴师问罪的感觉，所有的问题应该都是出在那"音讯杳然"上，她自然知道夏天是健在的，但既然健在，却一点儿消息都没有，便是太不把组长当干部了。

夏天忽然意识到自己于情于理都有些亏欠，李婳为了给大家送行，费心费力，甚至不惜跟自己四姐闹意见。但夏天离京返乡后，每日里各种欢聚，把大学同学都抛到脑后，确实显得有些神经大条。

抱怨完夏天的"音讯杳然"，李婳紧接着就为送行那天自己四姐的不给面子道歉：

> 临行聚会，因吾姐故，各位恐未欢愉尽兴，余亦惴惴，心怀歉疚，道声 Sorry，亦难消心中怅然……

夏天觉得李婳的这番道歉，画风一变，很快就没有了开篇时微恼的小女儿态，有点儿拿得起、放得下的感觉。

恼完，道歉完，接下来就有些推心置腹的味道了：

> 忆逝去半载，众兄弟举不才为小组干部，数次活动，余皆尽力，然皆自感不足。心力交瘁而成绩淡然，未敢瞻望前景，故心存隐退之心。不知七弟以为如何？望赐教。

这段话，有些让夏天帮着拿主意的意思，体现了李婳对夏天的信任和某种依赖，似乎也让他们之间的距离更近了一些。夏天看完这段话，满脑子想着要好好劝劝她下学期继续坚守岗位。

> 另告一憾事，未知何故，聚会所摄相片，仅冲显四五

张,余皆为空白。尤其七弟和面之新奇与艰辛之景,为众人所盼,竟在报废之列,实乃恨事……

夏天看完这段不禁偷笑,自己在聚会和面时的囧态,被李婳有预谋地拍个正着,居然也在报废之列,岂非天意?

李婳的信写得并不拉杂,很快就收了尾,并似乎不经意间解释了用文言文写信的缘由:

余久疏经书,下笔生涩。前日偶览刘勰老先生之《文心雕龙》,深受教益,故有如此不文不白之吐属,或词不达意及文法之误,还望贤弟海涵。

只是在信的最后一句,文风忽然大变:

老弟你听好了,寒假回来别忘了带好吃的,否则,哼哼……

落款是"五姐"。在整篇酸文假醋之后,忽然来这么一句,充分体现了"五姐"活泼轻快的一面。

夏天看完李婳的来信,心中甚为愉悦,盘算着也用文言文回信并趁机调笑她一番。夏天的回信如下:

吾姐垂鉴,正切驰思,顷奉华翰,快慰莫名。

弟自是健在,京华一别,仅睽违数日,即对吾姐拳念殊殷,本欲修书一封,聊表感激。然搜肠刮肚,竟觉万语千言,未知从何说起,遂成音讯杳然之托词,还望吾姐海涵。

吾姐大才大德,上学期引小组同侪披荆斩棘,大杀四方,独领风骚,令无数英雄折腰,吾辈倍感光荣。愿来年依旧以花团锦簇之状拱卫于吾姐周围,续写崭新辉煌。弟伏惟恳请吾姐体恤民心,当仁不让,勿再言退。

聚会照片,多在报废之列,于众实乃憾事,于弟却堪称侥幸。叹吾姐精心谋划而未遂所愿,弟和面之光辉形象仅供吾姐一人参考,悔耶?恨耶?弟只好掩口葫芦而笑矣。

此番寒假返乡,尽日介赣风鄱韵,鸡鸭鱼豚。弟于饱啖终日之余,却兀自思念京华校园之花生泥肠,蒜拌黄瓜,有同学呼引,有佳人侧伴,便觉乾坤在握,不亦快哉!

信的开头,夏天并没写"五姐",而是直接用的谐音:"吾姐",落款他也不用"七弟",而是用"契弟",一下就和李婳混成一家人似的。此时的夏天,对李婳并没有更多想法,只是觉得这样回信很自然,也很好玩儿。

在信的最后,夏天也模仿李婳的风格加了一句大白话:照吾姐的吩咐,土特产已采办完毕,回北京,一碟花生米,二两猪头肉,再加板鸭,肯定越吃越美!

此时的李婳或者夏天,也许他们自己都没意识到,他们互相之间已经在认真地写信交流,远非一般男女同学那样泛泛而论了。后来他们才知道,这个寒假,他们各自都只写了一封信,都是写给对方。他们之间的第一次书信往来,就是在这种半文不白的语境中试探、碰撞、表现、调侃、逗闹,相互变得熟稔起来,并开始惺惺相惜。

在家里的日子过得很快，一个月的寒假不知不觉就接近尾声。对家人自然是依依不舍，但想到即将返校，夏天却又有些莫名兴奋。虽然学校的伙食明显不如家里，但想起北京学校的人和事，夏天有一种强烈希望回归的感觉，他觉得只有在北京才能找到让自己飞翔起来的状态。

临行前一天，夏天去外公、外婆家告别，外婆照例煮了一碗面条给夏天吃，面条里卧了两个荷包蛋。外婆煮的面条，是每次夏天去那儿的保留节目。夏天直到现在，也无法复制外婆所煮面条的美味，面汤的清鲜，面条的 Q 弹，荷包蛋的完整饱满，那是完完全全的外婆家的味道，也是此生难以忘却的记忆。

临行的最后一个夜晚，夏山水、夏天照例又是一番父子间的长谈。夏山水正式向夏天提出了一个建议，希望夏天在下学期要积极向组织靠拢。夏天若有所感，表示会积极考虑，认真思索，在充分确定自己的想法后一定会采取行动。

经过上学期半年的相处，李固老师已经和班里的同学相互稔熟了，在男生群里，李固老师俨然就是大哥大。当时老师的住房条件比较艰苦，李固老师和他刚调到北京的妻子住在学校一间老旧的平房里，连厨房都没有。尽管如此，他有时候也会招呼一些男生到他的小房间吃喝聊天。

李固老师来自内蒙古，用煤油炉煮一锅白开水，放点儿葱姜蒜，切上两盘羊肉片，就算是涮肉了，这是去李固老师家的保留节目。

放寒假前，夏天和哥几个上李固老师家辞行，李固老师照例又是涮肉招待。这回涮肉锅是架在新砌的蜂窝煤炉上，大家围炉而坐，新炉子火力凶猛，羊肉即烫即熟，吃得非常过瘾。吃完肉，李固老师还让师母在煤炉上又煮上了一锅正宗的奶茶，大家人手一杯，喝得心里身上暖洋洋的。

同学们打得火热,李固老师说话也很放得开,开始给这些学生讲起他在党报当记者时的经历。其实那些经历放在现在看也没什么惊奇,不过就是采访过程中当地的风土人情,但在当时的夏天眼里这些都是非常传奇的故事。

吃喝过程中,阿峰非常兴奋,一时手滑把一个碟子打碎了,阿峰囧得直搓手,李固老师安慰他说:"没事,没事,碎碎平安!换一个碟子就行了。"可当他去碗柜里找的时候,发现已经没有可换的了。

江驴儿在旁边哈哈大笑道:"我们把老师家吃穷了,连碟子都要吃没了。"

李固老师也是呵呵一乐,道:"看样子是得再置办一套新家当了。"

吃喝完毕,李固老师透露了他想在寒假回来后班里举办土特产品尝会的想法,特意嘱咐让夏天张罗一下。夏天看到李固老师当着班长老凯的面嘱咐自己牵头张罗此事,不禁有些受宠若惊,赶紧点头称是,说回宿舍后马上跟外地的各位同学打招呼。

第十五章
土特产品尝会

列车到达北京时已是夜里十二点半,晚点了四个半小时。好在临行前几天夏天考虑到列车晚点的可能,给北京同学白乐东写了一封求援信,请他帮忙接站。因为他知道,如果没人接站,他很有可能在火车站待一宿,等到第二天坐早班公共汽车才能返校。

白乐东四个半小时前就到了。那个年代列车晚点是常态,白乐东也有经验,大部分时间都猫在候车室里,隔一段时间出来问一下列车可能的到达时间。但尽管如此,冬日凌晨凛冽的寒风也把他冻得够呛。

当夏天看到满脸冻得通红的白乐东如约在接站口等候时,心里非常感动。更让夏天惊喜的是,白乐东居然准备了两辆自行车,这让夏天不得不佩服白乐东心思的缜密和细致。

夏天和白乐东把行李尤其是那箱瓷器捆扎好,一人骑一辆自行车向学校进发。一个假期没见,自然有不少话说,两人边骑边聊。夏天得知,自己居然是小组外地同学里第一个到校的,其他同学会在第二天陆续回来。

白乐东半开玩笑地说:"你的魂儿让什么勾住了这么早就回

来了?"

夏天哈哈一乐,调侃道:"想你了呗!"

白乐东表情复杂地看了夏天一眼,道:"别,你说的我冷痱子都起来了,我看是有人想你了还差不多。"

夏天大大咧咧地笑道:"咳,谁会想我呀,估计是有人惦记我这兜儿里的家乡土特产了吧。"

想起同学聚齐后即将举行的土特产品尝会,夏天和白乐东还是充满期待的。寒假前李固老师交代夏天牵头组织的这个品尝会,夏天想拉着白乐东一起搞,路上他跟白乐东一说,白乐东高兴地满口答应了。

一路骑行,冬夜的长安街幽冷空旷,人声稀少。他们俩脚蹬自行车"咯吱、咯吱"的声音似乎都有回响。夏天和白乐东越骑越快,一会儿脑袋就像蒸笼似的冒白烟了。

过木樨地,拐进白颐路,便是他们熟悉的林荫大道。此时道路两旁高大的杨树叶早已掉了个精光,树干在路灯的映射下,泛出青灰色的光芒,显出钢铁般的质感,而夏天他们自我感觉就像在钢铁丛林中飞驰的骑士。

夏天一点儿也没感觉到旅途的疲惫,仿佛自己浑身有源源不断、用之不竭的力量。

第二天,他们对了一下班里尤其是小组同学到京的列车时间表,发现很多都是夜里到站,于是到北京站接站成了他们俩责无旁贷的任务。

这一天,他们骑车往返北京站三趟,接站的队伍也不断壮大,先到的同学把能借的自行车都借上了,最后一拨晚点的同学到达时,这些自行车有的驮人,有的驮行李,组成了一个方阵。一路上用自行车铃声、欢笑声、歌声，碾碎了冬夜的宁静，他们浩浩荡荡穿街过巷，给清冷的大街平添了一分喧嚣。

夏天小组的陈若珊和阿蓉也在这拨晚点的同学里，陈若珊毫不扭捏地坐上了夏天的车，并让夏天把她手里网兜的东西放在自行车前面的筐里，叮嘱千万别摔了。夏天见这网兜里的东西大如篮球，表皮坚硬粗糙，斑点凹凸，便好奇地问陈若珊这是什么东西，陈若珊笑着说："我们那儿的土特产啊。"

夏天继续追问："土特产是什么呀？"

陈若珊调皮地说："你猜！如果猜不出来，答案等土特产品尝会上再揭晓。"

夏天自然猜不出来，只好盼着快点儿开会。

白乐东车上驮着的是阿蓉，阿蓉除了行李，还拎着一个蛇皮口袋，也让白乐东放到车前的铁筐里，也叮嘱不能摔，白乐东问她里面是什么，她也学着陈若珊的语调说："你猜！如果猜不出来，答案等土特产品尝会再揭晓。"

她们俩的故意卖关子，让大家对土特产品尝会的期待值呈几何级增长。

夏天笑道："干脆我们定一规矩，在土特产品尝会之前，大家从老家带来的土特产，谁也不许泄密，谁保密工作做得好，谁带的东西以前大家没见过，谁就可以获得神秘大奖。至于神秘大奖是什么，也允许我卖一下关子，等到品尝会结束前再揭晓。"

"如果大家同意，请用铃声表示支持！"夏天说这句话时，特意提高了声量。

夏天话音未落，大街上自行车铃声忽然响成一片。

在一片铃声中，陈若珊故意尖着嗓子的声音忽然破围而出：

"铃声可以有，神秘大奖可以有，但请不要卖关子！"

陈若珊喊完，大家又是一片笑闹声……

土特产品尝会在全体同学归队的第二天下午举行，班主任李固老师特意协调了教学楼的一间大教室，搬来了家里刚置办的一口大黄铜火锅，号称是这口黄铜火锅的"处子秀"。有火锅自然是要涮羊肉，因还没到正月十五，大家欢聚一堂，也算是一起过年，围着火锅而坐，有团团圆圆的意思。只是后来开吃后发现人太多，火锅太小，大家只能流动着吃，夹一筷子就要赶快给别人腾地儿。

夏天事先还从家住学校的教师子弟任珺那儿借了一个蜂窝煤炉、一小车蜂窝煤、一口大锅和整套的厨房用具，准备随时加工同学们带来的各色食物。另外，夏天和白乐东还组织几个人月班费分别从食堂、学校门口的小卖部买了一些凉菜、花生、瓜子等普通吃食，但量都不大。因为他们知道，今天晚上真正的重头戏是各地土特产品的惊艳登场。

因为放寒假前夏天跟外地同学都打过招呼，这些同学都是倾各家之力准备了各地的特色产品。

老廉带来的四川辣肠最受欢迎，辣肠是自己家做的，肥瘦相间的土猪肉，加上红灿灿的麻辣调味料腌制后灌肠风干，长相喜人。在大锅里煮熟再切开，香气扑鼻，既开胃又解馋。

江驴儿带了一包山东大煎饼，这些煎饼形似荷叶，薄软如纸，透明如玉，揪下一张放嘴里，感觉韧性十足，嚼起来很费牙口儿。江驴儿看大家有些费劲，便给大家示范煎饼的正确吃法。只见他从一捆大葱中抽出一根，三下两下把外皮剥了个干净，露出晶莹嫩白的葱心儿，用煎饼包住一卷，蘸上黄酱后就放到嘴里嚼，感觉他吃得咯嘣脆响，满口生津。

来自内蒙古的阿峰带来的是两个煮熟的羊头。据阿峰介绍，因路途辗转，他担心羊头没到北京就变质了，于是事先在家就把羊头收拾干净，用清水加盐和葱姜蒜煮熟、晾干，用塑料袋裹好，放在户外冻结实。冻好后放到一个更大的塑料袋里，这个塑料袋里事先也已铺上他从村后草甸水洼里凿出来的大冰块。把塑料袋封严，再放进一个脸盆里，用网兜兜住，他就这么一路提将过来。好在天寒地冻，他又一直想办法把这个装羊头的网兜暴露在冷空气中，于是这两个羊头到北京都没化，他是直到开班会前两小时才开始解冻的。解开塑料袋后，那两个完整的大羊头被阿峰放在脸盆里端到了教室的临时饭桌上，很快引起了女生的尖叫。

只见脸盆里两个剥皮后煮熟的羊头相依相伴，眼皮耷拉，肌肉盘曲，色泽嫩白，表情麻木。阿峰对女生的尖叫不以为意，掏出一把蒙古刀，很快就把羊头、羊脖子上的肉剔下来、撕开，示意大家赶快尝尝。此羊头肉虽然风貌原始，却别有风味儿。因刚刚化冻，吃起来还冰凉沁牙，但入口后Q弹顺滑，没有一点儿羊膻味儿，还带有一丝青草的芳香和清甜。阿峰介绍说，这是草原上喝冰泉水长大的羊。撕着羊头，大口地吃肉，一帮男生顿觉豪情万丈。夏天注意到，这种吃喝法，绝大部分女生并不敢尝试，只有来自新疆的女生程程混在男生堆中，神色如常。

来自贵州的布依族同学阿荣带来的一大块黑黑方方的东西，大家刚开始都看不明白，阿荣介绍说，这是布依族古法熏肉。他用小刀切开表面，立刻露出里面的洁白晶莹、粉嫩剔透。他的小刀过处，轻轻一划，整块肉便迅速被分割成若干薄片，如烫刀切在奶油上，这些肉片看起来肥多瘦少，但其实肥而不腻，入口即化，回味还有一股异香，让人欲罢不能。阿荣得意地说，这是他家传的手艺，要点是取上好的五花肉先用秘制酱料腌制，再裹上山里特有的香茅蒸至半熟，然后用干香茅烧出的灶烟熏化好几个月，火候、时间、酱料缺一不可。大家觉得这熏肉风味独特，口感绝佳，于是都使劲儿点头。后来据说阿荣毕业后南下深圳，就靠着这一招鲜的熏肉挣了第一桶金。

来自青海的阿威带来的是大包的牦牛肉。阿威是土豪做派，人手发一大根青海高原产的牦牛肉条，嚼得大家牙根疼。大家看着手里又粗又大的牦牛肉条，再看看阿威又高又壮的身板，迅速就把它们联系在一起了，于是阿威从此就有了外号"牦牛"。

来自湖南的老石嗜辣如命，寒假返校带回来一箱子辣椒酱，整整四大玻璃罐。参加班会他奉献了一大罐，正宗的湖南剁椒，老妈亲手做的。他自豪地说，这种剁椒酱百搭，什么食物和剁椒酱配在一起，味道立刻就会得到升华，再难吃的食物，只要蘸了剁椒酱，就会变成人间美味。他身体力行，率先示范，品尝会上几乎所有的食物他都是蘸了剁椒酱再吃，只见他吃得两眼放光，双颊微红，额头冒出细密的汗珠，说不出的神清气爽。

夏天试着把羊头肉蘸了剁椒酱吃，冰凉的肉裹上火辣的酱，果然非同凡响，顿觉口水如泉涌，味蕾像鲜花一样绽放。有几个北方的同学也尝试着把羊头肉蘸剁椒酱吃，但剁椒酱的辣度显然超出了他们的承受范围，瞬间他们就满脸绯红，眼泪和热汗齐飞。

后来，夏天没事就上老石那儿蹭剁椒酱吃，老石不在的时候也不见外地自拿自取，把老石吃得警惕性特高，像土财主一样把剁椒酱当金银财宝般锁进了他唯一的箱子里。

一般人把吃剁椒酱当作一种生活方式，而老石似乎把吃剁椒酱当成了生活的全部，所以老石每天早上一睁眼，就先在饭盒里？上两大勺剁椒酱，倒入滚烫的开水，搅拌开，猛喝几口，人顿时就来了精神，仿佛这辣椒水就是开启他人生每一天的钥匙。喝着辣椒水，再掰一个头天晚上剩下的馒头泡里面，算是他的经典早餐搭配，吃喝完，他就可以不知疲倦地投入到一天紧张的学习生活当中了。

来自新疆的程程和老康带来的各色干果在众人被辣翻之后，给大家的味蕾带来了极大的安慰。葡萄干、无花果、若羌小枣……无一不是超高甜度。夏天猜想，能生产这么多超甜水果和果干的地方，大家的生活一定很甜蜜，幸福指数一定很高吧？大家吃着葡萄干，众口称甜。程程却并不以为意地说："这不算啥，你们夏天来，新鲜的葡萄、哈密瓜、西瓜、香梨，又脆又香又甜，比干果带劲多了，到时候你们只会恨自己肚子小。吃着水果，如果再烤上几串没结婚的羊娃子肉，那就比神仙还美……"程程越说越自豪，大家听了无不心生向往。

夏天插话跟程程开玩笑道："我发现你说起话来比唱的那首歌都好听。"

"什么歌？"程程听了一愣，问道。

"我们新疆好地方！"夏天笑道。

程程听了展颜一笑道："我们新疆就是好地方嘛！"

夏天顿了顿，又笑道："我还发现你不是人。"

程程很机灵地回击道："你别老套了，你想夸我是神仙就直说！"

夏天摇头道："NO，NO！你现在在大家眼里就是没结婚的羊娃子肉，你没看周围'狼光四射'，口水横流吗？"

程程羞红了脸，啐道："你要死啊，看你敢到新疆，到时候用羊娃子肉撑死你！"

夏天回道："我热切期盼！"

大家笑闹着，品尝会的气氛渐入佳境。

两年后的暑假，夏天在程程的帮助下，实现了游历新疆的梦想，但程程的承诺并没有完全实现，夏天只是被羊娃子肉撑了个半死。

品尝会上陈若珊和阿蓉等带来的特产也陆续揭晓谜底。

陈若珊带来的是一只硕大的菠萝蜜，现在物流发达，人们对菠萝蜜也许并不陌生，但在那个年代，大家也算是开了眼界。

而阿蓉带的东西，可以说极具冲击力。难怪她裹得严严实实，外面还用蛇皮口袋包着。她带来的东西，在未撕开里外三层的包装前，大家只是隐隐觉得有些异味，随着包裹一层层打开，味道越来越浓烈，最后势不可挡，很多人都忍不住掩鼻皱眉。阿蓉介绍说，这就是传说中闻着臭吃着香的榴梿，和长沙著名的臭豆腐齐名。阿蓉麻利地把榴梿剖开，掏出了其中嫩黄细腻的果肉，自己先吃了一块，表情夸张地大赞美味。大家也是勇于尝试，小口轻舔之后，不少人就停不下来了，一个榴梿很快便如风卷残云般被扫荡干净。

大家情绪亢奋，而来者不拒的各地美食，也使大家的肚子像是开了一个杂货铺。

夏天深切地感受到，这个品尝会迅速拉近了全班同学之间的距离，几乎为今后三年半的大学时光和大学毕业后若干年同学间的关系定下了一个基调。通过奉献各自家乡的珍贵特产，大家仿佛成为牢不可分的一个整体，冥冥中要相互守望，即使将来远隔万水千山。

品尝会接近尾声时，夏天作为活动组织者公布了神秘大奖的获奖者是阿蓉，而神秘大奖的奖品就是给阿蓉一个任性的权利，她可以指定任何人拥抱她，她也可以主动拥抱任何人。

阿蓉听见神秘大奖的奖品后不干了，她嘟囔着说："夏天你太坏了，不管是我抱人或者让人抱我，都把我的想法暴露了，为了掩盖我真实的想法，我就指定你来抱我吧！"说完她就作势要抱夏天。

夏天心里已有分寸，赶紧摇头道："我可不想帮着掩盖你的罪恶企图，我帮你选一个人来抱你，让你实现你的理想抱负。"

夏天一边说着，一边迅速靠近站在阿蓉不远处的老廉，一把拉住他，把他和阿蓉推到了一起。老廉倒是落落大方，一把抱住了阿蓉，阿蓉起先还挣扎了一下，最后还是红着脸接受了老廉的拥抱。

若干年后，在阿蓉和老廉的婚礼上，阿蓉毫不客气地谴责夏天："夏天你知道你有多讨厌吗？你那么早就把我和老廉之间的窗户纸捅破，你让我少了多少被人追求的乐趣，我这辈子唯一的一次恋爱就毁在你的手里！"

夏天嘿嘿直乐道："你应该感激我才对，没我的果断出手，你和老廉哪儿能那么快就结出硕果。"夏天边说边指着阿蓉微微隆起的肚子。

老廉听着夏天和阿蓉斗嘴，一言不发，只是摸着自己的鼻子眯眯笑。

第十六章
十五的月亮十六圆

　　土特产品尝会大大超出了预期的效果，夏天、阿峰、阿朗、浩然、老马和江驴儿六人更是在品鉴会上发现彼此臭味相投。

　　后来，六人一合计成立了一个协会，就叫作"特产协会"，还建议以后一定要多召开土特产品尝会，以便开拓大家的视野。但协会人数较少，土特产品尝会其实也就只开了这么一次，而且日后六人之间发生的事，其实也和特产两个字无甚关联。但六人的感情却由此加深，直到毕业多年，六人依旧保持着紧密的联系。

　　同时，李固老师也很高兴，晚会快结束时，用手重重拍着夏天的肩膀表示赞许。李固老师夸夏天办事得力，细节考虑周到，还挺有创意。夏天听老师夸奖备受鼓舞，心里很有些小得意，但也不敢独自贪功，介绍说包括白乐东、方超、任珺等同学都出了大力，各位同学也是各尽所能，奉献多多。

　　土特产品尝会的成功举办，让夏天十分有成就感，一直到晚上睡觉，夏天都在回味那些难得一见的美食。

　　第二天早上一睁眼，发现一场鹅毛大雪已飘然而至，大地白茫茫一片真干净，这是夏天第一次在北京见到这么大的雪。夏天顾不上洗漱，披上大衣，蹬上鞋就往楼下跑。

雪还在下，下得簌簌有声，下得霸气凌厉，仿佛迫不及待地要完全覆盖整个世界。

夏天穿过宿舍楼下的紫藤园，顶着雪花来到学校东门前的小操场，看到的是一片开阔的雪景。操场上的积雪已有半尺多厚，操场周围的松树林，几乎完全被大雪包裹住，像一丛丛巨大并整齐列队的棉花糖，而操场道路两旁掉光了树叶但依然高傲挺拔的白杨树枝也被裹上了一层白雪，显得毛茸茸的，平添了一分温柔。操场东头那块刻着"实事求是"字样的卧牛石几乎都被大雪覆盖住，体积也仿佛大了好几圈，这哪是卧牛石，分明就是一头懒洋洋的大白象。

只是在操场东南角的那片柿子林，在暴雪的卷裹下，有几分不同的颜色，去年秋天挂果的柿子，仍有几颗在高高的树梢上纠结缠绕着，经历一冬，本已染上了尘霜，但这场暴雪的来临，使它们露出了本来的颜色，远远看去，一抹金黄，一抹火红，让人眼前一亮。

夏天目光追随着那几颗金黄火红的柿子，蹚着雪，深一脚浅一脚往柿子林走去，想靠近看个究竟。

夏天走近柿子林，发现林中早有一个鲜艳的背影，也正仰着头在看树梢上的柿子呢。这个背影是个女生，一身赫红色的皮裙包裹着苗条的身形，脖子上裹着一条白色的围巾，脑袋上也裹着一顶毛茸茸的白色线帽，整个脑袋只露出一双眼睛。

夏天觉得这个背影很是眼熟，但又不敢贸然招呼，于是想绕到她身前探看一番。夏天蹚雪的脚步声已经引起了那位女生的注意，她微微侧过身子扫了身后的夏天一眼，很快就转过身继续仰头看柿子。夏天想绕到她前面看看她的真面目，但她仿佛脑后长眼似的，每每总是能用后脑勺对着夏天。

夏天觉得奇怪，但又不好显得太过急切，只好假装不经意地靠近她身边。这女生辨识着脚步声的远近，蹲了一下又站起来了，待到脚步声接近她身侧的时候，她突然转过身，扬手打出了一团大大的雪球。雪球向夏天扑面而来，饶是夏天反应迅速，抬手挡了一下，但雪球的大部分依然打在脸上，夏天眼前一片模糊和冰凉。伴随着雪球和夏天脸蛋儿亲密撞击声音的，是一个女生笑得都快岔了气的"咯咯"声，这个女生边笑边说道："哈哈，没想到你也有这么笨的时候，连你姐都认不出来！"

夏天听到声音，心中已经了然，再抹去脸上的雪沫，定睛一看，不是李婳还能是谁？

原来李婳之前侧身回眸的时候已经知道是夏天，而夏天的窥探让她产生了促狭的心思，刚才所有的躲闪回避都是为了酝酿最后的一击。

李婳笑得花枝乱颤，根本停不下来，虽然只露出一双眼睛，但那双眼睛仿佛是被什么东西点燃，透出闪亮的光芒。看着这双漾出笑意如点漆般的眼睛，夏天不禁心头一震。

李婳后来问夏天是什么时候对自己有感觉的，夏天笑着调侃道："就是下雪打我那回，你没有露脸只露眼睛的时候。"

李婳不干了，说："你的意思就是看见我的脸对我就没感觉了？"

夏天赶紧解释道："我的意思是你的眼睛点亮了我对你的感觉，后来我看到你的任何部位都很有感觉。"

李婳嗔道："你呀，还是那句话，感觉迟钝，后知后觉。"

夏天迅速回击："看样子你是先知先觉，早就对我一见钟情，惦记我久矣！"

李婳啐道："美得你，到现在我也没看出你好在哪儿！"

夏天笑道："糊涂！"

夏天看见李婳笑得得意，也作势弯腰捏一个雪团要还击李婳。李婳吓得尖叫逃跑，夏天引而不发，李婳跑两步就被厚厚的积雪绊倒，也惹得夏天哈哈大笑。

李婳摔在雪里，毫发无伤，只是把帽子摔掉了，围巾也散开来。夏天很绅士地把李婳拉起来，只见李婳的长发已经披散开了，半遮住脸庞，但依然遮不住脸上浓浓的笑意和嘴角翘起时好看的弧度，一点儿也找不到夏天刚认识她时清冷的神情。

夏天问李婳："你怎么跑这儿来了？"

李婳回问道："你怎么跑这儿来了？"

夏天笑答道："啥也别说了，咱们是心有灵犀一点通啊！"

李婳白了夏天一眼道："谁跟你心灵相通啊，你是忙大事的人，张罗大场面的人，心灵怎么可能跟我们小老百姓相通？再说，你有心吗？"

夏天听出来这是李婳对他有意见了，但对他到底有什么意见，他其实并不明白。夏天寒假回京后就忙着接同学，张罗组织班里的土特产品尝会，元宵节又上李固老师家聚会，基本上没有单独和李婳交流的机会。虽然也想找李婳聊聊寒假这段时间的情况，却又不知从何聊起，而且想起要单独和李婳聊，感觉有些怪怪的，因为之前他并没有单独跟女生深入交流的经验。

但在雪天柿子林的不约而同，让他产生了一种很特别的感觉，他忽然觉得李姗是一个自己很亲近的人,至于怎么个亲近法儿,自己也没想明白。

这场偶遇让他们自然而然拉开了话匣子,但主要还是聚焦在新学期的第一次小组活动上。

"俗话说,十五的月亮十六圆,咱们小组的聚会是不是就安排在今天晚上?"李姗提议道。

"正合我意,我也是这么想的,而且,我知道,小组其他同学参加小组聚会的愿望都很迫切,只待组长一声召唤,趁着过年的热闹劲儿,我们小组活动一定会掀起春节活动的最高潮!"夏天热情洋溢地附和着,以弥补之前没有及时向组长汇报近况的歉疚。

"你们外地同学带来的土特产都贡献得差不多了吧,估计没什么好吃的了。"李姗思忖道。

"这些天大家肚子都吃杂了,该清清肠胃了。我们小组同学在一起,吃什么、喝什么已经不重要了,关键是大家喜欢这种小家庭的氛围。大家只要在一起,什么吃的都可以。"夏天极力地打消李姗的疑虑。

晚上的小组聚会,大家也算是小别重逢,互相之间有一种说不出的亲切自然。

大家唠着寒假回家的所见、所闻,沉浸在这个小组独有的氛围和气场中。

陈若珊摁响了她寒假回家带来的一台时髦的卡式录放机,播放起了交谊舞曲。小组聚会瞬间变成小组舞会,这个舞会虽然并不在计划中,但大家不仅不觉得突兀,而且还觉得这个转换水到渠成,恰到好处。

夏天的交谊舞原来就是有些基础的，刚入学时也曾小露一手，这回小组舞会本想带动大家一起跳。但他很快发现，这些男生女生都早非吴下阿蒙，个个舞艺精进了得。尤其是陈若珊、程程、阿蓉、方超、老廉，一看就是寒假下了功夫练的，老廉甚至可以带着阿蓉走起花步来。

夏天开玩笑道："你俩肯定在一起偷偷练过。"

阿蓉撅起嘴道："你不服吧？我俩没在一起练过，但天然默契！"

夏天赶紧说："服了，服了，你们的默契我们怎么练也比不了。"

"默契不是靠练的，是靠自己去发现和感觉的。"阿蓉满面红光，自豪地补充道。

陈若珊一上来主动邀请夏天跳了一曲平四，夏天和陈若珊跳起来有一种似曾相识的感觉，陈若珊边跳边眯眯笑着跟夏天聊着："咱们的进步不够快呀，人老廉和阿蓉都跳出花步来了，咱们还是只会一二三四呢。"

夏天笑答："咳，没办法，人不是有巨大的内在动力吗？"

陈若珊附和道："是哦，没找到内在动力前大家是到不了他们那个境界的。"

"但我觉得你很快就会找到你的核动力的。"陈若珊忽然狡黠地笑道，同时用探究的眼光看着夏天的反应。

"啥叫核动力？"夏天听出陈若珊似有所指，但又不知她所指是谁，于是故意装傻充愣道。

"难怪有人说你看着聪明，实则迟钝。"陈若珊嘻嘻笑道。

"谁这么高度评价我？我看着也不聪明啊。"夏天呵呵道。

"看样子你深刻领会了学校校训实事求是的精髓，你可以提前毕业了!"陈若珊打趣道,并不想满足夏天的好奇心。

"谢谢陈校长,快给我签发毕业证书吧,我提前上班挣钱可以经常请你们吃饭了。"

夏天和陈若珊边跳边聊,边用余光扫视着小组其他同学。夏天发现,大家有兴高采烈跳着的,也有兴致勃勃看着的,唯独李婳似乎又恢复了她原先那种清冷的神情,一副置身事外的样子。

夏天和陈若珊一曲舞罢,走到李婳身边,准备邀请李婳跳下一支曲子,夏天刚想张嘴,李婳就浅浅地笑道:"我不会跳舞,你们跳得开心就是我最大的快乐!"

夏天贫道:"组长任何时候都是高风亮节,现在是与民同乐的时候,你有责任带领大家一起欢乐。"

李婳仍是摇头。

陈若珊在一旁起哄道:"夏天你有责任让组长负起责任来,带领大家一起欢乐。"

陈若珊一开头,阿蓉等人也如法炮制,夏天邀请李婳的成败被迅速聚焦。

李婳看起来本是不情愿的,大家一起哄便只好顺立民意了。她站起身对夏天说:"我可不会跳啊,我只会走的。"

夏天赶紧说:"没问题,咱们走起!"

夏天和李婳摆好姿势,随着音乐缓缓起步,刚开始动作还有些生涩,但慢慢就有些模样了,夏天能感觉到,李婳其实是有些基础的,刚才只是真人不露相而已。夏天还感觉到,李婳的腰肢柔若无骨,手微凉有汗。

一曲结束,李婳忙不迭动作夸张地甩开夏天的手,急急下场,道："我可完成任务了，你们继续，尽兴！"

白乐东在旁边不干了，道："组长，你偏心，我们都排队等着陪你走走呢。"

李婳脸微微一红，瞪了白乐东一眼道："你别起哄了，我刚才已经献丑了，为维护本组长的自我形象，我今天的散步结束了，我现在是一个忠实的观众，负责为你们鼓掌助威兼端茶倒水。"

这晚大家玩得都很尽兴，直到其他宿舍的人来敲门，抱怨大家的声音太大，影响他们休息。大家这才恋恋不舍地结束，回到各自的宿舍。

第十七章
自行车的季节

元宵过后,就是北京的早春,虽然春寒依旧料峭,但空气中总能嗅到一丝丝花香。没有南方那么浓郁热烈,迫不及待,但依然是无孔不入,不可阻挡。尤其是黄色的报春花,昨天还是残雪下的枯枝,第二天就闹上枝头。

一切都在萌动,经过一个漫长的冬季,蛰伏的天气和心情似乎都在酝酿一个大的转换和释放。

第二个学期开始后,夏天和他的同学们似乎已经找到一些上大学的感觉,除了按部就班地上课听课,各种活动也安排得丰富多彩,希望把自己的触觉延伸到校园乃至社会的各个角落。而在那个年代,延伸并扩大自己活动范围最有效的工具别无他物,就是自行车。

在学校,自行车的保有量和年级的高低成正比,年级越高,有自行车的人就越多,而大一的学生,除了家在北京的,有自行车的凤毛麟角。

在班里,最早有车的是班长老凯,是他父亲托铁路上的人帮运到北京的。这是一辆永久牌新车,为了这辆自行车,老凯特意配了一双白手套,每次上车前,都会从容不迫地把白手套的手指头一个个套上，显得非常有格调。上车时，他非常注意自己的姿态，轻蹬几步后，他的右腿通常高高向后抬起，划出一道美丽的弧线，如跃上一匹骏马般骑跨在车座上。上车后，他会紧踩几步，迅速驶离，扔下一连串清脆的铃声，颇有些拉风的感觉，和现在开轿跑的人急加速后绝尘而去的分离感毫无二致。

老凯下车的姿势也很潇洒，下车前紧蹬几步，右腿迅速摆过车座，左腿单立在脚蹬上，身体如标枪般挺直，自行车划一个半圈后稳稳停住，和现在的赛车手玩漂移后戛然而止也有异曲同工之妙。

下车后老凯会先甩甩头，然后用戴着白手套的手动作不大不小地掠一下头发，既敏捷又有文艺范儿。

老凯人车合一，被外系女生评为新闻系颜值最高的男生之一。

老凯的新车让班里的男生眼热，但老凯早就有言在先，车如老婆，概不外借。因此每次老凯行车归来，都小心翼翼地把车推进宿舍楼下自行车棚的幽深处，认真把车锁好，再加上一把链子锁，拴在车棚的铁栏杆上。

江驴儿多次求借未果之后，打算乘老凯睡觉的时候把他的车钥匙偷出来，偷骑他的自行车出去遛遛过瘾。但江驴儿的企图一次都没有得逞，江驴儿乘老凯睡着的时候翻遍了他所有能想到的老凯可能藏钥匙的地方，但从来没见到他自行车钥匙的踪迹。

在毕业二十周年的聚会上，江驴儿逼问老凯当年的藏钥匙大法，老凯颇为羞涩地轻笑道："你没听说过裤衩也可以有兜儿吗？"

女生借自行车就比较有优势，有时候都不用开口，高年级的男生会主动询问女生自行车方面的需求，不管是借，还是教骑，高年级男生会打着帮助小老乡和帮扶低年级同学的名义，以自行车为工具拉近和学妹们的距离。一年级的男生多为没车一族，只能眼睁睁地看着自己班的女生被高年级男生用自行车喜笑颜开地拐走，心中郁闷无比，过早体会了没车一族阶级地位的差距和苦恼。

陈若珊性格开朗活泼且不会骑自行车，于是成为许多学长争相帮扶的对象。陈若珊在学长的关爱下，迅速学会了骑自行车，而且车技突飞猛进，在大二时甚至参加了学校组织的自行车狂飙突击队，从北京出发，挺进太行山，直达革命圣地延安，完成骑行上千公里的壮举。

陈若珊因此成为班里借自行车最有面子的女生，但凡陈若珊出马，自行车手到擒来。陈若珊除了自己练习用，关键是还能造福班级和小组，几次班级和小组活动，都是陈若珊一番张罗，借来的自行车能组成一支浩浩荡荡的自行车队。

夏天这学期被正式任命为《新闻周报》的副总编辑，先从负责重要新闻的采写开始，采访任务特别重，需要经常穿行在学校的各个角落。因此进行采访用的交通工具显得非常重要。夏天并没有借车的门路，于是他和家里商量，准备咬咬牙买一辆自行车，解决大学四年的交通问题。

决定买车后，夏天才发现，作为一个外地学生在北京买一辆自行车并非易事。自行车是凭票供应的，只有北京户籍的家庭才能分到自行车票，没有自行车票就没有购车资格，国营商店里摆放的新车即使有钱也买不回去。这和北京现行汽车摇号的限购政策有异曲同工之妙，但出发点却大不相同。那时候限购自行车，是因为物资短缺，而现在限购汽车，却是担心汽车在大街上过于泛滥，造成交通拥堵。

好在限购政策也有网开一面的地方，夏天正觉无计可施，还是白乐东给他出了一个主意，说可以上自行车二手车店试试，他知道西单就有一家。夏天按照白乐东的建议，来到西单。

不像现在北京有很多的二手车店，各二手车网站相关信息更是随时都能查得到，当时夏天找到一家二手自行车店还是费了一些周章。

这家店是当时北京仅有的几家国营二手自行车店之一，二手自行车在那个年代也属于特许经销品，私人间买卖自行车，如果不能提供自行车红本并且办理过户手续，买主的行为基本可以被看做是帮助小偷销赃。

夏天沿着西单北大街一路打听，拐进一条巷子深处才找到这家店铺，店铺的招牌是"西单国营二手自行车委托经销店"。

店里的售货员见夏天进来并未起身招呼，任夏天在店里随便看。夏天发现这个店里的二手自行车居然品类繁多，虽然牌子基本上是凤凰、永久、红旗和飞鸽，但这几个牌子的各种型号都很齐全。夏天见其中一辆永久牌二八自行车的齿轮部分居然有好几层，于是饶有兴趣地蹲下身仔细查看。

店里一个干部模样的中年人看夏天在店里转悠半天，又盯着这辆大二八永久研究了好一会儿，估计夏天很有买车的意向。于是主动上来向夏天介绍这台自行车，说这是一台无级变速的自行车，产量很少，这车比较适合年轻体力好的人骑，因为这车在刚启动时需要较强的腿力，但启动后加速很快，越骑越轻松。原来的车主岁数偏大，觉得驾驭这车有点儿累，委托我们早点帮他卖出去，他好换台二六的，所以委托价格也不算高。这台车新车一百四十多，骑了两年，还有七成新，九十块钱就可以成交。

夏天听了颇为心动，这车价格在他的预算范围之内，而且他觉得这台车挺适合自己，他并不担心自己的启动爆发力。于是他问这个干部模样的中年人他能否试骑一下，中年人很痛快地答应了，说只要看一下他的证件就行。夏天干脆把学生证交给他，直接骑上车在西单大街上转悠了一圈儿回来。

夏天感觉良好，无级变速链条的"嗒嗒"声和加速时扑面的风声让他下了买这车的决心，但他还是想试着讨价还价，毕竟买自行车是一笔不小的开支。他骑回委托商店后，只是扶着车看着这个中年人不语。中年人问他感觉怎样，夏天故意期期艾艾地说还行，又显出犹豫的神色。

这个中年人从夏天的举止和神色中很快就明白了夏天的心思，他微笑道："小伙子，我看这台车跟你有缘，你又是个学生，委托卖这台车的人是我的一个熟人，今天我替他做主，八十元卖给你，这个价格一定不会让你后悔的。"

夏天见中年人说得诚恳，自己心里也认可这个价格，于是点头同意成交。中年人让夏天把学生证给他，他拿出一个带红塑料皮的小本，在小本上写上夏天的名字，填上自行车的品牌和型号，并盖上委托商店的红章，叮嘱夏天这是这台车的行驶本，要妥善保管好。

夏天交钱时才从收款员的嘴里得知，接待他的这个中年人居然是这个店的店长，这台车的成交价基本就是委托价。夏天选择相信这个好消息，开完发票后，他把自行车行驶本往怀里一揣，兴冲冲蹬上自行车就奔学校急驰。一路上他腰杆挺得笔直，脚底下蹬得飞快，无级变速自行车的超越能力，让他心里有车一族的自豪感油然而生。

这台车陪伴了夏天好几年，直至大学毕业前一个黯然的雨夜不翼而飞。

夏天把车骑回学校后，引来班里同学的围观，江驴儿大大咧咧地上来就让夏天给钥匙,夏天知道江驴儿车技不错,很痛快就满足了江驴儿的要求。江驴儿骑完一圈儿回来后,嘴咧得大大的,高调夸赞道:"夏天你这车不错呀,高科技啊,越骑越有感觉!"

夏天笑着调侃道:"你还是别太有感觉了,不然骑上去就下不来了,我可是不怕贼偷就怕贼惦记。"

江驴儿也厚着脸皮笑道:"放心,我不会天天惦记的,一个月也就十回八回,用完了保证囫囵个儿还你。"

夏天笑道:"一个月惦记一两回也就算了,你不要逼得我向老凯学习,防火、防盗、防江驴儿。"

事实上,江驴儿非常自觉,很少找夏天借车,只有偶尔见女老乡的时候才会跟夏天商量,夏天当然是无条件支持。

班里同学见了夏天的二手车,觉得性价比还行,有好几个心动的,纷纷找夏天打听买车的地儿,夏天一一介绍。在之后一段时间,有好几个同学通过那个委托商店,实现了成为有车一族的梦想。夏天思忖,那个店主给人的感觉是热情、变通、诚恳,通过夏天就给他带来了这么多的生意,这个店主做生意的方法,看似无意,实则蕴涵了不少做生意的奥妙和法门。夏天若干年后心里暗暗把这个不知姓甚名谁的中年人当成他从商的第一个老师。

班里同学自己的车多了,组织活动就变得容易起来。班里的不少学霸们,在中学的时候居然不会骑车,现在眼看开春了,各小组都在酝酿踏春活动,班里也就掀起了一股学车练车的热潮,所谓临阵磨枪,不快也光。

考虑到车辆调剂的问题,班里商量决定分两批组织春游活动,活动形式就是结伴骑车畅游稻香湖、鹫峰一线。

稻香湖和鹫峰都在海淀区境内,是当时海淀区各高校学生骑车可及的著名野游胜地。在那个年代，如果没走过这条线路的，都不好意思说在北京或在海淀上过学。夏天这帮大一的学生，自然把这条路线当作他们第一次集体野游活动的首选。

夏天这个小组的同学在组长李婳的召集下，天刚蒙蒙亮就出发了，从学校一路向西北方向骑行。

确实是野游，车队骑过圆明园附近，周围的风景都开始呈现出足够的原生态，所有的路都是乡村的土石路，不时会出现一个个大坑，骑着骑着就有在路上画龙和跳舞的感觉。李婳的自行车是一辆老旧的二六女车，在土石路上骑行，除了铃不响，哪儿都响。夏天笑话她道："你这车的动静快赶上一台拖拉机了，我们跟在你后面，都不用按铃，前面的人和车就会自动让道，你这车是当之无愧的开路先锋。"

李婳白了夏天一眼，嗔道："才开了几天豪车就敢笑话我们贫苦大众，我警告你，不许超车，你这豪车要勇敢承担起殿后的任务，不能让一个同学掉队。"李婳跟夏天说话已经透出一股熟稔和随意的味道。

夏天并不以为意，笑道："得令，放心！"

事实证明，李婳的安排很有先见之明，车队出发没多久就出了不少状况，而状况主要出在老廉身上。

老廉来自大巴山区，当地多是山路，因此骑车的人极少。老廉在上大学之前，并不会骑自行车，听说班里要组织骑车野游，利用一周时间突击练习了几次，虽然悟性不错，已能骑车在校园转悠，但真正上校外马路实践的经验几乎为零，更别说在野外人车混杂的土石路上快速骑行。

第一次出状况是在尾随一辆公共汽车的时候，公共汽车要靠边停站,照理说老廉应该从车的左边超过,但他一愣神,沿着马路边想强行穿过,差点儿撞上从公共汽车下来的乘客,好在他反应算快,直接冲上马路牙子,连人带车倒在了马路边,但幸无大碍,他扶起车,拍拍土又继续前行。

第二次出状况是在经过一段河堤的时候,刚才马路边的一摔,倒是摔出了老廉的胆量,他认为如果有状况只要紧急刹车、跳车就能化险为夷。他在河堤上和阿蓉并排骑行着,好整以暇地边和阿蓉聊天边欣赏河岸两边的风景,为了显示男子汉的绅士风度,他还特意骑在靠河边的一侧。谁知他一不留神,车轮硌在一块石头上,车把一歪,人车便要向河堤下冲去。这回他机敏的反应又救了他,他本能地朝和他并排骑行的阿蓉抓了过去,就像要溺水的人抓住一根救命稻草,他把阿蓉连人带车拉倒在地,也把自己留在了堤岸上,而自行车则直接就冲下了堤岸,到水边才减缓冲力,慢慢向水里滑去。

夏天在老廉第一次出状况后,就一直留意老廉的动静,跟在离老廉不远的后面,这回老廉一摔倒,他马上就跳下车冲上前去。看到老廉和阿蓉人无大碍,夏天迅速斜行下到河边,在自行车快没入水里的时候拉住了车的后座,阻止了下滑的趋势。其他几个同学听到动静也赶紧停车帮忙,有帮着扶起老廉和阿蓉的,有帮着夏天把老廉的自行车从河堤下搬上来的。

大家都挺紧张地看着他们,老廉和阿蓉惊魂甫定后却相视而笑,互相搀扶着,似乎摔出了一种甜蜜的感觉,把大家看得哭笑不得。

大家都在考虑怎样继续前行,老廉居然毫不在乎地又跨上了那台湿漉漉的自行车,示意大家继续赶路。老廉安慰大家道:"事不过三,后面一定一帆风顺!"

大家在将信将疑中前行，发现老廉确实是越骑越有自信了，也越来越稳了，这之后果然没有再出状况。夏天夸老廉有超常的学习能力和超强的心理素质。老廉谦虚地笑道："无知无畏出英雄！"

老廉经此一游，彻底迷上了骑自行车，在他日后迷上越野汽车的时候，也总不忘在车背捆上一辆自行车，以便随时享受骑行的乐趣。

大家很快就忘了刚才的惊险，一路欣赏着初春的景色。

北京四月的郊野，绿色并没有像南方春天那样弥漫，反而都是各色花儿的点缀，迎春花黄得喧闹，碧桃红得娇羞，梨花白得楚楚可怜……最张扬的是路边成片的桃树林，桃花开得正盛，触目可及，像连成片的火烧云海，在大地上汹涌着，引得大家忍不住驻车近观。

郊野的桃林，并没有其他游人，这片花海，便成了他们独享的世界。夏天临出发前借了《新闻周报》的照相机出来，于是大家各种拍照、各种合影，一点儿都不吝惜被谋杀的胶片。夏天第一次被北方的美景震撼，见惯了南方春天的鸟语花香和各种绿色的浸润，但北京初春这片漫卷的花海，美得凛冽，美得霸道，和周围依然干枯单调的树枝山景形成强烈的反差，让夏天心中有一种莫名的感动，就像去年秋天他第一次见到北京蓝。夏天心里知道，他今后的命运一定会跟这片土地紧密地联系在一起。

依依不舍离开这片桃树林，夏天他们临近中午时分才骑行到稻香湖。稻香湖完全是一片野景湿地，湿地当中除了去年残存的枯黄野草和几丛芦苇，既无稻绿，也无湖光，让他们几乎怀疑是否来错了地方。但湿地上搭建的一座铁桥又分明标志着"稻香湖"三个字，这让他们大失所望。

既然到此一游，他们还是在铁桥上照了一张合影，合影时大家的表情还是欢乐的，因为他们知道，这儿只是他们一游而过的站点，后面还有更多的风景等着他们去发现。

稍事休息，他们啃了点儿面包，喝了点儿水又继续前行了，下一站是鹫峰。

根据向当地老乡打听的方向，车队浩荡出发，一路向西。

这条道路，人车稀少，虽是乡间土石路，却还算平整，大家骑起来都比较放松，不知不觉就骑了很远。按老乡的说法，还有七八公里就到了，可大家骑了一个多小时，估计都有十几公里了，还是未见任何山峰的影子，路上人迹皆无，也无法找人打听，大家只好硬着头皮往前骑，骑到最后终于看到前面有一个小山包。

山包并不高，坡度也不陡峭，大家把车停在山包底下，沿着一条残破的石阶路很快就爬到山包顶，山包上有一个残破的碑楼，还有几块颓倒的石碑，看起来非常荒凉，大家意识到这显然不是鹫峰。

附近山坡上有老乡放羊，就找他们打听这是什么地方，老乡说，这是七王坟。好在夏天他们是无神论者，虽觉晦气，但也并不在意，只是琢磨大家怎么误打误撞跑到人家坟地上来了，岂不搅了七王爷的清净。

后来夏天才了解到，这个七王坟的清净早就被人搅了，七王是清道光皇帝的第七个儿子，看上了这块风水宝地，但义和团的拳友们也和他英雄所见略同，把这当成了他们的坛址。八国联军进京后，为了报复义和团便一把火把坟两侧的殿堂烧个干净，而其他建筑也被当地人移作他用。剩下的碑楼残破不堪，变成了影视剧拍荒郊古庙的最佳选景场所。

若干年后，夏天故地重游时，七王坟已经修葺一新，碑楼青砖绿瓦显得庄严肃穆，两棵古松重植到此守护左右，缓坡的石阶干净从容，而新立的石碑上也刻画着这座坟茔的前世今生，给人感觉一派祥和，七王爷终于可以安息了。当然，七王爷安息的时候也顺便照顾了一下后人，依着这座老坟建起了一座森林公园，既能锻炼休闲，又能收点儿门票钱，以补贴照顾七王爷安息的花费，可谓一举多得，和谐共赢。

老乡告诉他们，他们要去的鹭峰应该早在几公里前往南走就对了。

夏天他们调头往东，几公里后再往南，很快就看到了一个形似秃鹭的山峰，那应该就是鹭峰无疑。对于见惯南方奇山秀石的夏天和老廉等人，鹭峰附近的山石野树自然没什么惊奇，但男男女女大队人马磕磕绊绊骑行大半天到此山脚，还是很有些成就感。

眼看山峰不远不近，大家没有一个认怂的，撂下车就往山顶进发。"既然来了，就要征服它！"老凯像恺撒一样鼓励着大家，手里还捧着一束从桃树上折下来的花枝。

爬行到一半左右，大家发现这座小山峰并没有想象中那么简单，由于一路骑行，大家的体力已经消耗很大。而这座山峰，并没有成形的山路供人攀爬，大家只能深一脚浅一脚摸索着前行，有的地方还很容易滑倒甚至出危险。夏天几个男生劝女生如果体力不支还是不要上山顶，可以坐等男生在山顶拍回照片供她们欣赏。这帮女生对这种说法很反感，陈若珊还字正腔圆地告诫男生："你们不要劝我们了，未来的女新闻工作者被这点儿困难就吓倒了，你们岂不是要让我们输在起跑线上？"陈若珊的话一下就让女生振奋了精神。

阿蓉还掉了一回书袋："所见即所得，作为新闻工作者，获取真相是第一要务，你们要我们半途而返，与真相分道扬镳，到底是何居心？况且我们相信，即将到来的真相一定美丽非凡，你们是否是打着关心我们的旗号实现独乐乐的狼子野心？"

阿蓉剖析得过于深刻，男生有点儿吃不消了，于是决定以实际行动配合女生登顶。

男生们有的暗中保护，有的在容易滑倒的地方搀扶一把，有的干脆伸出手要拉着体力弱一些的女生一起上。

阿蓉对男生虽然批判得很深刻，但对男生的帮助并不抗拒，尤其是老廉的援手。自从老廉在一个陡峭处拉了她一下后，她就心安理得地不肯撒开，一直让老廉拉到了山顶。

夏天在前面探路，发现了一个难度较大的陡坡，他卡住位置，自己脚下站稳后，帮拉一把让后面的人一个个顺利通过。李婳见夏天在前面接应，就让大家先走，自己留在了最后。

夏天拉住李婳后，顺势就往前走，并没有立刻就松手，李婳也浑不觉似的，任由夏天拉着走了一段，直到走在前面的陈若珊忽然回过头来看着他们一笑。

李婳好像意识到什么似的，脸微微一红，甩开夏天的手，紧赶几步，追上陈若珊，又回过头来瞄了夏天一眼，她看到夏天看似无辜地对她微笑着。

一个小时左右，小组集体登顶成功。夏天站在形如秃鹫的山顶，感觉也能如秃鹰般俯瞰城里的风景了。

此时的北京，大部分被农田包围，从山脚往城里延伸的，是棋盘般绿油油的麦田。再往远处，是如阡陌般纵横的道路，以及道路间点染的红墙绿瓦金顶和塔影……所有的风景，都被碧蓝如洗的天空映衬着，有如一幅氤氲灵动而又明艳大方的油画，让人沉醉又让人豁然开朗。

一次小小的攀登，给人带来不一样的视野和风景，大家都觉得不虚此行,陈若珊更是感叹道:"美得让人心醉,但刚才如果不坚持一下,就该是后悔得让人心碎了。"

男生们赶紧附和道:"还是你们有先见之明,再加上有勇攀高峰的勇气,最美的风景不管是现在还是将来都永远属于你们这些巾帼英雄!"

老凯借机把手里那束攥了半天的桃花枝献给阿蓉,号召大家以女生和花为中心照一张合影,男生和蓝天一起充当背景。

回去照片冲洗出来后,大家发现,画面中几乎全体男生和蓝天都踏实诚恳地充当着背景,唯有老凯做了一个手指远方的姿势,一下就吸引了看照片人的视线,成功抢镜并让人不由得思考,老凯给大家指引的是怎样一条康庄大道。

离开鹫峰,大家带着满足感一路向南骑行回校,一路顺利。到学校时,还赶上了食堂的晚饭,一顿饱搓,不在话下。

吃完回到宿舍,得知另外一个小组的同学也刚刚回来。李婳小组一天的野游算是有惊无险,但另外一个小组活动的后果却有些严重,这个小组伤了两个人,虽然没有骨断筋折,但也是皮开肉绽。

一个是女生任珺,一个是和老廉同样来自四川的王克俭。任珺是爬山时滑倒摔的,作为校运动队百米短跑选手,她也许对自己的运动能力太过自信了,在爬山时一马当先,爬到一处陡坡时一脚踩空,从山上轱辘下来好几米,手臂、肩背、膝盖全部擦伤。

而王克俭却是在路上撞上一台手扶拖拉机摔伤的,他学车的经验和老廉同步,也是刚学两天就仓促上阵,但他没有老廉那么幸运,身手也没有老廉那么敏捷。他去的时候还战战兢兢,小心谨慎,回来的路上略一放松,经过一台手扶拖拉机时忽然不知如何避让,直接就追了尾,几乎以头抢地,尤其膝盖伤势严重,当时就不能继续骑行了。任珺还坚持着自己把车骑回来了，而王克俭则在他们小组一个同学的陪伴下搭一辆公共汽车才回到学校。

王克俭回宿舍后，班里的卫生员用医药箱里的碘酒、棉签简单处理了一下伤口，但因为伤口面积较大，伤口仍在往外渗血丝，王克俭疼得直叫唤。

夏天在王克俭的宿舍见到这种状况，知道光涂碘酒是不够的，必须到医院去上药包扎才能解决问题，否则很容易感染化脓，夏天自告奋勇要带王克俭去海淀医院看急诊。

此时的王克俭已经完全不能走动了，每动一下都疼得龇牙咧嘴，夏天看此情形，干脆一弯腰来了一个公主抱，把王克俭从二楼抱到楼下，抱上他的自行车后座，然后推着车直奔海淀医院。

夏天惊讶于王克俭的清瘦，在抱他下楼时，居然没费什么力气，好像比一袋米也沉不了多少。夏天用自行车推王克俭时，更是轻轻松松，夏天暗想，王克俭位居班里"四大名瘦"之首果然是名不虚传。而王克俭如此之瘦，也让夏天产生了一种要努力保护他的感觉。

到海淀医院后直接看急诊，只花了两毛钱挂号费，大夫就把王克俭的伤口处理好了，并叮嘱王克俭隔两天过来换一次药。伤口包扎完后，王克俭感觉疼痛减轻了不少，心里也安定了，仍旧是夏天用自行车推着回学校，但路上已经跟夏天有说有笑了。

这是夏天和王克俭一段奇特友谊或者说一段奇特关系的开始，包括在毕业后很长时间他们俩都保持着密切的联系。

第十八章
圆明园的夜

圆明园的夜，夜的圆明园，月明如圆盘。

其实在天还未黑之前，李婳小组的全体成员已经在圆明园集合了。此时的圆明园，就是离学校不远的一片荒野，他们骑着自行车沿海淀黄庄往北三四公里，穿过一条土石路，再穿过一片稀稀拉拉的芦苇和野草丛，就到了圆明园遗址的核心地带。

这是一片没有围墙的旧址，残碑乱石四处倒卧着，一如一百多年前被焚毁时的模样，只是熄灭了硝烟，多了蓬蓬衰草。衰草下虽有点点新绿，但入眼的依旧是一片荒凉和萧瑟。

四月初的天气，乍暖还寒，夜晚温度更接近冰点，但李婳小组的全体成员还是决定在此举办一个篝火晚会，通宵庆祝阿蓉和文迪十九岁的生日，并准备在废墟上迎接第二天的日出。这显然是一个狂野的决定，主意据说是李婳出的，女生热烈响应，男生自然积极附和。

按之前准备会上陈若珊比较文艺的说法是，在这样一个标志性的具有特殊内涵的废墟上举办生日晚会，是对生命诞生最好的纪念。我们怒放的青春就像春天般不可阻挡，将像野草般绿遍原野乃至整个世界，也会给这片废墟带来活力、温度和希望……

陈若珊的说法，让大家深刻领会到在此举办生日晚会的意义，心中充满骄傲和神圣的感觉，大家为晚会做起准备来也格外带劲。

他们用自行车驮来了各种物资，手电筒、小马扎、锅碗瓢盆、菜刀、劈柴用的砍刀，从小卖部买的面包、花生米、罐头、榨菜，用粮票换的鸡蛋、几大包方便面，甚至还有一个装满自来水的大大的水桶。

为了准备过夜，大家还把冬天最厚的衣服都带来了，基本上是每人一件军大衣，后来深夜大家把军大衣都穿上的时候，看起来就像一群在野外露营的别动队战士。

因重点是篝火晚会，点火用的工具都是双份，火柴、打火机和一大沓临时从各宿舍搜罗来的废旧报纸，目标是确保点火成功。他们在乱石丛中找到了一块洼地，趁着天还没黑透的时候，全体出动，在附近的树林里捡拾了足够的枯枝，并幸运地找到了一棵倒卧的白杨树。他们把这棵白杨树上比较大的枝干用砍刀肢解下来，拖到洼地，在洼地里码了老高的一堆，足够晚上点篝火之用。

这块洼地的选择无疑是成功的，洼地三面都是乱石堆，北面的乱石堆得尤其高，能很大程度挡住从北面刮来的寒风。洼地地面平坦，方便大家支上小马扎围坐成堆。几个力气大的男生，搬来了几块大石块，堆成一个炉灶的形状，用废报纸和枯枝生起了一个小小的火堆。

大家计划是在晚上十二点左右点燃篝火，这堆小火就算是之前的预热，大家围坐在一起，因为这堆小火，有了一种温暖和温馨的感觉，于是大家边吃边聊。

大家聊起了刚刚结束的春游，阿蓉半开玩笑地质疑老凯道：

"说好的背景呢？你那手一指，照片上就显你高大伟岸，你还给我留下了后遗症，我现在做梦都梦见你在给我指方向，一会儿往东，一会儿往西，我都跑得累死了。"

老廉也跟着起哄道："我也梦见老凯给我指方向了，就是想跑怎么都迈不动步，急死我了。"

夏天打趣道："老凯你罪过大了，你这一指，两条人命出来了。"

老凯表情有些讪讪的，但还是很机敏地指着阿蓉和老廉反击道："我是在为你们指方向呢，你们什么时候同时梦见我，就不会累也不会急了，没准儿还会出现第三条人命呢！"

老凯的反击过于犀利，阿蓉听了脸微微发红，老廉却眯着眼乐道："借你吉言，到时候请你吃满月宴。"

陈若珊对特产协会的成立很感兴趣，就问小组里特产协会的成员夏天道："你们特产协会活动时都有什么节目，你们的节目我们是不是也可以拿来尝试一下？"

夏天呵呵乐道："不太容易拿过来尝试。"

"为什么？"李婳感兴趣地问道。

"因为男女思维方式不同。"夏天笑答。

李婳微微点头。

陈若珊继续追问特产协会的事："你们经常讨论什么话题，有什么大实话能给我们爆料一下吗？"

夏天笑着调侃道："看样子你是让我今天召开特产协会的新闻发布会，我可以满足你的部分要求。我们讨论的主要话题就是我们班哪位女生心眼儿最好，性格最好，当然也会讨论谁身材最好，脸蛋最漂亮，大家各自最看好谁。"

陈若珊眼睛一亮，热情地鼓励道："说，继续说！"

"我不是说了只能满足你的部分要求吗？要知详情，请拿出你的采访技巧。"夏天故意慢条斯理地卖着关子。

"夏天你太没劲了，你说的这些我们女生也同样讨论，只不过对象换成了男生，要不我们交换。"陈若珊迅速使用了采访技巧，教科书上说，交换情报也是深度挖掘新闻的重要手段。

"对对，你们赶快交换一下情报，我们洗耳恭听。"老凯不失时机地撺掇道。

陈若珊对老凯翻起了白眼："你见过当着这么多不明底细人的面交换情报的人吗？"

"咱们小组同学不是都知根知底吗？怎么会是不明底细呢？"老凯反驳道。

"不见得，你的想法大家就不知道，要不就从你这儿开始发表一下对我们班女生的评价，让我们先了解一下你的底细？"阿蓉配合陈若珊成功地把球踢给了老凯。

大家于是一起起哄要老凯老实交代喜欢上哪个女生了。

老凯也很会打马虎眼儿，说："我对咱班的女生见一个爱一个，个个都喜欢，已经挑花眼了，不知道哪个更好，只好等着女生来挑自己了。"

大家于是笑骂老凯虚伪、狡猾。

因为谈起了男女生的话题，大家情绪似乎都高涨起来，阿蓉更是故意拿一些捕风捉影的八卦来调侃对方。

陈若珊好像今天跟夏天较上劲儿了，笑着对夏天道："我先不用跟你交换情报，可以免费送你一条好消息。"

大家对陈若珊所谓的好消息显然很感兴趣，都停下话头等着陈若珊的下文。

陈若珊卖着关子说:"好消息就是有个人对你印象非常好,经常当我们的面夸你,你可以猜猜她是谁?"

夏天不知道陈若珊这演的是哪一出,故意装傻充愣地问道:"谁啊?男的女的?"

陈若珊道:"当然是女的,而且这个人我们都挺熟悉的。"陈若珊说完,还扫视了大家一圈。

夏天心里莫名有一些紧张,也跟着陈若珊的目光扫视了大家一圈,他发现大家都笑看着他,唯有李婳垂下眼皮,眼睛看向了别处。

"这个女的长得很好看,而且很受大家尊敬。"陈若珊继续卖着关子。

"这些特征都不明显,在我眼里,你们都很好看,也都很值得尊敬。"夏天拾起了老凯的法宝,故意打岔道。

"别着急,她还有一颗可爱的小虎牙。"说完她自己咯咯乐了。

"你不会是说教英语的陈燕老师吧?"方超仿佛灵光一闪,猜出了答案。

"正是呢。"陈若珊笑得更厉害了,"陈燕老师经常当我们的面夸夏天,说夏天有不服输的精神,虽然被高级班劝退,但知耻而后勇,英语成绩提高很快,要我们好好向他学习。"

这显然不是什么八卦消息,大家知道陈若珊是在跟夏天开玩笑。于是纷纷指责陈若珊的好消息含金量太低,浪费了大家的感情。

大家七嘴八舌正热闹的时候,李婳突然沉寂了下来,仿佛一下游离到了人群之外,情绪也好像有些低落。她用一根长长的树枝漫无目地扒拉着火堆里的枯枝,使得一个个小火苗腾起又熄灭,枯枝也随着忽明忽暗。

夏天注意到了李婳情绪的变化,李婳斜披的长发挡住了半张脸,在忽闪的火光中，她的表情似乎也在变幻着，有一种欲说还休的神秘感。夏天觉得自己的内心好像突然被什么东西抓住了，情不自禁地注视着李姵。

夏天来到李姵背后，伸手拍了拍她的肩膀，李姵转过头冲着夏天嫣然一笑。夏天觉得自己对李姵的笑容完全没有抵抗力，不自觉地随着她的情绪转换了自己的心情。

夏天后来问李姵那天的情绪为什么会变化那么大，李姵撅着嘴不想回答，只是说："还不是你惹的。"

夏天摸不着头脑，问："我怎么惹你了？"

"你总是后知后觉。"李姵对夏天的迟钝很不屑。

女孩的心思夏天猜不着，李姵和夏天并肩坐了一会儿后，情绪很快转换过来，又进入到了小组长的角色当中，并主动引导讨论的话题。她郑重其事地向大家提了一个特别严肃的问题：人这一生中最可贵的品质是什么？

大家觉得她提的这个问题有点来头，但又不明就里，于是也就七嘴八舌地发表自己的看法。老凯说是进取，老廉说是包容，阿蓉说是坦率，陈若珊说是执着，方超说是真诚，夏天说是责任，而白乐东似乎跟大家不在一个频道上，他的答案是聪明。

方超对李姵提起的这个话题很感兴趣，问李姵她自己的答案是什么，李姵说她的答案和方超是一样的。

夏天又继续追问李姵最满意的答案是什么，李姵抿着嘴冲夏天一乐道："保密！"

陈若珊觉得白乐东的回答独辟蹊径，便让他说明一下理由，白乐东低头、搓手、貌似憨厚地笑答道："聪明的做法是不解释。"

夏天在多年后的某一天才突然发现李姵的提问其实内涵非常深

刻,深刻到李婳在提这个问题的时候,她自己都没有意识到,每个人对这个问题的回答,或许就是这个人今后一生的性格标签,这种性格标签将对他们的事业和生活轨迹产生重要的影响。

大家吃着,各种话题闲聊着,时间过得飞快,不知不觉就发现一轮圆月挂在了中天上。空气清冷,月色如水,月光和火光辉映着,每个人的面庞在夜色中居然如此清晰,仿佛在这夜的废墟中,每一张脸都会闪闪发光,这是一组让人难以忘怀的青春群像。

临近午夜十二点,大家做好点篝火的最后准备。

先把几根粗壮的大树杈叠交着,架在之前点燃的火堆上方,再把几块粗大耐烧的木段覆盖在原来的火堆上,木段上面又码上几层枯枝,最后搭成一个高大的柴火垛。柴火垛刚搭成时,火没烧起来,只是不断冒烟,夏天将打火机递给阿蓉和文迪,示意让两位寿星点火。阿蓉和文迪将打火机打着,找一个柴火堆易燃的部分,火苗腾一下就起来了,很快就变得不可阻挡,枯枝燃烧时不断发出噼啪的响声,火光冲得老高,把周围的一切都映得通红。

火似乎是最能激发人们原始冲动的一种元素,在篝火的热浪中,大家的情绪迅速高涨,不自觉地就手拉手围着火堆转起圈来,边转边像原始人一样嗷嗷叫唤着,似有无数精力需要发泄。转了好一会儿,陈若珊适时打开了她带来的录放机,播放起了节奏热烈的舞曲,大家就势便跳成了一团,也不管能不能对上步点,只是让热情和活力毫无规则地绽放着,似要把这夜的废墟搅得天翻地覆。

在群魔乱舞的过程中,也不知道是谁还没忘记新闻工作者的本色,坚持用那台借来的珠江相机记录这圆明园月夜篝火狂欢的影像。但非常遗憾,无论是器材、胶卷还是拍摄技术,都无法完成这现在看起来轻而易举的任务。在胶片上最后记录下来的影像基本上看不到人,只有一团团火光,于是这一团团篝火便成了大家心中最深刻的回忆。

篝火狂暴地烧了一段时间之后,架在外层的大树杈被烧塌了,火势又重新回到原先用石块砌成的炉灶周围,大家也跳得有些累了,渐渐安静下来。方超是个有心人,没有忘记来之前准备的两根蜡烛,他把蜡烛点燃,在一块石头上放稳。大家心领神会,开始唱生日歌,并请阿蓉和文迪许愿后吹蜡烛。

所有庆祝生日的程序,一个都不能少,因条件不允许,没有生日蛋糕,大家便把之前在学校食堂买的馒头拿出来,分而食之,老廉边吃边认真解释道:"蛋糕和馒头的主要原材料都是面粉,以馒头代替蛋糕,强调的是原汁原味,更能体现年轻人纯洁的本色。"

吃着馒头蛋糕,看着渐渐变小的火苗,大家有默契地沉默着,感受废墟上的宁静,感受微寒的风吹过头顶,感受如水银泻地般的月光笼罩每个人的面庞,也感受自己的心绪如涟漪般一圈圈散开又收拢……

忽然,陈若珊提议道:"我们唱歌吧!"

大家轻轻地点头,开始集体连唱起来:

> 月亮在白莲花般的云朵里穿行,
> 晚风吹来一阵阵快乐的歌声,
> 我们坐在高高的谷堆旁边,
> 听妈妈讲那过去的事情……
>
> 我们的田野
> 美丽的田野

碧绿的河水

流过无边的稻田

无边的稻田

好像起伏的海面……

让我们荡起双桨

小船儿推开波浪

海面倒映着美丽的白塔

四面环绕着绿树红墙……

西边的太阳快要落山了,

微山湖上静悄悄。

弹起我心爱的土琵琶,

唱起那动人的歌谣……

洪湖水呀浪呀嘛浪打浪啊,

洪湖岸边是呀嘛是家乡啊,

清早船儿去呀去撒网,

晚上回来鱼满舱……

  这些伴随过大家童年的老歌似乎就流淌在大家的血液当中,大家一首接一首地唱着,歌声传得很远,突破了废墟的包围,穿过了旷野的黑暗,和无边的月色融合在一起,成为天籁之音。是的,天籁之音,在夏天心里,那天晚上大家在旷野废墟中的歌声,在他的记忆当中已经成为绝响。他认为,那样的歌声,那样的情境,永远都不可能再复制，只会在自己心中某个角落成为永恒。

大家把耳熟能详的经典合唱歌曲几乎唱了一个遍，又开始个人的演唱。陈若珊依然自告奋勇地承担起主持人的角色，监督并鼓励大家唱歌。陈若珊宣布了个人演唱的规则，那就是每个人都要唱，一个都不能少。实在没什么可唱的，唱《我爱北京天安门》《丢手绢》或者几句家乡小调也可以过关。

但大家唱歌似乎不需要陈若珊监督，刚才的一首首合唱，早就把大家唱歌的情绪调动起来了，每个人都选了自己拿手或者想唱的歌唱起来。

陈若珊点到阿蓉打头炮，阿蓉也不扭捏，上来就唱了一首《小河淌水》：

哎，月亮出来亮汪汪，亮汪汪，想起我的阿哥在远方，哥像月亮天上走，天上走，哥啊，哥啊，哥啊，山下小河淌水清悠悠……

阿蓉唱着哥啊，哥啊的时候，眼睛就火辣辣地看向了老廉，大家也故意顺着她的眼光齐刷刷地看着老廉，看得老廉直摸自己的鼻子。

老凯在一旁敲着边鼓道："你哥是在远方吗，只怕是远在天边，近在眼前吧？"

阿蓉顽皮地笑道："近在眼前？你是我哥呀？"

老凯调侃道："你要是敢叫，我倒是敢答应，就怕有人不答应。"老凯边说边故意瞟着老廉。

老廉出来解围道："阿蓉唱了一首跟月亮有关的歌，我来唱一首跟太阳有关的歌吧。"

老廉清了清嗓子,一首《太阳出来喜洋洋》唱得高亢宛转,颇有几分豪迈的味道。

太阳出来啰喂,喜洋洋啰啷啰,挑起扁担啷啷嗻,哐嗻,上山冈啷啰。手里拿把锣喂,开山斧啰啷啰,不怕虎豹啷啷嗻,哐嗻,和豺狼啷啰……

陈若珊帮阿蓉解读老廉的歌词道:"阿蓉,你听明白了吗?老廉的意思是有了他豺狼和老凯都不用怕,豺狼来了有猎枪,老凯来了有老廉!"陈若珊说完自顾自在一旁笑得前仰后合。

平时不爱逗趣的文迪此时也脑洞大开,自告奋勇要接唱一首歌,唱之前还解释道:"我这首歌是把太阳和月亮唱到一块儿的,献给老廉和阿蓉。"

太阳太阳像一把金梭,月亮月亮像一把银梭,交给你也交给我,看谁织出最美的生活……

文迪的一曲《金梭银梭》,如穿针引线一般,似乎把老廉和阿蓉的关系挑明了,并把他们牢牢地编织在一起。

对老廉和阿蓉的一番逗笑,引得大家的各种情愫在涌动,也催化着每个人内心的感觉,在这样一个别样的月夜,真情流露才是最好的选择。

轮到方超唱了,他唱的是《小小少年》:

小小少年，很少烦恼，眼望四周阳光照。一年一年时间飞跑，小小少年在长高，随着年岁由小变大，他的烦恼增加了……

方超长着一张清秀的娃娃脸，就像一个刚刚长大的小小少年。夏天知道，方超的内心是极聪慧和敏感的，他很想知道，方超内心不断增长的是什么样的烦恼呢？

轮到夏天唱的时候，他认为只有一首歌符合此情此景，也只有通过这首歌才能表达自己的内心感受——《莫斯科郊外的晚上》，这是在夏天心中一直回荡的歌曲。

深夜花园里四处静悄悄，只有风儿在轻轻唱，夜色多么好，心儿多爽朗，在这迷人的晚上；小河静静流微微翻波浪，水面映着银色月光，一阵清风一阵歌声，多么幽静的晚上。我的心上人坐在我身旁，默默看着我不作声，我想对你讲但又难为情，多少话儿留在心上；长夜快过去天色蒙蒙亮，衷心祝福你好姑娘，但愿从今后你我永不忘，莫斯科郊外的晚上……

夏天知道，自己这首歌就是对李姗唱的，他唱的时候，眼睛不自禁地就看向了李姗，李姗听着歌并没有看夏天，只是低着头，但火光分明把她的脸映得微微发红。

夏天唱完，就轮到陈若珊了，陈若珊突然收敛起了自己的尖声大嗓，轻声道："我也唱一首苏联歌曲《红梅花儿开》吧。"

田野小河边红梅花儿开,有一位少年真使我心爱,可是我不能对他表白,满怀的心腹话儿没法讲出来……少女的思念天天在增长,我是一个姑娘怎么对他讲,没有勇气诉说我尽在彷徨,让我们的心上人自己去猜想……

夏天没有想到,平时大大咧咧经常是一副广播腔的陈若珊居然能把这首歌演绎得如此温柔细腻,甚至还有一丝哀怨的味道。

在唱歌环节一直不太活跃的白乐东在陈若珊唱完后忽然开腔调侃起陈若珊来:"校广播站的陈大主持也有不敢说的话?跟我们播报一下心上人到底是谁呀。这首歌跟《莫斯科郊外的晚上》简直就是绝配。"白乐东说着话还顺势看了夏天一眼。

夏天觉得白乐东话里有话,但依然没心没肺地跟着白乐东起哄道:"对呀,给我们播报一下呗,陈大主持的思念也藏得太深了。"

陈若珊似乎轻叹了一下,很快就恢复了大大咧咧的本色,道:"你们猜。要想知道我的情报就拿你们的情报来换。"她说"你们"的时候,眼睛分明是看着夏天。

"你的心上人一定是高标准,严要求,我们就不瞎猜了,等着你自我暴露。"夏天油嘴滑舌地回应道。

几乎到最后才轮到李姗唱,李姗唱的是《请跟我来》。

我踩着不变的步伐,是为了配合你到来,在慌张迟疑的时候,请跟我来。我带着梦幻的期待,是无法按捺的情怀,在你不注意的时候,请跟我来。别说什么,那是你无法预知的世界,别说你不用说,你的眼睛已经告诉了我……

"别说你不用说,你的眼睛已经告诉了我……请跟我来!"李姗唱这首歌的时候,并没有看着夏天,但夏天知道,这首歌就是李姗对夏天的回答,这首歌,是李姗专门为夏天唱的。此时的夏天和李姗,互相并没有表白什么,甚至在小组同学面前也没有表现出太多亲近的感觉,但他们两个人的内心似乎有了某种默契,这种默契让他们互相关注,暗暗欣喜并充满期待。

大家唱着歌长夜过得很快,估摸着快天亮的时候,他们在炉灶上烧开了一锅水,并煮上了方便面,面里煮了所有粮票换来的鸡蛋,准备寿星吃两个,其他人跟着沾光一人一个。因锅太小,方便面和鸡蛋基本上煮成了你中有我我中有你的状态。

夏天灵机一动,牵强附会地解释并祝福了一番,说是吃了这碗面,两位寿星总是能两全其美,一辈子都会和好运纠缠在一起,甩都甩不掉。

吃完面的时候东方已经露出了鱼肚白,烧了一夜的火堆也已经没有柴火可以添加了,渐渐变成了一堆灰烬。熬了一夜的大家脸上并无菜色,反而因为吃了热汤面个个显得满面红光,可见是青春无敌。

大家把最后的余烬用水浇灭,整顿好物资,准备等待圆明园废墟日出的到来。

他们所在的地方就是圆明园远瀛观遗址。穿过乱石丛,就是远瀛观残存的拱门和兀立的柱头,他们裹着军大衣,在拱门和柱头前留下了影像,此时太阳已经升起,照在杂草丛中一块块东倒西歪残破却泛着晶莹的汉白玉石上,也照在这些年轻的面庞上,这些年轻面庞上的表情有一种描述不出的庄严。

第十九章
打击乐演奏会与教改风潮

大学第二个学期的时光在波澜不惊中流淌。

自从寒假回来后,夏天正式拜老乡兼校散打队队长吴敏波为师学习散打。所谓正式拜师,便是夏天在学校对面的红星餐馆请吴敏波吃了一顿夜宵。吴敏波劝他没必要为这事请他吃饭,作为老乡他很愿意带他这个小师弟。但夏天认为拜师学艺是一件很严肃的事情,越郑重,越能鞭策自己好好练习。

夏天还煞有其事地泡了杯茶,敬给吴敏波,因此这顿拜师宴也让他们印象深刻。从此,这二人开始了亦师亦友的关系,在以后的人生道路上一直相互扶持。

吴敏波比夏天高两级,在吴敏波毕业前的一年多时间,夏天每天早上都在学校红楼前的小树林里由吴敏波带着练功,基本上是风雨无阻。

所谓百练不如一站,吴敏波从最基础的站桩开始训练夏天,他吃惊地发现,夏天的站桩功夫了得,直接就可以从低位站桩开始练。低位站桩是站桩的各种姿势中要求最高的,低位站桩时,小腿和大腿、大腿和腰身几乎都呈直角,要想站成这个姿势,小腿和大腿的肌肉都必须非常有力，否则能坚持的时间很短，而夏天一站就是十分钟起。吴敏波问夏天以前是不是练过武术，他认为以前没练过武术的人是很难坚持这么长时间的。

夏天说自己以前确实没练过武术，只是在父亲夏山水的鼓励下常年坚持练习这种站桩姿势，夏山水说：人老先老腿，把站桩练好，脚底下就会有根，才能站得稳、扛得住、推不倒。

吴敏波叹道："你父亲是个有心人，你有这个基础，直接就可以进入搏击练习了。"

搏击练习是夏天一直希望夏山水教自己的，但夏山水以夏天性格还需磨炼为由始终没有吐口。如今在北京找到吴敏波这个师父，可以说是让夏天终于得偿所愿。

在正式练习前，吴敏波对夏天介绍了他对习武的理解。吴敏波认为，在大学习武，目的就是在文明精神的同时，野蛮自己的体魄。所以强身健体，锻炼意志是习武的第一要义；其次，习武之人一定不要恃强凌弱，要更有克制和忍耐能力，因此防身自卫是习武的主要用途。但是，在遇到生死关头时也要敢于先发制人，一招制敌。当然，习武最高的境界是不战而屈人之兵，这跟兵法和做人的道理是相通的。

夏天听了吴敏波的一席话，深以为然。夏天这段跟吴敏波锻炼习武的经历，让他感觉自己更有定力了，更自信了，胆子也更大了。在一年多以后吴敏波毕业离校时，夏天相信自己已能从容应对两个普通毛贼的正面攻击了。

除了习武和上课，夏天把很多的精力投入到《新闻周报》的采编工作当中。大四的琴姐和老郑本来就在毕业季，都在忙着写毕业论文和落实毕业分配的工作单位，看到夏天上手很快，便有意无意地从《新闻周报》的工作中淡出了。

此时的《新闻周报》在夏天的组织下，采编队伍已基本成形。经过大半个学期的学习，夏天的同班同学已经对采写新闻稿颇有心得，也都纷纷跃跃欲试。而《新闻周报》就是他们很好的实习基地，《新闻周报》迅速有了一个庞大的采编群体。

夏天很重视群众来信和其他系同学提供的线索，每期板报中都会有一个专栏回馈读者信息，且尽量做到原汁原味，有求必应。这使得在一段时间之内外系来稿数量猛增，在全校范围之内影响也越来越大。

夏天也很重视热点问题的追踪，经常一个热点话题会延续好几周，从不同角度剖析回应。这些热点话题再配上言辞犀利的评论，很能引起学校师生的普遍关注。这一点从每周一教二楼前黑板报周围的人头攒动就能看出来，这时候，是夏天和他的小伙伴们最得意的时刻。

在《新闻周报》的这支采编队伍中，最强悍的就是抄写团队，阿朗、阿辉、老廉、程程，每周末他们抄写的稿件，简直就是一次书法大赛，各有千秋，被老师和前辈评为《新闻周报》历史上书法最漂亮的一段时光。

而在记者团队中，夏天小组的同学又是主力军，只要有线索，他们纷纷主动扎下去采访，成稿也很有模样。

李姗自然全力支持夏天的工作，她每周总会有一篇内容扎实、文笔清新的稿件送到夏天面前。夏天也经常安排她去采写一些重头活动，李姗渐渐地基本上成为周报的首席记者。方超在夏天和李姗恋情公开的时候调侃他们说，他们在办周报的时候简直就是夫唱妇随的典范。

做媒体的肯定是不希望日子太平淡，这个学期中的时候，学校里的大事件终于来了。

这个大事件发生的背景自然还是全社会改革开放的大趋势，学校在这种大趋势下讨论的主要是教育改革，因为这和每个学生关系都非常密切。教育改革在大学里涉及的主要包括教学和生活两大部分。教学部分最重要的恐怕就是课程的设置和教师的授课方式；而生活部分则牵涉到方方面面，教学楼、宿舍楼、图书馆的管理，学校食堂伙食的改进和供应时间的调整，澡堂开放时间的延长和热水供应的保证，学校电影院电影票的分配和发放，学校后勤部门饭菜票的购买服务时间和服务态度等等。

这些问题在《新闻周报》的日常报道中其实都有涉及，周报的记者也都和学校有关部门交流或交涉过，但学生媒体的力量毕竟有限，能得到的反馈微乎其微，更别说有大的改进了。

但这回，一场由熄灯事件引起的教改风潮迅速蔓延到全校，一夜之间，学校似乎被各种大字报覆盖了。

所谓熄灯事件，其实是学校和学生数年来因为对晚上熄灯时间意见相左，不断进行博弈的一次总爆发。

学校之前较长一段时间都实行半军事化管理，晚上熄灯的时间雷打不动都是十点钟。很多学生对此很不理解，这帮年轻的学生个个精力充沛，晚上十点钟大家基本上都没有困意，熄灯后，还想看书的只能躲到水房或就着楼道里昏黄的灯光对付，很是辛苦。而大部分人，则只好早早上床，睁着眼睛数羊。当然，关系融洽的宿舍，则会你一句、我一句，天南地北、东拉西扯地开起卧谈会。

但总而言之，这种刻板的熄灯规定，在一定程度上会减少学生的学习时间，也让学生积聚了对校方管理的不满。由于之前通过各种渠道向校方反映都无法解决，一股股潜流终于汇聚成滔天之势，在某个月黑风高之夜爆发了。

但在那个夜晚之前，一场打击乐晚会的神秘邀请就在每个班及宿舍传递，带着兴奋和躁动的气息。那天晚上十点，当灯光准时熄灭的时候，打击乐晚会也准时开场。

先是零零散散的敲打声，接着渐渐能感觉到周边宿舍的呼应，再接着整个楼道都是一片狂响，最后感觉整栋楼都在颤动。与此同时，隔楼相望，每个宿舍都点燃了蜡烛，整个校园似乎都被点亮了。

几乎每个宿舍的人都参与了这场打击乐交响演奏，他们用饭勺敲打着饭盆、茶缸和脸盆，他们很开心能同时成为这首打击乐交响曲的创作者、演奏者和听众，他们在进行表演的同时，也表达了自己的不满，同时也似乎宣泄了青春期莫名的郁闷。

先是管理宿舍的老大爷被吓着了，他满脸迷惘地敲开学生宿舍门询问发生了什么事，很快各班辅导员也得到消息跑到学生宿舍了解情况，再后来学校领导也被惊动了。

但学校领导也许不知道，这场打击乐交响演奏会只是这次教改风潮的序幕而已。

第二天一早，一张标题为"致校党委的公开信"的大字报在食堂门口张贴出来，据说这张大字报是党史系的同学挑蜡烛夜战写出来的。虽然是大字报，却洋洋上千言，事实确凿，说理充分，本着分析问题、解决问题、实事求是的原则痛陈目前学校在教学管理和生活管理方面存在的弊端，堪称推动教改、合理建言的经典之作。

大字报一贴出，很快获得广大同学的共鸣和响应，同学们有在后面签名表示支持的，也有贴出内容相近的大字报表示声援的。一时间，食堂门前的布告栏和墙面被各种颜色、字体的大字报覆盖得严严实实，大字报前，人头攒动，人群聚集不散。

作为学生媒体，《新闻周报》对此次学校大事件的报道责无旁贷，但如何报道，对夏天这个大学一年级的年轻总编来说把握起来还是有很大难度的。夏天的第一反应就是提醒自己一定要站在一个新闻媒体中立、客观的角度来观察、报道这件事，不能因为自己的学生身份，对大字报的内容有共鸣就预设立场。他针对这次事件，很快撰写了一个详细的报道方案，准备从各个角度搜集第一手信息和反馈，最后综合各方观点，形成全方位立体报道。

他的报道方案一出来，先向系里主管周报的党总支刘书记征求了意见。刘书记对他的方案总体上很是赞许，也帮他补充了一些细节，并告诉夏天这次大字报引发的风潮中央也很重视，即将派出工作组进驻学校。因此，关于这次事件的报道对周报来说是一场硬仗。

夏天深感责任重大，同时内心又很是兴奋。他把周报的小伙伴们召集到一起，给大家分别安排了采访任务。这些参访任务和他们之前做的功课是密切相关的，他们之前几乎把所有的大字报都通读了一遍，整理了大字报里学生提出的各种诉求，小伙伴们的采访任务就是带着这些诉求去访问涉及的学校各个部门。

夏天给自己安排的任务有两项，一项是采访大字报的书写人，党史系的同学；一项是待各方反馈搜集完备，基本事实已经清楚，总体观点将要形成时采访当时学校的最高领导，促成校方和学生的终极对话，以期事情在对话、沟通的基础上达成相互理解并形成解决方案。

夏天来到党史系，先找到了师父吴敏波，想从他那儿打听那封"致校党委的公开信"是党史系谁写的。

吴敏波听夏天说明来意淡淡笑道："集体讨论，由我执笔。"

夏天眼睛一亮，旋即使劲儿点头道："我应该想到是你，只有你才会有这样的思考和高度！你不知道，我们新闻系已经有不少女生开始膜拜写大字报的那位高人，让我一定要把他挖出来介绍给她们。但她们可能没想到这位高人就是我师父，我是挖来全不费工夫，回头我一定要挑一个才貌双全的介绍给你！"

夏天的一席话说得吴敏波都有些不好意思了，日后吴敏波确实娶了一位新闻系的女生，不过并不是夏天介绍的。

夏天想到每天早上教自己练习拳脚的师父，是一个有胆有识的人，心里有一种欣慰和自豪的感觉。本来是一个采访任务，现在可以毫无顾忌地面对面直抒胸臆，这也让夏天迅速了解了吴敏波和他的同学们写这封公开信的初衷，和想要达成的目的。

吴敏波解释道："公开信的形式看起来有些激烈，但表达的内容是经过认真思考的，算是我们推动教育改革和校园民主的一种尝试。我们虽然提出了一些批评，但更多的是建议，所谓建设性的批评或许就是我们这种形式吧。"

夏天笑道："你们这封公开信把中央都惊动了，据说中央都要派工作组进驻学校了解情况呢。"

吴敏波觉得有些意外，沉吟了一下道："相信中央领导会理解我们的一片赤子之心的。"

夏天听完吴敏波的介绍，对整组报道的基调心里更有底了，他准备等其他几条线索的记者采写回稿件后，再仔细打磨交给学校最高领导人的采访提纲。

对学校主持工作的谢韬副校长的采访是在他办公室进行的。在采访谢校长前，夏天特意借了四年级老郑的一件西服穿上，显得正式一些，也特意没刮胡子，看起来老成了不少。当然更让夏天心里有底的是他准备的采访提纲，里面的基本事实夏天认为可以经得住任何人的挑战。

夏天对谢校长的采访非常顺利。

谢校长是一位六十岁左右的长者，给夏天的印象是睿智、和蔼、思路清晰。谢校长在接受周报采访之前显然也做足了功课，针对夏天采访提纲中的所有问题，包括这次风潮中学生提出的各种诉求，谢校长都做了正面回应，能马上解决的，校长当场就做出了承诺；需要研究解决的，校长也给出了解决方向和落实单位；暂时非学校能解决的问题，校长也承诺向更高一级组织反映；确实解决不了或者学生的要求有些过高的，校长也做了分析和解答。

谢校长表示，他本人对学生提出的意见非常理解，也非常高兴学生们有这样的热情参与到教育改革中来，他非常珍惜并愿意保护学生们的这种热情。他认为，大部分同学的意见都是有建设性的，不是简单地发牢骚，而是以共和国未来主人的身份来出谋划策。当然，他也不讳言，有部分意见和实际有出入，这和有些学生对信息的掌握不充分、看问题的角度不全面有关系，他和学校愿意做好说服和解释工作。谢校长还说，他今天所有的表态，周报可以如实照登，他希望周报成为学校和学生沟通的桥梁。

谢校长的一番话，多多少少还是让夏天有些意外。本来夏天认为，面对食堂布告栏前铺天盖地的大字报，校方肯定会感觉有些意外和被动，对学生的举动，也一定会有所怨言。但谢校长完全是举重若轻，毫不回避矛盾，对学生提出的问题都做了正面回应，显出了开明、诚恳、负责任的态度。这让夏天对谢校长刮目相看，也相信自己的这篇校长答记者问出炉后，会对风潮的平息起到重要作用。

在结束采访后，谢校长又拉着夏天闲扯了几句，他关切地问夏天，是不是快毕业了？毕业后准备上哪儿工作？夏天不好意思地如实回答，自己刚刚读大一，毕业还要有几年呢。谢韬校长摇头叹道，没想到你刚大一，后生可畏啊，将来在新闻行业一定会有大好前程。夏天记住了谢校长"后生可畏"四个字的评价，心里得意了好长一段时间。只是他没想到，大学一毕业，他就和新闻渐行渐远。

当然夏天当时也并不知道，这位毕业于金陵大学的谢校长，以前就曾经是《新华日报》的一个老报人，后来科学辩证独立地研究马克思主义理论，成为民主社会主义学说的倡导者。

谢校长身上体现的开放、民主的风范，决定了学校应对此次教改风潮采取的措施和手法。夏天撰写的与校长的长篇对话稿刊出后，引起了许多同学的围观，获得了普遍的认同，大家对周报的报道和校方的态度都比较满意，教改风潮很快就平息下去了。

学生们获得的主要成果是：宿舍楼推迟了半小时熄灯，周末更推迟一小时；学校食堂延长夜宵时间，平时供应增加了小炒；学校后勤处增加了每月开放卖饭票的次数；学生的澡票每月增加一张……

中央也对这场后来在各高校蔓延的教改风潮做出了反应，学校很快传达了中央对高校学生的统一补贴政策：鉴于社会农产品价格开放造成的物价上涨，高校学生每人每月补贴九元钱，以维持原有的生活水平不变。

夏天通过此次报道的组织，获得了系党总支和校党委宣传部的表扬，系里让他把此次报道的整个经过和成果进行了总结，并在之后召开的中央工作组座谈会上做了长篇发言，获得与会人员的赞许。通过此次报道，夏天的风头一时无两，自己不觉飘飘然起来。

第二十章
骑行密云

五一期间,学校放三天春假,周报停刊一期。

班里北京的同学大部分都回家和家人团聚去了,外地的男生也纷纷抖擞精神,安排各种与北京其他高校女老乡的串联活动,借着莺飞草长互相联络感情。

夏天自从接手周报以来,难得有这么清闲的假期。他在放假的第一天把床底下的各色"脏物"彻底清洗了一下,再到双榆树路口的一家杂货店购置了一些生活必需品,收拾停当后,发现宿舍空落落的,几乎就他一个人。正计划着如何安排长假后两天的日程,校篮球队的替补中锋大个儿就一脸神秘地摸到他宿舍来了。

他上来就问夏天:"你敢不敢跟我一起去赌一把?"

夏天见他说得郑重,就感兴趣地问:"赌什么?"

"我们明天骑车去趟密云水库,两天之内往返。"

"这很难吗?"夏天疑惑地问。

"难!"大个儿认真地点点头,"前两天工经系组织学农,有哥儿几个本来是想骑车去的,可刚过顺义他们就折回来乖乖改坐公共汽车了,说累,路也不好走,担心骑到那没力气再骑回来了。"

大个儿继续道："我笑话他们太屄了，我说我可以找一哥儿们跟我一块儿两天之内打一来回。我说找一哥们儿的时候我第一个就想到了你。他们说我吹牛，说如果我们能办到的话可以连请我们三天夜宵，还帮助安排在学农基地的吃住。"

夏天一听来了精神，问道："从学校到密云水库有多远？"

大个儿挠了挠头道："我也不确定，七八十公里？"

夏天听说只有七八十公里，便笑道："他们确实太屄了，这个赌我陪你打。"

夏天当时没想到，从学校到密云水库的实际距离有一百三十多公里，加上走错路，第一天总共骑行了一百五十多公里。

他们说走就走。第二天，在食堂吃完早餐，在振华商亭买了一袋面包，再用军用水壶灌满一壶开水，夏天就和大个儿上路了。

出校门，沿正在修建的三环往东，骑行十几公里到左家庄路口再往北，就上了京顺路。

三环这一段速度起不来，路在一段一段地修，走一段柏油路，就要换一段坑坑洼洼的土石路，十几公里的路骑了一个多小时。

上京顺路就好走多了，路上汽车极少，一些拖着后挂的马车是这条路的主角，马儿们在路上安静从容地走着，嗒嗒的马蹄声清晰优雅。他们超过这些马车的时候，有一个小小的发现让他们忍俊不禁，就是这些拉车的马儿身后，无一例外都挂着一个草编的粪兜，这些马儿会边走边给粪兜增加内容，而这也似乎是马儿走得不紧不慢的理由。

京顺路两旁是高大的白杨，上午的阳光透过树叶，如碎金般洒在夏天和大个儿的脸上，让他们有一种暖洋洋莫名兴奋的感觉，他们迅速把车速加起来，如风一般从马车身旁刮过。

夏天这辆带无级变速的自行车终于有了用武之地,夏天速度加起来后,大个儿追起来就有些费劲儿,夏天往往是快骑一段后,便稍慢下来等等大个儿。大个儿不愧是校篮球队队员,运动能力还是相当不错的,一直能跟上夏天的速度,有时候骑猛了还会往前冲一冲。俩人一路你追我赶,很快就过了北皋、孙河、火神营,再经枯柳树环岛奔牛栏山方向。

据说工经系的同学是到牛栏山的时候打退堂鼓的,但他们俩过牛栏山时居然一点儿累的感觉都没有。此时的牛栏山并不著名,牛栏山后来出名是因为某产品的广告。他们在牛栏山路口停车驻足,相视击掌,把工经系的朋友嘲笑了一番后,就着白开水吃了两口面包,就继续上路了。

夏天和大个儿根本就停不下来,从牛栏山出发,经富各庄,过龙王头、赵各庄、王化村,再过驸马庄、程各庄……过完各种庄后便直扑密云县城。他们通过看沿途路标才知道,到密云县城时他们已经骑行了一百二十多公里,而总用时才四个多小时,就是说平均每小时将近三十公里。他们不知道这是不是一个很快的速度,但他们骑到这儿并没有费多大劲儿,唯一的遗憾就是大个儿在骑行过程中有一次紧急刹车,把一块闸皮给崩掉了,因此他们到密云县城的第一件事就是找一个自行车摊,把新的闸皮换上,以免除后顾之忧。

后来夏天也尝试过自己骑车到密云,但再也没有在这么短的时间内到达过,可见当时他和大个儿的状态惊人,体力处于巅峰时期。

若干年后,夏天出差美国,去参观大个儿在洛杉矶的新家,大个儿把夏天介绍给自己的夫人,说夏天就是和自己一起骑车去密云水库的同伴,他夫人当时眼睛一亮,对夏天道:"你的名字我太熟悉了,大个儿老念叨和夸耀的就是大学和你一起骑车去密云水库的英雄事迹。"

夏天听了颇为受用，也顺势说道："是啊，就我们俩那破车，每小时骑到了近三十公里！"

大个儿夫人听了夏天的话，忽然面现疑云，回头对大个儿说："你说的可不止这个数。"大个儿也不解释，只是呵呵直乐。夏天暗想，自己是让大个儿穿帮了呢还是穿帮了呢？

大个儿小时候曾经跟家人在密云住过，到密云县城后，大个儿凭着自己儿时的记忆带着夏天找密云水库的方向，但他小时候的记忆明显不太靠谱，骑了半天居然是往古北口方向，这段冤枉路的往返让他们多骑行了十几公里。

当他们到达密云水库大坝脚下的小镇时，已经骑行了一百五十多公里，他们决定在这儿填饱肚子，然后到水库里好好浪一浪。

他们在一家小饭馆花了一块钱要了一盆酸辣汤、两斤米饭，顷刻间就风卷残云，一扫而光。夏天认为，这家饭馆做的酸辣汤是他这辈子喝过的最地道的酸辣汤，开胃、够劲儿、下饭，达到了酸辣汤所能呈现的极致。夏天毕业参加工作后曾经和他的同事故地重游，同样的饭馆，同样点一份酸辣汤，已经再也找不到当年的感觉和风味儿了。

吃饱喝足后，夏天和大个儿的体力迅速得到恢复，他们一鼓作气，沿着一段坡路很快就骑到了水库大坝边。他们从高处望远，只见密云水库水域辽阔，水体湛蓝，水库中的几个小岛人烟依稀可见。往坝底看，因是枯水季节，一片片浅滩连绵起来，一蓬蓬芦苇在浅滩中错落着，在风中招摇着，不时还有几只白头翁掠过，景色别有一番野趣。

此时的密云水库，不像现在被铁栅栏团团围住，完全是不设防的。夏天和大个儿把车一撂，便从坝上直扑浅滩，下了浅滩后，更是三下五除二，把全身的衣服脱了个精光，一猛子就扎进了水里，和水库进行零距离接触。

五月初水库的水温依然冰凉冷冽，但他们毫不在意，冷水的刺激，反而让他们更兴奋了，一路骑行的风尘和疲乏被迅速荡涤干净。他们像鱼儿一样在水里翻滚，好似浪里白条，他们嘴里嗷嗷叫着，一直往水库深处游去，越往深处游，感觉越兴奋，他们光着的身体，像找到家一般。有时候他们还能感觉不断有水库鱼在身边游过，而且这些水库鱼并不怕人，时不时会轻嘬他们两口，吓得他们赶紧护住紧要处……

他们游一会儿，上来晒一会儿太阳，然后再游，如此反复，直至筋疲力尽，直到日落西山，直至每一寸肌肤都打上阳光的烙印，他们觉得，自打上大学以来，从来没这么畅快淋漓过。

看到夜幕即将降临，他们才想起晚上的住处还没落实，他们赶快从水里爬出来，顾不上擦干水，迅速把衣服穿上，趁着还有一些亮光开始找寻工经系的学农基地。好在这个基地有不少当地老乡知道，他们一路打听，到晚上八点多终于摸到了基地的门口。

当他们推着车敲开基地的大门时，基地值班的老师有些吃惊。他们向值班老师出示了自己的学生证，并不无得意地向老师介绍了今天一整天的行程以及畅游密云水库的经过。值班老师问你们系里知道你们要骑车上这儿来吗？夏天和大个儿都摇头。

值班老师也没再说什么，把夏天和大个儿领到厨房，拿出晚饭剩的馒头稀粥还有咸菜腐乳等让他们敞开吃，他们俩也不客气，一会儿工夫就干掉一大盘子馒头和一大盆稀粥，没有菜，但他们觉得腐乳抹馒头简直是绝配。

吃饱喝足，值班老师安排了一个房间让他们休息，他们俩倒头就睡。夏天梦中继续在水库里畅游，和水库中的一条大鱼互相追逐着，鱼儿很狡猾，总能从夏天手边滑走，并不时抽冷子在夏天身上嘬两口……

第二天一早起床后，他们和工经系学农基地轮训的同学见了面，并把昨天他们一天的经历显摆了一番。他们从工经系同学吃惊的目光中获得了巨大的满足感，但他们还是藏了一个心眼儿，把和工经系其他同学打赌的事略过不提。

这天的早餐很丰盛，不仅有馒头稀饭，还有油饼和鸡蛋。他们吃完早餐，就准备踏上返京的路程。值班老师很贴心，用塑料袋装了几个油饼和四个鸡蛋给他们路上吃，还让他们用水壶灌满水，并叮嘱他们一路小心，注意安全。

回京的路途非常顺利，因为也算是轻车熟路，从密云水库到学校骑了不到五个小时，可谓是"春风得意马蹄疾"。但他们没想到的是，当他们以英雄般的感觉回到学校时，迎接他们的却是一场急风暴雨般的批判。

第二十一章
李老师发飙

到学校后,夏天和大个儿在男生宿舍转悠了一圈儿,展示了他们晒得黑红的面庞和胳臂,并把他们这两天的经历添油加醋绘声绘色进行了详细报告。好几个男生直夸他们厉害,说工经系那帮厌货请吃夜宵时一定要带上他们,夏天和大个儿心中得意豪情万丈说太没问题了,他们不请我们请,就当庆祝我们凯旋。

他们转到班长老凯宿舍时,其他同学都反响热烈甚至有些羡慕,只有老凯的表情显得有些意味深长。他们转悠一圈儿后没多久,班长老凯就发出了下午四点召开班会的通知,大家问班会的主要内容是什么,老凯说是李固老师召集的,具体内容无可奉告。

班会在新闻系的活动室举行,因为是三天小长假的最后一天,全班同学基本都来齐了。班会前大家还叽叽喳喳谈论这几天长假各自的活动内容,但李固老师的到来让大家迅速安静下来。

大家从来没有见李固老师表情这么严肃,虽然是五月的天气,但李固老师的脸上似乎挂着一层深冬的寒霜。进活动室后,李固老师用锐利的目光迅速扫过夏天和大个儿黑红的面庞,透过李固老师厚厚的眼镜片,夏天忽然觉得身上有些发冷。

李固老师进屋后沉默半晌,让大家感受到足够的威严后才开始说话:"大家也许会问我们今天为什么要开这个班会,我现在可以告诉大家,我们今天这个班会是一个欢迎会,是要隆重欢迎我们班两位英雄的凯旋。你们知道这两位英雄是谁吗?"李固老师边说边用目光扫视了大家一圈,最后目光停留在了大个儿尤其是夏天身上,从他的语气中,傻子也能听出来,完全没有半点儿欢迎的意思,有的只是雷霆大作前压抑的愤怒。

李固老师话音未落,班里的男生已经大概猜出了八九分,大部分女生不明就里,纷纷交头接耳打听是谁。

夏天已经在瞬间明白,召开这个班会和李固老师发飙都是冲着自己和大个儿来的,但没有搞明白的是李固老师为什么要如此大动干戈发这么大的火,显然,这是一个跟以前完全不同,让他觉得非常陌生的李固老师。

他深吸一口气,强迫自己镇定下来,他避开李固老师锐利的目光,环视了一下周边的同学。只见他身旁的大个儿正用迷茫的眼神,呆呆地看着李固老师,脑门儿上开始冒出细密的汗珠,李固老师的愤怒也让他始料不及。不远处的李婳已经猜出了大概,一双眼睛忽闪着盯住夏天晒得黑红的面庞仔细打量,脸上露出关切的神情。班长老凯坐在李固老师旁边,抱着胳臂面无表情地一直在那儿轻轻点头。

李固老师的提问自然没有一个人回答,他也并不着急揭晓谜底,而是继续加强对两位英雄的悬疑式讽刺和鞭挞:"就在今天上午,我们新闻系党总支书记收到了来自密云的电话问候,远在密云的工经系老师充分肯定了新闻系两位英雄小伙儿不畏路途艰险,不顾个人安危长途奔袭的吃苦耐劳精神;高度赞扬了这两位小伙儿敢于挑战密云水库的冷水、深水,不怕牺牲的大无畏革命气概;也对新闻系领导和老师放手培养敢于牺牲新一代新闻人才的勇气和胆识表达了由衷的敬意。这两位英雄为新闻系增光了，也为系领导和我本人长脸了，在此我要向这两位同学表示深深的感谢！"

李固老师一边说着，一边作势要给人鞠躬。

夏天知道自己不能再沉默了，赶快站起来举手示意要发言。李固老师目光炯炯地盯着他，点点头，等着他开腔。

李固老师的一番话，让夏天意识到，此次密云之行自己似乎欠考虑了点儿，决定检讨一番，他清了清嗓子道："抱歉，李老师，我知道您是在表扬我和大个儿呢。看样子我和大个儿太冲动了，我们没有考虑到学校和老师的担心和责任，给系里和您添麻烦了。"

"不麻烦，也就是系党总支王书记自从接到密云电话后就一直在家守着电话，等我们随时通报你们是否安全返校。"从李老师讽刺的口吻可以听出来他的气并没有消。

大个儿这时也反应过来了，赶快站起来耷拉着脑袋检讨自己，他说道："我这回犯了沉不住气和经不起利诱的错误，我就想着工经系同学办不到的事，新闻系的学生一定要办到，所以才跟他们打赌想赢三天的夜宵。为了这几顿夜宵让系里和老师操这么多心，我感到非常抱歉，但我一回来就跟同学承诺了，吃夜宵时一定带着鼓励和支持我们的同学们。"

听了大个儿的一番检讨，有些同学就忍不住想笑，李固老师嘴角微撇，脸上表情似乎松动了一下，但很快就绷住道："听你那意思，你的错误就在于想为新闻系增光和为同学谋福利？"

"不是，不是！"大个儿赶快补充道，"我们最大的错误就是不顾危险到密云水库游泳，万一有个不测学校和老师得担多大的责任啊，而且这对自己的家庭包括自己也是很冒险的事。我们考虑问题不周到，我们只想着向毛主席他老人家学习，他老人家都敢在湘江里游泳，我们在风平浪静的水库里游泳远不如毛主席他老人家勇敢，但我们又怎么能够跟毛主席他老人家比呢？"

大个儿把毛主席他老人家抬出来惹得有人笑出了声，这哪儿是检讨，分明就是拉大旗当虎皮公然为自己脸上贴金。

眼看这批斗会就要进行不下去了，李固老师毕竟是见过大场面的人，没有在夏天他们骑车远行和在密云水库游泳的问题上继续纠缠。他话锋一转道："这两天夏天和大个儿的行为，虽然没有出现无可挽回的后果，但问题是严重的，这是一段时间以来错误的思想意识不断积累的体现。我要提醒你们，不要取得一些小小的成绩就轻飘飘，让人笑话你们'狗肚子盛不住二两香油'，以你们现在'三脚猫'的功夫充其量也就是个银样镴枪头！你们别以为自己已经摸着大学和社会的门道儿了，你们现在连社会的门在哪儿都不一定知道！"李固老师说这话的时候狠狠地瞪了夏天一眼。

当时的夏天过于年轻，对于自己的反省也不够深刻，日后夏天再回想起那时的自己，才发现自己的行为可能辜负了李固老师的期待。

好在班会结束后，李婳给当众挨批的夏天极大的安慰，她悄悄拉住夏天嗔道："让你逞能，挨批了吧，不过李老师也太小题大做了，走，我请你喝酸奶，你给我好好汇报一下你的英雄壮举。"

李婳的一番安慰，让夏天的心情好了些。

期末考试前，班里举办民主生活会，会上李固老师宣布班长老凯入党了，这让夏天感到很惊讶，自己还在纠结要不要写入党申请书，琢磨怎么写入党申请书，还在用党员标准对照检查自己是不是够格递交入党申请书的时候，老凯已经成为预备党员了。

会后夏天也提交了入党申请书，李固老师收到申请书后并没有太多表示，只是很平淡地拍了拍夏天的肩膀。

第二十二章
李清照的妹妹李清瘦

在争取加入组织的问题上夏天心里起了一些波澜,但很快就平复下去了,他认为大学四年自己还有很多机会。

他和李婳通过近一年的相处,互相之间好像有了某种默契,俩人总是会不经意地追寻对方的身影,并在目光相遇时,传达彼此能懂的信息。夏天经常能捕捉到李婳的回眸一瞥,那是因为李婳回眸的时候,他自己也往往在不由自主地回头偷看。

夏天其实并不知道这是不是初恋的感觉,只是觉得有一种说不出的牵挂在自己心里,而且他认为李婳也同样如此,俩人似乎只差捅破这层窗户纸了。

想到要捅破这层窗户纸,夏天的心情是急切又慌乱的,因为他不知道要如何捅破这层窗户纸,以及捅破这层窗户纸后和李婳将如何相处。他和李婳就像互相怀揣着对方秘密的两个人,彼此信任和牵挂,但又忐忑不安,他们担心秘密和盘托出的时候某种平衡会打破,彼此的生活会有突如其来的变化,这种变化是以前从来没有认真考虑过,而现在凭他们自己的人生经验又无法完全想清楚的。

所谓初恋的甜蜜、紧张、慌乱和无数的不确定大概就是这种感觉吧，这种感觉让夏天既欣喜又焦虑，还有一种深深的不自信。夏天第一次有这种不自信的感觉，自己原来无知者无畏的法宝突然失灵了。

在初恋朦胧的感觉中，第一学年的期末在不知不觉中到来。

考完最后一门课，夏天开始考虑如何安排这个漫长的假期，这是大学的第一个暑假。

同宿舍高两级的老大哥给了夏天灵感。他们刚刚结束半年的实习，纷纷从外地的实习单位回到北京，而他们的实习单位基本都是当地的第一媒体。

半年的实战训练，感觉他们回来看人的眼神儿都跟原来不一样了，他们就像在战场上闻过硝烟味儿，听过隆隆的炮声，开过枪甚至杀过人的老兵一样，话里话外都透着无上的荣光和骄傲，在夏天这些新兵蛋子面前不自觉就有了长者风范。

师兄阿昌的实习单位是山东的《大众日报》，他在财贸部负责旅游口。在半年的实习生涯中，阿昌跑遍了齐鲁大地的名山大川，尝尽各式山东煎饼大葱和各种鲁味儿海鲜，也因为他文笔优美，发稿率高，短短半年就在旅游口收获了不小的知名度。用他自己的话说就是，刚刚感觉可以平蹚的时候，就不得不打道回府了。

阿昌很轻易地就替夏天规划好了一条旅游线路。从北京出发，乘火车先到泉城济南，参观完趵突泉和大明湖后，就去爬泰山，爬完泰山再在崂山松松腿脚，然后直奔青岛海滨拥抱大海。看遍山海后，便可以各回各家，各找各妈。

这条线路上所有的住宿和特色小吃，阿昌都帮助夏天清晰标注，而且他们出发前只要上系里开一张参加暑期社会实践的证明，路上的车费便可以用半价买学生票。

阿昌给夏天的旅游规划堪称完美，夏天只需找到合适的旅伴。

夏天把如此经济实惠的旅行线路第一时间告知了李婳，说看看能不能组织一个小型的同学旅行团，李婳对夏天的提议反应热烈，盛赞夏天善于沟通和计划，说她负责再拉一个女生结伴同行。他们似乎彼此心照不宣，拉一个其他同伴的目的其实就是为了掩盖他们两个想结伴出游的真实企图。

夏天在男生中原本想拉着老乡阿宝同行，但阿宝家里来信催他早日返乡，只得无奈作罢。白乐东听说夏天和李婳在分别召集男女生旅伴，立马表示很希望参加。夏天和白乐东因在同一个宿舍，平时经常在一起活动，夏天张罗的很多事情白乐东都积极响应，因此夏天也很愿意白乐东同行。

李婳在女生中召集的结果是另一个北京女生，也是她的闺密文迪同行，他们四个人正好可以凑成一桌"拖拉机"。

此次山东之行，是夏天平生第一次跨省旅游，也是第一次和同学结伴出游，而且，结伴出游的重点是：他和李婳在一起。

因此，在出发前，夏天对此行还是有不少期待。但他没有想到，这次山东之行为他和李婳的最终分手早早埋下了伏笔。

家里连路费加上旅途中的开销，给夏天电汇了八十元钱，这远超了夏天之前的预算。夏山水在汇款单上简短留言，要夏天在路上别太苦自己，所谓穷家富路，要吃好睡好，保重身体，注意安全。收到钱后，夏天立马觉得自己像个腰包鼓鼓的富翁，心中无比踏实。

四个人达成共识，尽管每个人身上都有一小笔钱，但旅途当中的花费还是要精打细算，毕竟大家现在都还是伸手派，旅途中将实行 AA 制，每人先交一部分钱，由文迪负责管理，统一开销。

在登上去济南的火车前，大家各自带的水壶都灌满了凉白开，并采购了足够多的面包和方便面，因此火车上的盒饭钱自然就可以省了。

北京到济南的火车路上要走将近八个小时，但他们并不觉得路途很长，尤其是夏天，心中一个劲儿羡慕老家山东的江驴儿，设想自己的老家要是也离北京这么近该是一件多么幸福的事。

路上这四个人看看风景，说说笑话，吃吃东西，打打"拱猪"，八个小时很快就过去了。

打"拱猪"的时候，因夏天和白乐东平时在男生宿舍常玩，技术比较熟练，刚开始时赢多输少，李婳和文迪名下猪的数量迅速壮大，惹得李婳和文迪说两个男生欺负新人。

夏天及时反省，后面就开始有意识地给女生放水，尤其是对李婳，经常会不小心吃掉本应该是李婳吃的猪牌或红牌，而每当这时候，白乐东都会不失时机地把变压器之类的牌输送给夏天，夏天在拱猪后半段被迅速催肥。夏天对白乐东好几次有目的雪上加霜的行为虽然感觉有些怪怪的，但也并没太在意。"拱猪"结束时，夏天圈里猪的数量名列前茅。

也许是夏天放水时表演得太逼真了，李婳并没觉察，赢了夏天，李婳似乎还有一些小女孩获胜后的兴奋感。

白乐东得猪最少，夏天不经意间发现白乐东在最后数猪时含蓄地抿嘴浅笑着。

火车到达济南站时是下午五点左右。

济南火车站的建筑风格让夏天印象深刻，尤其是那座高耸入云的圆顶钟楼，使整个站前广场显得优美而庄严。钟楼圆顶下的四面墙壁上各嵌入了一个圆形大钟，让附近的人从各个角度都能知道时间。每当准点报时，浑厚柔和的钟声徐徐蔓延开来，给人一种宁静安详的感觉，仿佛是这座城市温柔的召唤。

这是一座典型巴洛克风格的建筑，是19世纪末20世纪初德国建筑师赫尔曼·菲舍尔设计建造的。火车站其他功能部分的建筑和这座钟楼搭配得天衣无缝，各式玻璃花窗与花岗石墙壁、台阶组合在一起，使整个建筑显得既玲珑剔透又厚重坚实。

济南火车站在市中心，一行四人下火车后，按照阿昌给的地址很快就找到了他们要投宿的地方，离火车站居然只有五分钟路程。

四个人放下行李，稍事休整，找到一家饭馆，吃了到济南后的第一顿饭。

这家饭馆门脸儿不大，人气却极旺，包子、米饭、各式炒菜，一应俱全，夏天把这个饭馆和学校旁边的饭馆小泥湾的价格比较了一下，发现便宜了不是一星半点儿，于是四人一口气点了五个菜，外加两大桶果汁。但最后一结账，四人不禁相视而笑，这顿大餐总共才花了不到四块钱。

吃完饭，夏天见李嬹面色微红，就打趣道："看李组长这人面桃花的，要不要小的们扶您回宫？"

李嬹白了夏天一眼，嗔道："就你话多！"说完故意蹦跶着往前走了。

文迪在一旁听了，半真半假地调笑道："夏天，皇后娘娘看来是用不到你了，要不你来扶扶我吧！"说完看着在前面蹦跶的李嬹咯咯直乐。

李嬹回头看了一眼，走得更快了。夏天知道文迪是在开玩笑，自然不会去扶，但又不好马上扔下文迪去追李嬹，只好陪着文迪在后面跟着。

白乐东在一旁见状，迅速加快了脚步，追着李嬹往前走了。

当夏天和文迪回到住处,李婳和白乐东已经在门口等着他们了。

李婳刚才走得急,此时还在微喘着,她似笑非笑地对夏天道:"夏天你怎么不好好扶着人家文迪,你怎么没有绅士风度呢?"

文迪大大咧咧地笑道:"我哪儿有那么大面子,人家是等着扶你呢?"

夏天在一旁自我解嘲道:"小的我现在是分身乏术了,两位娘娘还是放过我吧!"

李婳看了一眼夏天,也扑哧乐了,道:"我看还是各回各屋吧!"

夏天和白乐东住一个屋,进屋后,夏天见白乐东不像以前总会找个话题聊两句,而是一直沉默着,似乎有些情绪不高。夏天猜想他可能是折腾一路疲乏了,并没有太在意,洗洗便先睡了。

第二天,按原计划,他们去了趵突泉。

趵突泉的泉水给了夏天惊艳的感觉。

也许是此时济南的地下水丰沛,主景点趵突泉的泉水三泉齐出,高出水面两三尺,这三股泉水活力充沛,就像三盏不断翻滚的白玉壶,让人看得目不暇接,不忍离去。

夏天心里很喜欢趵突泉,他喜欢趵突泉水内力十足,轰轰烈烈的感觉,觉得男儿在世也应该像趵突泉,总能保持一股冲劲儿,折腾出一些动静来。

夏天在趵突泉边盘桓了良久,等他突然回过神来,发现旁边只有文迪。文迪笑吟吟地对夏天说:"李婳见你在这儿发呆,不让打搅你,自己去找李清照去了。"

"找李清照?"

"对,人家李婳做了功课,说李清照的故居就在旁边的漱玉泉。你现在发完呆可以跟着去找了。"

夏天恍然大悟，笑道："她不去找李清照就不是李婳了。"

等夏天和文迪找到李婳的时候，李婳似乎也在倚栏发呆，而白乐东则站在一旁默默地陪着。

她倚的栏正是漱玉泉周边的围栏。

漱玉泉水从南面的溢水口静而有力地喷涌而出，发出"咝咝"声响，然后穿石过隙，跌落到这个大的四方水池中，声如漱玉，泉水也因此得名。传说李清照少女时代经常对着这方泉水左顾右盼，掬泉梳妆，后有诗集也叫《漱玉集》。

夏天看着李婳苗条清瘦的背影，李清照那首《醉花阴》，"莫道不消魂，帘卷西风，人比黄花瘦"不自觉就涌上心头，一种怜惜的感觉也油然而生。

但夏天嘴里依然是没心没肺调侃道："李清照是找不到了，但李清照的妹妹还在。"

李婳回过头来看着夏天并不搭腔，文迪在一旁好奇地问道："谁是李清照的妹妹？"

"李清照的妹妹'李清瘦'啊，你看看李婳不就知道了吗？"夏天自己话音刚落就觉得有些后悔，他后悔拿李婳的瘦来开玩笑。

李婳听夏天调侃自己，表面上看似淡然，嘴上却问道："你是不是特喜欢薛宝钗？"

夏天觉得李婳这一问跳跃性太大，有点儿不明所以，但随即不由得佩服自己的急智，他不假思索地立刻回答道："我还是喜欢李清照多一点。"

"你是喜欢李清照的'人比黄花瘦'，还是'怎一个愁字了得'，或者是'生当作人杰，死亦为鬼雄'？"

"都喜欢，这些加起来才是真实的李清照。"夏天说完，眼睛定定地看着李婳。

李婳避开夏天的目光,微露笑颜,道:"我可是'李清瘦'!"

李婳说完,表情变得活泼起来,跑到池边撩漱玉泉的泉水去了。

文迪后来跟夏天说,李婳其实对夏天说她瘦特别在意,有一段时间她每天晚上睡觉前都坚持泡特浓的奶粉喝,就是为了让自己快点儿长胖,结果都喝得拉肚子了。

夏天注意到,刚才他和李婳对话的时候白乐东一直比较沉默,而李婳在和夏天聊完后轻松活泼地去撩泉水时,白乐东的表情更显得有些黯然。夏天心里忽然有一种奇怪的感觉,他认为有些事情正在变复杂。

第二十三章
照妖镜和登泰山

夏天他们逛完大明湖后并没有再去逛千佛山，因为他们即将去攀登一览众山小的泰山。

在济南住了两个晚上后，第三天，他们坐长途车离开济南直奔泰安，准备从泰安这边登泰山。

在出发之前，他们四人对于要不要先去曲阜拜拜孔庙发生了分歧。

按夏天的想法，到了山东，就是到了孔夫子的故乡，如果有机会，应该去曲阜看看，体验一下这方水土是如何让孔圣人茁壮成长的。

白乐东考虑得比较实际，说去曲阜需要增加一天的行程，如果去的话晚上就得在那儿住一宿，但在曲阜阿昌并没有提供信息，住宿的地方要现找，而且天气炎热，七八十公里的路坐长途车往返也会很辛苦。

夏天很想去，于是，用半开玩笑半是将军的口吻对白乐东道："是不是你这个胖人怕出汗太多不敢去呀？"

白乐东被夏天说得有些尴尬，呵呵笑着并不解释。

但让夏天没想到的是李婳却接了夏天的话茬儿："在你眼里别人不是太瘦，就是太胖，就你身材是世界上最标准的。"

显然李婳对夏天在漱玉泉调侃她太瘦还有些耿耿于怀，现在正好借题发挥，算是报了"一箭之仇"。说完夏天，李婳还有些得意地对白乐东露齿一笑。

白乐东见李婳帮自己说夏天，看着李婳的眼睛露出感激之色，仿佛受到了某种鼓励，而李婳的嫣然一笑，更让他的眼神有些痴迷。

李婳还表示，她也不太想去曲阜，理由是面见圣人压力太大，而且她对孔孟之道向来心存疑虑。

夏天对李婳借机反击自己并没有太在意，但看到她对白乐东嫣然一笑后白乐东痴迷的眼神时，忍不住心中一紧。

夏天的直觉越来越强烈，白乐东肯定是喜欢上了李婳，这是他之前完全没有意识到的。他想起前一段和白乐东聊天时，曾经掏心掏肺地把他和李婳之间的微妙情感和盘托出，居然一点儿都没注意白乐东的反应，现在想起来当时白乐东表情并不自然，说话支吾对应，还使劲儿给自己推荐班里另外几个女生，建议自己综合考虑。

此次旅行开始后，夏天想起之前的这种种状况，忽然觉得白乐东的想法似乎并不单纯。但此时夏天并没有把白乐东当成自己的情敌，只是认为李婳刚才对白乐东的支持和随意自然的态度会把事情搞复杂。同时，夏天也在猜想，李婳是否知道白乐东对她的喜欢呢？

四个人中只有文迪对是否去曲阜没有太多的倾向性，说她都可以，如果夏天需要，她也可以陪着夏天去趟曲阜。

李婳听见文迪说可以陪着夏天去曲阜，脸上掠过一丝不悦，但很快显得极大度地表态道："我看可以，让文迪陪你去，我们在泰山等你们。"

夏天听出来李婳说的我们是她和白乐东，虽然知道李婳的话里有赌气的成分，但也不禁心下气苦，他忽然感觉他和李婳之间并没有想象中那么默契。

夏天自然不会因自己一个人的意愿让团队分裂，于是，赶紧表态道："虽然我们暂时志不同，但道一定要合，我少数服从多数，咱们先直奔泰山。"

夏天表完态，李婳瞥了夏天一眼，轻叹了一声道："我还以为你要说志不同，道不合呢，让你跟着我们受委屈了。"

夏天没有接李婳的话，只是微微摇了摇头。自己也不知道是要表示自己没受委屈呢，还是要表达对事情发展的不解和不满。

从济南经过一个多小时的车程，他们四个来到了泰山脚下的岱庙。

岱庙乃是泰山南麓登泰山的必经之地。

历史上的岱庙一直是一个仪式感很强的地方。泰山作为五岳之首，历朝帝王都会找机会来此祭拜一番以宣示自己的正统，而要上泰山，岱庙便是他们举行出发仪式的重要场所。

夏天他们到达岱庙附近时，发现岱庙整体上是一派历经风霜后的原生态景象，就像一个曾经风华绝代的贵妇人，遭遇过各种颠沛流离和漫长岁月的侵袭，还没来得及重整妆容，只好素面朝天对着众人。

老旧的牌楼，倒卧的碑石，起伏不平的土石路，处处显示出未经修整的仓促，这是夏天站在正阳门外对岱庙的所有印象。

好在夏天他们这次来，正赶上重修正阳门和五凤楼。相较于正阳门外的空旷寥落，正阳门内的景象却有些百废待兴的味道。

花岗石路面是新铺的，拾阶而上，迎面便是正阳门的两扇朱漆大门，大门上镶嵌着八十一颗铁质门钉，象征着帝王的尊严，古时候这是帝王才能穿越的大门，如今夏天和广大游客们一笑而过。

夏天看见，正阳门上五凤楼的脚手架虽然还未完全拆除，但楼顶的点金彩绘已初见端倪。

穿过正阳门后，他们来到了岱庙的主体建筑天贶殿。

天贶殿也是重新修葺时间不长，空气中还能闻到若隐若现的新鲜的油漆味，里面供奉的东岳大帝就是不久前重塑的金身。新立的大帝像面部金光闪闪，眉目生动如画，衣带鲜艳飘舞，显示出一派端严、雍容的气象。

但大殿内让夏天印象最深刻的，却是一面照妖镜。这面照妖镜虽年代久远，已照不出人影，但硕大的镜面在大殿幽暗的光线中仍感觉耀目逼人，让夏天见了不禁心中一凛。

夏天暗忖，也许每个人心中都潜伏着一些小妖魔，在特定的条件下就会伺机而动，当妖魔出动时，不仅旁人，恐怕连自己都很难控制住。而失控的小妖魔，会给自己和周边的人带来什么样的后果呢？

夏天心中隐约有些不安，但这不安从何而来，又没完全搞清楚，只是设想这照妖镜或许能给出一些明示。

穿过岱庙，出红门，他们开始了登泰山之旅。

登山之前，他们吃了一顿丰盛的早餐，当然，所谓丰盛，也不过是足量的包子、煎饼、小米粥和鸡蛋。除此之外，他们还打包了四个煮鸡蛋，在山下食杂店买了两盒午餐肉罐头和一些面包，准备在登山途中补充体力用。

要想登上玉皇顶，别无他途，只能一个一个台阶爬上去，爬完这六千六百六十六个台阶，一般人至少需要四五个小时。

以夏天对自己体力的自信，自然没把这些台阶放在眼里，但对两位女生来说，这段登山之路不得不说是不小的考验。

因此，开始登山前，夏天和白乐东把路上吃的东西分了分放在各自的包里，夏天还建议李婳把她包里不用的东西挪到他这儿来，或者干脆把包给自己，但李婳坚决地摇摇头，表示自己能行。

在红门到中天门这段，因坡度较缓，加上刚出发体力较好，大家爬得还算比较轻松。快接近中天门时，夏天也许是因为表现欲作怪，跟大家打个招呼后就一路飞跑起来，很快就把大部队甩得不见人影。

到达中天门，尽管最后这一段是跑上来的，但夏天认为自己基本上还算是气定神闲，心里对自己的体能不禁有些小小的骄傲。他边看着中天门附近的风景，边等着其他三个人的到来。

他等了好一会儿，迟迟不见其他三人的影子，不觉有些纳闷，他认为自己最后跑的这一段路并不是很长，他们怎么这么久还没跟上来呢？

比夏天预计的时间晚了将近二十分钟，夏天看风景都看得有些无聊了，才看到他们仨出现在中天门的石头牌坊下。

夏天迎上前，想问问究竟，他走近时发现李婳的脸色微微有些发白，她的包被白乐东拎在手里。他问李婳怎么了？是不是不舒服？李婳只是摇头，声音很平淡地说："没什么，路上看风景耽误的时间长了些，是不是让你久等了？"

夏天有些将信将疑，心想刚才那一段也没什么好看的风景啊，怎么会让他们流连那么长时间？

夏天是暑假回来以后才听文迪说了他先跑上去之后发生的情况。

他往上跑之后，李婳也很好强，想追上夏天的速度，谁知可能是突然加速跑得有点儿急了，李婳跑了没多远肚子就开始疼起来，而且疼得越来越厉害，最后只能停下来，她和白乐东陪着李婳缓了好一会儿才重新出发的。李婳还叮嘱他们不要告诉夏天她跑得肚子疼的事。

此时的夏天不明就里，又看到白乐东帮李婳拎着包，心里隐隐有些不快和迷惑，刚才自己要帮李婳拎包时被她坚决拒绝，可如今她的包却在白乐东手里，而李婳似乎还有些心安理得。李婳好像把自己当成了外人，这和之前他认为的俩人心心相印的感觉相去甚远。

到达中天门后，登山的路也已过半，他们在中天门休息了一会儿并吃了一顿中午饭。他们就着水壶里的水，把之前准备的午餐肉罐头、面包和鸡蛋基本上吃干净了，唯一剩下的就是李婳份下的一个鸡蛋。

从中天门往上，过了十八盘，就会到达南天门。

吃完中午饭，他们继续登山。

上十八盘这一路，山势明显陡峭起来，登山的难度大大增加了。

白乐东自从背上李婳的包后，就一直没有放下，而李婳也没有把自己的包要回来的意思。登山过程中，白乐东紧跟在李婳左右，夏天想跟李婳单独聊两句都很难找到机会。

夏天其实也很想陪在李婳身边，以便李婳体力不支时可以随时拉她一把，但因为白乐东的存在，让夏天有些尴尬，本来夏天以为可以和李婳自然而然地相伴上山，一起欣赏沿途的风景，并在紧要关头相互扶持，这是夏天脑海中设定的浪漫情景。但现在这浪漫的情景似乎不好实现，而且这浪漫情景还很有可能要演变成夏天和白乐东对李婳的隐形争夺战。

这让夏天心情很不爽，夏天心里其实是不愿接受白乐东和自己争夺李婳这样的事实的。一方面是夏天看自己的优点多看别人的优点少,他认为自己比白乐东更适合李婳;另一方面他认为,男女之间的感情是自然而然生发的,不需要刻意追求,更多要依靠相互之间的默契,举手投足和一个眼神之间,就能了解对方的需求,了解对方的所思所想,然后采取一致行动,这才是男女恋爱的理想境界。而通过这几天的相处来看,夏天认为他和李婳之间远没有到达这样的境界。

夏天一直在猜想,李婳是否知道白乐东已经喜欢上她了。因为夏天相信,他和李婳之间已经有某种心照不宣的感情,但他担心的是,李婳如果明知道白乐东喜欢上她还对白乐东不设防,或者很享受这种被人喜欢的感觉,就是在变相鼓励白乐东,就会让白乐东在感情的漩涡中越陷越深,会让大家都处于一个尴尬的境地。

夏天和白乐东作为同宿舍抬头不见低头见的同学,势必会因此反目变成竞争对手,将来即使夏天和李婳正式挑明了关系也不会得到祝福。他想知道,李婳是否明白她这样不设防可能带来的后果。

当然,夏天也做了悲观的假设,或许李婳对白乐东也很有好感,她就是要鼓励白乐东和自己竞争,以便她做出最后的选择。

想到这些,夏天不禁对李婳这两天的态度和言行有些恼火,同时内心骄傲地告诫自己,如果李婳真的对白乐东有意思,自己绝对不会参与到竞争当中,自己会体面地、有尊严地退出,即使会因此承受痛苦。

念头至此,夏天干脆离开李婳左右,在前方不远处默默带路,同时,考虑到李婳他们的体力,故意放慢了步伐。

若干年后,夏天回想起自己当时的这些思想活动,认为是在用所谓骄傲掩饰自己的强烈不自信,但同时他也原谅了年轻的自己,认为这种不自信在当时太正常不过了。人生阅历的空白，自身的不够强大，初恋时不懂爱情，再加上或许还有一些性格冲突，都是自信不起来的理由。

走了一段，文迪慢慢赶了上来，笑问道："这回你不跑了，你要知道，能追上你真不是一件容易的事。"

夏天此时正满腹心事，并没有接文迪的话，只是勉强笑了一下，继续默默地往上走。他回头看了李婳一眼，发现李婳也正看着他，她旁边的白乐东在亦步亦趋地跟着，嘴里还兴奋地说着什么。夏天心里有气，并没和李婳交流，而是神情冷淡地避开李婳的目光，继续往前走。

走了一个多小时，夏天自己都觉得有些累了，再看看李婳、文迪她们，已经有些举步维艰的意思了，于是干脆找了一处稍微平缓一些的台阶等他们上来休息。

李婳上来后，已经满头都是汗，她有些迫不及待地打开水壶喝起水来，边喝水边笑着问夏天："你怎么不跑了？跑不动了吧？"似乎并没看出刚才夏天眼神中透露出来的冷淡。

夏天脸上还是没有笑容，只是轻叹道："是啊，脚步越来越沉重了。"夏天自认为自己是一语双关，但他觉得李婳并没听出来。

李婳好像忽然想起什么似的，让白乐东把她的包给她，她在包里掏摸了一会儿，拿出了一个鸡蛋，那是她在中天门午餐时没吃的。李婳笑道："你也有脚步沉重的时候，这个鸡蛋给你补充一下体力吧。"

夏天心里有些触动，正犹豫要不要接过李婳递给他的鸡蛋，旁边白乐东的神情让他心情大坏。他永远都忘不了白乐东当时充满了幽怨的眼神，好像是受了极大委屈之后的哀哀无告，夏天觉得，白乐东的这种眼神会让任何人尤其是女人起恻隐之心。

李婳并没有注意到白乐东的表情，但注意到白乐东表情的夏天心情却沉重起来，因为他更加清楚地意识到，事情不仅变复杂了，痛苦和伤害也已经产生了，而且还会继续扩大。

他表情有些生硬地拒绝了李婳递给他的鸡蛋道："我一点儿都不饿，还是给白乐东吧，这鸡蛋是他帮你扛上来的，他劳苦功高。"其实夏天心里清楚，他真正的潜台词是：瞧你把事儿弄得一团糟，我现在一点儿胃口都没有。

李婳看夏天表情生硬，语带不悦，不禁有些疑惑，同时也有一些不高兴了，于是赌气说道："你说得有道理，亏了白乐东这一路忙活，白乐东，这鸡蛋还是给你吧。"说着，李婳把鸡蛋递给了白乐东。

李婳把鸡蛋递给白乐东，白乐东一时也犹豫接还是不接，但李婳非常坚决，直接把鸡蛋塞到白乐东手里了。

白乐东接过鸡蛋，脸上现出既有些不好意思又感激的神情。但他也没再客气，敲开鸡蛋，剥掉蛋壳，表情很满足地把鸡蛋囫囵吞下。

李婳觉得夏天对她态度的变化有些莫名其妙，也微微皱起了眉头，似乎若有所思，后面一路跟夏天也不怎么主动说话了。

十八盘的路越来越陡峭，也越来越艰难，大家话少了，爬起山来反而更专注了，速度也更快了，仿佛都憋着一股劲儿或者是一股气，准备一鼓作气迅速爬到南天门。

但泰山挑夫的出现让他们有些气馁，一队泰山挑夫挑着几十斤重的担子迅速超越他们，走过他们身边时似乎都带着一阵风。挑夫担子里挑的主要是供应山顶需要的食物和日用品，因为常年挑担上下山，这些挑夫几乎每个人都练就了一双铁脚掌，在山路上健步如飞，个个都像武功高手。

夏天尤其觉得惭愧，自己练了快半年的散打，站了十来年的马桩，脚力跟这些挑夫比似乎差了不止一个级别，可见民间出高手，所谓"天外有天，人外有人"。

夏天一直就有一股不服输的劲头，再加上心里憋闷，决定不管不顾，一定要追上甚至超越这些挑夫。他都没跟其他几个人打招呼，拔腿就跟着这些挑夫快速往上走。

刚开始追赶这些挑夫的时候，因突然改变了原先的节奏，走了没多远就感觉呼吸迅速局促起来，嗓子眼儿开始发干，腿部肌肉越来越紧张，到后来腿就像灌了铅似的，一步都挪不动了。

夏天只好先站住，大口喘了几口气。在大喘气的过程中，他的头脑渐渐冷静下来，想起散打师父吴敏波给他多次强调过的临敌要领：越是准备发力的时候，头脑越要冷静，尤其是呼吸不能乱，呼吸一乱，供氧就会不足，发力的力度和准确度都会大打折扣。

夏天调匀呼吸，试着让呼吸的节奏和自己登山的脚步配合上，慢慢加速，直至越来越快。夏天找到自己的节奏后，感觉腿部的肌肉反应越来越小，爬起来也越来越轻松了。那些泰山挑夫毕竟挑着几十斤重的担子，而夏天毕竟年轻体力好，夏天很快就反超了他们，并在登上南天门之前把他们远远地甩在了后面。

第二十四章
泰顶迷雾和海上暴风雨

夏天到达南天门后,出了一身淋漓大汗,心情爽快了不少,而在南天门看到的风景,也让他有一种心旷神怡的感觉。

南天门上,日近云低,俯视下界,山伏若丘,河环如绷,天地一片空阔。

夏天心里似乎豁然开朗,之前对李婳的不满好像减轻了不少,对白乐东也更多了一些理解和同情。夏天在南天门俯仰天地,静静地看着风景,也静静地等着其他三位的到来。

半个小时后,最先上来的是文迪,校运动队队员的身体素质确实不一般,文迪并没有显得太疲累,看到夏天早已气定神闲地等在山顶,笑指着夏天道:"你又把我们甩下了,也不管人家李婳了?"

夏天笑笑,道:"李婳自己也是很有实力的,好像不太需要人照顾。"

文迪也笑了笑,轻轻摇了摇头,没再继续说什么。

十几分钟后,李婳和白乐东的身影终于出现在了夏天和文迪的视线中,他们也似乎远远看到了夏天和文迪。但他们好像有一个很兴奋的话题一直在持续中,都顾不上跟夏天和文迪打招呼。

直至来到夏天他们跟前，他们谈论的话题都没有结束，李姗兴奋地娇笑着，像是鼓励白乐东继续说下去，而白乐东也心领神会，继续手舞足蹈地比画着，看起来已深深地陶醉在话题当中。白乐东在比画的过程中，还不忘偷瞄一下夏天的表情，并时而爽朗地大笑着，透出由内而外的得意和兴奋。

　　夏天见到他们俩言笑晏晏的样子，本来已经开朗的心情，又莫名地烦躁起来。但他还是努力控制自己的情绪，努力微笑着跟他们打招呼，并特意关切地冲着李姗问："怎么样，没累着吧？"

　　李姗好像忽然反应过来看到夏天这个人似的，用轻松却又疏离的口吻回答道："噢，边走边聊也没想象中那么累，我们没你爬得快，只好享受慢走的乐趣。"说完，她还冲着白乐东笑了笑，白乐东也含蓄微笑着点点头。

　　李姗和白乐东好像忽然间建立了某种默契似的，夏天自觉变成了一个局外人。夏天内心在告诉自己，这不是真的，这是不可能发生的，但他眼前看到的事实又不得不让他疑虑丛生。

　　此时天光渐渐暗淡下来，夏天尽量显得不以为意，并建议大家到他之前在天街上打探过的一家小旅馆住下来，这家旅馆住宿价格比周围几家略便宜，还含租军大衣的费用。大家没有什么异议，办完入住手续，把行李放下后准备找一家餐馆吃饭。五个多小时的攀登，体力消耗极大，中午吃的那点东西早就不知道跑哪儿去了，加上天街上温度越来越低，每个人都觉得饥肠辘辘。

　　找了一家热闹的餐馆，他们四人鱼贯而入，占了一张餐桌。

　　李姗先落座，白乐东很自然就挨着李姗坐下来，文迪、夏天和李姗、白乐东相对而坐。白乐东挨着李姗坐下的时候，李姗看了夏天一眼，随即若无其事地翻起了餐桌上简陋的菜单，看完后冲着白乐东说出了她想吃的菜。夏天在大家点完后，觉得还有点儿不够，最后又加了半斤饺子。

饺子上桌时，其他菜已吃得差不多了，大家也快饱了。夏天拿起了一瓶饺子醋，先问李姗要不要来点儿，李姗犹豫着说道："好吧，来点儿吧，谢谢！"说完只夹了一个饺子吃两口就放下筷子不动了。

夏天觉得李姗对自己的态度冷淡而客气，心里五味杂陈，于是也不再张罗，基本上是化悲痛为饭量，沉默着把剩下的饺子一个个地消灭了。吃完饭，管钱的文迪负责结账，夏天在旁边等着，白乐东却招呼着李姗先往前走了。结完账夏天陪着文迪出来，听见在前面先走的白乐东又发出了愉悦的笑声。

夏天到旅馆时，白乐东已经先进了屋，正笑眯眯地坐着。见夏天进来，白乐东热情地跟夏天打招呼。

夏天觉得白乐东的情绪是这些天来最高涨的一次，自己心里也隐隐知道他情绪如此高涨的原因，但对着白乐东，又不知道该说些什么。

俩人再也无话，各自上床，裹上被子睡觉。

进了被窝之后，夏天终于明白"布衾冷似铁"的深刻含义了，因泰山顶上潮湿多雨雾，温度很低，被子又冷又湿，睡在里面，跟睡在一个铁桶里似的，而这种又冷又湿的感觉，也像极了自己的心情。

夏天在床上辗转反侧。

此时的夏天，是个内心骄傲的人，而且是一个除了骄傲一无所有的人，如今，他内心的骄傲似乎遭到了迎头痛击。他发现自己并不懂李姗的心思，也不理解李姗的种种表现，他对白乐东不管不顾死贴李婳的做法，虽然内心厌恶，但又无可奈何，他认为这是白乐东的权利。他在乎的是李婳本人的态度，他认为，如果李婳自己态度明确，一切都会迎刃而解。但从目前的情况来看，他和李婳、白乐东三人似乎陷入了一个死结当中，也就是传说中的三角恋当中，这个死结要打开，除非有一个人彻底出局或者有一个人主动退出。

他认为，以白乐东现在的狂热状态，是不可能主动退出的，而目前他和李婳之间的状况，是他内心的骄傲所不能接受的，这和之前他向往的单纯美好的初恋也是相去甚远的，他觉得自己应该做一个决定。

在床上辗转多时，离天亮不到一个小时了，还是睡不着，夏天干脆起床。他披上租来的军大衣，悄悄出了旅馆，借着朦胧的天光独自往玉皇顶方向进发。

玉皇顶并不远，到达玉皇顶时，天依然昏沉沉的，周围一个人都没有，夏天一个人坐在山顶的石头上，望着远方的夜空。

越接近天亮，夏天内心的想法越明确，越接近天亮，夏天也看得越清楚，玉皇顶其实是被浓雾包围着，今天在此处观泰山日出的愿望注定是无法实现的。

夏天冲着周围奔涌翻腾的浓雾大笑起来，大笑之后，眼里两滴清泪流到了嘴角，他用舌头舔了一下，居然那么苦涩。

渐渐地，周边能听到人声了，夏天擦干眼角的泪，掉头往回走。此时，夏天觉得自己的心情一下子平静了下来，因为他已经做了一个决定，尽管这个决定让他心中充满苦涩，但他认为自己别无选择。

往回走到快一半的时候，他看到李婳他们三人正往玉皇顶方向走来，边走边在找寻着什么。

文迪看见夏天，首先叫唤起来："夏天，还说找你呢，你怎么一个人先走了?"

文迪问话的时候,李婳也咬着嘴唇,眼盯着看夏天的表情,脸色有些苍白。

此时的夏天表面显得非常平静,他微微笑了笑,道:"睡不着,我先去转悠了一圈儿。玉皇顶前面不远,你们看看去吧,我回旅店等你们。"说完摆摆手自己先走了。

夏天回到旅店房间,忽然感到一种沉重的倦意袭上心头,不知不觉就披着军大衣靠着被子睡着了。也不知睡了多久,迷迷糊糊中感觉有人进来,然后鼻子前老有一种热乎乎的香葱味儿,他努力睁开眼,发现文迪站在自己身前,手里举着一个塑料袋在自己鼻子前晃悠,塑料袋里是几个刚出锅的猪肉大葱包子。

原来他们已经回来一阵子了,见夏天睡得正香,就没叫醒他,吃完早餐打包了几个包子带回来给他。

文迪笑道:"你睡得真香,都听见你打呼了,脱离大部队居然这么心安理得。"

夏天揉揉眼睛,笑了笑,接过包子大口吃起来,边吃边问道:"他们呢?"

"李婳去买东西去了,白乐东陪着呢。"

夏天吃完包子,李婳、白乐东他们也回来了。

他们各自收拾好自己的行李,退完房后就开始下山了。

此次泰山顶之行,他们没有见到一丝阳光,只收获了日观峰上的重重迷雾。

下山途中,夏天一直表情平淡,话语很少,对李婳的态度,也变得客气而生疏。很难想象,他和李婳几天前还是一对几乎马上就要进入热恋的情人。

白乐东照例亦步亦趋地跟在李姵左右，文迪神经有些大条，但有时候也会用奇怪的眼神看看夏天，再看看李姵。

李姵脸色一直有些苍白，有时候会若有所思地想着什么，对白乐东在旁边扯起的话题有一搭没一搭心不在焉地回应着．渐渐白乐东也没有那么活跃了。

这种氛围一直持续到他们下了泰山，坐上去青岛的火车。

原计划中的崂山他们决定放弃，他们准备直接去青岛的海边，看看栈桥和大海，完成此行的最后一项任务。此时的四人，尤其是夏天，已经意兴索然，看海确实就是当作一项任务来完成的。

来到海边，看到栈桥，夏天还是忍不住心抽痛了一下。

正赶上涨潮，长长的栈桥延伸到海里很远，仿佛能一直走到海天交接的地方。山东之行前，夏天其实也想象过他和李姵在栈桥上相伴而行的情景，他们也许会拉起手，一直走到栈桥的尽头，一起看海。他们也许还会互相拍照或者一起合照，在栈桥上留下永恒的影像。

可现在，他们似乎要成为一对仅仅是为了完成看海任务的陌生人，看完大海之后，他们将分道扬镳，各回各家，再见还是不是朋友都未可知。

夏天是第一次见到大海，在大海磅礴的涛声中，他更沉默了，他本来想发泄一下自己的愤怒，问问李姵到底在想什么。想干什么？她到底喜欢谁？但他内心的骄傲让他难以启齿，他也不能接受白乐东和他竞争的事实，因他对白乐东人品的质疑和自己眼里不揉沙子的个性，他心里有一种被羞辱的感觉。他想，这一切都像这潮起潮落，且随它去吧。

在看海的过程中，夏天和大家互动很少，只是在海滩上无聊地垒起了沙丘，再看着海水一遍遍把沙丘冲毁。夏天想，这沙丘也许就像自己的初恋，如此脆弱，毫无根基，一触即溃。

夏天除了玩沙子，就是站在礁石边看着海浪发呆，海浪一排排激情澎湃地奔着礁石滚滚而来，最后却被礁石拍得粉碎。夏天心想，那被拍得粉碎的就像是自己的初恋，但到底谁是拍碎自己初恋的顽石呢？

夏天在发呆的时候，偶然间感觉侧后方有连续咔嗒的快门声，像是有人在偷拍自己，他回头一看，发现是李婳。李婳见夏天回头，迅速放下相机，面无表情地转身就走。

夏天光脚站在沙滩上，不断上涨的潮水扑过他的脚面，穿过他的腿间，然后又迅速往回撤，似乎带着一种不可抗拒的牵引力，让人不由自主想投怀送抱。

夏天渐渐有一种强烈的冲动，觉得自己和大海一定要有一个真正的拥抱，一定要在大海的波涛中感受一下大海的博大浩瀚，也希望浩瀚的海水能浇灭心头的怒火，洗刷内心的屈辱。

心念至此，夏天迅速脱掉自己的上衣，仅穿着一条裤衩就一猛子扎进了海里。

夏天以前老在赣江里游泳，自认为水性还不错，但在海里游，却是另外一种感觉。海水浮力比较大，刚开始游的时候，感觉手脚很轻快，一下就能游出很远，但海里的浪头却远非江水所能比拟。夏天刚下水的时候，一个浪头扑来，由于呼吸没调节好，大股的海水把他的嘴鼻塞个正着，咸涩的海水把他呛得涕泪横流，几乎倒不过气来，他缓了半天才敢继续游。

夏天决定先在浅水地带适应一下海浪的节奏，找到海浪颠簸的节奏后，再往水深的地方进发。他渐渐发现，每当浪头临近的时候，轻轻一按身下的海水，身体就能越过浪头，往前进一大截。

找到这个规律，胆气立马豪壮起来，夏天相信以自己的体力和泳技，一定能向大海的深处进发。

骑着一个个浪头，夏天迅速向海滨浴场的防鲨网游去，周边的人越来越少，偶尔有一两个人，也都是套着或扒着游泳圈的。

游到防鲨网边上，略微迟疑了一下，夏天的身体很快就从防鲨网的拦绳上划了出去。游过防鲨网，夏天才感觉自己游到了真正的大海里。

防鲨网内，海水也许是因为人群的搅动加上夏日阳光的照射，给人的感觉是温暖舒适，就像母亲的怀抱。过了防鲨网后，海水表面一层还是挺暖和的，但脚往下蹬水的时候，就会感受到一种冰凉的寒意，这让夏天忍不住打了一个激灵。好在此时还算风平浪静，夏天并没太在意，还是继续往大海深处游去。

海水的浮力，加上也基本摸清了浪头的规律，夏天借着浪头游得越来越远，而自己也并不觉得很累。

也不知游了多久，夏天忽然发现周围变得非常安静，除了划动海水的声音和自己微微的喘息声，几乎再也听不到任何声响。夏天回头看海滩边，之前海滩上嘈杂的人声早已离自己远去，海滩上刚才密密麻麻的人群似乎也被海水阻隔了，几乎看不到踪影，只有偶尔海滩旗杆上反射的阳光让他知道海岸的方向。

夏天一点儿都不觉得害怕，反而有一种自由飞翔的感觉，好像大海就是自己的天空。夏天在自己这片自由的天空中，没有恐惧，没有烦恼，只是希望自己能一直游下去，游下去……

游着游着，夏天发现，天突然暗了下来，周围的云层在迅速往下压，一阵强风也随着云层的下压卷裹起一排排海浪从远处奔袭过来，身边的海水开始剧烈摇晃。

夏天决定往回游，刚游了没多远，豆大的雨点就接踵而至，打得他脸上生疼，雨水溅起海水直往口鼻里灌。海浪越来越大，海浪加上雨点，夏天身边的海水跟开了锅似的，而他就像这开水锅里的一片树叶，身不由己地在锅里翻滚。

海岸线看起来非常遥远，夏天在雨点刚起的时候略有一些紧张，但很快就镇定下来，他对自己的泳技和体力还是非常有信心的。他口鼻避开浪头，调匀呼吸，深吸一口气，看准海岸的方向，一猛子扎进了海水里，在水面下快速潜游起来。这是夏天从小练就的一项技能，在赣江里游泳，他能一猛子潜游几十米，几个猛子，就能游出很远。

此刻，夏天潜游在海水里，浮力的原因，游起来速度更快，而因为人在水下，雨点和海浪对他的干扰反而小了，夏天在水下听到的雨声和涛声似乎更像催他奋进的鼓点。

夏天潜游一段浮上来换一口气，有时候借着海浪的推力再一猛子扎得更远，渐渐地似乎要找到冲浪的感觉了。游着游着，他忽然发现，防鲨网就在眼前，而此时，自己还有些意犹未尽。

因为突降暴雨的缘故，海里的人也不多，夏天想起来也不好让李姵他们等太久，于是决定游回岸边。

夏日的暴雨来得快，去得也快，等夏天从防鲨网往岸边游的时候，雨已经快停了。

夏天在水里远远看见李姵他们几个打着伞好像在海里找寻着什么，他故技重演，深吸一口气，低下头，又一猛子扎进了水里，直到快到岸边的时候才从水里冒出头来。

夏天从水里爬出来，向岸边的李姵他们走去，边走还咧开嘴笑了笑。

　　李婳自从见到夏天，眼睛就一直死死地盯住夏天的脸，一言不发，夏天走到她身边的时候，感觉她身体在微微颤抖，再仔细一看，眼睛也似乎有些红肿。

　　白乐东站在李婳身边，也是一言不发，表情古怪中带着一些沮丧。

　　夏天也没多想，只是自言自语地感叹道："下雨天游泳真是挺痛快的。"

　　文迪快人快语："你光顾自己痛快了，刚才我们怎么都看不到你，都快急死了，你游哪儿去了？人家李婳……"

　　文迪还没说完，李婳就皱起眉头，一把拉住她，道："他游够了，我们可以走了。"说完转身就向海滩外走去，白乐东见状也赶紧跟上。

　　夏天看着李婳和白乐东一起匆匆而去的背影，心里又有些发堵，对文迪道："你也先走吧，我把衣服换一下就过来。"

　　夏天在岸边一间简陋的更衣室草草冲了一下身上的海水和泥沙，换了一件干净的衣服就出来了。他出来的时候，发现文迪还在更衣室门口等着他。

　　文迪瞪了他一眼，道："你和李婳怎么了？你们原来不是关系挺好的吗？人家李婳刚才哭得可伤心了，肯定是你惹的！"

　　夏天摊了摊手，道："我哪儿有能力惹她伤心，她可能只是出于人道主义的考虑，怕我被海水淹死罢了。"

　　"你们就作吧！"文迪叹道。

　　离开海边，他们四人就直接赶往青岛火车站。

　　青岛火车站的建筑风格其实和济南火车站有异曲同工之妙，但此时的夏天他们,已经完全没有欣赏的心情,只想快点踏上归途。

到火车站,他们买了最早一趟离开青岛的火车。夏天一个人经上海到南昌,李婳他们三人回北京,夏天的火车比他们早两个多小时。

夏天买到火车票的时候,离开车时间已经不远了,夏天决定在售票口就跟他们告别。

告别的时候,李婳似乎已经恢复了平静,她跟着夏天往前多走了几步,白乐东还想跟上来,她停下脚步用眼神制止了白乐东,白乐东只好知趣地站住了。

夏天看着李婳和白乐东之间刚才细微的动作,无奈地笑了笑。

李婳眼睛里似乎有些雾气,轻声对夏天道:"一路平安!"

夏天回答道:"你也一样!"紧接着他又无声地叹息道,"有些事也许以后就会明白的。"

夏天说完,独自赶往检票口,没有再回头。

第二十五章
易水寒还是不寒

夏天坐上了从青岛到上海的列车,归心似箭。

从青岛到上海,路上需要十六七个小时,连日的登山、渡海,各种辗转加上各种思想活动,让夏天身心疲惫,上车找到自己的座位后,夏天彻底放松下来。他要了最便宜的一份盒饭,迅速吃完,感觉嘴都似乎没来得及擦干净,人就几乎进入昏睡状态。

待到再睁眼时,已是第二天早上,列车也驶入了江苏地界,车窗外是一派江南风光。

不一样的风景,一个人的返乡之旅,夏天想起和李婳他们在青岛的分别,颇有一种"风萧萧兮易水寒,壮士一去兮不复还"的感觉。

这几天的各种场景开始像电影画面一样不断在夏天的脑海中闪回,这些画面的闪回和叠加,似乎诠释了故事的结局。夏天和李婳这一对电影里原来的男女主人公,现在一个向左,一个向右,即将变成路人甲和路人乙。

夏天发现,这部电影情节的发展非常诡异,完全不受控制,纯属莫名其妙。对这个结局,夏天百思不得其解,但又无可奈何。

夏天自我剖析,也许是自己的骄傲葬送了自己的初恋,但他认为，除了保留内心那份一无所有的骄傲，自己似乎也别无选择。

他内心的骄傲让他不可能去乞求什么，去纠缠什么，去辩驳什么，去诋毁什么，他相信一切随缘而发，一切缘分都需要靠彼此的默契和悟性。

他甚至做了最坏的打算，如果李婳和白乐东确实有缘，他一定会送上自己的祝福，并骄傲地转身离开。

想通了这一层，夏天的情绪渐渐平静下来，但还是忍不住觉得心痛。

夏天上大学以来第一次有一种强烈的挫败感，而且这种挫败事前没有发现任何征兆，事后也想不出太多原因，既莫名其妙，又啼笑皆非。

夏天第一次感到恋爱居然可以让人如此五味杂陈，好在路上有这么一段独处的时间，可以让他一个人默默舔舐伤口，他希望列车抵达南昌的时候，家里人完全看不出他受伤的样子。

车到上海，他马上又买了一张到南昌的票，时间居然衔接得很紧密，等候的时间只够他在火车站的周边转一转。

第一次到上海，因没有机会体验大上海的繁华，他只感受到了上海街道的狭窄逼仄和在上海问路的艰辛。夏天站在七拐八扭的街角，根本分不清楚环卫工人说的第二个路口在哪儿。这使夏天一下子想起北京的好来，想起了北京，他就想起了李婳，心又忍不住抽痛起来，他忽然觉得自己太不洒脱，没有出息。

又是十几个小时的路程，到达南昌的时候已经是第二天下午。因事先家里并不知道夏天的确切行程，夏天的突然出现还是给了家人一个惊喜，按家人的理解，夏天这趟山东之行还会持续一段时间，他们根本没想到夏天几个人会草草收兵。

夏天表面上尽量显得兴高采烈，但眉宇间却有掩饰不住的疲惫，一向敏锐的夏山水见到自己儿子独自一人跋山涉水平安归来，心里只有高兴，并没有发现其他端倪，他忙着招呼夏天母亲赶紧加几个菜。

冰箱有现成的板鸭，切两个咸鸭蛋，父子俩就先吃上了，边吃边等夏天母亲炒菜。

夏雨又长高了，已经越来越像个大姑娘了，见哥哥回家自然很兴奋，但并不像小时候那样见面就缠住哥哥问起来没完。她看见夏天满面风尘的样子，很乖巧地在卫生间把一条干净的毛巾用凉水蘸湿，给夏天擦脸，夏天擦完脸后精神一振，觉得暑热也消退了不少。夏雨给哥哥递完毛巾，又跑到厨房帮母亲打下手去了。

夏天和父亲聊起学校和北京的事，基本上是秉承新闻真实性的原则，尽量做到翔实客观，但谈到自己，照例是报喜不报忧，尽捡能突出自己进步的事儿说，让父亲听得频频颔首。

很快，母亲炒的几个拿手菜也上桌了，一家人又其乐融融地聚在一起，边吃边聊，也让夏天暂时忘却了烦恼。

吃饱喝足，夏天睡了一个长长的觉，一直睡到第二天快到中午，一夜无梦。

睡醒之后，夏天发现母亲已经准备好了自己最爱吃的早餐，南昌凉拌米粉，不觉又食指大动。

夏季的早晨，把煮熟的米粉用凉水焯过，米粉变得晶莹洁白Q弹有韧性，在上面浇上家里秘制的红油辣酱汁，吃起来提神醒脑开胃，根本停不下来，这是家里的传统保留节目。夏天边吃着米粉，边考虑剩下这段假期的安排。

和家里亲人以及外公外婆的聚会当然必不可少，和中学几个篮球死党的约赛也肯定是要安排的，剩下的时间除了陪陪父母和小妹，夏天发现自己只想静静。

静静地读一些书，静静地想一些问题，也静静地思考一下自己和李婳之间的感情纠葛。

夏天认为，也许可以通过暑假这段时间的冷静期，让自己习惯和李婳相忘，给彼此的关系悄悄画上一个句号。

夏天几易其稿，给李婳写了一封分手信，以结束这段并没有开始的恋情。

在这封分手信中，夏天第一次大胆承认自己曾经爱上过李婳，算是一种分手后的正式表白，并认为经过山东之行，这一切算是过去了。

夏天还在信中解释道，自己曾经确信李婳对自己有同样的感情，因此在和李婳之间出现一些隔阂和不协调时，觉得有些啼笑皆非而且莫名其妙，甚至有些愤怒，旅途中也没能控制好自己的情绪，影响了大家的游兴。这段时间在家里反省，发现自己也许是误会了，他想象中的李婳对自己的感情应该纯属自作多情，因此对李婳感到非常抱歉，抱歉自己给她带来了困扰，也抱歉因为自己的自作多情把同学之间的关系搞复杂了。希望李婳能够原谅自己，并祝李婳找到自己的真爱，即使这真爱是白乐东，自己也会以朋友的身份为李婳献上最真诚的祝福。

信的末尾，夏天还建议，如果自己的所作所为不能获得李婳的原谅，就请李婳早点儿把自己"相忘于江湖"。

写完这封信，夏天觉得自己既悲壮又洒脱，还有一种莫名的轻松感。

写完给李婳的信，夏天又给同宿舍的方超写了一封。

对于和李婳之间的感情，夏天跟方超聊得最多，很多细节，方超也是看在眼里，方超是夏天和李婳谈恋爱最坚定的支持者。在临去山东之前，方超还跟夏天开玩笑说要夏天在青岛的栈桥上把李婳拿下。

夏天想，现在自己已经跟李婳分手了，对方超应该有个交代，也算是借机排遣一下内心的苦闷。

夏天在信中首先报告了山东之行的结局，就是他认为的和李婳之间所谓的恋情已经无疾而终，李婳应该也许是有了一个心仪的对象，这个应该也许的心仪对象就是白乐东。虽然自己并不太认同白乐东，也不看好他们之间未来的发展，但自己并没有办法阻止他们，自尊心也不允许自己去阻止他们，这一切都要看李婳自己的觉悟。

夏天还抱怨李婳的任性和对自己的不理解，认为李婳的任性已经把事情搞得错综复杂。自己不愿意过多解释，也不愿意像白乐东那样纠缠不休，更不愿意背后诋毁别人。自己尊重李婳内心最真实的想法，也尊重她的选择，即使她的选择最后会成为对她的惩罚。

谈到惩罚，夏天当时心中甚至莫名有种快意。他在想，给自己带来如此痛苦的李婳是否会为自己的任性感到后悔呢？

夏天给李婳的信寄出去之后，心里轻松了不少，对李婳的回信并没有太多期待，他唯一想知道的，是他们分手后，李婳会如何面对他这个熟悉的陌生人。

但很快，李婳的回信就到了，是一封厚厚的邮戳上标着欠资的航空信。

李婳这封信洋洋洒洒十来页，字里行间只透出两个字：愤怒！

最后的结论也是两个字：分手！

但在得出分手的结论以前，李婳也坦承自己曾经是深爱着夏天的，就像她希望夏天同样深爱她一样。而且她这种爱是单纯而热烈的，但现在看来过于理想化了，她和夏天都太年轻，都不知道什么是真正的爱。

李婳尤其对夏天祝福她和白乐东的话感到愤怒，她对夏天这么容易就放弃自己的爱情感到特别悲哀，她认为夏天怯懦而狭隘。在泰山顶上她曾期待夏天问她点儿什么，甚至冲她发火，但夏天最后什么都没说，只是在青岛道别时轻轻说了一句：有些事以后都会明白的。她说她就是不明白，不明白夏天为什么那么怯懦，不明白夏天为什么什么都没做就把自己的爱情放弃了。这话的意思夏天理解起来像是怪自己没有直截了当地向她表白，并当场跟白乐东火拼。

李婳在信中还提到，在收到夏天的来信之前，她其实也给夏天写了一封信，但思前想后，还是把那封信付之一炬，她不想解释什么。

尽管声称自己不想解释什么，李婳在信中还是澄清说她把白乐东当作个最正常最普通的同学看待，并没有想太多，如果夏天不能理解，她自己也不苛求。

而且她认为，夏天并不真正地理解她、懂她，他们两个不可能同行，她对夏天的留恋也已彻底断绝。她只是希望两人一起快快长大，分手之后还是朋友。

夏天从李婳的来信中，也确认了两个基本事实。

第一个事实是，他们两个在去山东之前确实是彼此吸引，互相单纯而热烈地深爱着，只是没有捅破那层窗户纸，自己之前并不算自作多情。两个人通过这次通信，算是完成了迟来的为时已晚的告白，也彼此确认结束了这段并没有开始的恋情。

第二个事实是，李婳并没有把白乐东当作一个恋爱的对象交往，尽管白乐东已深陷其中。夏天意识到，李婳对白乐东的一些言行确实是无意的，有时候甚至是为了跟自己怄气。但白乐东却不自觉把这些言行放大，为自己营造出虚幻的希望，以至于对李姗纠缠不休，给夏天心理上造成巨大的困扰。而且不管李姗是有意还是无意，痛苦毕竟产生了，三个人其实在某种程度上都受到了伤害。

收到李姗的来信后没几天，方超的信也到了。

方超对夏天通报的山东之行的结局深感疑惑，如坠云雾中。他认为爱上一个人绝不是一个简单的决定，以他了解的白乐东绝非李姗的良配，他也很难相信李姗会真的爱上他。他认为白乐东爱李姗是他的权利，白乐东自以为很聪明，但聪明走到极端就是愚蠢。方超的信中，把夏天想骂又不好意思骂白乐东的话全痛快地说出来了，这让夏天胸中十分畅快，也使夏天把方超深深引为知己。

当然，多年以后回看，方超的话应该还是明显带了感情色彩，包括夏天对白乐东的看法也许并不公平。或许在白乐东的眼中，夏天才是第三者也未可知。因为夏天后来想起，在他某天向白乐东毫不设防地袒露对李姗的感情之后，白乐东时不时就在夏天耳边哼《迟到》那首歌，其实那首歌就是白乐东对夏天的告诫和提示，说明他对李姗心仪已久，夏天不过是一个迟到的掠食者。而且这个掠食者对身边发生的很多情况都惘然无知。白乐东唱《迟到》这首歌的声音一段时间内在夏天耳边嘤嘤嗡嗡，如黑夜中一只顽强的蚊子的奋力振翅声，经久不息又挥之不去，夏天虽然觉得烦却不明所以。

信中方超很快话锋一转，认为李姗如果真的跟白乐东好的话，他也会祝福他们。但是更多会责备夏天，因为据他观察，李姗真正爱的人是夏天，虽然李姗平时脾气有些古怪，也就是夏天说的任性，但心地还是善良的、重感情的，对爱情和生活也有较高的追求，不会轻易降低自己的标准。如果夏天真的爱她或者曾经爱过她，应该勇敢地说出来，哪怕是直率地指出她的缺点，她才能真正感受到他的爱，感受到他的力量，她才会有信心勇敢地跟夏天走到一起。而夏天只是一味消极等待李婳的觉悟，也放不下自己的架子，远不像恋爱之外的自己那样勇猛，才会给白乐东可乘之机。

最后，方超得出的结论是夏天对不起李婳，没有保护好自己心爱也爱自己的女人。

所谓旁观者清，方超当时并没有任何恋爱经验，但他这番分析，显示了一个局外人深刻的洞察力，让夏天很受触动。夏天站在自己的角度，虽然还是对李婳的任性以及她的任性造成的影响感到无奈和不满，但心里已经基本原谅了李婳，也开始反省自己对恋爱的无知和对李婳的不理解。

事实上，在和李婳分别后的很多年里，在积累了较多对女孩儿的认识，也有了较多的社会阅历，并有足够的自信之后，回首往事，夏天对当时自己恋爱方面的无知和幼稚只能报以苦笑。

所谓青春青涩的爱情，其实就是并不清楚这个人对还是不对，而即使人对了，也往往并没有在对的时间遇到。

李婳和方超的两封信，让夏天彻底平静下来。夏天感觉自己好像经历了一次感情的淬火，对爱情有了更多的认识，虽然这种认识依然浅薄。

夏天在剩下的这段假期中，彻底放空了自己，心无旁骛地读起了以前没有时间仔细阅读的一些典籍。夏天有一个想法特别明确，那就是自己不管是在学识上还是在对社会和人的认识上，远称不上丰富和深刻，更谈不上所谓的厚积薄发。只有不断地充实自己，使自己变得更强大，面对现实包括面对自己的爱情才可能表现得从容不迫，游刃有余。

读着书，夏天对新学期又隐隐有了新的期待。

第二十六章
童话的开始

老是想静静,这是暑假这段时间以来夏天发现自己的最大变化。夏天有时候呆想,如果静静是个女孩儿,会不会被自己感动?

开学就是大二了,夏天在新学年报到的最后一天才坐上返程的列车。

夏天没有招呼任何人结伴同行,而是选择了一个人的漫漫长途,他想利用这个机会让自己静下心来,思考一下新学期要面对的一切。

《新闻周报》,自己依然肩负重任,这一个学期的报道如何组织,推陈出新?

在过去的大半年里,李婳都是自己得力的首席记者,两人相约分手后,李婳还会配合自己吗?

回到宿舍,和白乐东将抬头不见低头见,自己对白乐东的信任已完全坍塌,要怎样跟他相处呢?

夏天一路上整理着自己的思路,发现除了办《新闻周报》自己有一些新的想法外,其余的基本都捋不出头绪。夏天最后决定不再去想这些烦心的事,而是把一切都交给感觉,就像那首歌里唱的:跟着感觉走,紧抓住梦的手……相信船到桥头自然直。

这次回京，夏天轻装简行，一个小背包，就是所有的行李。出北京站后，夏天也是轻车熟路，直接坐地铁到木樨地，再倒332路公交车很快就到了校门口。看到熟悉的校门，发现自己的心情和一年前刚入学时竟是如此不同。

天依然是那么蓝，校门口依然是彩旗飘飘，各式欢迎条幅也依然透着热情洋溢，但夏天知道，被欢迎的并不是自己，自己已经从新人变成旧人了，自己要做的，是赶快加入迎新的队伍。

各系的老师和同学已经沿着进校门的主路排开了一溜儿课桌，课桌后面，是负责迎新的工作人员和一面面飘扬的系旗，新生找到了自己系里的旗帜，就算是找到了组织。

夏天进校门后就看到了很多扛着大包小裹，衣着略显土气，表情也略显稚嫩，但同时又意气飞扬的一年级新生，就像看到一年前的自己和一年前的班里其他同学。

夏天本想径直回宿舍把背包放下再过来看看，可刚走了没几步就让人叫住了。一个声音故作低沉并略带严厉地对夏天道："这位同学请等一下，你是哪个系的，怎么不登记就往里闯？"

听声音耳熟，夏天回头一看，发现是小豹子，旁边还站着老石，他们正站在课桌后面新闻系的系旗前面充当志愿者，代表老生负责新生的接待工作。

夏天一见他们两人就有些忍俊不禁，小豹子不仅声音故作低沉，表情也是一副故作深沉的样儿，老石看人时更有一种居高临下的感觉，估计是这几天接待新生练的，到了大二猛然间长了一辈儿，对待一年级菜鸟的表情和态度似乎有些不知道怎么拿捏才好。

夏天哈哈大乐，重重捶打了几下他们两人的前胸后背，算是久别重逢后的亲切问候。夏天的几下捶打，也把他们打回了原形，他们又恢复了以前在一起时怠懒搞笑的模样,夏天也不着急回宿舍了,陪着他们有一搭没一搭地聊了起来。

因为迎新接近尾声,来报到的新生已经不多了,夏天陪着小豹子和老石聊了一会儿就回宿舍了。

夏天回到宿舍,没想到同宿舍的其他人都不在,只有白乐东一人靠在床边看着书。因路上也没想好怎么跟白乐东相处,夏天还是习惯性地跟他点了点头。

白乐东见夏天进屋后冲他点头,并没有任何回应,只是斜睨了一下夏天。

夏天对白乐东对自己的态度略感意外,对比泰山顶上白乐东的表现,白乐东今天的情绪明显有些消沉甚至带着一些怨气。

夏天见白乐东不愿理睬自己,也并不在意。但同时又有些疑惑,自己已经和李婳分手了,白乐东机会应该更大了,照理说他应该高兴才对,应该更多表现出一个胜利者宽容大度的姿态才对,怎么会见了自己爱答不理呢?夏天隐隐觉得这后面可能是有故事发生。

把背包放下,夏天拿起脸盆、毛巾和肥皂,到水房快速冲了一个凉水澡,把旅途的风尘和疲倦一洗而净。回屋换上一身干净衣服后,便跑到其他几个男生宿舍转了一圈。

大家分别近两个月,彼此见面还是很有亲切感并少不得互相开一些玩笑。

转到老马他们宿舍门口的时候,夏天听到里面吆五喝六,热闹非凡,进门一看,发现里面围了一堆人正在"敲三家",除了打牌的几人,外面也围了好些人,夏天发现方超居然也在其中。

方超见夏天进屋,眼睛一亮,很认真地观察了一下夏天的表情,笑道:"你真沉得住气,总算回来了。"

夏天摊开手,笑了笑,并未作答,示意大家继续,并找了个位置也在旁边观战。

方超打完手里的一副牌,站起身,让旁边一个人顶上自己,拉着夏天出了老马他们宿舍。

方超问夏天道:"是不是刚回宿舍,还没吃饭吧?咱俩学校门口小泥湾撮一顿去,正好家里带的熏鱼还剩半条呢。"

夏天觉得方超好像有话要对自己说,于是点点头。哥俩先回宿舍,方超拿上了饭盒里装的熏鱼,夏天则把路上没吃完的半只板鸭带上并在身上揣了几块钱。宿舍里白乐东还在懒洋洋坐着,他们也没跟白乐东打招呼就出门了。

在小泥湾落座以后,方超的表情显得有些兴奋,上来就直截了当地对夏天说:"夏天我认为你在判断上肯定出现了严重的失误,你说的李婳看上白乐东完全是无稽之谈。你看看白乐东现在这个样子像是情场得意的感觉吗?"

方超比夏天早回来两天,他通过跟白乐东聊天和自己的观察,发现白乐东完全没有跟谁谈恋爱的幸福感和兴奋感,相反还明显表现出来情绪不高甚至有些焦虑,似乎受到了什么挫折。

方超把自己的想法和盘托出,并特意提到他今天中午在食堂碰到李婳,李婳主动拉着他聊了一会儿。

夏天听方超说跟李婳聊过,其实心里很想知道他们聊了些什么,但又觉得不知如何开口问,只好沉默着看着方超。

方超忽然狡黠地笑了笑,道:"我发现你和李婳的风格其实很像,都属于自尊心强放不下架子那种,这方面简直是天生一对儿。"

"此话怎讲?"夏天干笑着问道。

"因为我说暑假你给我写过信,她不好意思问,也是这么沉默着看着我,但眼神却在拼命鼓励我透露消息。而且,她明明想知道你是不是回来了,却拐弯抹角地问你们宿舍的外地同学都回来了吗,宿舍咱班外地同学就我们两个人,那问的不就是你吗?"方超摇头笑道。

方超继续说道:"所谓旁观者清,你们肯定有误会,李婳心里一定是有你的。"

"可我们两个在暑假互相写信已经确认分手了,而且说好以后只是做朋友的。"夏天苦笑道。

"你们不要再骗自己了,明明心里有对方,还要装出一副可以自己忍受伤痛成就对方的样子,好像通过分道扬镳就能让对方得到幸福似的。"方超的话变得尖锐起来。

"夏天你应该主动一点儿,如果你还爱李婳的话。你要知道,能拆散你们的只有你们自己。"方超继续热烈地鼓励夏天道。

事实上,方超很长时间都是夏天和李婳这段感情的坚定守护者,就像一个大男孩守护一段童话一样。

方超一直坚持认为,夏天和李婳是这个五十一人大班里最早有恋爱苗头的一对儿,他们就像两块燧石,早就自然而然碰撞出了爱情的火花,早到连他们两个自己都没有觉察到。

方超真心希望他们两个能成,开启一段美好的童话,而自己通过守护这段童话,也能分享到纯真爱情给人带来的憧憬和美感。

但后来的事实证明,现实毕竟不是童话,童话的美感终究要被现实的骨感代替,即使人们是那么不情愿。

夏天到校的第二天学校就正式开始上课了,课堂上夏天自然就见到了李婳,夏天和李婳几乎都是第一眼就不自觉地找到对方。

夏天见李婳把原来的长发剪短了,往一边斜披着挡住了半张脸,整个人显得清丽中透着些迷蒙。夏天看着眼前的李姗,再回想青岛分手时的李姗,觉得有一种既熟悉又陌生的感觉。夏天第一次意识到,发型对一个人尤其是对一个女孩形象的影响是如此巨大。

李姗刚开始看夏天的时候眼神中有一些探究甚至带着一丝忐忑的味道,她很关注夏天和自己分别这么久,并且号称和自己分手后见到自己是什么样的表情,等她见夏天面带思索,眼睛直直地看着自己时,不自觉脸就有点儿红,目光也不好意思地避开了。

他们两个并没有打招呼,直到上午的课全部结束。

下课后,李姗明显放慢了收拾书包的节奏,而夏天也同样如此。夏天觉得他们之间原来的默契一瞬间似乎又回来了。更让夏天奇怪的是,白乐东看到他们两个拖在后面,虽然离开的脚步有些迟疑,但还是跟着大队同学先走了。

夏天整理好书包后,径直走到李姗身边,等她把最后一点儿东西收拾好,然后一起走出教室。

两人谁都没有说一句话,只是默契而沉默地走着,夏天的表情貌似深沉平静,李姗则有些含羞似的低着头。

走了一段路之后,还是夏天先开了腔,打破了两人之间的沉默。

夏天清了清嗓子,尽量让自己的语气显得平淡甚至有些公事公办:"这学期第一期《新闻周报》需要做一些有分量的新生访谈,你是不是可以到学生处去了解一下今年招生有什么特点,有哪些有代表性的新生?"

李姗并没有接夏天关于采访的话茬儿,而是忽然抬起头来,目光定定地看着夏天的眼睛问:"你还要我吗?"说着眼眶都有些潮湿。

夏天觉得李姗似乎语带双关,但又不敢太自作多情,想了想回答:"当然,没你这个首席记者,这期的头条恐怕要开天窗呢。"说完咧开嘴冲李婳笑了笑。

"哪儿能啊,你夏大总编倚马可待,缺了我这样的小记者照样能成就伟业。"李婳也笑着调侃起来,似乎又恢复了伶牙俐齿的本色。

李婳的那句问话给了夏天极大的勇气,夏天停下脚步,转过身来,挡在李婳面前,直视着李婳的眼睛道:"你记住了,没有我的同意,你不许离开。"

李婳迎着夏天的目光,默默对视了几秒,点点头又赶紧摇摇头道:"这么霸道,我凭什么要听你的?"说完,绕过夏天,一溜烟儿跑开了。

李婳边跑边回头对夏天笑道:"明天交稿。"

第二十七章
放大机的红光

一场分手后的相互表白,使他们之间捅破了那层窗户纸,只待某个时点的最后迸发。

但此时,夏天和李婳不约而同放慢了感情升温的节奏,内心的笃定让他们爱情的脚步变得安静从容。他们知道,该来的总是会来的,那将是一场火花四溅的碰撞,就像火星撞地球,当碰撞发生时,一切都会沸腾、燃烧起来。但在沸腾和燃烧之前,且让他们享受一下爱的滋味逐渐渗透的感觉,直到瓜熟蒂落,水到渠成。

因此,这段时间,他们并不常常在一起,但他们彼此都知道对方在哪里,也知道对方在忙些什么,还知道自己什么时候可以帮上手。有时候,课堂上的一个眼神,食堂排队时的一声招呼,周报写稿时的几句讨论,都传达了他们彼此能懂的信息,他们从来没有像现在这样确定,他们心属彼此。

开学之后,白乐东消沉了几天,但看到夏天和李婳并没有迅速走到一起,情绪也渐渐平静,只是和夏天之间基本没有什么交流。

不知李婳对白乐东曾经表达过什么,夏天再也没有见到白乐东在李婳身边絮叨的情景,偶尔白乐东也想搭讪,但李婳的冷淡让白乐东望而却步。

新的学期，夏天升入大二，同寝室的老郑等人毕业，225房间的床位迎来了新的主人。

这些主人中，有一个夏天一辈子的朋友——来顺。来顺是一年级新生，是学校专门为国家通讯社培养的摄影专业北京籍定向生。

这学期，第三小组的小组活动戛然而止，这不得不说是山东之行的后遗症。

但夏天发现，班里其他小组也和他们一样，大规模的小组活动已经被三三两两的组合或者是一些臭味相投的小团体取而代之，这也许就是社会学教科书上所说的人群渐渐熟悉之后人际关系的不断分野吧。

这个学期，班里开了新闻摄影课，从黑白照片的装卷、拍摄、冲洗、放大、裁剪各个环节进行全方位的专业训练。

系里尽可能为学生提供了当时最好的条件，除了每两人配发一台珠江牌相机（珠江牌相机被认为是当时最好的国产品牌相机），还给大家配发一定数量的黑白胶卷，以及冲洗照片的药水和设备。

夏天是和方超共用一台相机，这让他们哥俩儿很兴奋，以前他们偶尔也会借高年级的相机拍照，夏天在周报有采访任务时也可以借用相机，但现在这台相机天天在他们手里，可以随便摆弄，这和以前的感觉完全不同。

课堂上有国内知名导师的醍醐灌顶，回到宿舍有高年级同学指点迷津，夏天和方超感觉自己对新闻摄影的认识和拍摄技巧的进步可以说是一日千里。

新闻摄影的一条法则让夏天一直铭记在心：在任何时间、任何条件下，一定要最大限度地保证清晰拍摄所要报道的人或场景，哪怕牺牲自己的生命。

一位美籍匈牙利裔战地摄影记者罗伯特·卡帕很快成为夏天的偶像。他用生命实践了自己的名言："如果你的作品还不够好，那是因为你离炮火还不够近。"罗伯特·卡帕最后是倒在了越战的地雷阵中。罗伯特·卡帕的勇敢无畏一直激励着夏天，让夏天憧憬某一天能亲临战场，去闻闻战场上的硝烟，用枪炮声为自己"洗礼"，体验作为一名战地记者的无上荣光。

当然，夏天并没有这样的机会，倒是几年后来顺班里的两名女同学真的踏上了炮火纷飞的中东战场，用勇气和专业赢得了世界的尊敬，并获得了国际新闻摄影的最高荣誉荷赛奖。

而来顺，也用生命实践了罗伯特·卡帕的名言，最终倒在了炮火下。

为了在任何时间、任何条件下最大限度地保证清晰拍摄所要报道的人或场景，夏天在一段时间之内苦练"盲拍"技术。所谓"盲拍"，就是在来不及调整焦距，找不到取景角度，无法看取景框，被拍摄对象毫无觉察的情况下，要保证焦点清晰，场景完整，人物不出画框，抓拍表情纯天然。

要使盲拍成功，必须有迅速的反应，超强的空间想象力，可从任何角度出手的方向感，拍摄瞬间静稳的手感。尤其是不看框取景，更是盲拍的最高境界，可以在拍摄对象完全没有感觉的情况下抓拍最真实自然的照片。

而要熟练掌握盲拍技术，没有捷径，只有日复一日刻苦练习，才能做到手眼相通，手到擒来。夏天省吃俭用自费买了大量胶卷，花了大量时间练习，使自己的盲拍技术基本过关，并在校园图片新闻的报道中频频实践，产生了不同以往的宣传效果。夏天暗暗期待，将来走上新闻工作岗位后，用盲拍这招进行隐蔽拍摄，自己也许有机会成为一个出色的调查记者。既可以捕捉自然状态的社会人性，还可以曝光真实的丑陋，用有冲击力的摄影作品，展现生活的原貌并让社会的黑暗势力无处遁形。

班里不仅夏天学得认真，其他同学也都是全情投入。新闻摄影课学习内容固然是新鲜有趣，而每天脖子上挂着相机在校园里满世界转悠也很有拉风的感觉。尤其是学校有活动的时候，新闻系学生脖子上挂的相机几乎就是通行证，有了相机，参加活动不仅不需门票或邀请函，还可以在活动时堂而皇之地前排就座，美其名曰方便采访拍摄，甚至可以在礼堂里随时窜到后台，和重要活动嘉宾亲切互动，嘉宾摆各种 Pose。

系里的新闻摄影课是拍、冲、洗、扩、裁全方位能力的教育，要求学生能熟练掌握每一种技能，可以独立完成一张新闻图片的全部生产过程。

而要完成照片的冲洗，符合光线条件的暗房是必要条件。系里安排的暗房光线条件非常到位，只要关掉电灯，能见度几乎为零，绝对不用担心会走光，因为这个暗房是在学校的一个地下防空洞里，据说这个防空洞曾经是某火箭部队的地下指挥所。

一段时间，夏天和班里的同学成了这个防空洞的常客，自己按比例配好显影和定影药水，把用黑白胶卷拍摄的影像，放大到相纸上，裁切出有冲击力的新闻图片。

夏天通过新闻摄影课的学习，充分认识到了图片新闻的冲击力，有图就有真相，他在《新闻周报》的报道中，学以致用，开始大量采用图片加文字进行报道，让阅读者有非常直接的感官认识。

而且，很快，他等来了一次图片报道大显神威的好机会。

发现这个机会，李婳当记首功。

一天上午下课后，夏天回宿舍放下书包拿上饭盆正准备到食堂去吃中午饭，还没出宿舍门，就让李婳给堵住了。李婳表情兴奋，脸红扑扑地冒着细汗，边微喘着边急切地对夏天说："快，六楼的一个女生宿舍刚刚起火了，咱们快去。"

"咱们去灭火？"夏天有些疑惑，琢磨着是不是要带上能盛水的脸盆。

"学校消防队的人正在灭火，我们应该赶快去火灾现场采访，你那儿有没有可用的胶卷？"

"还真有，用周报经费刚买的两卷胶卷正好能派上用场。"

夏天二话不说，赶快找出胶卷，和李婳配合默契地装进相机，由李婳带路，迅速向六楼女生宿舍的火灾现场跑去。

他们赶到时，火势刚刚扑灭，消防队的人还不让无关人员靠近失火的房间。夏天和李婳出示了《新闻周报》的记者证，才被允许到失火宿舍的门口察看。

从门口往里看，明火已经被消防队员用水浇灭，但房间的一些角落还在冒着青烟。总体来看过火面积并不是很大，但经过火烧和水洗，屋里的一片狼藉是显而易见的。

夏天和李婳向消防队员询问起火的原因，消防队员初步分析认为，应该是这间宿舍的女生上午用水壶在电炉子上烧水，忘记拔下插头就去上课了。电炉子是放在一个木制的衣箱上的，水壶的水烧干后，被电炉子烧得通红，渐渐把木箱给引燃烧塌了，木箱里装了不少衣物，火点着衣物后，火势很快就起来了，并迅速蔓延到衣箱旁边的一个书架上。

多亏楼道打扫卫生的阿姨警惕性比较高，看到宿舍窗户在往外冒烟,加上还闻到了焦煳味儿,第一时间向学校报警,校消防队的队员及时赶到才避免火势扩大蔓延,否则后果不堪设想。

夏天和李婳意识到这起火灾是校园里难得一见的灾难新闻,只有把火灾后场景完整、清晰地呈现出来,才能发人警醒,避免类似事情再次发生。而要让灾难后果清晰呈现,摄影记者应该敏锐捕捉和发现火灾现场一些有代表性的细微之处,所谓细节决定成败,小细节往往有大内涵。

考虑是女生宿舍,夏天有些顾虑,便把相机交给了李婳,李婳心领神会,闪身便挤进了门。消防队员见李婳一个女生进去,也没太阻拦,李婳于是获得了足够的拍摄空间和时间,并且这个拍摄机会是独家的。

李婳瞄着还在冒着青烟的地方快速抢拍着,时不时蹲下身,拍一些特写镜头,有时还用屋里的衣架把燃烧过的余烬扒拉开,拍一些余烬下的残留物。当然,她还从不同角度拍摄了火灾过后的宿舍全景。

夏天在门口看李婳拍摄,认为她细节和全面兼顾,时不时还探究一下余烬下的真相,俨然就是新闻摄影界的老司机,心里暗暗赞叹她在如此之短的学习时间里迅速培养起来的专业素养,认为她天生就是一块当记者的料,和自己简直有异曲同工之妙。

但是,李婳大学毕业后一天新闻工作都没有做过,并在很多年后从事了一项跟新闻工作八竿子都打不着的事业,这点也算是和夏天殊途同归。

拍了几乎整整一卷胶卷,李婳才心满意足地收手,和夏天离开了火灾现场。夏天在李婳拍摄的过程当中,再次向消防队员和打扫卫生的阿姨核实了火灾发生的一些具体细节,一期火灾报道的特刊规划也在脑海中基本成形。

李姗和夏天顾不上吃中午饭，立刻赶到防空洞里的暗房中，开始冲洗刚刚拍摄的照片。

照片拍摄得非常成功，很多细节很有冲击力，细节本身就会说话。烧煳的水壶和电炉子曝光了造成火灾的元凶，烧漏的衣箱盖揭示了火灾的发展进程，烧坏了封面的统计学教科书说明了这是财政系的女生宿舍，而烧黑的墙壁也展示了灾后实景。有细节，有全景，似乎文字都是多余的。

在冲洗照片的过程中，夏天和李姗配合默契，进展顺利，尤其是胶卷显影一次成功，让他们后面的操作心中笃定。

他们在放大照片的时候进行了多种尝试，目标就是让画面的冲击力发挥到极致。在讨论是否要放大被烧的女生衣物照片时，李姗的观点比夏天还要激进，她建议，不仅要多放大几张，还应该在出刊时排在比较醒目的位置。

夏天在李姗很认真地说要多放大几张被烧女生衣物照片时，不禁有些发呆，直直地盯着李姗看。

此时的暗房只有他们两个人，屋里那台老式放大机发出的红光，让暗房的气氛显得温暖、暧昧，还带着某种神秘。李姗被夏天看得有些不好意思，脸色在红光中都能看出正在增添一抹酡红，脸上的皮肤也显出如红色丝绸般光滑醉人的质感。

李姗在夏天盯着看了自己一会儿后，也迎上了夏天的目光，眼波流转中笑嗔道："那样看人家，不认识我啦？我这样建议是只考虑专业，不考虑女权。"

夏天收回目光，微微笑道："我今后要经常这样认真地看你，要不然会跟不上你前进的步伐。"

李婳皱了皱鼻子,露齿笑道:"可以给你看,但不许把人看扁了!"

夏天顺嘴调侃道:"你现在在我眼中红光满面,神采奕奕,比伟大革命领袖还要伟岸、高大。"

"我才不要那么高大呢,我要在你的眼中刚刚好。"

"当然,你在我眼中就是巴掌山,刚刚好挡住了我的双眼,除了你,我再也看不见别人了。"

"你还在贫……"

夏天和李婳冲洗完照片后,迅速组织周报的编辑和抄写力量在当天下午就出了一期特刊,聚焦火灾现场,剖析火灾原因,展示火灾惨状,警示同学要小心用电,不要违规使用电炉子或电阻丝,要保护好自己和同学们的生命财产安全。

这期特刊反响强烈,学校、系里都对这期特刊的采写、出版给予了高度赞扬。学校宣传部特别划拨五十元经费,鼓励周报今后多采用图文并茂的形式生动报道学校的大事小情,弘扬正能量。系里也同样配套五十元给周报改善办报条件,并对周报编辑部在全系大会上提出了口头表扬。

各系同学的读者来信更如雪片般塞满了周报的读者信箱,盛赞周报贴近同学、贴近生活,讲的都是自己的故事。

有的同学还认真总结了这次火灾的经验得失,认为财政系女生最大的错误就是用电炉子烧水时人不在身边,今后自己一定不要犯这样的低级错误,一定做到人在电炉子在,电炉子在人在。

第二十八章
字里行间的滚滚肉香

这个学期最重要的专业课,夏天期盼已久的新闻采访课终于隆重开讲了。

如果说,一年级的专业课重在打好理论基础和培养对新闻专业的感觉,那么二年级的新闻采访课则要将学生们带入新闻业务的实操阶段。

学会采写新闻,是一个新闻工作者的基本功和出发点。没有出色的采访能力,挖掘不到基本的事实和真相,一切新闻内容都是无本之木,无源之水,这样的新闻一定是苍白的,没有生命力的。

夏天经过在周报一年多的实践,自认为有比较多的实战经验,但在进行系统学习后,发现新闻采访远没有自己想象中那么简单。

教新闻采访课的赵老师给人的第一印象极其普通,瘦削的身材,随意的发型,长得有些沧桑的面庞,让人很难把他和一个采访心理学大师联系起来。但经过几番交谈之后,夏天发现,自己很容易就会放下所有戒备和抵抗,被赵老师迅速带入情境,并在赵老师带入的情境中跟着他的思路奔跑,仿佛被催眠一般。

赵老师讲的第一堂新闻采访课归纳起来关键词只有两个字:

观察。

赵老师讲课不疾不徐,娓娓道来:"新闻采访顾名思义大家首先想到的可能会是提问,然后是提问需要采用什么样的方式和技巧。但我想告诉大家,在提问之前,一个采访者最需要做的是观察。

"要学会观察,首先是要到现场去,只有第一时间赶到现场,才会有一个真实的观察角度。

"西方有一句俗语:看的人不少,看见的人不多。看并不等于看见,要真正看见,就必须善于观察。观察,是一种技巧,也是一门学问,有的人,穷其一生,也没能参透观察二字。

"我们的老祖宗也有云:世事洞明皆学问,人情练达即文章。洞明世事,就是对这个世界的观察,一个合格的记者,首先要学会看世界之大,然后再学会看大世界之小,见微知著,由表及里,观人观事才会有大格局……"

夏天觉得,赵老师讲的不仅仅是一门新闻采访课,更是一门了解世态人情的学问。通过这门课,赵老师为大家打开了观察世界的另一扇窗户。

新闻采访上了几堂课后,赵老师就把全班同学拉到了北太平庄农贸市场,现场采访农贸市场的菜贩子们,并要求采访完后每人交一篇采访笔记。采访不预设任何线索和主题,完全由大家自主发现,自由发挥。

夏天觉得这种方式新鲜有趣,便试着把在课堂上学的和在周报实践积累的经验活学活用到这次采访中来。当然,在确定采访思路和采访对象之前,夏天谨记赵老师的两字诀:观察。

首先观察环境,这个农贸市场是北太平庄周边最大的农贸市场,占地面积有几千平方米,卖的农产品种类齐全,应有尽有,充分体现了改革开放后个体经济的活跃程度。

夏天设想，也许很多同学会从这个角度切入采访话题，最后出来的稿件无非是歌颂社会主义市场经济的空前繁荣。

其次观察人，夏天通过交谈听口音发现，这些菜贩当中，北京土著不多，但只要是北京土著，基本上都占着比较大的摊位。除了北京土著，其余大部分是郊县甚至是河北周边的农民。

夏天同样设想，不少同学也许会从菜贩们的收入提高入手，歌颂改革开放给个体劳动者带来的收入提高和京郊农民生活的蒸蒸日上。

夏天决定避开大家按习惯性思维可能会选择的采访报道角度，准备找一家比较有代表性的菜贩子，通过描写他一天的生活来完成这篇采访笔记，重点在揭示他的生存状态。

主意已定，夏天按照教科书上的说法，准备采用体验式的采访方式来完成这份作业。他相中了一个卖猪肉的摊点，说明来意，建议摊主免费雇佣自己一天，帮助他完成作业。卖猪肉的大哥是个北京人，性格粗豪奔放，虽略有诧异，但还是很痛快地答应了，夏天也因此体验了平生第一次卖肉生涯。

夏天通过跟摊主大哥的交流，发现他是一个极健谈的人，尤其是当他觉得夏天和他比较"对撇子"时，对夏天更是知无不言，言无不尽，让夏天觉得采访课上学的各种提问技巧如什么引导性提问、假设性提问、激将法提问、追问等都是浮云，夏天就是什么都不问，他也会"竹筒倒豆子"，把自己的生活展现给夏天看。

夏天了解到，这个摊主看似粗豪，却是个极疼媳妇的人，他说他媳妇是一个美女中学教师，但急了特爱咬人，而且爱趁他睡着了咬，咬得他肩膀上都是牙印，但他从来没动过她一个手指头。他说他是怀着对知识的崇拜忍受被牙咬的疼痛，这种疼痛让他痛并快乐着，一段时间不被媳妇咬，他都觉得生活不真实，心里也不踏实。

夏天结束一天的短工生涯时，内心感触颇深，他体会到，自己平时在校园里自我感觉如鱼得水，但对社会这个大课堂却并不熟悉，社会和人性远比他想象的要更丰富也更复杂。

摊主大哥在夏天临走前非要给他一块两斤来重肥瘦相间的五花肉，夏天坚辞不受，但摊主大哥不由分说，把肉切成一寸见方的肉块，用油纸包好再装入塑料袋，塞给夏天并推着他走开，说夏天如果不接受这块肉就是逼着他不尊重知识，要让他媳妇知道了不仅可能挨骂，还有可能挨咬。

摊主大哥这番话让夏天觉得接受这块肉简直就是见义勇为的行为，却之实在不恭也不仗义，加上确实馋肉了，夏天便不再推辞，带着未曾预期的打工劳动成果往学校赶。一路上，夏天发现自己揣着这块五花肉心里居然有些小兴奋。

回到学校，夏天第一时间通知特产协会的几大金刚，晚上将举办五花宴，哥几个要准备好肚子。

这种事儿江驴儿从来都是冲在第一线，浩然从法律系的老乡那儿借来了在床底下珍藏的电炉子和一口铝锅，并搜集齐各种炖肉的佐料。哥几个找了一间人少的宿舍，把门一关，开启了炖肉大宴。

很快，炖肉的香味飘满楼道，引得不少外系同学在特产协会欢宴的宿舍门口徘徊。哥几个边炖边吃边聊，两斤肉被迅速消灭，连炖肉的油汤也被大家用汤勺刮干净。

吃饱喝足，夏天擦干净满嘴的肉油，趁着兴致，当晚就写了一篇色香味俱全、很有生活气息的采访笔记。

夏天的采访笔记受到赵老师的热烈表扬，赵老师的表扬词别具一格：透过字里行间，似乎都能闻到滚滚肉香……

赵老师在后来的新闻采访课中，还强调了在采写新闻时独立调查的重要性，所谓没有调查就没有发言权，只有自己到现场实地调查，才能避免人云亦云。

赵老师讲到，说起新闻调查，人们首先想到的也许会是根据线索调查那些被隐瞒的、损害公众利益的丑闻或黑幕，记者单枪匹马，或乔装打扮，或行踪隐蔽，或充当卧底，像一个间谍一般展开工作。

这样工作固然需要勇敢、胆大心细甚至流血流汗。但有时候，虚假事实造就的表面繁荣，远比一些有线索的黑幕和丑闻更复杂，也更考验记者的智慧和勇气。某些表面繁荣的背后，往往会有更大的丑闻和黑幕，也会牵涉更大的黑恶势力，记者很有可能会赌上自己的职业生涯甚至生命。

所以，专业和勇气是一个优秀调查记者的标签。

通过对这门采访课的学习，夏天已明白作为一个调查记者所要面对的，并不是鲜花、掌声和呐喊，而是孤独、寂寞、艰苦的工作，甚至是对自己安全和生命的威胁。

但有一点，夏天依然坚信，当一个好的调查记者有着无上的荣光。因为只要当上了调查记者，就是给了自己跟黑恶势力一个死磕的机会，而这，也正是自己选择新闻专业的初心。

当然，夏天毕业后并未选择新闻单位，自然也无法当一个调查记者。但死磕这个因子，一直在他的血液里流淌，并时不时在黑暗中探出脑袋。

赵老师针对新闻调查布置了课后作业，并提供了几个线索，其中一个线索就是到一个北京郊区村镇进行实地采访，看看社会主义的新农村建设究竟如何。

夏天和浩然相约着来到北京郊区村镇，想近距离观察一下这个最近闻名遐迩的新农村规划示范村。

二十多公里的路他们坐长途公共汽车花了超过一个半小时，他们随身背着一个挎包，包里有一个水壶，一饭盒馒头配腐乳，一个笔记本和一支笔。当然，他们还带着一个最重要的行头，一台珠江牌相机，这是保证他们走进村庄顺利采访的关键。

当他们刚接近踩河新村的时候，就迅速发现了这个村庄和他们印象中的差距。传说中七彩楼房的颜色明显已经暗淡了，有的还露出一块块斑驳，而号称修得像公园入口的村子大门也略显破败。

待得走进村子，更发现村里的道路疏于清扫，杂草、败叶甚至垃圾遍地，一点儿没有新农村朝气蓬勃的景象。而且，他们还发现，涂了各种颜色的二层小楼仅限于靠近村口朝外的这一排，其他的楼房外观大部分千篇一律，显得粗糙简陋，像是草草完工不久。

他们从村口走到村后，村后是一大片麦田，间杂着一些菜地，菜地的菜似乎都长得杂乱无章，麦田的麦苗也长得单薄稀疏，显得无精打采。

眼前看到的情景夏天和浩然有些失望，他们决定深入到村民家里，和村民面对面交流了解实际情况。

他们首先打听出了村主任家，他们认为，村主任是村一级的官方领导，先听听官方的声音还是很有必要的。

村主任是一位面容沧桑敦厚的五十多岁老汉，夏天他们说明来意，号称是《燕京日报》委托新闻系学生进行社会调查，他们调查了解的情况汇总后，将通过《燕京日报》进一步进行宣传报道。

村主任老汉看见夏天脖子上挎着的相机，对夏天和浩然的采访提问也重视起来，给这哥俩儿让了烟倒了水，开始一套一套地介绍起村里的情况。夏天他们发现，村主任介绍的情况和报纸上报道的几乎毫无二致，心里不禁有些失望。他们决定结合他们观察到的情况向村主任提问，看村主任如何作答。

夏天和浩然来不及商量，眼神一对，就开始轮番提问。通过提问，夏天发现，他和浩然之间有一种不需演练的默契，很容易就心意相通。他们之间的这种默契让他们在大学期间一起干了很多惊险而有趣的事情，成为毕业后同学聚会时津津乐道的谈资。

夏天和浩然的深厚友谊延续了很多年，直到浩然的生命戛然画上句号。浩然在自己最后的时刻打电话向夏天告别，一句话"你懂的"，让夏天悲怆万分，至今心疼不已。

夏天和浩然其实只是各问了一个关键性问题。

夏天的问题是盖房子的钱从哪儿来？

浩然的问题是村民平时的收入从哪儿来？

村主任的回答是盖房子的钱大部分还是村民集资，村民平时的收入主要还是种粮食。

夏天继续追问，每年种粮的收入刨去吃喝，富余多吗？盖这房子，会不会有负担？

村主任对夏天的追问，明显有些支吾，最后只得说，为了建设社会主义新农村，克服困难也要上。

通过采访村主任，夏天和浩然对村里的状况已基本了然。从村主任家告辞，他们刻意避开村主任的视线，继续到村落深处转悠。

他们脖子上挂着的相机引起了村民的注意，很快，他们就被一户村民拉住了，这户村民想当然就把夏天和浩然当成了记者，急切地想向他们诉说自己的情况，希望他们能向上级反映。

原来这个村庄的村民原本都有自己的住房，但是村主任号召村民建设社会主义新农村，于是大家就把原本家里的房子拆了，盖了新的楼房。盖新房对每个家庭来说都是一笔不小的开支，加上这两年种庄稼的收成并不理想，每家经济上都有不小的压力，住了新房，生活水平反而大不如前了。

通过村民的反映，夏天终于明白了所谓的新农村示范村原来是村主任好大喜功，不仅带坏了社会主义的风气，还损害了村民的利益。

夏天和浩然回学校后把采访见闻整理出了一篇调查报告，交给了赵老师，赵老师看后非常赞许，并准备安排推荐给《燕京日报》作为内参发表。

赵老师后来告诉夏天，在把踩河新村作为调查线索前，其实自己已经去过一次，也产生了一些疑虑，这次夏天和浩然的调查报告，提供了足够的素材和事实，正好印证了他的想法。

赵老师希望夏天他们通过这次采访，更深刻地理解独立现场调查的重要性，因为很多事情不能只看外表，也不能尽信人言。一个优秀的调查记者，不一定非要当一个怀疑论者，但一定要有透过繁花似锦阅读人间沧桑的能力。

夏天通过新闻采访课的学习，觉得受益匪浅，许多年来，赵老师看似平常的相貌一直在夏天的脑海中如刀刻般清晰。

第二十九章
诗人的天空

到了大二,夏天忽然发现,自己似乎正处在一个诗潮汹涌的年代,朦胧诗人在满世界穿行,各种朦胧或不朦胧的诗作充斥各个角落,而班里的同学,也沦陷在这股诗潮中,一个个都变成了诗人。写诗,仿佛就像喝瓶汽水那样简单,只要轻轻晃动汽水瓶,诗句就会如气泡般喷涌荡漾。

"月亮,白色的妖精,她只在夜晚上班,眨着仅有的一只眼睛……"

这是姜昆的一个相声段子,据说是讽刺朦胧诗的朦胧和晦涩。但当时,很多人认为,能否把诗写朦胧了,几乎就是衡量一篇诗作是否成功的关键。之前和夏天交流不多,向来喜欢独来独往的田雨西成了班里引领这股诗潮的桂冠诗人。

田雨西是班里北京籍的高分考生,长了一头标志性的蓬乱的长发和一脸似乎永远刮不干净的胡茬儿,他的眼睛大白天也总是惺忪着,用他自己的诗作形容就是:仿佛灵魂在昨夜的大街上曾经彻夜挣扎潜行。

田雨西一向特立独行,班里组织的各项活动,他经常是点个卯就飘然远引,班里的合影照片,溜在最边上的也肯定是他。

但他一个人独自活动，到底是去干吗？班里知道的人甚少，直到有一天他在学校诗社组织的诗会中闪亮亮相。

那天，学校诗社请来了当时炙手可热的朦胧诗派代表诗人舒婷、杨炼、芒克和梁小斌等人，在阶梯教室主持位就座的正是学校诗社的社长田雨西。田雨西面对挤爆了教室的同学诗友，眼睛不再惺忪，而是仿佛有两团狂野的火焰在燃烧。

夏天作为周报的采访记者，来到了会场前排，这是他第一次知道田雨西居然是一个活跃的校园诗人，同时还是学校诗社的社长。

"在没有英雄的年代，我只想做一个人……"作为诗友见面会的主持人，田雨西上来就引用北岛《宣告》里的诗句作为开场白。他解释道，引用北岛的这句诗是想说明，朦胧诗的本质就是写人，写怎样做一个真正的人。

田雨西俨然就是朦胧诗派的代言人，他猛烈抨击之前统治诗坛很长时间的现实主义和浪漫主义的流派。认为这些流派被泛政治化和夸大其词的文风所侵蚀，渐渐失去了生命力和时代性，而朦胧诗的出现，为诗歌注入了新的活力，使诗歌回归了人和人性本身，是对人的自我价值的重新确认和对人的心灵自由的全新探鉴。

田雨西对朦胧诗的推崇和激情感染了全场，他的讲话也很有煽动性，使得大家对舒婷和杨炼等人即将和诗友们开展的互动充满期待。他强调，真正的好诗，其实并不在于朦胧或不朦胧，所谓朦胧诗，其实就是唤醒人们现代意识的新诗。它将帮助人们开启一段拷问人性的自由之旅、探险之旅，而今天请来的，就是开启这段自由探险之旅的先行者和向导。

夏天在诗会后跟田雨西交流才知道，田雨西不仅在学校参与诗社的工作，校外活动也很多，而校外活动主要就是混朦胧诗圈儿，他和朦胧诗坛比较活跃的几个北京大男孩儿都有联系，他和这几个大男孩儿之间的关系也由刚开始时的粉丝慢慢变成了可以信任的小弟，再变成能够在诗作上进行切磋的诗友。这次诗会，就是他穿针引线组织的。

大学毕业几年后田雨西去了美国，和这些诗坛大男孩儿依然保持着联系，但他并没有再写诗，而是雇了几个白人律师，从打移民官司起家，逐渐成为华人圈的大律师。

这次诗会考虑女士优先的原则，几位诗人中唯一一位女性舒婷就打了头炮。

那个年代，夏天所在学校的学生是见惯了所谓明星和名人的，有一种不知天高地厚的自信心，习惯了用审视的目光看待所有到访的嘉宾，而在学生们审视的目光和刁钻的提问中，嘉宾们经常会感到巨大的压力，会意识到文科学府的讲坛和他们以前经历过的舞台有很大不同，这种不同会让他们发挥失常甚至错漏百出。

好在舒婷毕竟是一位著名女诗人，文化水平自然是很高的，虽然普通话并不是很标准，外表也不是世俗眼光里的美人，但她打开话匣子，娓娓道来的时候，还是别有一番清丽脱俗的味道。

大家最感兴趣的，自然是她的代表作《致橡树》的创作过程。夏天认为，从严格意义上来说，《致橡树》绝对不能算是一首朦胧诗，这首诗其实是一首语境优美，风格鲜明，立意高远的爱情诗，充分展现了现代女性自立、自强、自爱的高贵情操和崇高理想，完完全全是一篇励志的华彩乐章，只是要做这样的女性可能会有点累。

后来李婳和夏天也讨论过这首诗，李婳对其中的一些诗句如痴如醉：

> 我必须是你近旁的一株木棉，
> 作为树的形象和你站在一起。
> 根，紧握在地下；
> 叶，相融在云里。
> ……
> 你有你的铜枝铁干，
> 像刀，像剑，又像戟；
> 我有我的红硕花朵，
> 像沉重的叹息，
> 又像英勇的火炬……

李姗认为，理想的爱情就是男人应该像橡树，女人应该像有着红硕花朵的木棉，如同英勇燃烧的火炬。

李姗后来也像要求橡树一般要求夏天，夏天有时候也拿木棉树和李姗相比较，最后发现他们都不是完全意义上的这两种树。

舒婷介绍说，这首诗的创作源于和一位友人在鼓浪屿的交流，表达了自己当时对理想爱情的向往和对大男子主义的反抗。但事过境迁，自己对爱情和生活其实有了更多更新的理解，所以后来有了《神女峰》这首诗，诗中的"与其在悬崖上展览千年，不如在爱人肩头痛哭一晚"，便是自己的真情实感。

夏天当时对舒婷的这种思想变化并不是很理解，认为做女人还是应该像木棉花，红硕、英勇、漂亮。多年以后，当夏天已经为女孩儿之父了，才渐渐理解作为一个女孩儿或者女人的不易以及和男人的不同，一个可以靠着痛哭的肩头对一个女人来说有多么重要，只是这样的肩头同样是可遇不可求。

杨炼的风格显然和舒婷有很大的反差,走的基本是狂野范儿,无论是他的诗歌还是他的外在形象。夏天认为,杨炼的诗歌基本可以算是朦胧诗中的野兽派,而他本人给人的突出印象则是他瘦削如刀刻的面庞,钢丝般的长发,沙哑却略带共鸣的纯正的北京口音。

杨炼在诗会的开场不同凡响,他带着他的新作《与死亡对称》准备在校园首发。

既然是首发,由他亲自朗诵自己的作品自然是应有之义。

"把手伸进这土里,摸……"他朗诵这首诗开篇第一句重点在一个"摸"字,这个"摸"字他念得咬牙切齿,青筋暴露,劲道十足,仿佛还带着一股深厚的内力。念完这个"摸"字,他停顿良久,才把摸了什么念出来,至于摸了什么,笔者不忍复述,有兴趣的可自查杨炼诗集,反正他摸得比较全面,把人的全身都摸了一遍,而这个人还是一个死人。最后大家听明白了,他是"把手伸进土里摸死亡",用摸死亡的方式来回溯过去的历史。

杨炼上来就把大家带到一个关于死亡的氛围中,用摸的方式和死人近距离接触。他的表情和他讲的内容也是交相辉映,充满沧桑感和悲怆感,让人立马意识到他是一个朦胧却严肃的诗人。夏天认为,杨炼不管是他的外在还是他的表达,几乎完全符合自己之前对诗人的所有想象,不由得对杨炼多了几分关注,并在这次会后把能找到的杨炼的诗读了一遍。读完之后,夏天发现,杨炼的许多诗写得大胆、裸露、狂放,经常旁逸斜出,偶尔支棱巴翘,自己并不能完全消化理解,只好带着不明觉厉的心情记住了他的一些金句。

"或许召唤只有一声,最嘹亮的,恰恰是寂静……"

"天空像一页反复写满又擦净的纸,无言而洁净……巨石,更黑,千万头烧伤的野兽,更静止。"

夏天认为,杨炼把"静"写得很好,写出了"静"的张力和美感。最嘹亮的,恰恰是最寂静的,这句话让夏天一直深有所感。

芒克和梁小斌在杨炼之后也分别朗诵了自己的代表作品。

芒克的《城市》系列夏天认为最具朦胧诗的特点,意象错乱但又让人若有所感:

> 沉睡的天,
> 你的头发被黑夜揉得凌乱。
> 我被你搅得
> 彻夜不眠。
>
> 啊,城市
> 你这东方的孩子。
> 在母亲干瘪的胸脯上
> 你寻找着粮食。

梁小斌的代表作《中国,我的钥匙丢了》在童真中似乎带着一些隐喻:

> 中国,我的钥匙丢了。
> 那是十多年前,
> 我沿着红色大街疯狂地奔跑,
> 我跑到了郊外的荒野上欢叫,
> 后来,
> 我的钥匙丢了……

作者带着山东口音的朗读显得略有喜感，但中国丢钥匙这件事却让人觉得有些沉重，据说这首诗发表后，作者收到全国各地读者寄来的各种钥匙。如今这么多年过去了，世界和中国都发生了巨大的变化，中国曾经丢掉的钥匙找回来了吗？还能找回来吗？

田雨西代表诗社组织的这场诗会大获成功，对之后学校的诗潮汹涌可以说是起到了推波助澜的作用。夏天在诗会后也安排周报进行了专题报道，算是对这次活动的锦上添花。

如果说，之前学校文科学生对诗歌的关注只是一股潜流，诗会后各种潜流汇聚到一起就变成狂潮了。

学校诗社在校园内各个醒目的地方张贴了征稿启事，鼓励各系有志青年踊跃投稿。新闻系夏天班里的同学认为诗社出版的诗刊作品水平良莠不齐，不如自己班里自成体系，以诗会友，以诗言志甚至以诗言情。

田雨西在班里的诗坛依旧活跃，但令夏天意外的是，方超表现了极度的热情和惊人的创作才华。方超不仅自己写诗，还自告奋勇成为班里诗集出版的牵头人。在后面一段时间内，组织出版了好几本诗集，这些诗集，记录了班里许多同学的心路历程和感情波澜，成为同学们青涩感情和懵懂青春最好的纪念。

许多不敢对人言、羞于跟人诉的心里话，大家不经意间通过诗歌酣畅淋漓地表达了出来，既是一种感情的宣泄，也为互相间的八卦增加了很多佐料。

夏天后来重新回看了班里陆陆续续出的三本诗集，对同学们写的那些诗抛开才情不说，总体上可以说是在纯情地矫情着。但不管是纯情还是矫情，都透着青春的美好，毕竟，在那样的年龄，矫情，也是一种能力和幸福。

说到纯情，是大家在写诗时，大都直抒胸臆，表达了自己的所思所感，尤其是蠢蠢欲动或者已经轰然而动的爱情。

> 记不清那次绿色的萌动，
> 耳际是温柔恬淡的风，
> 没有慌张没有怅惘，
> 落叶在拾起我盛夏的初衷……

这首是班里萌动类诗歌的代表作，也是班里诗坛女旗手黄婧的处女作，类似的作品一看标题就知有料，这些作品的名称包括《并非表白》《那一段记忆》等等。

说到矫情，夏天认为占据了作品的大部分，大家都在真诚而热烈地矫情着，而且有的还矫情得非常经典，成为班里的传说。

> 总以为天空涂满蓝蓝的欺骗，
> 总以为这是秋天，
> 月明也是虚伪，
> 只有那颗孤独的星给你安慰……

这是矫情派集大成的代表作，也出自黄婧之手，类似的作品名称包括《秋天，一个孤独者的自白》《琥珀海》等，都有一些"为赋新词强说愁"的味道。

同学的诗作中，也有清新脱俗的，方超的一首《遥远的南方》，让夏天心有戚戚焉：我从南方走来，很遥远，难再见，难再见……

夏天认为，这首诗写出了方超和自己这个从南方来的人未来的方向和宿命。当时遥远的南方和现在并不遥远的南方似乎都回不去了，难再见，难再见……

回看诗集，夏天还发现，李婳居然是一个如此实在的人，她把自己和夏天恋爱前后所有的心路历程，包括一些细节都通过诗集进行了老实交代，这让他们两人的故事成了班里的谈资。当然，那些细节，并不是每个人都能懂，却更能让大家发挥想象。

那些细节，夏天自然是懂的，因此，李婳的诗在当年让夏天有时心醉，有时心碎。

夏甲乙 Xia Jia Yi

著

台海出版社

图书在版编目（CIP）数据

芳华处处:全2册/夏甲乙著.—北京:台海出版社,
2018.10
　　ISBN 978 - 7 - 5168 - 2115 - 2

　　Ⅰ.①芳… Ⅱ.①夏… Ⅲ.①长篇小说 - 中国 - 当代
Ⅳ.①I247.5

　　中国版本图书馆 CIP 数据核字(2018)第 213648 号

芳华处处：全 2 册

著　　　者：夏甲乙	
责任编辑：王　艳　曹文静	装帧设计：天下书装
版式设计：天下书装	责任印制：蔡　旭

出版发行：台海出版社
地　　址：北京市东城区景山东街 20 号　邮政编码：100009
电　　话：010 - 64041652（发行,邮购）
传　　真：010 - 84045799（总编室）
网　　址：www.taimeng.org.cn/thcbs/default.htm
E － mail：thcbs@126.com

经　　销：全国各地新华书店
印　　刷：三河市人民印务有限公司

本书如有破损、缺页、装订错误,请与本社联系调换

开　　本：880mm×1230mm　　1/32	
字　　数：350 千字	印　　张：14.5
版　　次：2019 年 1 月第 1 版	印　　次：2019 年 1 月第 1 次印刷
书　　号：ISBN 978 - 7 - 5168 - 2115 - 2	

定　　价：80.00 元（全 2 册）

版权所有　　翻印必究

目 录
CONTENTS

第三十章　翩然而至的爱情　　　　　　　　>> 001

第三十一章　初吻，我见过你的心　　　　　>> 011

第三十二章　这一年的元旦　　　　　　　　>> 020

第三十三章　李婳家的元旦聚餐　　　　　　>> 028

第三十四章　爱了之后　　　　　　　　　　>> 040

第三十五章　圜丘坛上的佛光　　　　　　　>> 048

第三十六章　写给夏天的话　　　　　　　　>> 056

第三十七章　匆匆而过的寒假　　　　　　　>> 065

第三十八章　说好要分手　　　　　　　　　>> 070

第三十九章　日记本的不翼而飞　　　　　　>> 078

第四十章　彻底失恋　　　　　　　　　　　>> 082

第四十一章　上战场　　　　　　　　　　　>> 086

第四十二章　新闻理想　　　　　　　　　　>> 092

第四十三章　两地书和异地"流窜"　　　　　>> 096

第四十四章　独立放飞的实习尾声　　　　　　　》 103

第四十五章　新疆，新疆　　　　　　　　　　　》 111

第四十六章　春风不度玉门关　　　　　　　　　》 119

第四十七章　英吉沙的刀和天山雄鹰　　　　　　》 126

第四十八章　火焰山的西瓜、吐鲁番的葡萄　　　》 132

第四十九章　伊犁，和买买提同行　　　　　　　》 141

第五十章　　那拉提的春天　　　　　　　　　　》 149

第五十一章　巴音布鲁克的九曲十八弯　　　　　》 156

第五十二章　写给于宝瑾老师的信　　　　　　　》 162

第五十三章　卢沟桥的月色和篝火　　　　　　　》 170

第五十四章　丢失的自行车　　　　　　　　　　》 176

第五十五章　收获爱情的季节　　　　　　　　　》 182

第五十六章　"夏天现象"　　　　　　　　　　　》 190

第五十七章　毕业论文和大辩论　　　　　　　　》 197

第五十八章　面试，和李婳的对决　　　　　　　》 206

第五十九章　难说再见　　　　　　　　　　　　》 215

第六十章　　是结束也是开始　　　　　　　　　》 221

第三十章
翩然而至的爱情

李娴在班级第一本诗集里发表的一首《无题》，貌似一篇告别宣言，告别一段情感的宣言，但谁都能看出来，这是一种悲伤无奈的告别。

方超在编辑这首诗的时候，专门挑出来给夏天，说这首诗实际上是写给夏天的，夏天应该好好体会一下字里行间透露出来的信息。

李娴的诗夏天自然能懂，这首诗几乎重现了夏天和李娴相识后小组活动的所有重要场景：圆明园的月夜，篝火旁的歌唱，夏天一曲《莫斯科郊外的晚上》之后，是李娴的《请跟我来》；紫竹院公园的雨中漫步，大树、蘑菇、石椅、红玻璃，是童话般的情愫暗动和相顾凝望……当然，还有他们两个在青岛海滩被爱情灼伤后冰冷、迷糊的记忆。

夏天正是在看到这首诗之后确信他和李娴一定会从头再来，而且，他们之间一定会到来的爱情即将迸发谁也无法阻挡。

夏天认为，在这之后一段时间，看到了一个为爱情付出了巨大努力的最好的李娴，夏天平生第一次体会到爱情也可以有点甜。

夏天和李婳的感情在夏天一次意外受伤后迅速升温，并逐渐公开化。

进入大二，夏天在学习办报之余，依然疯狂地热爱运动，每天下课后，夏天都会和班里的几个同学互相招呼着上图书馆前的篮球场打球，有时候是自己班里的人分拨打，有时候会跟外系的同学临时约赛。

班里自己玩儿的时候，大家自然比较温柔，嘻嘻哈哈中熟悉了挡拆，锻炼了身体，放松了心情。但跟外系同学约赛的时候，就免不了会认真起来，新闻系的学生还是有那么点儿虚荣心的。

在一次和贸易系的交锋中，夏天他们班虽然赢了比赛，但夏天却挂了彩，夏天的挂彩还差点儿引起两个队之间的火拼。

贸易系队是夏天他们在学校篮球场遇到的比较强悍的对手，他们几个人之间配合熟练，投篮准确，防守也比较积极，夏天队和他们的比赛打得一直比较胶着，比分也咬得很紧。

双方约定一方先进十个球即获胜，夏天一心想赢，在比分交替上升到八比八的时候，决定用自己的突破攻击对方的篮下，夏天发挥自己速度和弹跳的优势先得一分，一次成功的防守后，夏天还想故技重演。但对方出手了，确切地说是出腿了。夏天在三步上篮快要过掉对方防守队员的时候，这名队员情急之下，从侧后方伸出了膝盖，狠狠地顶了夏天一下。夏天完成了投球，身体在空中却失去了平衡，落地后摔出去很远。当时的篮球场是水泥地面，夏天的膝盖跟水泥地面摩擦后，被蹭掉了一层表皮，迅速渗出血珠来。

贸易系队员这个恶劣的动作引起了夏天班里哥几个的强烈愤怒，看到夏天挂彩，江驴儿二话不说，上来就给那个犯规的贸易系队员推了一个趔趄，对方队员见状围拢上来，浩然迅速迎着对方队员往上冲，眼神中透着一股肃杀之气。也许是看到夏天膝盖上渗出的血珠，自知理亏，那名闯祸的队员并没有还手，而他们队其他队员慑于新闻系学生的气势，也只得作罢。

比赛不欢而散。

好在并没有伤筋动骨，渗血的地方也很快凝固了，夏天并没有太在意，决定回宿舍用清水冲洗一下，待其自然风干愈合就算完事。

但在受伤的当晚，夏天觉得伤口周围开始火辣辣地疼，身体也有些发冷。

细心的方超发现了状况，察看了一下伤口，转身就出去了。

很快，背着小药箱的李婳就出现在夏天面前。夏天刚看见李婳的时候，感觉还有点儿突然，待看见方超在旁边挤着眼睛乐的时候，瞬间就明白过来了。

原来方超看见夏天的伤势，第一时间就想到了李婳，李婳作为班里的卫生委员，保管着班里的小药箱，她过来查看夏天的伤势乃职责所在，但方超更深的用意其实是想故意创造一个让李婳关怀夏天的机会。

李婳进来的时候，白乐东也在宿舍，李婳进屋后，并没有看白乐东，而是直奔夏天而去。白乐东明白李婳的来意后，表情有些失落，慢腾腾起身离开宿舍，上别的屋串门儿去了。

李婳的关切全部写在脸上，那种关切自然不是班里卫生员对普通同学的关切。当她了解到夏天受伤的缘由和受伤后处理的方法后，对夏天是一顿劈头盖脸的责备，说夏天逞能和死扛的臭毛病真是没治了，应该让腿多烂几天烂成残疾人就老实了。

夏天听李婳责备自己的时候，话说得虽狠却透出亲昵，于是只是呵呵乐着并不还嘴。

李婳嘴里说着，动作却不怠慢，就着灯光仔细查看了夏天的伤口。发现膝盖伤口处因没有及时清创消毒，已经开始有化脓的迹象，难怪伤口会火辣辣地疼。李婳蹲下身子，用棉签蘸上碘酒小心翼翼地涂抹伤口，边抹边问夏天疼不疼。

碘酒涂上伤口后刚开始时有些刺痛，但很快就被一种清凉的感觉替代，夏天觉得之前火辣辣的疼痛缓解多了。

李婳给夏天的伤口消完毒，又在一块纱布上抹了一些药膏，覆盖在伤口上，再用胶布把纱布固定住，整套动作轻柔、细致、利索。

李婳蹲在夏天身前给他处理伤口的时候，夏天低头正好看到李婳细长洁白的后脖颈，脖颈上有一层细细的茸毛，微微动作时发际间散发出一股若有若无的幽香，这让夏天产生了一种想拥她入怀的冲动。但考虑到宿舍还有其他同学，夏天还是忍住了，只是眼睛直直地看着李婳的一举一动。

李婳给夏天包扎完，抬头看到夏天直呆呆看自己的眼神，脸颊顿时有些绯红，她狠狠地瞪了夏天一眼，用只有夏天能听见的声音嗔道："看什么看，你要是故意把自己弄残废，我就不要你了！"

这之后的几天，李婳每天都准时到夏天宿舍给他换药，宿舍四年级的阿刚似乎看出了一些端倪，跟夏天开玩笑道："嘿，这小媳妇不错，赶紧拿下，把她娶回家去吧！"

夏天听了，忍不住咧嘴傻乐。

夏天和李婳之间的窗户纸就这么被捅破了。

方超认为，这是一段迟来的爱情，这层窗户纸早就该被捅破了，两个好面子虚荣心强的人活该受这么一段自找的折磨。方超也同样认为，好饭不怕晚，相信夏天和李婳经过这段波折之后，感情会更稳固，两人今后会在爱情的大道上奋勇前进。

夏天和李婳的爱情确实在这个冬天开始了一路小跑。

班里在这个冬天出了第二本诗集《热冬》，正是他们两人感情发展的真实写照，不知方超给这本诗集取名时是否参考了他们俩当时的感情状态。诗集中李婳的一首诗写道："寒冬来临并不是我的四季……"夏天也有同感。

这个冬天来得很早，似乎还没来得及体会秋天的肃杀，一场大雪就带来了凛冽的冬天。这个冬天很冷，是夏天迄今为止的记忆当中最冷的北京的冬天。

夏天发现，父亲夏山水在大一时给自己带来的那件薄丝棉外衣已远不能抵御这个冬天的寒冷了，而李婳也同样敏锐地发现了这个问题。

一天中午下课后，夏天和李婳往食堂的方向结伴而行，在教学楼到食堂这段几百米的路途中，夏天被刺骨的寒风吹得直吸鼻子，嘴唇也有些青紫。

李婳认真地看了夏天一眼，严肃地问道："大家都穿上了羽绒服，就你穿得少，你是不是在耍单儿逞英雄呢？"

夏天期期艾艾地赶紧否认道："没，没有，我这不是在努力攒钱准备买新衣服嘛。"

"攒钱买新衣服？你是准备明年再买？那今年冬天冻成残疾人怎么办？"

李婳一连串的逼问让夏天有些慌乱，尤其是残疾人这个梗让夏天有些招架不住，他只好把不想让李婳知道的实情和盘托出。

原来夏天家里给他寄了五十块钱让他在北京买一件羽绒服过冬，但夏天一打听，要想买一件当年刚刚流行起来的奢侈品——羽绒服，五十块钱预算是远远不够的。当时的羽绒服基本价格都在九十到一百元之间。夏天正犹豫要不要写信给家里让家里追加预算，李姗的逼问就来了。

听完夏天的老实交代，李姗叹了一口气道："看样子你这爱死扛的毛病是改不了了，吃完中午饭一点钟校门口见，我陪你去商场看看吧。"

这次约会是夏天和李姗的第一次单独约会，约会的由头是李姗陪夏天去买衣服，这就意味着李姗要为买这件衣服承担很大一部分费用。

若干年后，当夏天回想起和李姗的这次约会，他觉得自己似乎被感动莫名地收买了，这次成功的收买让夏天后来即使经历了情路的曲折挫败后，心里对李姗更多的还是感激。

夏天很奇怪当时自己怎能如此坦然地让女生掏钱帮买衣服，就像花自己的钱一样自然。要知道当时李姗每月的生活费也是屈指可数的，她毫不犹豫地慷慨解囊，比给自己花钱还痛快。这是夏天此生第一次也是最后一次坦然接受一个女生的馈赠。

夏天认为，他和李姗当时的感情简单、纯粹，没有太多物质概念，只是因为喜欢，就愿意为对方付出，且不分彼此。

夏天还想起，自己毕业后刚到单位上班没几天，已经和自己分手挺长一段时间的李姗突然造访了自己的单身宿舍。当夏天说起毕业后这些日子因送别同学花销太大，财政严重亏空到处举债的时候，李姗又毫不犹豫地要把钱都给夏天。但那次，夏天拒绝了。

夏天并没有注意到李婳眼中的黯然,也没有意识到,他和李婳之间的那扇门被悄悄地关上了。关上那扇门,也许就是他和李婳之间的宿命。

这天的约会从两人一起挤公共汽车开始。

从学校出发,坐320到木樨地再倒205到王府井百货商店。接近王府井的时候车上的人明显多了起来,夏天和李婳自然地挤靠在一起,但并没有贴得太近,夏天用力抓住车厢上的栏杆,站稳脚跟,努力护住李婳不被拥挤的人群冲击。

李婳在车上安静得出奇,只是偶尔和夏天四目相对,眼神清澈地微笑着。

夏天站在李婳身边,和李婳轻轻依偎着,感觉自己等待这一刻已经很久很久,又感觉他们这样依偎也已经很久很久。一路上他们话不多,更多时候是通过眼神交流,好像无言是此刻他们最大的享受。

当他们下车的时候,已经自然地牵起了对方的手,像一对相爱已久的恋人。这是他们和异性第一次真正意义上的牵手。

这一天,他们还经历了人生很多的第一次,因为这一天,是他们真正初恋的开始。

夏天是第一次来到王府井百货大楼,李婳来这儿其实也不多,他们一进商场,很快就被商场里热闹的气氛感染。王府井百货大楼在当年几乎是北京商业的圣地,是每个外地人到北京后都会来朝圣的地方,因此,虽然不是节假日,商场里也是人头攒动。

以夏天对王府井百货有限的了解,这里应该有个叫张秉贵的人,还有一种所谓"一团火"精神。所以他们进商场的时候,并没有着急去服装柜台,而是怀着好奇和一探究竟的心情来到糖果柜台，看看那个有"一团火"精神的张秉贵如何一抓准，如何成为北京市当时的第九大景观。

他们没有失望，果然见到了一个貌似张秉贵的人，只是这个人比他们在新闻报道中见到的张秉贵要苍老一些，也憔悴一些，但他眼神中的热情仍然很容易让人联想到"一团火"。夏天后来知道，没过几年，张秉贵就因癌症去世了，也许是这"一团火"在照亮别人的同时，也过早地透支了自己。但不管怎样，他为这座城市，为这个商场，留下了一尊铜像，这是对"一团火"精神最好的纪念，也成为夏天心中初恋记忆的见证。

在张秉贵的柜台前人们排起了长队，等待体验一下张秉贵提供的服务，夏天和李姬没有凑这个热闹，决定还是把机会留给千里迢迢来京的外地人。

他们在旁边柜台买了两串糖葫芦，准备边逛边吃。

两个成年人边逛商店边吃糖葫芦虽然略显幼稚，但夏天和李姬却吃得尽兴，仿佛回到了不设防的孩提时代。他们买的这两串糖葫芦又长又大，糖浆中包裹的水果各式各样，李姬吃了不到一半就饱了，李姬举着剩下的半串糖葫芦问夏天："我吃不动了，怎么办？"

夏天笑道："这还不好办，剩下的给我呗！"

"我吃剩下的，你不嫌吗？"

"嫌不过来，估计今后吃你剩下的会是常态。"

"老吃人剩下的东西会变成猪的。"

"吃饲养员剩下的没毛病，只要允许猪把饲养员娶回家当媳妇就成。"

"美得你，猪八戒还惦记上饲养员了，回你的高老庄去吧！"

"你不懂了，猪八戒在高老庄的媳妇是职业饲养员，饲养员和猪八戒是绝配。"

"歪理，就会瞎编！"

"对，我闭着眼都能把我们俩编在一起。"

"贫死了！"

夏天和李婳边逛边吃边逗着嘴，一点儿都不觉得累。

逛到卖羽绒服的柜台，夏天发现这个商场的羽绒服品种虽然齐全，但价格和自己了解的出入不大，远超自己的预算。

夏天决定退而求其次，找一些没那么出名但同样是正规厂家生产的产品，并且价格在自己的预算之内。

李婳似乎胸有成竹，虽然没有挑特别贵的名牌，但在衣服堆里迅速找出几件让夏天试穿。当夏天穿上一件浅棕色的羽绒服时，李婳眼睛一亮，她把夏天拉到一面镜子前，让夏天自我欣赏一下穿上这件衣服之后的新形象。

这件全新的羽绒服和自己之前穿的薄丝棉外衣相比，显然是高端大气上档次，所谓人靠衣服马靠鞍，夏天觉得自己被这件衣服包裹得也似乎有些玉树临风的味道了。

李婳看着夏天穿上这件衣服在镜子前面左顾右盼，忍不住抿嘴直乐，表情中还透着些得意，她招呼售货员，说就要这件了。

夏天脱下衣服，看了一下价签，发现这件衣服要八十多块，也大大超出了预算。夏天跟李婳示意还是再看看，李婳坚决地摇了摇头，她转身跟售货员软磨硬泡，说他们两个还是学生，加起来只有七十块钱，但他们很喜欢这件衣服，希望售货员阿姨能够成全，如果阿姨能够同意七十元把这件衣服卖给他们，他们两个当场就给阿姨写封表扬信，还组织学校同学都上这儿来买衣服。

售货员被李婳聊得哭笑不得，说这是国营厂家的柜台，不能讨价还价的，价格都是定死的。

李姵还是不依不饶，她把阿姨拉到一边，跟阿姨神情恳切地说了几句悄悄话，说得阿姨摇头又点头，最后总算答应了。阿姨说，她看在李姵的面子上，就破一回例，报厂家按残次品的价格卖给他们。

七十块钱成交，李姵满面春风，除了夏天的五十元，她自己添上了二十元，夏天刚想说不好意思用她的钱，就被李姵用她自认为恶狠狠的眼神给制止住了。李姵还顺便阐述了一下自己女权主义的理论，说这件羽绒服是穿给她看的，她出一部分钱难道不是天经地义的吗？自古只知道女为悦己者容，男为悦己者装难道就不可以吗？

夏天被李姵说得哑口无言，觉得自己在理论上已经被李姵彻底打败了，作为一个失败者，只能乖乖任别人摆布，让穿啥就穿啥，夏天严肃认真地表态道："从穿上这件衣服开始，我会一直装下去，装到你希望我不要装为止。"

李姵笑道："装一时并不难，难的是装一辈子，我倒要看看你能装多久。"

"请你拭目以待！"

正准备离开羽绒服摊位的时候，那位卖衣服的阿姨冷不丁冲着夏天冒出了一句："小伙子，你以后要对你女朋友好点啊！"

夏天不明所以，只好连连点头。

离开羽绒服摊位后，夏天一直试图打听李姵对那位售货员阿姨到底说了些什么，让她答应降价，还在最后冒出那么一句话。

李姵脸上泛起一层红晕，含笑说了两个字："你猜。"

夏天直到现在也没猜出来李姵当时到底说了些什么。

第三十一章
初吻，我见过你的心

从王府井商场出来，天已经黑了，夏天和李婳在街边的餐馆各要了一碗热腾腾的兰州拉面当晚餐。这回李婳也表现出了一定的战斗力，除了刚开始先挑了一些面条到夏天碗里，最后把面汤基本都喝完了。

夏天穿着新买的羽绒服，吃着热汤面，感觉从头到脚暖融融的，脑门儿上都冒出了细密的汗珠，李婳也吃得满脸红扑扑的，颜色喜人平添了几分娇媚。他们边吃边毫无顾忌地直视着对方，眼神里似乎有了千言万语，又似乎随时要迸发出万马千军。

吃完饭，他们坐上了车，准备往学校方向出发。

这趟从王府井开出的车还是那么拥挤，甚至比夏天和李婳来时的拥挤程度还甚。车上人群把夏天和李婳迅速挤在一起。

大众的力量让他们不由自主地面对面紧紧拥抱着，同时又让他们迅速脱离了大众，仿佛这个世界只剩下他们两个人，彼此只能听见对方的呼吸和心跳。

这是他们第一次真正的拥抱，在拥挤的人群中。

上车前，夏天羽绒服的拉链并未拉上，上车后，夏天和李婳拥抱在一起的时候，夏天干脆把李婳也包裹在羽绒服里，这样彼此贴得更近，抱在一起也更暖和。

李婳被夏天包裹在怀里的时候，刚开始"嘤咛"了一声，但很快就安静得像一只小猫，脸颊却变得越来越烫，眼神也变得越来越迷离，而夏天也感觉自己的热血在奔涌，呼吸越来越急促。

"你知道吗？"李婳忽然在夏天的耳边轻声道，"我看见过你的心。"李婳说话的时候，一股温热如兰的气息让夏天的耳根有些酥痒。

"我对你的心天地可鉴，就像司马昭，路人皆知。"夏天调整一下呼吸，忍不住又调侃道。

"不，我见过你真的心，是你自己都没见过的。"

"我对你一直都是真心的，我自己最清楚。"

"不是，我是在医院里见过你的心。上次班里体检，我在医院透视室收体检表时正好看见了你透视中的心脏。"

"看样子我心里的秘密早就被你看光光了。"

"你的心真大！"

"再大也只能装下你一个人。"

"可我却觉得你还有很多狼子野心。"

"我有那么点儿狼子野心也都是你激发出来的。"

205路到木樨地后倒320，夏天和李婳心照不宣地坐到紫竹院附近就下了车，他们急于逃离人群，找到一个属于他们两个人的世界。

下车后他们紧紧拉着手依偎着一路向北，走在白颐路的林荫道上。

此时的林荫道旁，间杂着一排排松树和高大的白杨，白杨树的树叶自然早已掉光，但白杨树高大的树干和松树的树冠仍然挡住了不少路灯的光亮，在林荫道上形成一丛丛暗影。

夏天和李婳在第一丛暗影后就站住了，他们已经无法等待，因为他们等这一刻已经太久，此时此刻此地，他们的爱情需要一次彻底的迸发。

他们的初吻，发生在紫竹院附近树影斑驳的林荫道旁，发生在一个极冷的冬夜，发生在林荫道旁来来往往的人流当中。

他们仿佛沉浸在一片黑暗中无法自拔，或者压根儿就不想从黑暗中起身。此刻，他们需要黑暗，需要黑暗把他们与世隔绝，需要黑暗把他们卷裹得更紧密，需要黑暗让他们只感到彼此的存在。

不知过了多久，似乎黑暗都要把他们消融了，似乎两人都已沉醉至昏迷了。夏天忽然感觉背上被人轻轻推了一掌，身体不由得挪动了一下，他和李婳吻在一起的嘴唇才勉强分开。

他略微清醒了一些，抬头再看，刚才推他的几个貌似农民工的人已经走出十几米开外，边走边促狭地嘎嘎直乐。

李婳刚才一直闭着的眼睛这会儿才睁开，她看了一眼夏天，忽然有些不好意思，又把头紧紧埋在夏天胸前，平静了一会儿，才轻轻地说："我觉得我们好像吻了好几年。"

"认识多久我们就吻了多久。"夏天的嗓子似乎有些喑哑，太阳穴也直跳，他第一次体会到激动至眩晕的感觉。

"嘴都让你亲肿了。"李婳含羞嗔道。

"以后要让你亲一回肿一回。"

"你这个贪心野蛮的家伙!"

和李婳初吻之后,夏天都记不清他和李婳是怎样回到学校的,只记得自己的大脑一直处于晕眩当中,同时心中隐隐觉得他和李婳之间的关系有了一个全新的定义,这和之前的感觉完全不同,是自己从来没有体验过的,好像和责任相关,可似乎又太早。

但不管怎样,他和李婳进入了激情四溢的恋爱季,这个冬天对他们来说,是火热的冷冬。

夏天和李婳恋爱关系的确认,除方超、文迪等少数几个人知道外,其余同学都处于隐约猜测当中,而夏天和李婳也不愿意太张扬,因此在教室和食堂,大家也很难看见他们出双入对的身影。

白乐东因为跟夏天一个宿舍,能明确感知夏天和李婳关系的进展,因此表情经常显得很是凄苦,这让夏天心里有一种说不出的滋味。

自从山东之行回来后,夏天和李婳在一起几乎不再提到白乐东,而白乐东也不再一个劲儿跟在李婳后面搭讪,夏天知道,李婳一定是跟白乐东说了什么,让他知难而退。夏天也同样清楚,由于之前的插曲,他和李婳的恋情是不可能得到白乐东祝福的,但这似乎又无关谁的对错。

少年且贪欢,因为找不到合适的约会地点,每当夜幕降临,白颐路旁的林荫深处,双榆树几栋塔楼间的黑暗僻静处,便成了夏天和李婳冬夜的港湾。在凛冽的寒风中,他们拥抱在一起,激烈地接吻,仿佛要吸干对方,又似乎要融化在一起。

这种冬日的夜行让他们乐此不疲,从来没有感觉到寒冷。

一次亲吻的间隙,李婳忽然问道:"我们是不是太疯狂了?"

夏天想都没想就回答道:"我们在一起疯狂才是正常的。"

"我要你说你爱我。"

"你爱我!"

"你要死啊,重说!"

"亲完再说。"

"说完随便亲。"

"我爱你,我爱你!"

"啊……"李姵又被夏天粗暴地吻住了双唇,发出似痛苦又似沉醉的轻呼,她把夏天抱得更紧了。

这段时间,夏天和李姵沉浸在火花四溅的激情当中,仿佛这个世界上,没有什么比他们的恋爱更重要,而且,他们的恋爱就是全世界。

夏天偶尔也会谈起他回到宿舍面对白乐东的尴尬,李姵听后并不在意,她会用很有哲理的话宽解夏天,说世事岂能尽如人意,听从自己的内心就可以了。

她有时候也会蛮横地打断夏天的话,说:"我不管,反正都赖你!"仿佛夏天和白乐东之间的尴尬局面跟她毫无关系,这让夏天不由觉得李姵的心简直大如海洋。

夏天还发现,每次夏天和李姵约会时情到深处,李姵都要夏天表态说我爱你,而每次夏天说完我爱你时,都会迎来李姵更热烈的拥抱。

夏天后来有些后悔,李姵让自己说了那么多次我爱你,自己一次也没要求李姵说同样的话,尽管当时夏天毫不怀疑李姵对自己的爱,但夏天从来没听李姵亲口说出来。

夏天认为自己引导对方表达感情的方式过于含蓄，不够大胆果断，留下了巨大的遗憾，以至于他们分手后夏天一度怀疑李婳是否真的曾经爱过自己。

除了激情燃烧，夏天其实并不知道下一步应该如何推进自己和李婳的关系，或者说，在平常的日子自己应该怎样和李婳相处。夏天感觉到，他和李婳的关系挑明之后，自己周边尤其是在班里的关系脉络将发生深刻的变化，而自己并没有完全准备好如何应对。

但李婳似乎并没有想太多，她沉浸在夏天女朋友的角色当中，做着自己该做的事。

一个时代有一个时代的时尚，在那个年代，在学生人群中，拥有一件蓬松飘逸的羽绒服是一件时髦的事情。羽绒服把大家从笨重的棉袄甚至军大衣中解放出来，减轻了人体负担，方便了出行和运动，同时又更暖和，被认为是改变人们冬天穿衣习惯的划时代的时尚产品。

而为这种时尚锦上添花的，是各种缝在羽绒服衣领上的毛线脖领。

穿惯羽绒服的人们发现，羽绒服穿久了之后，一些和外部或人体经常接触的地方容易发黑发亮，尤其是衣领的部分，和身体接触最多，经常是没穿几天就光可鉴人，显得很不雅观。而羽绒服洗得太频繁既影响保暖性又影响穿用，因为毕竟在那个年代对绝大多数人来说，穿一件再囤一件羽绒服是不敢想象的任性而又奢侈的事情。

因此，各种花色的毛线脖领应运而生，且和羽绒服本来的颜色搭配起来交相辉映，既美观又耐脏，成为羽绒服的标配。

一天课后，李婳跟到了夏天宿舍，用霸气且不容置疑的口吻对夏天说："借你的羽绒服给我用一天。"

夏天不明就里，问："借我的羽绒服干什么用？"

李婳故作不耐烦地回答道："借用一下，不许问那么多，就当是借给我家农村亲戚穿一天。"

"这件衣服和女朋友一样，概不外借。"

"路上太冷，我今天要穿着回家。"

"咱俩都好到穿一件衣服啦，没问题，只要是你穿，裤子都可以借给你。"

"谁跟你穿一条裤子，臭贫！"

夏天把羽绒服脱给李婳后，心里虽有些狐疑，但并没有往深里想，只是觉得李婳借衣服的动作让他们更亲近随意了。

第二天李婳来宿舍还衣服时夏天才恍然大悟，还给夏天的羽绒服的衣领上，赫然是一圈毛茸茸的浅棕色毛线脖领，和羽绒服原来的颜色搭配得恰到好处。

李婳盯着夏天的脸观察夏天的表情，含着羞对夏天道："不许笑话我，我手笨不会编毛线，这可是我求我二姐花两个晚上才编好的，你看怎样？"

夏天听李婳说完，心里一热，一贯爱贫的他忽然不知道说什么好。他也不管是在宿舍楼道，一把搂住李婳，捧着她的脸就使劲儿往上亲。

李婳被夏天亲了一会儿，但楼道里人来人往，让她羞红了脸，她推开夏天，转身逃也似的跑开了。

这件羽绒服夏天穿了很多年，即便是和李婳分手后。每当夏天触摸到羽绒服脖领上毛茸茸的一片，都会感觉触摸到内心柔软的一部分，不管后来他和李婳的感情发展成什么样，这都代表了他们曾经的初恋，曾经的纯真爱情，虽然这段爱情注定会消逝。

夏天最后把这件穿旧了的羽绒服捐给了地震灾区，带着那条毛线脖领。那时候，他已经遇见了现在的妻子小忆，并准备和小忆结婚。

有时候夏天会想象这件羽绒服穿在某农村老大爷身上的情形，这让他心里有些怅然若失。

李婳给夏天编织毛线脖领这件事，班里并没有什么人知道，但夏天穿上有毛线脖领的羽绒服，迅速引起了江驴儿的注意。

江驴儿最近和美女老乡打得火热，在发现美并用相机留下美的瞬间的同时，也被美女老乡各种美化装修，从一丝不苟油光锃亮的发型，到一尘不染的皮鞋，再到羽绒服上色彩跳脱的毛线脖领，无不散发出热恋中荷尔蒙的气息。而荷尔蒙的强力分泌，也让江驴儿嗅觉异常灵敏。

一天课后，江驴儿一把揪住夏天的后脖领，气势逼人地对夏天道："你小子蔫儿不出溜地办了一件大事，赶快从实招来，踏踏实实请咱特产协会的哥儿几个撮一顿。"

"此话怎讲？"夏天做无辜状。

"你老实交代，这衣服上的毛线脖领是哪儿来的？"

"照尺寸编织好再缝上去的。"

"不要避重就轻，不要低估老一辈无产阶级革命家的智慧。"

"看样子你已经走过红军长征路，你也同样需要给大家传授一下革命经验。"夏天也揪了揪江驴儿羽绒服上的毛线脖领。

江驴儿咧开大嘴哈哈直乐道:"看样子我们是天涯共此时,很有必要和特产协会的哥儿几个分享一下革命成功的喜悦。"

"你这是狗肚子藏不住二两香油,不过我跟你一样,也不想藏了,咱们今天就竹筒倒豆子,在自家哥儿们面前如实交代,好好激励一下他们,让他们快马加鞭,迎头赶上。"

"一言为定,就在今晚!"

第三十二章
这一年的元旦

这一年的冬天来得很早，但夏天却感觉过得飞快，热恋中的夏天和李婳似乎用自己的激情把时光迅速燃烧掉，让这一年很快就剩最后几天了。

随着元旦的临近，李婳变得有些多愁善感起来，有一天，当李婳和夏天照例在冬夜里巡游的时候，她忽然问夏天："别的恋人在一起，会有我们这么疯狂吗？"

这不是李婳第一次问这个问题，夏天沉吟了一下，故作认真地回答道："也许同样会疯狂，但应该不会像我们这样不怕冷。"

"我们在一起为什么会这么疯狂呢？"

"因为我们都是贪心的人，总想把失去的损失夺回来。"

"可日子还很长，明年你还会像现在这样爱我吗？"

"应该不会了。"夏天皱了皱眉回答道。

"你？"李婳站住看着夏天，迅速变得目光如炬。

"应该是比现在更爱了！"夏天咧开嘴调皮地笑道。

"你再这样贫我会不喜欢你的。"

"你知道我最喜欢你的是什么吗？"

"什么?"

"我最喜欢你心是口非的样子。"

"我才没那么容易被你看穿呢。"

"我可不想那么快看穿你,你这个谜我还想一直猜下去呢。"

"我要你猜出来也不许随便公布答案。"

"你还要什么?"

"我要你抱紧我,再说一遍你爱我。"

"这都快变成三字经了。"

"你又开始贫了……"

"……"

"你跟我回家吧!"被夏天抱在怀里良久的李婳突然冒出一句。

"跟你回家?"夏天有些迷惑。

"元旦跟我回家,元旦我姐和姐夫们都会回家看我爸妈,你也跟我一起回去。"

李婳的提议让夏天心里莫名有些紧张,他虽然跟李婳热恋了有一段时间,但从来没想过要去见她的父母及家人,而自己家里,甚至都不知道有李婳这么一号。按夏天当时粗浅的理解,见父母应该是快到谈婚论嫁的时候,李婳这么快就把自己向她的家人推出,夏天觉得有些猝不及防。

看到夏天沉吟犹豫,李婳忽然展现了自己刁蛮的一面:"我不管,我已经跟我爸妈说了你会来,你要不去,后果自负。"李婳边说边用威胁的眼神瞪着夏天。

夏天忽然觉得跟李婳谈恋爱变成了一件很严重也很严肃的事儿,他和李婳之间的恋爱并不仅仅是他们两个之间的事情,他还需要面对她家庭的其他成员,将来两个家庭之间还会有交集,这都是之前自己从来没有考虑过的事情，或者说他认为这都是未来比较遥远的事。但李婳要带自己回家的这个提议，让这件遥远的事忽然就横亘在自己眼前，这远不如和李婳单独在一起轻松愉快且充满激情，传说中的准姑爷见丈母娘的戏码难道这么快就要上演了吗？

夏天觉得这一切进展得过于迅猛，自己心理上的准备远远不够，但又不知如何表达异议，只好点头答应了李婳。看到李婳满意的表情，夏天忽然理解了李婳为什么老说自己后知后觉。所谓后知后觉，就是在恋爱方面，自己远不如李婳想得多，更谈不上有多成熟。

毕竟，夏天当时就是一张白纸。

经历了大半个漫长的冬天，这年的元旦晚会备受同学期待。

在已经过去的寒冷的日子里，大部分同学都感受到了这段时间的热度。诗歌创作的空前繁荣，知心朋友的推心置腹，少男少女的情挑意动……无不体现出大家的大学生活正不断走向深入并逐渐找到如鱼得水挥洒自如的感觉。

所谓越寒冷，越自由，越寒冷，越热烈！深寒过后，便是春天，而元旦晚会恰如新春展开的序曲。

文艺委员陈斯凡和校广播站播音员陈若珊搭档晚会的主持。

作为主持人，陈斯凡穿得非常隆重，一身黑色的燕尾服，配上黑色的领结，再加上他手里老捏着的一根指挥棒，颇有些小泽征尔的范儿。燕尾服是借来的，明显有些大，但穿在陈斯凡身上，毫无违和感，反而把他有些瘦小的身形衬得饱满庄严。

身材高大的陈若珊穿的是一袭粉色长裙，和陈斯凡搭配起来是一粉一黑，一高一矮，有一种另类的相得益彰的感觉。

第三十二章

陈斯凡大一时曾作词作曲了一首歌《新闻，新闻，我们的前程》，他们宿舍的人曾在去年的元旦晚会上表演过，但因为大家唱得不太熟练，当时并没有产生很大的反响。

后来小豹子发现了这首歌歌词中的深意，于是很认真地一字不差地学了下来，每次见到陈斯凡打招呼时基本用的都是这首歌的歌词：新闻，新闻，我们的前程，人民的耳目，党的喉舌……雪亮的眼睛是镜头，灿烂的日月是闪光灯，地球银河宇宙，永远属于我们！

刚开始陈斯凡听小豹子对着他唱这首歌时感觉还挺欣慰，毕竟作品被传唱对作者来说是一件高兴的事。但小豹子对着他唱这首歌基本不分时间地点，有时候边唱还会边学着他打拍子，这让陈斯凡逐渐有要崩溃的感觉，到后来陈斯凡和小豹子在一起讨论事情只要略有争议，小豹子就会透过厚厚的镜片严肃认真地盯住陈斯凡，用跑调的声音唱这首歌并着重强调地球银河宇宙，同时一板一眼地打起拍子，此时陈斯凡便只好举手投降然后抱头鼠窜。

小豹子不遗余力的传唱让这首歌在同学中耳熟能详，并被大家一致认定为不二的班歌。虽然大家对这首歌的歌词不甚了了，但作为班里共同的音符这首歌一直是一个保留节目，每逢大聚必要重温。

这次元旦晚会的开篇节目就是全班合唱《新闻，新闻，我们的前程》，合唱迅速点燃了晚会的气氛。夏天认为，此时此刻，大家应该还是坚信新闻便是自己的前程的，包括他自己，但两年之后，情况就悄然发生了变化。

这次元旦跨年晚会，和大学第一年的元旦晚会相比，气氛明显活跃了很多，大家表演的节目基本都属于自告奋勇，自编自导自演。

阿辉是班里的团支书，写得一手好字，是《新闻周报》的重要写手，他更有一副好嗓子，一曲《小白杨》惊艳四座，让平时低调的他被大家刮目相看，他后来凭这曲《小白杨》一举位列校园歌星大奖赛的前三甲，也成为不少外系女生心目中的偶像。

方超表演了自己的保留节目《三月里的小雨》，但此时的小雨跟去年的小雨明显不同，去年的小雨柔情中还带有一丝生涩，今年的小雨淅沥沥中似乎酝酿着一种滂沱的味道。他在歌曲的末尾还加了变奏，仿佛南方的小雨已经漫卷了北国的风寒和黄沙，敲打着小楼上的门窗，在离情别绪中平添了一份苍凉激越。

晚会的节目形式多样，除了唱歌，还有小品和游戏。

让夏天没有想到的是，李婳居然和文迪搭档演了一个小品。

按照夏天对李婳的一贯了解，李婳在集体活动中通常是扮演一个相对被动的角色，给人一种清冷孤傲甚至有些疏离的感觉，但现在到底是什么原因让李婳发生这么大的改变？

李婳和文迪的小品说的是粮票换鸡蛋和袜子的故事，这种故事在当时的大学生宿舍经常上演。李婳扮演的是一个竭力想用鸡蛋多换粮票的农村大嫂，文迪扮演的是一个用粮票换鸡蛋还想讨两双袜子的女大学生。她们在粮票换鸡蛋的交易中斗智斗勇，各显神通，发生了一系列冲突和误会，但最后她们还是达成了共识，成为长期保持鸡蛋和粮票贸易往来的合作伙伴，充分体现了当代女大学生和农民工小媳妇经济地位的平等和互助共生关系。

李婳在表演时完全解放了天性，扎一花头巾，裹一大花袄，涂上两片红脸蛋，胳臂上再挎一装鸡蛋的竹篮子，活脱脱就是一农村妇女的形象。李婳的地方口音模仿得也是惟妙惟肖，利用四和十不分的梗把误会和冲突推向了高潮。

故事并不复杂,笑点也并不是很多,但李婳敢于如此颠覆自己的形象本身就是最大的笑点,这给了同学大大的惊喜甚至惊奇。

当李婳在节目最后下场前把给女大学文迪的袜子塞到夏天手里的时候,夏天不禁有些目瞪口呆。

李婳和文迪的小品赢得了热烈的掌声,坐在夏天旁边的方超对着夏天轻声嘀咕道:"你知道李婳为什么这么敢演而且演得这么放松吗?"

"为什么?"夏天似乎知道方超想说什么,但还是希望方超说出来。

"这就是爱情的力量!"方超一本正经地回答道。

夏天张了张嘴,想说什么但没说出来,忍不住望向李婳的方向,李婳的一双妙目也望向他,笑意和兴奋依然写在涂抹着胭脂红的脸上。

在游戏环节,游戏项目的设计让这帮新闻系的青年们有充分发挥想象甚至杜撰的空间。

游戏的规则其实很简单甚至有些老套,就是让大家把什么人、在什么地方、做什么事分别写在不同的纸条上,然后随机抽取,任意组合,由主持人念出来,并由当事人现场表演动作。

但这老套的游戏却让大家玩坏了,确切地说,是把江驴儿玩坏了。

因为每个人填的"什么人"是随意的,某些人便注定会成为游戏的主角。平时爱开玩笑,产生不少"积怨"的江驴儿首当其冲,于是江驴儿会被要求在各种匪夷所思的地方干各种奇奇怪怪的事。

江驴儿在小豹子的鞋垫里给陈燕老师写情书。

江驴儿在李老师家的蜂窝煤炉子里抹雪花膏。

江驴儿在老石的辣椒罐里唱样板戏。

江驴儿在食堂女生的饭兜里翻跟头……

刚开始江驴儿碍于规则只好如实表演动作，但后来发现矛头如此聚焦于自己，就不肯就范了。也亏他急中生智，马上表示可当众演唱一首歌曲，既表诚意，也算是对自己的惩罚，以换取后面的游戏不以他为主角进行表演。

主持人陈若珊见好就收，非常大度地表示可以接受江驴儿的建议，江驴儿深情地演唱一首《让我们荡起双桨》，之后整个人的表现都非常安静。而且，在元旦晚会后一段时间内，江驴儿也显得沉稳内敛了很多，直到他某一天好了伤疤忘了疼。

节目和游戏结束后，迎来了晚会的高潮——元旦舞会。

在觥筹交错的喧闹中，在中四快四的欢快节奏中，女生们摇曳生姿，男生们亦步亦趋，旋转、交错、碰撞、摇摆，每个人跳起舞来都有些得心应手的感觉了，正如大家逐渐熟悉的大学生活。

舞会开始后，夏天只是坐在一旁，安静地坐着看大家翩翩起舞，各找各伴。此时，夏天觉得邀请李婳之外的任何其他女生跳舞都有些不太自然，而李婳更是把自己堵在一排桌子后面，一副退避三舍的样子。其他同学也似乎有默契，没有任何其他人邀请夏天或李婳跳舞，只是自顾自蹦跳欢闹着。

夏天忽然有一种被同学孤立的感觉，他相信李婳也应该有同感，这难道就是同班同学谈恋爱的后果吗？当然，从另外一个角度来看，或许是大家已经了解并认可了他们之间的恋爱关系，不想打搅他们而已。

夏天和李婳远远对望了一眼，都微微笑了笑又把目光移开，仿佛交换了对舞会情势的看法并达成了某种默契，各自放松地欣赏同学们的舞姿,并享受舞会欢快热闹的气氛,只待最后一支舞曲响起。

随着新年倒计时的声音,电影《魂断蓝桥》主题曲《友谊地久天长》终于响起来了。这首曲子在夏天听来,温馨、浪漫、哀伤,有一种刻骨销魂的感觉如湖水般蔓延到四肢百骸,让人沉溺其中,无法自拔。

夏天来到李婳身前,向她伸出了自己的左手。李婳迎着夏天的目光,一言不发,绕开桌子来到夏天身边,把自己的右手交给了夏天。夏天轻轻搂住李婳的腰肢,随着舞曲慢慢地旋转起来。

李婳只穿了一件薄薄的毛衣,触手之处,柔若无骨。

夏天舞姿娴熟,李婳脚步轻盈,夏天轻轻牵引推拉,李婳便会如影随形。俩人在舞池中旋转,却如在水面上漂移,他们随着水势流动、荡漾、回旋,泛起一圈一圈涟漪……

这涟漪不仅泛起在舞池中,也泛起在一些人的心里。

夏天注意到,白乐东悄悄提前离开了元旦晚会的现场,方超用赞赏鼓励的目光追随着他们的舞步,还有一些同学看他们起舞时眼神中的错综复杂……

夏天并没有想太多,他和李婳沉浸在旋律和舞步当中,直到一曲终了。

在停下脚步的时候,夏天发现,李婳的眼角竟然泛起了泪花。

夏天低头看着李婳,李婳有些不好意思,用指甲使劲掐着夏天的手悄声说道:"不许看,一会儿带人家出去。"

第三十三章
李婳家的元旦聚餐

　　夏天和李婳走出校门的时候，已是新年的第一天凌晨。

　　他们走到一片松树的阴影处便迫不及待地吻在了一起，对他们来说，新年的第一吻就像是一种仪式，是为了纪念他们爱情的一元复始。

　　吻罢，李婳在夏天的怀里突然冒出一句："以后就全靠你了！"

　　夏天听李婳说这句话的时候没有深想，只是觉得一向独立要强有些孤高的李婳话中颇有内涵，自己并不能完全领会，但也隐隐感觉有些压力。

　　他似懂非懂地使劲儿点点头，禁不住有些心虚。自己真的有能力让李婳全靠自己吗？这是一个以前并没有认真考虑的问题。自己拿什么让李婳来依靠呢？这似乎也是一个需要思考的问题。

　　夏天发现，新年伊始，自己头脑中居然有这么多空白需要填补，自己的爱情居然有这么多问题需要解答，而越往后，会有越来越多的未知。

　　在松树的暗影中，夏天在羽绒服口袋里摸索了一会儿，掏出了平生第一次送给一个女生的礼物。

那是一对玻璃做的精致小巧的飞马，是夏天前几天在双榆树十字路口的友谊商店买来，准备作为新年礼物送给李婳的。买这对玻璃飞马，夏天花了五块钱，以夏天的经济能力来说，也算是尽力了。夏天当时对送恋人礼物的价值其实完全没有概念，他只是认为这对飞马的寓意非常好。

他对李婳解释道："这对飞马，象征着我们两个今后一定会比翼齐飞。"

夏天后来回想，送这对飞马，其实代表了当时对自己和李婳之间关系定位的想法，或者说是一种潜意识。他希望和李婳携手并进，在事业上共同追求，在生活和感情中共同成长。因为他清楚地意识到，自己还不够强大，还不够成熟，还需要一点点长大，在自己成熟长大的过程中，需要李婳的牵手相伴。但是，自己携手并进的想法和李婳"全靠你了"的期望显然还是有不小的出入。

当然，夏天当时也是无知无畏的，他认为自己将来一定会变得强大起来，强大到能让李婳依靠完全不在话下。

李婳从夏天手里接过那对飞马的时候，似乎认真思考了一下夏天所谓比翼齐飞的含义，侧着脸问道："我能飞过你吗？"

"当然，你身轻如燕，一不留神儿你也许就会从我身边掠过，让我望尘莫及。"

"但我害怕我没有你想象的那么能飞呢。"

"所以我说比翼齐飞嘛，谁也别落下谁。"

"反正你不许先落下我！"

这天凌晨的约会并没有持续太长时间，因为他们考虑到需要养足了精神参加中午李婳家里的元旦聚会，决定还是早点回宿舍休息。

夏天按约定时间到达校门口的车站前时,发现李婳早就到了,手里还拎着一兜水果,见夏天过来,她把水果一把塞到夏天手里道:"拿着,这是你给我爸妈买的新年礼物。"

夏天其实是想过要买什么东西上李婳家的,但没想到李婳动作神速,把夏天该办的事先办了。夏天暗叫惭愧,又心怀感激,觉得李婳果然考虑周到,自己还是慢了一步。

他忽然想起自己父亲夏山水头一次跟母亲上外婆家的糗事,在去李婳家的路上当笑话给李婳讲了,把李婳笑得乐不可支。

话说夏山水头一次上夏天母亲家其实是路过,当天是端午节,他手里拎着两只鸡,进门就把鸡放到了门背后。

夏天外婆见了夏山水,觉得未来女婿眉清目朗,知书达理,又通人情世故,真是越看越欢喜,问清楚夏山水没吃饭,忙不迭赶紧去厨房煮了一大碗面,还特地卧了三个鸡蛋。夏山水吃饱喝足,没待多一会儿,抹抹嘴就起身告辞,说要赶回家送鸡去,家里的弟妹都等着他带鸡回去过节呢。

夏山水说完,从门背后拎起两只鸡就扬长而去,连鸡毛都没留下一根,把夏天外婆看得目瞪口呆。

夏山水回家后被夏天奶奶臭骂了一顿,说夏山水不通人情世故到如此地步,简直就是一个书呆子,夏天奶奶也深刻检讨认定是自己教育出了问题。

好在夏天外婆对困难年代书呆子的行径并没有计较,还是让他顺利娶走了自己的女儿。但夏山水书呆子的美名却一直流传下来,并成为家族的一个反面教材,教育家里所有男丁都要吸取夏山水的教训,以后上丈母娘家决不能空手去,而且,送到丈母娘家的东西决不能再拿回来。

夏天对李婳调侃道:"这些东西都是你买的,那我跟空手去你家没什么区别,你这是逼着我沿袭我父亲书呆子的美名。"

李婳笑道:"你放心,君子成人之美,今天一定会坐实你书呆子的美名,今天你拎的这袋水果,不仅可能会让你拿回来,还有可能会加倍返还呢。"

"看样子当书呆子还真是一件很幸福的事。"夏天作神往状。

李婳和夏天到李婳家的时间可以说是不早也不晚,说不早是因为三姐四姐先到了,四姐还带来了自己的男朋友。说不晚是二姐一家子还没到,而大姐一家干脆就来不了。

夏天对和李婳神似的四姐是记忆犹新,但四姐对夏天显然印象不深,此次再见,四姐倒也没有露出上次见小组同学时的冷傲之色,夏天能感觉到,四姐会时不时不动声色地观察自己。四姐的男朋友在夏天看来,有一张成熟而长大的脸,身体结实,表情平和,举止稳重,显然比自己多了不少阅历。

三姐夏天是头一回见,据说是特意从东北赶回来的,她跟李婳和四姐的外形气质差异颇大,显得淳朴随和,脸上总是挂着笑容。

生了五个女儿的李婳父母给夏天的印象是父亲温和慈祥,母亲精明外露,两人组合在一起也算是和谐。

夏天初次见李婳父母,虽然心有忐忑,但基本上并不太理解见李婳父母的重大历史意义,因此也是无知者无畏,很快就放松下来,就像到了一个寻常女同学家玩耍一般。

当然,虽说是玩耍,但干点儿家务活还是必需的,或者说,干活的态度是必需的,因为他们到李婳家的时候,需要夏天和李婳干的家务活已经基本没有了，夏天几次寻求表现一下干家务活的能力，都被李婳父母和她三姐客气地拦下，最后夏天唯一干的活就是帮着把餐桌抬到客厅中央。

这顿中午聚餐的主要形式是涮羊肉，羊肉片是买来切好的，配菜也都是现成的，加上酱肘子肉、干烧黄花鱼、道口烧鸡几个硬菜和小泥肠、糖拌西红柿、拍黄瓜、花生米等几个小菜，算是北京当时标准的团圆餐。

当涮肉的青铜火锅水已烧开，一切都准备停当之时，二姐一家还没到，李婳母亲忍不住抱怨说，他们一家出个门总是拖拖拉拉、磨磨唧唧的。

在李婳母亲抱怨二姐一家的时候，李婳好像忽然想起了什么，她对夏天悄声耳语道："待会儿见了我二姐夫你不要觉得吃惊啊。"

"为什么要吃惊？"

"因为他长得像一个人。"

"他不像人像什么？"

"我是说他长得像一个你认识的人。"

"谁？"

"一会儿你见了就知道了。"

李婳的一席话吊足了夏天的胃口，夏天比屋里的任何一个人都盼望二姐一家的到来。

李婳母亲抱怨的话音未落，门口一个女声就先声夺人，她似在解释又似在批判："这个老曹，非要去西单商场转一圈儿，可什么都没买着，结果是起了个大早，赶了个晚集。"

真是说曹操曹操到，夏天听出来二姐是在说李婳的二姐夫，而且这个二姐夫居然姓曹，夏天不觉有些哑然失笑。

二姐先进的屋，夏天见到二姐，首先就吃了一惊。夏天原以为李婳的四姐和李婳已经长得极像，待看到二姐，发现二姐和李婳简直就是一个模子刻出来的。李婳和她二姐不同的，就是二姐的声音显得有些泼辣彪悍，透出一股爽朗的气息。

而更让夏天感到吃惊的，是夏天见到李婳二姐夫的时候，李婳二姐夫在夏天眼里，简直就是一个翻版的"白乐东"，或者说，是一个有些谢顶的"白乐东"。此时，这个谢顶的"白乐东"任由二姐数落着，不急不恼，跟屋里人一一打着招呼。

谢顶的"白乐东"见了夏天尤其热情，因为就夏天和他是初次见面，他抓住夏天的手使劲儿握着寒暄，说名校的小伙子就是精神。

被谢顶的"白乐东"使劲儿握着手，夏天感觉自己有些恍惚，他望向李婳，发现李婳在旁边掩嘴偷笑，显然，夏天见到谢顶"白乐东"之后莫名惊诧的反应被李婳尽收眼底。

二姐一家到后，聚会的人就齐了。

总体上，夏天吃喝得非常自然，完全不需要李婳的关心照应，李婳见夏天并不把自己当外人，也就自顾自边吃边和从外地回来的三姐唠起了家常。

夏天除了响应大家的各种话题外，还按照礼数一一地向李婳父母和各位姐姐姐夫说祝福语，还好大家都笑着应承了下来，这让夏天没有一点儿压力，因此这顿饭开始时吃得算是波澜不惊。

待到菜过五味，二姐夫——谢顶的"白乐东"，开始拉着夏天聊天，他搂着夏天的肩膀，二人好像是好久不见的老朋友似的。

旁边的二姐见他们这副模样，不满地白了一眼道："差不多得了，人家第一次来，以后说不定有的是机会。"

夏天忽然想起李婳说过他那件羽绒服的毛线衣领就是她请二姐花两个晚上的时间织出来的，于是赶紧冲二姐说道："二姐，看我这记性，我还得谢谢您给我织的毛线衣领。"

　　二姐听夏天提起毛线衣领的事，不由得乐了，她笑着调侃道："我们家小婳那么上心求我织的毛线衣领原来是给你的呀。"

　　二姐的话把李婳说得红了脸，低下头，什么话都没说。

　　吃完饭，大家把桌子收拾干净，围坐在桌子边喝起来茶，而四姐的男朋友此时有了用武之地，他操起一把小刀，为大家削起了苹果。

　　四姐男友削苹果的技术让夏天叹为观止，只见刀锋过处，果皮和果肉之间的状态看似并没有太大变化，苹果在四姐男友手里旋转一圈后，外表依然完整，但轻轻一拉，一条完整鲜红的苹果皮便会应声而落，露出里面洁白圆满的果肉。

　　正当夏天看得愣神的时候，李婳在旁边捅了一下夏天，夏天回过神来，发现四姐男友正给自己递上一个削好的苹果，眼神平和真诚，丝毫没有炫技后的得意。夏天忽然觉得有些不好意思，连忙称谢后接过苹果，忍不住悄悄给四姐男友起了一个外号：小苹果。

　　喝着茶，吃着水果，大家又闲聊了一会儿，李婳父母示意他们先回自己屋休息，二姐一家也便起身告辞了。临走时谢顶"白乐东"紧紧拉着夏天的手不放。

　　夏天握着谢顶"白乐东"的手，依然有些恍惚，心想要是白乐东的真身像他这样该有多好啊，如此真诚，如此热情，如此融洽，一切都像在做梦一样。

　　二姐一家走后，大家各回各屋。李婳家是四室一厅，未出嫁的老三、老四、老五各一屋，老两口一屋，正好。

夏天和李婳一起进了李婳的闺房，这是夏天第一次进一个女孩儿的闺房。夏天对李婳闺房的印象是朴素整洁，略显阳刚，极少小女孩儿的摆件，也极少粉粉嫩嫩的颜色，单人床上一条草绿色的军用棉被决定了房间的主基调，这也许是典型的部队大院女孩儿的闺房，但这和夏天印象中李婳身上略带任性的小女孩儿味儿有着明显的反差。

夏天内心有些害羞，只好找话题说道："你这二姐夫长得可真像白乐东。"

李婳听夏天提起白乐东，表情变得烂漫起来，她笑道："你知道吗，我第一次见白乐东的时候，我都差点儿以为白乐东是我二姐夫的亲弟弟。"

夏天的心情忽然变得有些复杂，夏天一直认为白乐东和李婳的外形并不般配，但姐姐能找一个谢顶的"白乐东"，妹妹为何就不能找一个正版的白乐东呢？

夏天于是试探着笑着调侃道："如果白乐东把你追上了，你们家岂不是成了俩姐妹嫁俩兄弟了？"

夏天话音未落，李婳立刻冲夏天翻起了白眼道："我就知道你会胡思乱想，我才不要重蹈我二姐的覆辙呢，你没看她都快成一个怨妇啦。"

"可那毕竟也是她自己的选择，再说谢顶'白乐东'，哦不，二姐夫看起来也不像一个坏人。"

"我二姐就是经不住死缠烂打，不小心嫁了，但嫁了之后又不甘心。"

"但我看起来他们没准会白头偕老呢。"

"这也许就是我二姐的命。"李婳轻叹道。

"你这么小就对命运有这么深刻的认识?"

"你不知道吗?我的每个姐姐都是我人生的教科书。"

"看样子你都博士毕业了,而我好像还在上小学呢。"

"要不说你后知后觉呢。"

"希望通过你的拔苗助长,能让我跟你齐头并进,比翼齐飞!"

"不知道你会不会就是我的命运?"李婳忽然有些伤感道。

"我会一直努力成为你的命运的!"夏天赶紧表决心。

"咱们还都这么小,谁知道你以后会变成什么样,你会一直这样爱我吗?"

"我希望我成为那著名的一根筋。"夏天说这话的时候表情变得严肃起来。

夏天后来回想李婳的这番问话,发现李婳其实对他们两个的未来已经考虑了很多,也做过各种假设,但自己当时基本是在半懂不懂,对未来并没有太多设想,或者说对未来并没有太多能力进行设计,只能是任凭时光流逝,让岁月揭晓一切答案。

李婳很快从伤感的情绪中跳脱出来,盘问起夏天道:"你刚才给我二姐夫起什么外号来着?"

"谢顶'白乐东'啊!"夏天作得意且无辜状。

"你要死,可别说还挺形象。"李婳扑哧笑道。

"我还给你四姐男朋友起了外号呢。"夏天受到鼓励,感觉一发不可收拾。

"他招你惹你了,你为什么要给他起外号?"李婳有些好奇,"不过你给他起的什么外号?"李婳显得饶有兴致。

"小苹果!"夏天一字一顿道。

"你太气人了，我得去告诉我四姐去。"李婳嘴里说气，表情却乐开了花。

"你去吧，免得我不小心说秃噜了，也好让他们有点儿思想准备。"夏天故作浑不憷。

但浑不憷的是李婳，她忽然窜到门口，手握在门把手上，高声喊道："四姐，夏天说你男朋友是'小苹果'。"

李婳的高声呼喊使夏天大吃一惊，他从床上腾一下坐起来想去阻止李婳。

好在李婳并没有真的拉开门，所以她呼喊的内容四姐隔着屋门应该不会听得太真切，但夏天还是被李婳这一嗓子给吓坏了。

李婳的四姐应该是听见李婳叫她，她从自己屋出来敲李婳的门问道："小婳你找我有事？"

李婳拉开门，憋住笑回答道："没事，我就是口渴想吃你男朋友削的苹果了。"李婳脸上一副渴望的神情。

李婳的四姐也是冰雪聪明，有些狐疑地道："小婳你在搞什么名堂，你不是刚吃了吗？他在打盹儿呢，你待会儿自己找他说去吧。"四姐看样子不是一个那么容易上当的人。

李婳也是见好就收，赶紧说："没事，那就不麻烦他了，我自己喝点儿水吧。"

李婳关上门，突然捂着肚子蹲在地上咯咯乐起来，感觉笑得都快岔气了。

她边笑边指着夏天道："夏天你太坏了，居然能想出这样的外号来，不过我喜欢，你算是帮我报了一箭之仇，谁让她上次小组聚会给咱捣乱的。"

夏天心领神会，涎着脸道："你是不是要好好奖励我一下？"

"放心，一会儿就奖励你一个'小苹果'。"李姗促狭地笑道。

"不要，'小苹果'还是留给你四姐吧。"夏天对李姗的这种奖励极其抗拒。

夏天和李姗在屋里说笑逗闹着，心里那点儿尴尬迅速驱散干净，李姗见夏天又满血复活，就把他拉起来道："走，帮我爸妈干点儿活，跟我出去打开水顺便取一下牛奶。"

夏天听说能帮她爸妈干点儿活，感觉很光荣，穿上外衣，拎起客厅里的两个暖水瓶就跟着李姗往外走，只是心里嘀咕，这部队大院难道连开水都不用自己烧的吗？

这是一个阳光明媚的冬日的下午，虽是严冬，风却静止，因此太阳照在身上仍然有一种温暖的感觉。李姗领着夏天下楼后，走在去开水房和取牛奶的路上，李姗很自然地挽住了夏天的胳臂，边走边给夏天介绍大院里面的环境，还不时跟认识的人打着招呼。

大院里来来往往的人有提着小菜的，有拎着水壶的，有臂间夹着报纸的，还有用自行车驮着煤气罐的……一派悠闲从容的生活景象。李姗和夏天走在大院里的小道上，俨然就是一对平凡小夫妻的感觉。

夏天心里忽然被这种感觉触动，忍不住望向李姗，李姗也同时在看他，并冲他嫣然一笑。

夏天似乎第一次窥见了他和李姗的未来生活，虽然平凡，却踏实，他暗暗思忖，这是否就是李姗未来想要的生活呢？如果是的话，自己是否有能力给她带来这样的生活呢？或者自己是否有能力创造比这更好的生活呢？

当然，以那时夏天无知者无畏的心态，他认定自己未来一定是有能力创造一种崭新的生活的，只是不知道未来的生活如何崭新法，也不知道在未来的生活中自己和李婳又是什么模样。

　　夏天和李婳打完开水取完牛奶回来后，稍微收拾了一下，就结伴回到了学校，果然如李婳所预料，回来时手里拎的各种吃食比他们带去的只多不少。

第三十四章
爱了之后

此次参加李姗家的元旦聚餐,夏天和李姗的关系可以说是达到了他们恋爱以来的光辉的顶点。

但夏天后来回忆,这个顶点,似乎也是他们关系发展的转折点。

夏天和李姗离开李姗家出门的时候,李姗父亲把他们送到了门口,并客气地招呼夏天说以后有时间再过来玩儿,李姗母亲的表情略显平淡,只是叮嘱李姗要多穿点儿衣服,别冻着。李姗三姐、四姐和四姐男朋友"小苹果"也出来打了招呼,夏天感觉四姐的眼神保持了一贯的审慎清冷,同时又有些意味深长,和三姐的热情淳朴形成了强烈的反差。

在回学校的路上,冷风一吹,夏天觉得自己的头脑变得越来越清明了,他恍然大悟似的对李姗说:"今天不会就是传说中的接受家长审查吧?我可是一点儿经验都没有,也不知道你家里人对我什么印象?"

"你最好还是不要太有经验,不然我爸妈一定能看出来。"李姗的回答有些答非所问。

"你是说'小苹果'那样的,很容易被人识破?"夏天趁势打击"小苹果"抬高自己，突出自己的纯洁性。

"你今天算是跟'小苹果'怼上了，不过有经验的到底好不好呢？"李婳沉吟道。

"有经验的当然好，最起码善解人意，考虑问题周到，还能把苹果削得那么圆满，你四姐肯定觉得特别幸福。"夏天试探道。

"鞋合不合适脚知道。"李婳老气横秋不置可否地回答道。

"那你说你爸妈会不会觉得我们太小了？"夏天不甘心地追问道。

"我才不管他们对你什么印象呢，关键是我们自己。"李婳有些任性又有些决然地回答道。

"看样子我以后要好好巴结巴结你，首先要让你对我一直保持一个良好的印象！"夏天故作谄媚。

"你才知道，要不说你后知后觉！"李婳抓住夏天的弱点穷追猛打。夏天不知道自己到底还有哪些地方是后知后觉，也不知道李婳为什么老说自己后知后觉，更不知道自己的后知后觉给李婳带来了多大心理阴影。

夏天后来反省，也许自己的后知后觉，正是他和李婳分手的关键因素之一。但夏天并没有苛责自己，本来就年轻，后知后觉当属正常，这是当时自己无能为力的事情，自己唯一感到抱歉的，就是无法提前成熟长大。

到学校后，夏天和李婳各自回宿舍，李婳把从她家里带回来的吃食大部分都给了夏天。夏天回宿舍后，发现只有方超一个人孤零零地待着，于是把那些吃的分给方超一半。

方超知道夏天今天是去李婳家了，一见夏天回来，就笑着逼问夏天说这新姑爷见准丈母娘是什么感觉，丈母娘看女婿一定是越看越欢喜吧？

方超这一问，夏天就发现自己并没有太关注李婳家人对自己的印象，尤其是李婳母亲对自己的印象和态度，自己唯一印象深刻的，就是李婳家伙食不错，而自己也吃好了。

夏天把自己这一天的心得体会向方超和盘托出，方超听了直晃脑袋，说夏天你就是心大，如此关键时刻，依然不改吃货本色。

夏天笑道："我就是一纯洁的小白丁，见准丈母娘也是头一回，琢磨多了无用，不如先吃饱了再说，反正老天自有安排。"

方超伸出大拇指夸夏天道："你就是心理素质过硬，永远不改潇洒本色。"

夏天也没太在意方超是否是真的在夸自己，只是感觉经过一天的折腾，确实有些疲倦，于是稍加洗漱，倒头便睡。

这一年的春节比较早，元旦过后，就进入了复习迎考阶段，考完很快就会放寒假。夏天猛然发现，自己这学期又是办报又是谈恋爱，学业上有了不少亏空，好几门自己不是特别感兴趣的课程，到了学期末教科书都还是整洁如新。为使自己不至于挂科，夏天进入了突击迎考模式，借抄课堂笔记，找认真听讲的同学划重点，和同样是临时抱佛脚的几个难友一起押题，派说话比较嗲的女同学向老师打探消息……所谓临阵磨枪，不快也光。

夏天从李婳家回来后的一段时间里，为了复习迎考，几乎忽略了李婳的存在，也想不起约李婳出去，而从夏天内心来说，是他忽然觉得有些惶惑，自从见过李婳的家人，照理说他们的关系应该更进了一步，但这之后夏天恰恰觉得在日常生活中不知道如何跟李婳相处。他有自己的爱好和生活习惯，每天不打球身上就会发紧，老不和班里的哥几个打拱猪"敲三家"就会手痒，图书馆里有很多自己书单里列的必读书……

　　以前这些事，他完全可以自顾自随心所欲地安排，但自从和李婳明确恋爱关系后，他发现无法把自己的习惯爱好与李婳的相处很好地融合起来。

　　他见了学校很多小情侣的相处模式，白天腻在一起上食堂吃饭，晚上背着书包一起上图书馆占座，周末约着上城里瞎逛……

　　夏天认为，除了隔三岔五和李婳约出去走走逛逛，每天吃饭读书都在一起的相处方式对自己来说简直无法想象，而且他相信，这种方式也一定非李婳所愿。夏天还认为，隔三岔五约会也会渐显疲态，毕竟约会是需要有内容的，要求约会的内容老是推陈出新也会渐渐变成一种负担。

　　夏天当时并没有完全意识到，他和李婳的恋爱迅速遇到了瓶颈，爱了之后，要如何相处，夏天和李婳其实都没想清楚。

　　当然，还有一点夏天没有意识到的，就是夏天见过李婳的家人后，李婳家里对他们今后的发展还是颇有疑虑。一是夏天这么年轻，可以说是乳臭未干，不知道夏天将来是否有能力照顾李婳；二是夏天家在外地，将来能否留京还存在变数。

　　这些疑虑，在李婳几天后回家时由她的母亲传达给她了，李婳虽然嘴上说不用家里管，但没有得到家里的肯定，心里面已有了不小的压力，也算是给她被热恋冲昏了的头脑打了一针清醒剂。

　　李婳家里对夏天的疑虑，夏天和李婳分手后分别通过李婳同宿舍的文迪和灵魂密友黄婧得到了印证，尤其是夏天的年轻不够成熟，更成为李婳本人明确抱怨的一件事情。

　　夏天当时对李婳说自己不成熟并不太以为然，他后来在给方超的信中负气地让方超转告李婳："说我不成熟，我同意，但我不可能拔苗助长，我只能说声抱歉，让你久等，失望了。"

毕业二十几年后，岁月已经让一切都变得云淡风轻了，夏天和李姗在上海相见，他们俩深入探讨当年为什么没恋爱成功，夏天笑着调侃道："也就是你傻乎乎地敢跟我谈恋爱，我要是你家长，我当时就会把夏天那小子轰出去，我绝不允许我的傻姑娘跟那傻小子一条道走到黑！好在你悬崖勒马，幡然醒悟……"

李姗觉得夏天的话里内涵丰富，申辩不申辩都两难，于是反问道："难道你就不理解真诚二字吗？"

其实夏天何尝不理解，夏天相信，尽管最后他和李姗以分手结束，但当时他们两个都是真诚地奉献了自己的初恋，因此，初恋时的青涩，回首再看，依然充满了青春的美好。而初恋时不懂爱情，便是他们的造化和宿命。

李姗还趁势问道："难道当年你真的有那么爱我吗？你到底是爱我还是爱上了你爱我的这种感觉？还是没有结果的就是最好的？"

夏天认为，李姗依然保留了当年的敏感和尖锐，对李姗这个问题，他并没有马上回答，回去之后，思忖良久，发现还是找不到确定的答案。

也许青春就是一种执念，没有修成的正果，就一定会让人想象果子长大后的无数可能性。

元旦聚餐后，李姗周末又回了趟家，回来后，见了夏天脸上就有一副若有所思的表情。夏天因为复习迎考，也没有时间精力去顾及李姗，两人似乎不约而同地暂时放过了对方，各自准备自己的期末考试，直到主要的课目基本考完。

考完最后一门课的上午，夏天正打算吃完中午饭就回宿舍组织"敲三家",和哥几个大战三百回合,却被李婳叫住了。

夏天预感"敲三家"的计划要泡汤,但也只好乖乖地跟着李婳走。

"这些天过得潇洒自由吧?"夏天和李婳走在教学楼到食堂的路上,不时有寒风斜扑过来,李婳用围巾遮住了半张脸,说这话的时候夏天几乎看不到她的表情。

"哪里潇洒得起来,天天都在焦虑中,期末考试要是考砸了一定会有人说我们谈恋爱影响学习了。"夏天忽然有些心虚,这些天自己似乎有意无意忽略了跟李婳的互动,只好用考试当挡箭牌。

"看样子跟我在一起让你焦虑了。"李婳的话看似刁蛮,其实抓住了重点。

"瞧你说的,这不一考完试就想着约你跟你汇报思想动态吗?"夏天脑筋在急速转弯。

"好吧,那你下午陪我出去转转吧?"

"去哪儿?"

"天坛。"

"天坛?这么庄严的地方?"

"对,免得你老是不正经。"

"你想让我变成老正经?"

"从小看到老,要变你也只能变成一个老不正经。"

夏天和李婳在一起很快就进入逗闹模式。

他们匆匆吃过午饭,带上相机,坐公交直奔天坛公园。

中午的公交汽车,车厢里空荡荡的,这让他们没有理由马上就紧密团结在一起,而他们今天似乎也不想像以往一样两人独处时就彼此纠缠。毕竟,恋爱以来相互之间的熟悉,让他们找到了一种安静从容的感觉。而且，他们今天的目的地，也似乎是一个让人需要收敛心神的地方，所以，上车后他们找了后排的两个座位，挨着坐下，一路并没有太多话。

夏天对他们之间静默的状态非常满意，他认为，男女之间相处，即使无话，也不尴尬，那就说明他们关系的发展已经到了一定境界。但他并没有意识到，李婳今天一路上话少，是在酝酿到天坛时跟他说更多的话。

他们在天坛公园北门下的车，用学生证花四毛钱买了两张半价的门票，从北门直入天坛。

天坛不愧是北京"天地日月"诸坛之首，又号称是我国和世界现存的最大的古代祭祀建筑群。头一次到天坛的夏天，一进北门，便被天坛的恢宏气势和古朴森然震慑住了。

夏天没有想到，天坛公园的占地面积如此之大，光是从北门外坛进入有主要建筑的内坛就花了不少时间，沿路的青石甬道和蔚然成群的古松柏，迅速给人一种时光倒流的感觉。

他们好像回到了五百多年前，先人的气息似乎无处不在，融入一花一草一石一木中，又仿佛他们的一颦一笑一举一动，都在这些气息中留下了深刻的烙印，让后人随时能感受到他们曾经的悲喜和哀荣。

夏天想，不管当时上天的神谕如何宣示，曾经王朝的所有光荣和梦想都早已灰飞烟灭，他们神圣而庄严的祭天之所，也许还会引来后人的几声嗟叹，但终究变成了人民的公园，百姓可以在此随意地嬉戏游玩。

夏天在浮想联翩中和李婳轻偎着走过这片森然成巨的树林，忽然觉得自己有些多愁善感。他看向李婳，这片树林风不动，冬日的阳光也穿不透，只有偶尔一抹清辉摇曳在李姵的面庞上，让她的神情在朦胧中变幻着。

穿过这片树林，祈年殿的鎏金宝石蓝琉璃顶赫然便在眼前。

祈年殿是天坛的主建筑，也是整个天坛人气最旺的地方，夏天和李姵跟着一个带团的导游蹭听了对祈年殿的介绍，导游明显是背书似的语调让他们反而对这个地方无感，他们像逃跑似的离开大殿拥挤的人群，来到大殿正门外的汉白玉栏杆前，极目向南望去。

只见一条长长的甬道，一直往南伸展着，一路上门廊重重，越远越小，仿佛没有尽头，有一种从天上渐入凡间的感觉，让他们忍不住想顺着这条甬道去探个究竟。

在祈年殿前观察整个天坛的建筑格局，能充分感受北方园林宏大叙事的特点，虽然没有南方园林的细巧雅致，也不似现代摩天大楼的高耸入云，但其深邃辽阔的意境，让人忍不住胸中鼓荡。

一进天坛，夏天就沉浸在天坛的各种景象中，移步换景，心绪也就随着变化，但大抵都是一些叹古嗟今的文人情思。可李姵到天坛，似乎有一个不能错过的目的地，因此，她拉着夏天急切地向南，再向南。

第三十五章
圜丘坛上的佛光

往南走过一条叫"丹陛桥"的甬道,便是皇穹宇外面一道并不太起眼的磨砖围墙,但这却是赫赫有名的回音壁。

夏天很想验证一下回音壁隔空听声的效果,便兴致勃勃地拉着李婳按照回音壁前的介绍,面北分别站在相隔一二百米的东西配殿两侧试试俩人小声说话对方是否能听见,结果很遗憾,和他们有同样想法的游人实在太多,他们耳旁听见的是一片嘈杂。

试验失败,夏天和李婳自然不知道刚才对方隔空说了些什么。夏天刚想问,李婳机警地截住夏天话头道:"你先说!"

"说什么?"夏天故意装傻。

"你说呢?"

"你反应总是比我快,仗着自己脑袋小欺负人。"夏天作委屈状。

"此话怎讲?"

"科学家说,脑袋小反射弧比较短,反应自然就快。"夏天认真解释。

"听起来有点儿道理,那你这个大猪头就认命吧,赶快老实交代!"李婳露出刁蛮本色。

"我能说些什么,无非都是些表忠心的话。"夏天显得很敦厚。

"怎么表忠心的?再重复一遍我听听。"李婳脸上的欣喜一掠而过,故作平淡地命令道。

"我对毛主席说,我会听他老人家的话,要好好学习,天天向上,认真学习他老人家的著作。"夏天忍住笑故意贫道。

"又不正经了,到这么庄严的地方也改不了老毛病。"李婳撅起了嘴。

"我还对他老人家说了,我要在李婳同学的监督和指导下,把他老人家的著作学到老,用到老!"夏天赶紧见风使舵,曲意奉承。

"你就讨厌吧。"李婳笑骂着掐了夏天一下。

"你还没交代你说了什么呢!"李婳这一掐,让夏天迅速回过神来。

"我什么都没说。"李婳认真的表情看起来不像在说谎。

"那你什么都不想说吗?"

"我不想在这儿说,偷听的人太多。"

"那你想在哪儿说?"

"待会儿你就知道了。"李婳的表情显得有些神秘。

夏天隐隐有些感觉,李婳让自己陪她上天坛来,一定是蓄谋已久,也一定是有些正经话要对自己说,但李婳到底想对自己说些什么呢?想在什么地方说呢?夏天心里打着问号跟李婳离开回音壁继续往南。

几乎走到了天坛公园内坛的最南边,李婳和夏天来到一座用汉白玉栏板围住的石台,李婳指着这个石台说:"这是圜丘坛,这才是我心目中天坛最重要的地方,可惜大部分游客对这儿并不太了解,不过正好让我们落个清净。"李婳以前显然来过这个地方,而现在这个地方确实人迹稀少。

夏天登上圜丘坛,发现这是一个并不太起眼儿的石坛,石坛上除了中心部分有一块圆形凸起的石头,上面几乎空空如也。

石坛的地面用坚硬耐磨的艾青石铺就,经年历久,台面异常光滑,似乎都能照见人的影子,此时已接近傍晚,斜阳之下,青石地面泛着冷光,如同冰面一般,夏天忍不住在上面打起了"出溜儿滑"。

李婳显然认为夏天打"出溜儿滑"的行为既不严肃又有些幼稚,她故意清了清嗓子,表情认真地对夏天道:"你知道这圜丘坛是干什么用的吗?"

夏天正乐在其中,对李婳的提问只是四顾茫然地摇了摇头。

"这才是皇帝正经祭天的地方,以前每个人到这儿来都必须庄重。这个圜丘坛设计得就像一个带自然混响的巨大的扩音器,站在中心那块圆形的天心石上,随便说点儿什么,就可以让全世界都知道。"李婳像一个人民教师一样谆谆教诲着夏天,并向夏天揭示了圜丘坛的神奇所在。

夏天一听李婳说圜丘坛是皇帝祭天的地方,很自觉就收敛起自己见了青石"冰"面的亢奋情绪,也判断这里应该就是李婳有话说的地方。

李婳给夏天介绍完,便自顾自地走向石坛中央,面向南方,颔首低目,双掌合十,在天心石上伫立良久,却并没有说一句话。

夏天在一旁看着李婳。李婳的全身似乎都被那抹斜阳染上了一层光晕,额前的几缕头发被风吹动,泛出金色。

夏天觉得李婳神态庄严,心有所动,便赶快打开相机,按下了快门，并在自己心里悄悄给这张照片配了一个图片说明：圜丘坛的佛光。

夏天没有问李婳为什么不说话，他感觉，李婳刚才站在天心石上已经默默吐露了不少心声，此时应该是无声胜有声。

但李婳到底想说什么呢？夏天心里更加好奇还有一些莫名的忐忑，但他相信，李婳今天一定会揭开这个谜底。

李婳从天心石上离开，夏天也站了上去。

夏天此时的心情和在回音壁时完全不同，他很确定自己应该在这块石头上说一些掏心窝子的话，但到底说些什么呢？面对自己并不是太懂的爱情……

夏天最后还是默默说出了自己的心愿并认真地表了一下决心：好好走下去！好好珍惜！好好爱！

夏天奇怪，李婳这回却并没有拷问自己到底说了些什么。

离开圜丘坛时，李婳像完成了一件大事儿似的一脸轻松，又拉着夏天来到天坛东部一处清雅的所在——斋宫。

斋宫是皇帝典礼前沐浴焚香清心静养留宿斋戒的地方，不似天坛的其他建筑那么恢宏高远。斋宫外面有两道护城河护着，乍一看并不起眼儿，但其红墙绿顶的重重回廊，小小的月亮门，掩映其中的蜡梅曲折的花枝，却透着庭院深深的人间气息。

李婳到底是北京本土姑娘，对天坛还是有所了解的，她告诉夏天，这么一个清幽静心的地方，曾经是八国联军占领北京时的联军总司令部，这也是天坛能保存如此完整的原因。

夏天听李婳说指挥二次焚烧圆明园的联军司令部就在此地，内心不觉有些悲愤且感想多多。

天坛，作为华夏天子们祭天的地方，国人不管是古人或是今人到此都会心存敬畏，但当时的列强们以征服者的姿态在此指挥焚烧万园之园——圆明园时，难道就没有一丝尊重？没有一丝犹豫？这斋宫的清幽难道一点儿都不能平息强盗们冲天的怒火？

因此，国家不强大，任何对侵略者的诘问都是苍白无力的，国家不强大，他的子民和子孙后代都永远只能在废墟上舔舐自己的伤口。

夏天没想到，来到天坛最后一个景点斋宫的时候，自己似乎不经意间被激发起了强烈的爱国主义热情，仅仅是因为李婳一句简单的介绍。

李婳此时并没有注意到夏天内心泛起的思想活动，她拉着夏天穿过了斋宫里的小月亮门，来到花开正盛的蜡梅丛中。

她示意夏天给她多拍几张照片，夏天一通狂拍。照片中，李婳是"人面'梅花'相映红"。

在夏天的记忆中，这是自己给李婳拍的照片中表情最欢快的一次，仿佛在如此欢快的情绪中，他们爱情的轻舟正迅速掠过万重高山，眼前将会是水辽江阔，一片坦途。

从斋宫出来，天坛的主要景点已经基本逛完，从李婳的角度，好像她此行的主要任务也已基本完成。此时天已渐渐暗了下来，李婳对夏天道："饿了，我请你吃饭吧！"

"去哪儿吃呢？"夏天问。

"出南门不远，都一处！"

夏天到北京一年多，对北京的老字号都一处已有耳闻，但他没想到都一处居然离天坛南门这么近。

他隐隐感觉，到都一处吃饭似乎也早在李婳的计划之内。他暗忖，李婳一定会在吃饭的时候跟自己说点儿什么，但到底李婳会说点儿什么呢？

都一处的老店在前门，天坛南门附近这家是最早的分号之一，原汁原味地保留了老店的经营特色。

黑木椅、四方桌、白瓷餐具，无不透出古朴的风貌，从天坛出来，再进到这个环境，感觉一点儿不冲突，好像在此吃饭，依然可以沉浸在几百年前的氛围中，细细品味消化天坛给人带来的见闻和感想，并体验一下古人逛完园子后享受美食放松身心的状态。

李婳自告奋勇点起了菜。作为穷学生，自然不敢奢侈，但烧卖和炸三角却是必点的，加上煮花生米、酱肘子肉和拍黄瓜，也算是凑齐了四碗碟。

在冷风中逛了半天，夏天早已饥肠辘辘，烧卖上桌后，夏天迫不及待地尝了一个，不禁有些感慨，从烧卖也能看出南北方的差异。夏天在南方吃的烧卖中间的馅料多以糯米为主，而在此吃的烧卖，中间是一团特着实的肉，吃几个之后，肚子里就特踏实。

夏天看李婳，发现她今天食欲很好，吃烧卖的进度几乎和自己同步。她吃的时候，话也不多，一点儿都没有要打开话匣子的意思。这让夏天心生狐疑，夏天琢磨，难道是自己想错了？

李婳超水平发挥，吃东西的分量几乎和夏天平分秋色。她吃好后，又开始给夏天夹菜，逼着夏天把剩下的都打扫了。

夏天确信今天所有的行动都在李婳的计划之内，她也一直把控着行动的节奏，并将在她认为合适的时机，用她自己的方式揭示她让夏天陪她逛天坛的最真实的目的。而夏天在这大半天扮演的角色则是那个一直在等待楼上第二只靴子落地的人，这让夏天在好奇中隐隐有些不爽。

吃得差不多的时候，夏天示意自己要上厕所，让李婳等他一下,李姵似乎早已洞悉夏天的思想活动,蛮横地说女士优先,她要先上,让夏天等她一下,她要顺便把账结了。

夏天说:"你去上厕所,我来结账吧。"李姵坚决地摇了摇头,并用不容置疑的口气对夏天说,今天这个账必须她来结,否则她会很不高兴,后果会很严重。

夏天无奈只能同意,并任由李姵安排今天的一切,直到第二只靴子落地。

结完账从都一处出来,他们按原路坐公交车返校,并在李姵的建议下提前一站下了车。

他们依然走在白颐路那条长长的林荫路上。

冬日的白杨树落叶已尽,但高大的躯干还是能挡住大部分的路灯光,加上路旁一丛丛松树的暗影,这条路一如既往的安静幽深。李姵挽住夏天的胳臂,并没有急着说话。而夏天一直在等待第二只靴子落地,也故意沉默着,想让李姵憋不住先发言。由于他们的沉默,加上夜晚行人稀少,这条路上他们俩的脚步声似乎都清晰可闻。

走了一段,李姵在自己的外衣兜里掏摸了一会儿,拿出一个方盒子递给夏天。夏天有些不明所以,但还是接了过来,发现是一个丝绒盒子。

李姵示意夏天打开看看。夏天凑在路灯的光亮处打开盒子,只见里面有一个挺精致花瓣状的金属物件,但到底是什么,夏天完全没有概念。

夏天问:"这是什么?"

"不认识吗?这是胸针。"

"让我给你戴上?"夏天试探着问。

"不，是给你的。"

"但这么漂亮不像是男的用的东西。"夏天有些疑惑。

"给你但不是给你用的。"李婳扑哧一乐。

"没听懂。"夏天更感疑惑。

李婳收敛起笑容，道："是给你的，但是是让你寒假带回家的。你不是有个小妹妹吗，这算是我托你转送给她的小礼物。"李婳说完脸上忽然显出不好意思的神情。

夏天恍然大悟，心里有些感动，觉得李婳考虑问题明显比自己细致周到，自己很多时候确实是后知后觉。

夏天收好那个小盒子，替妹妹向李婳表示了感谢，同时暗忖，这枚胸针应该不会是那第二只靴子，但第二只靴子应该快要落下来了。

第三十六章
写给夏天的话

夏天和李婳并没有像往常一样在这条林荫道上找个犄角旮旯停留，而是一直走到了宿舍楼门口，夏天奇怪他们两个似乎都没想起要完成以前每次散步时的常规动作。

到楼门口时，李婳轻轻拥抱了一下夏天，并趁势把一张纸条塞到夏天手里，跟夏天道了一声晚安就上楼了。夏天感觉到，李婳道晚安的时候，深深地看了自己一眼。

夏天接过纸条，心里明白，这应该就是第二只靴子了，只不过这第二只靴子是用书面的形式扔给自己的。

夏天接过这只靴子心里会安吗？

夏天进到宿舍的时候，已经过了熄灯时间，他快速洗漱，找了一个手电筒，带着李婳的那张纸条钻进了被窝。在被窝里，他展开李婳的纸条，就着手电筒的光亮仔细看了起来。

那张纸条上其实是李婳给夏天写的一首诗，确切地说是像诗一样的信。

李婳这首诗的题目是《给你》，夏天理解，这首诗里的每一个字，都是李婳想对夏天说的话。这些话在回音壁没说出来，在圜丘坛没说出来，当着夏天的面也没说出来，但夏天相信，这些话在李婳心里应该已经说了很多遍，这些话，应该是李婳最近一段时间以来思想的集中体现。

  当所有的秘密失去了保护的意义
  当雪花果真飘起
  蓦然间有一种情绪向我述说着莫名
  失落了什么你知道么
  失物招领处永远找寻不到
  只有我能够捧还给你……

夏天从李婳开头的这几句话里，很快就读到了不安，从字面上理解，应该是李婳发现夏天原来身上的一些特点忽然不见了。但李婳认为，这些特点丢失是有原因的，或许跟自己有很大关系，自己可以想办法帮夏天找回来。

  不愿再说不愿再想却要改变
  幸运的是我却永不知足
  因为是星云是尘埃尚未成星
  只希望所有的尘粒都不要失去自我……

夏天当时理解，这几句的意思是李婳认为他们两个的关系远未到万事大吉的地步，她认为夏天需要做出改变，但同时又要保留自己的个性，不要失去自我。

也许因为期待太久已经疲倦
　　也许因为磨难太多更加珍惜
　　但毕竟是男子汉毕竟
　　你的名字不叫顺从即使为了爱情……

　　这几句话当时夏天思忖良久，感到很不理解，自己对李婳是百依百顺吗？如果自己对李婳真是百依百顺，李婳为什么不满意呢？难道李婳是真的希望自己老跟她较劲打得不可开交？

　　过了若干年后，夏天试着去理解李婳内心真实的想法，他认为李婳或许是希望自己展现霸气的一面，而她可以自然而然展现小女人的一面，让夏天成为她的依靠。

　　曾经告诉自己已经懂得
　　曾经福海涨潮为能够拥有
　　能够读懂么并不艰涩
　　误会已经够多不要再猜疑
　　也许只是因为爱因为爱得同样深沉……

　　李婳最后这段话给了夏天一些安慰，李婳是希望夏天不要误会自己写这段话的用意，因为爱得同样深沉，所以李婳期待夏天做出一些改变，这样他们能走得更远直至最后修成正果。

　　李婳的这首诗夏天反反复复看了好几遍，既理解又不理解，既心安又不安。他再一次深刻感觉到，爱情远没有自己想象中那么简单，自己并没有准备好迎接一场轰轰烈烈的爱情，也没有预计从轰轰烈烈到最后修成正果之间是一个漫长的过程，当然更没有想过修成正果之后还有更加漫长的人生在等待自己。

若干年后，回首往事，夏天才意识到，李姗邀请自己游天坛，包括给他写这封信，其实是在最后挽救他们之间的爱情。她也许是希望通过在天坛和上天的对话，聆听自己的心声，获得上天的谕示，同时让夏天醍醐灌顶，大彻大悟，配合她一起打造一段完美的爱情。

在这之前，李姗爱的是她想象中的夏天，或者说是她想象中美化了的夏天。当他们确定了恋爱关系，几乎无话不说时，她面对的是一个真实的夏天，一个十九岁的毛头小伙儿，一个无知无畏的愣头青，一个社会经验粗浅的学生娃，这个人除了年轻勇敢热情冲动自以为聪明雄心勃勃以外，其实一无所有。

他在现实生活中绝不可能给李姗带来真实的依靠和安全感，也没有能力引领李姗的生活方向，更没有能力承诺给李姗一个美好的未来。

和夏天谈恋爱，李姗其实是承受了巨大的压力。他们能走到一起，刚开始时是异性间的互相欣赏和吸引，但确定恋爱关系后，一个女孩考虑的可能会更多。初次恋爱将要委身于人的忐忑，对未来的设想，周围同学朋友的眼光，家人的看法……

对，家人的看法，夏天后来回忆，自从那年元旦参加李姗家的家庭聚会后，自己并不知道也没想过好好问问，或者说内心里有点儿不太敢问李姗家人对自己的印象，而李姗也绝口不提家里人对他的评价，但显然，李姗一定是受到了家里的压力。夏天甚至大胆设想，李姗家里可能对她和夏天之间很不看好，李姗在默默承受家里压力的同时，也希望夏天能迅速成长成熟起来，让她有充分的理由让自己尤其是家人相信，她的选择是理智慎重无懈可击的。而这，也许正是李姗写那封信的初衷。

夏天更加坚定自己的设想是在自己的大女儿夏小甲出生以后，每当他想起将来要把自己从襁褓中一点点抱大的女儿交给一个莫名其妙的男生的时候，就忍不住心如刀绞。而如果这个男生看起来很不靠谱，无法确定会给自己的女儿带来安定和幸福时，自己一定会像一头怒狮一样把那个臭小子赶得远远的。如果那个臭小子不识相赖着不走，一定会动用自己的獠牙和利爪，哪怕女儿暂时不开心也在所不惜。

当时的夏天拿到这封信之后，虽然反复研读，但并没有意识到问题的严重性。他只是觉得，自打认识李姗以来，李姗的情绪起伏和时而任性经常会让自己琢磨不透，自己和李姗的个性其实很不相同，他在恋爱中是一个认定目标义无反顾，不管不顾，神经大条的人。

夏天隐隐约约觉得谈恋爱谈得精神上有些疲累，远不如原来一张白纸时那样快乐自由简单，但既然已经谈上了，就要负责任地走下去。可李姗说的希望自己有所改变，不要只是一味顺从她，让他觉得不明所以，无所适从。

自己到底应该怎样做才能让李姗心安呢？如果李姗的意思还是认为自己年轻不成熟，那自己就确实是无能为力了，因为毕竟，自己并没有能力揪着自己的头发离开地球。

好在马上就要放寒假了，也许拉开一些距离后彼此都会想得更清楚。

期末考试后，夏天依然是归心似箭，但因为已是第二次寒假回家，便多了一份从容。除了给外公外婆带了一包茯苓夹饼外，其他北京的土特产也没有多买，简单收拾了行囊，一大早和室友方超等匆匆告别，夏天就和事先约好的党史系师兄兼散打师父吴敏波一起坐公交车直奔北京站。

夏天没有让李姗早起送自己，他在出发前一天和李姗相约学校食堂，一起吃了顿晚饭，他们各自打好自己的饭菜，每人再要了一瓶汽水，算是给夏天践行。

这是夏天收到李姗的信之后第一次和李姗面对面坐在一起，夏天收敛起自己爱耍贫的腔调，正襟危坐，貌似成熟凝重。李姗用探寻的目光看着夏天的表情，想从夏天脸上读出夏天对她那封信的反馈。

夏天对李姗的那封信其实有很多想法，但面对李姗，又不知从何说起。他从信中，能看出李姗的良苦用心，但对李姗在信中对自己的看法，并不完全认同，也不知道如何解释，更不知道该如何改进。他不想破坏送行的气氛，索性采取鸵鸟政策，绝口不提李姗的那封信以及自己对那封信的看法。

李姗也好像有默契似的没有提起那封信，两个人聊的都是一些无关痛痒的话题，和以往两人在一起时随心所欲地表达自己相比，夏天感觉他和李姗之间有了一些相敬如宾的味道。

两人回宿舍临分手时夏天想调节一下他们之间稍显严肃的气氛，用开玩笑的口吻笑道："过节好好陪陪你爸妈，不要太想我，也不用给我写信了。"

李姗回道："你也一样，不要太想我，也不用给我写信，路上多保重！"李姗说这话时脸上挂着笑容，眼睛里却似有一层雾气。

夏天本想抱住李姗来一个吻别，但宿舍楼门口人来人往，想想还是忍住了，两人只是轻轻点了点头，便算是别过了。

夏天回到宿舍，李姗临别时的表情还一直浮在眼前，他觉得李婳的表情中似乎有一些意味,但宿舍里一场"敲三家"大战正等着他,便没有多想。

夏天此次约吴敏波一起返乡,其实是有自己的想法,一是吴敏波下学期就要毕业了,这也许是学生时代他们最后一次结伴回乡;二是学期末这段时间,他和李婳的恋爱让他有很多从未有过的体验,远远超过了他以前对男女感情之事的认知,他希望找个人分享并帮他释疑解惑,而亦师亦友的吴敏波,就是他最好的倾诉对象。

在这段漫长的旅途中,夏天和师父吴敏波展开了一场有积极意义的探索和对话。但让夏天稍微有点儿失望的是,师父吴敏波在大学这几年居然也并没有找到真正意义上的女朋友。

一路上,吴敏波毫无保留地分享了他对大学期间谈恋爱的感悟。

吴敏波认为,大学四年是一个人青春年华中最美好的四年,摆脱了高考的压力,可以自由自在地探索知识、探索社会、探索人性包括异性。因此,在大学里有机会一定要谈一场恋爱,当然,缘分到了多谈几场也无妨。和有缘人谈谈恋爱,既是了解异性的必由之路,也是对青春最好的纪念。

大学里的初恋,最值得珍惜。一个人的初恋,往往始于最原始的异性间的吸引,很少掺杂世俗的因素,也较少功利的考虑,因此,这种恋爱更纯粹、更真诚,也更美好。

但初恋时不懂爱情,初恋中想象的爱情往往更完美,会和现实有巨大的落差,初恋时并不完全知道自己需要什么,适合什么,初恋时爱情的发展有极大的不确定性,因此,初恋成功的概率也总是比较低。

可即便是成功概率比较低,也一定要珍惜初恋的成果,要想办法把小概率转化为大概率，因为如果两个人能从初恋幸福地走到白头偕老，一定会成为人生的一段佳话。

当然，如果初恋不能成功，也不要过于悲伤和自责，因为不能成功，一定是什么地方错了，也许错的是时间，是地点，是人，或者错的是全部。但即便全部都是错的，也不影响初恋的美好，真诚的付出、全情的投入，都是人生最宝贵的经验，这是一种爱的体验。这种体验，往往在人走向社会变得越来越现实以后很难再有机会经历。

初恋不成功，也许并不是一件坏事，收获了经验，消退了青涩，获得更多纠错的机会，会让自己的人生进化到新的高度，会帮助自己找到更适合的伴侣，找到能让内心真正宁静的幸福。

吴敏波的一席话，让夏天充分领略了师父的思辨能力，他这些话综合起来看，俨然就是寻求幸福爱情的路线图。

吴敏波后来在自己先进的爱情理论的指导下，娶了一位新闻系低年级的班花，夫唱妇随几十年。

夏天觉得吴敏波的爱情进化论很有新意，吴敏波关于大学恋爱失败是大概率事件的论断让他心生警惕。他也敞开心扉，把自己和李婳相识相恋的大致过程以及这段时间的一些想法向吴敏波和盘托出，请吴敏波以他和李婳的初恋故事为典型案例，深入分析并帮助找到解决方案，把他们恋爱的成功从小概率转化为大概率。

吴敏波沉吟半晌道，他其实也没有现成的解决方案，如果说有什么建议的话，请参考他关于大学初恋的完整论述。但有一点，他希望和夏天共勉，就是大学期间无论恋爱成功与否，一定要抓紧点滴时间让自己充实强大起来，不管是在知识上还是社会能力上，你进化得越快，恋爱成功的概率就越大，就越有把握扼住命运的咽喉。而进化的过程，就是一个和时间赛跑的过程，你跑赢了时间，跑赢了大多数人，那么无论爱情还是事业都会有一个崭新的天地。"

　　吴敏波的话充满正能量，夏天听了连连点头，感觉心里敞亮了不少，恨不得从即刻开始，就给自己上紧发条，把以前不经意浪费的时间全部夺回来，快速充实自己，快点让自己经风雨见世面，瞬间长大成熟起来。

　　这趟和师父吴敏波的回乡之旅，在夏天看来，就是一段人生的充电之旅，这一路充的电，电力持久，对夏天在大学今后几年乃至参加工作之后，都有很大的影响。因此，夏天对吴敏波一直心存感激，而这也是他们之间亦师亦友关系长期维系下来的重要原因。

第三十七章
匆匆而过的寒假

将近四十个小时的路途,夏天和吴敏波主要用来探讨人生和爱情了,到终点站南昌时,两人还觉得意犹未尽,分手时相约寒假期间找时间再叙。

夏天没有告知家里确切的到站时间,也不打算让家里人接自己,因为这趟列车几乎每次都晚点好几个小时,让家人接站是一件很不靠谱的事。

到家时家人正在吃午饭,夏天的回家自然给了他们一个惊喜。

夏天此时饥肠辘辘,放下行李后看到桌上菜式虽然比较简单且剩的不多,也打算快速对付一口。父亲夏山水笑着阻止了他,示意他稍等几分钟。

母亲得意地对夏山水说:"还是我有先见之明吧?"边说边从冰箱里像变戏法似的搬出了几个大盘子:霉干菜扣肉,暴腌鲤鱼,南昌板鸭……看样子家里虽然不知道夏天到家的确切时间,但早已为夏天的归来做好了准备。

吃完饭,夏天把李婳带给夏雨的胸针给了夏雨,但夏天自己也不明白为什么,他并没有说这是李婳送的,而是含糊地说这是一个朋友给的，看看夏雨喜不喜欢。

事实上，在这整整一个寒假，夏天都没有跟家人包括父亲夏山水明确说出李婳的存在。他在聊起是否交了女朋友这个话题时，只是简单地说班里有一个关系不错的女生，至于进展到什么程度，一直语焉不详，甚至故意回避话题的深入。

夏天后来回忆，这应该是当时一种潜意识的体现。

夏天对自己和李婳的交往，内心其实是充满了不确定性，这种不确定性的根源在于自己的不自信。夏天对未来的自己也许是充满了期待，甚至可以说是野心勃勃，但在现实当中，夏天发现，自己的经验和智慧总是左支右绌，很难对李婳起到守护和支撑的作用。

他还意识到，不管是李婳，还是李婳身后的家庭，对李婳未来的选择都是有较高期待的，以自己目前的状况，可能很难马上达到他们的期望和要求。虽然自己一直很努力，希望迅速成熟长大，但毕竟缺少时间的积淀，过分强求反而有可能变成一锅夹生饭。

而在自我强力催熟的过程中，夏天早已感到有些身心俱疲，恋爱刚开始时品尝到的神秘和甜蜜，逐渐被一种疑惑和焦虑的情绪代替，使得自己不由得想停下来看看问题出在哪里。

这个寒假是一个安静的寒假，夏天几乎切断了和外界的一切联系，一封信都没有写，包括给李婳，完美兑现了临行前跟李婳开玩笑时许下的诺言。

在寒假有限的活动中，夏天约了从科大回来的刘纯，他们一起去看望了中学的数学老师陈培元。

寒假夏天还如约上吴敏波家蹭了一顿饭，夏天见到了吴敏波的父母，吴敏波母亲的开朗、健谈、睿智、亲切，让夏天理解了吴敏波如此优秀的原因,吴敏波母亲在夏天临行前一再叮嘱,和吴敏波在北京一定要像亲兄弟一样相处,互相扶持,互相依靠,争取打下一片属于自己的天地。

除了见这两个朋友,夏天还去了一趟夏家在南昌老城的老屋,那个老屋里有夏天所有的童年记忆,盛满了去世的爷爷奶奶对自己和家人的爱,也让夏天学会了为别人付出自己的爱。到老屋后,夏天因童年的回忆而热泪盈眶,他暗下决心,将来一定要用自己的笔把那些关于爱的故事都记录下来。

寒假的其他时间,夏天基本上都是和家人以及自己大家族的亲人在一起。他去的最多的,还是外公外婆家,家族聚会那顿美味的晚餐自不必说,让夏天印象最深的,是外公新订了两份期刊,一份是《世界知识画报》,一份是《英语学习》。

《世界知识画报》图文并茂,向读者展示了五洲四海不同的风土人情,让人心向往之;《英语学习》则高冷严谨,同人强烈地提示英语是一门需要精研的学问。而夏天理解,外公同时订这两份杂志,其实也是在明确地提醒自己的子孙们,将来要想走遍世界,学好英语是必由之路。

夏天寒假在外公外婆家的时候,把外公订的这两份期刊都通读了一遍,外婆像往常一样端上一碗鸡蛋面条时,笑眯眯地说:"我说你外公不懂英语还浪费钱订一份《英语学习》。原来他是为你们这些爱学习的孩子们准备的。"

外公在旁边微微笑着并不搭话,不住轻轻晃着脑袋,不知道是在点头还是在摇头。

这年的年三十,夏家二三十口子都是在夏家老大夏山水家过的,吃完年夜饭,大家边打麻将边看春晚。这年春晚的经典节目有蒋大为演唱的歌曲《在那桃花盛开的地方》，这首歌从此脍炙人口；有陈佩斯和朱时茂表演的小品《羊肉串》，这个小品也基本奠定了这对搭档在小品界的地位，甚至奠定了小品节目在春晚中的地位。

整个寒假都波澜不惊，夏天大部分时间是把自己关在书房里，啃着对他来说还有些晦涩难懂的《资治通鉴》。但就在这波澜不惊的寒假末尾，南昌迎来了多年未见的一场暴雪。

这场暴雪始于雨夹雪，也终于雨夹雪，但在整个下雪的过程中，雪量却是极大，让冬天基本都是绿色的南昌，迅速变成雪国。大雪落地，瞬间就半尺多厚，大雪落在树枝上，便很快就把各种树卷裹起来。

南昌的树，以樟树居多，也间杂着一些法国梧桐。樟树四季常绿，法国梧桐枝叶疏阔，当树枝和树叶拥抱大雪的时候，也让自己很快就不堪重负。于是，大街上的树，不时会发出积雪垮塌、树枝崩落的噼啪声。

夏天看见外面雪片飞舞，忍不住兴奋地往外跑，但在外面待了没多久，就不得不赶紧往家走。这场雪下得迅猛，雪堆积起来快，化得更快，刚刚还是一个小雪堆，很快就化成一片冰冷的泥汤，这泥汤里的水越积越多。人们行走的大路上，会把人的鞋子迅速彻底地浸湿，让人感觉彻骨冰凉，加上雪中的树枝不断崩落，夏天走在曾经绿荫匝地的大街上，可谓是步步惊心。

夏天只好躲在家里，隔着窗户，欣赏雪中的美景，一边烤着炭火，一边拷问自己的心绪。

夏天忽然觉得南方的这场雪像极了自己和李婳的恋爱。两人像迎接这场暴雪一样迎接自己的爱情，为这场暴雪的到来兴奋不已。但暴雪真正来临时，他们又像是暴雪覆盖下柔弱的树枝、蔓叶甚至花骨朵,刚开始时的清凉刺激过后,是不断强化的压迫感,渐渐地因不堪重负而透不过气来,最后很有可能会崩落于地,委身于冰冷泥泞的雪水中。

夏天没有想到,这场难得一见的大雪竟平添了自己的伤感,又好像悄然给了自己某种暗示,难道自己和李婳的爱情也会像这场美丽却迅速消融的大雪一样?

夏天有一种无力感,面对雪花的消融,自己好像什么也做不了,只能看着它们慢慢变成泥泞,就像等待某一天的宣判。

但即便是等待宣判,夏天感觉有些奇怪,自己好像并没有想象中那么绝望,相反,内心还多了一份坦然甚至释然。既然该来的一定会来,何不勇敢面对,也许冷静中会觅得新的生机。

夏天就是带着这样一种心情踏上了回京的路途。

在回京前,他和父亲夏山水彻夜长谈。夏山水似乎心有所感,对夏天说:"要勇敢,一切都要微笑面对,当你真正强大起来的时候,今天的一切愤怒和烦恼都会成为笑谈!"

要勇敢!夏天记住了夏山水这句话,并在今后的人生道路中一直用这句话鼓励自己。

第三十八章
说好要分手

夏天回京后，首先要面对的，是李固老师组织的一场班会。

这场班会，在全班同学到齐后的第一天上午就召开了。夏天是头一天晚上到京，和班里大部分同学在班会前都没碰过面，其中包括李婳。

寒假期间和李婳并未通信，夏天对李婳近一个月的情形并不了解，在班会上见到李婳的时候，竟有一种既熟悉又陌生的感觉。

李婳依然是长发飘飘，但衣着显然更精致时髦了一些，依稀透出一些成熟的韵味。见到夏天，她的目光并没有过多停留，只是很自然地轻轻点了点头，看不出太明显的表情变化。

这场班会，远不如大一寒假回来时土特产品尝会那样轻松愉快。

李固老师开门见山道，这是一个迟来的班会，本来在上学期放假前就准备召开的，但考虑到大家春节回家和家人团聚是一件喜庆的事，不想给大家添堵，就把班会推迟到今天。

李固老师的几句开场白，就明确了这次班会的基调，那就是给大家添堵。

李老师刚开始娓娓道来:"经过一年半的熟悉和磨合,大家对大学生活已经有较全面的认识,有了很多自己的判断和想法,形成了自己的一套做事方法,这些想法和做事方法中,有值得表扬和鼓励的,也有需要提醒和批评修正的。"

但李固老师很快就话锋一转:"今天的班会,当然不是一个表彰会,今天这个班会,是要让大家出出汗,照照镜子,甚至哭哭鼻子的班会。"

李老师说得严峻,犀利的目光也顺便扫视了一圈,夏天发现,大部分同学都不自觉地把后背挺了挺。

接下来,李固老师一点没客气,一一列举了同学们上学期以来的"七宗罪"。

一宗罪,进入大二以来,失去了一年级时同心协力、密切合作的团队精神,班里组织的几次活动都差强人意,小组活动几近瘫痪,同学间的关系慢慢变成了三三两两、团团伙伙的关系,照此趋势,班里很快就会变成一盘散沙。

二宗罪,在学习方面,新闻专业的本领学得不多,但个性上却自我膨胀了不少,不少人迟到旷课已成家常便饭,有些人即使上了课,也是身在教室心在食堂,老师稍微拖了几分钟堂,就有人敢敲饭盆抗议;还有的人连方童分老师的课都敢缺席,那他眼里全中国也就没谁了,这样的人毕业出来一定会是眼高手低的银样镴枪头。

三宗罪,在体育锻炼方面,每天早起出操的习惯已经荡然无存,很多人热衷于晚上的卧谈会,天南地北,东拉西扯,不着边际,缺乏技术含量。晚上不睡,早上自然不起,有的人连早饭都来不及吃,更别说早起锻炼了。缺乏锻炼的后果就是某些人注定会成为软脚蟹，将来不可能在比拼综合实力的竞争中立足。

四宗罪，在和系里及老师的沟通上，严重缺乏主动性，也完全不懂沟通的技巧，导致学习效率低下。很多同学甚至连自己老师的名字都说不出，而显然大二上学期的学习成绩明显比大一时下降不少。

五宗罪，热衷于风花雪月的文学作品，对现实主义的题材研究太少，这样的人很可能因不切实际的幻想高不成低不就，最终一事无成。

六宗罪，自我感觉过分良好，以为自己是新时代的大学生，美好的未来在等着你，这种过分良好的自我感觉会让人看不到世界的变化，看不到变化带来的风险，会让人裹足不前，最后会如温水中的青蛙，到死都在自我陶醉中，充分享受安乐死带来的安乐。

说前面这六宗罪的时候，夏天觉得李固老师言辞犀利，嬉笑怒骂，信手拈来，切中要害，听完让人振聋发聩。李老师的很多观点自己其实模模糊糊有些同感，但经李老师鞭辟入里一剖析，立马就有"拨云见日现青天"的感觉，夏天不由得暗暗赞叹李固老师的深刻和敏锐。

准备说第七宗罪的时候，李固老师突然停了下来，表现出有些难言之隐的模样，但最终李固老师还是开了口。

李固老师声音低沉，以一种过来人口吻铺陈开来："我在学校这么些年的经验告诉我，大学二年级是学生们野蛮生长的阶段，也是青春期最残暴的阶段，压抑多年的精力体力会急于找到突破口如井喷般发泄出来，而男女之间的恋爱是他们最致命的诱惑，这种诱惑，会让他们忘乎所以，忘记自己身处何时，身在何地，未来又将向何处去。"

夏天听李固老师在一大段铺垫后,终于提到男女恋爱的话题,不由得有些紧张,心想,终于轮到自己了。他偷瞄了李婳一眼,发现李婳的表情也显得凝重起来。

李固老师用故作轻飘飘的语气继续往下说:"我听说我们班有些同学的恋情正在火热进行中,这些恋情有和外系的,也有班里自我消化,肥水不流外人田的。对这些恋情,我首先要表示祝福,因为你们都到了恋爱的年纪,谈一场风花雪月的恋爱也正当其时。但我要提醒大家的是,爱情不仅有风花雪月,还有对未来的确认和承诺,在你们这个年纪,未来对你们来说其实还有些遥远,要你们任何一个人确认或承诺如此重大的事情,都不是一件容易的事。

"所以,我在此以过来人的身份劝一下大家,你们的身份是学生,学习依然是目前最主要的任务,不要被小情小爱蒙蔽了双眼,影响未来的发展。"

夏天听着李固老师的讲话,心里充满了不安。夏天明白李固老师的话是面向全班的,并没有针对他和李婳。但正值他们的爱情在风云飘摇时,李固老师的这番话显然对他来说产生了更深的影响。

夏天密切关注着李婳的表情,发现她的脸色明显有些发白。

班会结束后,他不想直面李婳,也没跟李婳打招呼,便和一帮男生一起推搡着回到了宿舍。大家都在议论李固老师的"七宗罪",似乎在对号入座。夏天混在男生群里,努力掩饰自己失落的心情,听大家七嘴八舌地聊着,偶尔随声附和着。

回到宿舍,大家分好几拨举行了"敲三家"大战,用"敲三家"庆祝分别一个月后的重逢,也用"敲三家"回应李老师对大家的批判。

夏天以往在"敲三家"的时候,通常是吆五喝六非常欢实的,但今天这场"敲三家",夏天明显比较沉寂。

和夏天一拨儿的浩然似乎完全洞悉夏天的心情,但他并没有说一句话,只是一直陪着夏天坐在一边。

打完一轮后,浩然悄悄给夏天使了个眼色,夏天心领神会,把牌交给旁边观战的其他同学,让他们替一下手,便和浩然前后脚出了宿舍。

浩然裹了一件军大衣出来,跟夏天说咱哥俩出去走走,夏天正有此意,回宿舍取了从家里带的半只德安板鸭。

哥俩出校门直奔学校马路对面的饭馆小泥湾。

在小泥湾要了两个小菜花生米和拍黄瓜,一份猪头肉,再让伙计帮忙把板鸭一蒸,一小桌饭席就算是齐了,这是夏天和浩然两人第一次单独在一起吃饭。

两人面对面看着对方,忽然觉得很多话题奔涌而来,对人、对事、对时局……他们发现,二人的很多观点都惊人地相似。尤其是探索人存在的意义的时候,浩然认为,人之所以为人,当顶天立地,堂堂正正,绝不能为了生活的苟且出卖自己的灵魂,牺牲作为人的尊严。人如果没有了灵魂,那便如行尸走肉一般,存在就没有任何意义,人需要有点儿宁为玉碎不为瓦全的精神。夏天对浩然的观点深以为然,通过这场深入灵魂的谈话,夏天心里面从此便把浩然引为密友。

夏天和浩然聊了很多,不知不觉间,盘中菜肴全部消灭干净,但自始至终,浩然都没有提起夏天和李婳恋爱之事,他只是最后的时候，忽然收敛起散淡的眼神，用坚定的目光看着夏天，一字一顿地道："兄弟，你要相信自己，相信自己的未来！"

浩然的话听起来似乎语焉不详，但夏天完全明白他的话中所指，他点点头，回答道："放心，我不怕最坏的结果，因为现在的结果也都是过程！"

让夏天没想到的是，结果的到来居然这么快。

在和浩然回宿舍的路上，夏天迎面碰到了李姗，李姗把自己裹在一件军大衣里，又用一条大围巾裹住了大半张脸，孤零零一个人往学校外面走，看起来有些无精打采。

夏天叫住李姗，李姗停下脚步，微微跟夏天身边的浩然点了点头，便沉默着没有再说一句话。

浩然何等角色，马上拍了拍夏天肩膀道："我有事先回宿舍了，你们聊。"说完迅速撤离了现场，留下夏天和李姗两个人。

"你要出去？"还是夏天打破了沉默。

"本来想去买包方便面。"

"晚上没吃饭？"

"嗯，不过现在不想买了。"

"见了我连饭都吃不下了？"夏天竭力想活跃一下气氛。

他本来以为此处应该有笑声，但没想到李姗只是咧了咧嘴，便又继续沉默着。

"走走？"夏天试探着问。

李姗点点头，便往校门外走。

以往夏天和李姗每次出校门，都是出门往右一直向南，这次出门，李姗径直就往左奔了北边，夏天也只好在后面跟着。

本来分别了一个月的时间，彼此应该有不少话要说，但李姗似乎并不想提起话题，而夏天也感觉不知从何说起。他只是想，一个月的时间，也许已经改变了很多，就像他和李姗出校门的方向，以前往右，现在往左，一南一北，已经是背道而行。

他们就这样默契地沉默着，他们知道，在沉默中，有些东西也许正在走远。

但他们往北并没有走太远，只是转悠到了学校的北门，转悠到他们第一次小组户外活动时打树籽儿的槐树林，夏天还清楚地记得槐花落在李姗头顶上的样子，正是那一次，夏天对李姗有了不一样的感觉。

这一切，仿佛依稀就在昨天，而现在，夏天和李姗因为无话可说而显得默契十足。

最后，在槐树林中，还是李姗开了口，而夏天似乎也是很有默契地等着她开口。李姗的话很讲究措辞："夏天，如果我说，我没有我想象中那么爱你，你能接受吗？"

夏天站住了，看着李姗，并没有回答，只是觉得李姗这个问题问得很考究。

李姗看着夏天，似乎硬了硬心肠，又道："夏天，如果我说，我不爱你了，你能接受吗？"

夏天依然沉默着，虽然他对这样的结局已经有所准备，但对这样的结局，内心其实是拒绝的。

他沉默了一会儿，还是有些不甘心地问道："你能告诉我原因吗？死你也要让我死个明白。"

"我不知道该怎么说，有些事也许朦胧一些会更好。"李姗目光闪烁着。

夏天感觉，李姗的这些话也许已经演练很久了，绝非一时冲动口不择言。同时，夏天也发现，他其实是认同李婳朦胧一些的说法的。既然分手是必然的选择，何必再进行二次伤害？

他没有再追问下去，虽然内心很失望，却并没有太多愤怒，甚至还莫名有一种解脱感，就像潜逃多时的通缉犯在确定落网时心情沮丧，但同时又为终于能结束东躲西藏居无定所的日子感到一阵轻松。

回到宿舍楼门口，李婳没有像往常那样道晚安，而是说了一声保重。

夏天明白这时候说保重的内涵，于是故作潇洒语重心长地对李婳开玩笑道："光让你保重是不够的，还要增重！"

李婳很有分寸地咧了咧嘴，依然没有露出夏天期待中的笑容。

夏天想，此时李婳的表情应该算是一个很负责任的表情，充分说明了分手是一件很严肃的事情，同时是为了让夏天不要有任何幻想。

夏天回到自己宿舍时，已经过了熄灯时间，他悄无声息地钻进了被窝，准备迎接一场失眠。但他让自己失望了，这个夜晚他睡得像昏死了过去……

第三十九章
日记本的不翼而飞

夏天第二天醒来,想起昨天晚上李婳说的话,才充分意识到,他和李婳终于分手了。他们分得是那么平静、那么自然,就像瓜熟蒂落,水到渠成。

夏天也对自己能这么平静地接受分手感到吃惊,如果说刚开始李婳提出分手时夏天心中还有一些遗憾、不服甚至屈辱,但随后他便完全被一种如释重负的感觉所占据。既然自己无能为力,那就不如学着放手,后退一步也许天地更宽。

夏天认为,自己应该重新规划一下后面几年的大学时光,当然,目标还是让自己变得更强大,强大到有能力把今天的失恋变成一种笑谈,强大到让李婳后悔今天的抉择。

夏天准备在以后相当长的一段时间内,除了继续办《新闻周报》,只做两件事,一件事就是玩命地读书;另一件事就是学会忘掉李婳,只把李婳当作路人甲,然后干一切自己爱干的事。读书会让自己更强大,而把李婳当路人甲会让自己更自由,自己要变成一个强大而又自由的夏天。

把李婳忘掉这件事,很快就出现了一个强大的推手。夏天一直以来都有记日记的习惯,每晚写完日记,便把日记本放在枕边的书堆里。自从对李婳有了一些隐隐约约的情愫后,夏天便启用了一个新的日记本,这本日记本里,除了日常的学习心得,记录了他和李婳从眉来眼去旁敲侧击鸿雁传书的开始,到中间欲迎还拒分分合合,再到爱情之火终于点燃之后的卿卿我我沉迷疯狂,以及疯狂之后的难以为继和某个寒夜戛然分手的全过程。可以说,这本日记记录的,就是夏天的初恋史,夏天初恋时的每一个细节、片段和各种思想都在其中有迹可循。

李婳和夏天可以说是和平分手,他们分手的消息是在大家的各种猜测中逐渐传扬开的,除了当事人,谁也不知道他们分手的细节和原因。因为他们之前也上演过分手的戏码,但那次分手戏码过后却是一场轰轰烈烈的激情戏。因此,这次分手,不少人还是有些将信将疑,其中应该也包括白乐东。后来,夏天的这本日记本就突然失踪了。

因为这本日记本夏天从来没带出过宿舍,夏天把宿舍的每一个角落甚至床底下都翻了一个遍,也没找到它的踪影,夏天还挨个问了同宿舍的所有人是否见过自己的日记本,得到的都是各种不解的否定回答。当然,这所有人当中,没有包括白乐东,因为夏天心里,死死锁定的嫌疑人就是白乐东。他实在想不出,在这个多年级的混合宿舍里,还会有谁对自己的日记本感兴趣,也实在想不出,谁会有偷拿自己日记本的动机。而白乐东,有足够的动机和机会可以神不知鬼不觉地拿走它。

但即使自己深深怀疑并确信是白乐东干的,夏天同样知道,他其实没有任何证据,这让他哑巴吃黄连,有苦说不出。这种说不出的苦点燃了他心中的愤怒,如果说以前白乐东和他平等竞争,他对白乐东还有一些同情和理解的恻隐之心的话，这回他对白乐东是彻底绝望了。本来他设想，也许某天他会和白乐东相逢一笑泯恩仇，但因为日记本失踪这件事，夏天一直到大学毕业也无法解开和白乐东之间的心结，并最终和白乐东变成了陌路人。

日记本的失踪，造成的后果就是夏天再也没有机会通过阅读以前的文字，重温自己初恋的点点滴滴，很多细节变得越来越模糊和遥远，也越来越感觉不到当时的温度和滋味了，这在一定程度上有助于夏天加速摆脱失恋的烦恼，投入到一种全新的生活状态当中。当然，细节的模糊，并不意味着对初恋的忘却，相反，正因为一些细节的忘却，初恋在夏天心中留下的更多是美好，即使当时有那么多苦涩和烦恼。

如救赎般，夏天和李婳分手后迫不及待就拉了一个长长的书单，他计划在半年之内，哪怕用填鸭的方式，也要把这些书啃下来。

书单中，古今中外的哲学著作占了绝大多数，夏天认为，现阶段最需要做的，就是对自己、对这个世界的重新认识，而哲学作为系统化、理论化的世界观的学说，将帮助自己站上认识世界的制高点。

胡适的《中国哲学史大纲》、罗素的《西方哲学史》、帕斯卡尔的《思想录》、卢梭的《忏悔录》、黑格尔的《小逻辑》、尼采的《查拉图斯特拉如是说》《善恶的彼岸》……

这一串串耳熟能详的名字，这一本本生涩难啃的著作，让夏天觉得自己正被亮瞎双眼，人类近现代文明的思想之光，照彻了自己曾经浑浑噩噩的世界，夏天自认为已经站在了巨人的肩膀上，可以看得更高、更远。

除了读书之外,夏天彻底解放了自己,他无须太过在意自己的形象。于是,一双球鞋,一条牛仔裤,一件套头衫,几乎成了夏天的标配。

夏天和李婳在上课的时候还是抬头不见低头见,但既然已经分手,夏天基本采取不打扰甚至无视的态度。至于《新闻周报》的工作,李婳自然是默契地选择了退出,几乎都没有任何交接仪式。

夏天和李婳的分手,班里同学慢慢都看出了端倪,除了方超表示了深深的惋惜之外,其余同学大都选择了沉默不语。不知是否是通过夏天的日记本,白乐东在确认夏天和李婳分手之后,以一种莫名兴奋的心情邀请班里一些男生一起吃了一顿饭,并在之后一改前期颓废的状态。在教室、在食堂,白乐东时不时主动跟李婳搭着腔,李婳倒也不拒绝,但基本上还是一副不冷不热的态度,尤其是有夏天在场的情况下,李婳对白乐东更是退避三舍。

夏天心里暗暗感激李婳,认为她虽然跟自己分了手,还是很给自己面子,没有让自己太难堪。当然,有时候夏天转念一想,其实和自己分手后,李婳和谁交流或者交往,跟自己已经没有太大关系,自己要做的,是要尽量忘了她的存在。但自己真的能这么快就忘记曾经牵肠挂肚甚至撕心裂肺的一切吗?

打牌、打篮球、踢足球……

和李婳分手后,读书之余,这些内容成了夏天生活的主旋律。

第四十章
彻底失恋

在大二结束的那个夏天,全国高温,暑热难耐。这样炎热的夏天,却让夏天与李婳之间的感情彻底降到了冰点。

其实在和李婳宣告和平分手后,夏天内心还是抱有一些幻想的,他认为,只要李婳没有开启一段新的恋爱,自己就有机会。他依然相信时间在自己这边,随着时间的推移,自己将越来越有实力,胜负的天平终将向自己倾斜。他从几次李婳对自己的欲言又止中看到了希望。而且,事实上,他某天在图书馆上完晚自习后还把李婳约出来了,因为他从李婳的眼神中读到了寂寞和对怀抱的渴望。

那是一个春风沉醉的夜晚,李婳鬼使神差似的跟着夏天出校门往右沿着曾经的散步路线转悠了一圈儿,李婳想保持距离但又时不时和夏天挨得很近,夏天能感受李婳身体的热度和身上散发的馥郁躁动的气息,仿佛只要他伸手一揽,他们之间就会有什么东西被点燃。

但他们走了一段路之后才发现,曾经在一起无话不说的恋人,忽然有一种不知从何说起的感觉。两人一路几乎没有话，最后自然也没发生任何事。分手时李婳似乎还有一些生气，她回头瞪了夏天一眼，不知是埋怨夏天约她出来，还是埋怨夏天约她出来说不出几句敞亮的话，或者这两者都不是。总之，以夏天当时的认识水平，完全参不透李婳这愤怒回眸的真正含意。夏天能明确感觉到的，是李婳内心的天人交战，他知道李婳在犹豫着什么，在抗拒着什么，或许还在期盼着什么。

他后来猜想，李婳期盼的或许是一个能解救她的人，在经历了和夏天一年多的纠缠往复之后，她急需摆脱夏天的阴影，也摆脱过去的自己，对她来说，找到一个能让她义无反顾投入到一段新的恋爱的人也许就是最好的解脱。

夏天没想到的是，解救李婳的人很快就出现了。

在暑期小课堂刚刚开始的某天傍晚，夏天亲眼见到李婳和一位穿紧身白衬衣，脸上长着青春痘的帅气小伙在原来小操场改建的花园中牵起了手，并和夏天迎面擦身而过。在经过夏天时，李婳显然也看到了夏天，但她依然摇曳生姿地和帅小伙娇嗔地聊着，就像某种示威。

虽然夏天知道该来的一定会来，但这天真的来到的时候，内心还是充满苦涩。这一晚，伴随着夏日的电闪雷鸣，他翻开许久未动的日记本，用红笔粗重地写下了一行字，为自己的初恋正式画上了一个句号。他相信，以后无论发生什么，他和李婳都不会发生什么了。

第二天，在暑期选修课"老庄哲学"的课堂上，夏天和李婳互相用余光瞥见了对方，李婳见到夏天后，脸上似乎红一阵白一阵的，表情甚是复杂。但此时的夏天，则完全把李婳视作透明。

　　他静静地听老师讲课，没有再看李婳一眼。哲学系的老先生在台上很应景地讲起了庄子的《齐物论》：形固可使如槁木，而心固可使如死灰乎？

　　老先生发表高论道："现在所谓的形如槁木、心如死灰就出自庄子的这段话，其实在庄子的原意中，形如槁木、心如死灰是一种物我两忘的境界，如槁木般安详，如死灰般冷静，都是人修行到一定程度才能呈现的状态。但后人很多只从字面上理解，最后竟变成了枯瘦萎靡消极冷漠的意思。"

　　他沉浸在老先生讲课的氛围中，等他回过神来，他忽然发现，李婳不知道什么时候离开了。在这门课上，夏天再也没见过李婳，事实上，这个假期，夏天也没有再见过李婳。但夏天认为，这些都不重要了，夏天需要开始的，是自己的暑期生活，是完全没有李婳的生活。

　　暑期小课堂结束夏天回老家后，出乎意料地收到了李婳闺密文迪的一张明信片，明信片上只有一句话，是一首歌的歌名——《明天还是要继续》。

　　夏天当时理解，明天还是要继续的意思就是要夏天擦干眼泪，从明天起开始新的生活。文迪的这张明信片，进一步佐证了夏天和李婳的昨日不再，同时也表达了对夏天的同情和鼓励，让夏天对李婳的这位闺密心生感激，关系也亲近了不少，并在大三暑假时在程程的帮助下结伴畅游了新疆南北。

　　后来夏天从文迪处得知，那个和李婳牵手的外来小伙，确实是外来的，是从外国回来探亲的出国留学生。在那个年代，能出国留学,就等于重塑了一个金身。

夏天自从见到花园里李婳和白衬衣帅小伙牵手的那一幕之后,顿时心如死灰,便把李婳彻底放下了,同时为了迅速疗伤,也把自己全身心投入到如火如荼的暑期小课堂生活中。

夏天班里绝大部分同学都参加了暑期小课堂,没有考试压力,全校跨学科学习,自主选择课程,上课之余,便聚集在一起打牌踢球吃瓜,这是学年中一段快乐自由的时光。

第四十一章
上战场

时间过得很快，转眼间，就到了大三下学期，夏天这届学生面临着要去实习。

按系里的教学计划，全班同学将分五个组，奔赴全国五个省市的主要媒体开展业务实习，在实战中检验两年多以来的学习成果，也通过实战了解新闻工作的真正内涵。

在实习之前，夏天完成了《新闻周报》的交接工作，和他一起完成交接的，是和他配合默契的搭档阿辉。大二下学期开始，高年级全部退出，系里安排阿辉作为系团总支的代表任周报总编，负责把握政治方向，夏天则继续任副总编主持采编业务工作。阿辉作为总编仍然默默地承担抄写黑板报的任务，并在业务上充分尊重夏天的决策权且处处为夏天撑腰补台，让夏天毫无保留地发挥了自己的能力。在他们的领导下，校党委宣传部一次都没找他们谈过话，充分证明了他们办报政治和业务上的成熟。他们在这一年里，还积极培育新人，做好传帮带，低年级同学迅速成长，已初步具备了接班的能力。这让他们可以放心地卸下担子，赶赴真正的战场，到正式的新闻单位实习去了。

多年以来，夏天一直深深怀念和兄弟们并肩战斗的日子，怀念他们一笔一划在楼道里写大字时昏暗却温暖的灯光，怀念地下防空洞照片冲印室里伸手不见五指的黑暗，怀念每个周日深夜他们往教二楼送黑板报时那条朦胧而熟悉的小路，甚至怀念某个早春夜晚的沙尘暴，他们扛着黑板被风吹得滴溜乱转，土如被铁锹扬起来砸在脸上……这些，都代表了他和小伙伴们对新闻事业的热情和理想。

对于到新闻单位实习，夏天当然是信心满满，两年多在《新闻周报》的磨砺，让他自认为可以胜任任何新闻单位的业务岗位，而且他还认为，只要假以时日，他完全有能力统领一家真正的新闻媒体，创办一家他理想中的报纸。

这次实习地点，除了北京，还有四座外地城市，分别是成都、太原、沈阳、天津，因为北京算是已经比较熟悉，夏天希望能被安排在一个外地城市，借机会了解一下当地的风土人情，而外地城市的首选目标，自然是成都，因为即使在那个年代，成都也是一个传说中让人到了就不想走的地方。

但夏天最终还是未能如愿，留在了北京，安排在《燕京日报》。

既来之，则安之。夏天和其他十来位留守北京分别在两家新闻单位实习的同学，便责无旁贷承担起了为去外地同学送行的任务，且每次都会找到送郎当红军的小媳妇的感觉，就差鼻子一酸。

四川组是走得最远也最早的一组，因此送行仪式也最为隆重。几乎全班同学都来到了北京站，加上系里的老师、北京同学的家长，大家在站台上黑压压站了一片。当汽笛鸣响，火车徐徐开动时，在陈斯凡的指挥下，车里车外的人齐声唱起班歌来了：新闻，新闻，我们的前程……为了共同目标，踏上征程，新闻，天涯海角显，地北天南生，新闻，永远属于我们!

夏天认为，这首歌非常应景，也特别适合在分别的时候唱，至于新闻是不是我们的前程，是否真的永远属于我们，此时大家并没来得及仔细考虑。

歌声中绿皮列车渐渐远去，远行的身影也渐渐模糊，但大家并不悲伤，如同一支在战场后方憋了两年多的预备队，此刻的心情是踌躇满志跃跃欲试的。他们认为，这是一场只有胜利没有失败的战争，战争结束后，大家比拼的，只是战利品的多寡而已。

在送行的队伍中，夏天看到了李婳的父亲，还是那副慈眉善目的样子，而李婳的父亲似乎也注意到了夏天。毕竟曾在李婳家有过一面之缘，火车离开后，看到李婳父亲望向自己，夏天还是主动上前跟李婳父亲打了个招呼，恭敬地叫了声叔叔您好。李婳父亲连声答应，表情既高兴又似乎有些不安，他轻声却诚恳地对夏天道，欢迎再上家里来玩，对小婳你还是要多帮助……

李婳的父亲一定是知道夏天和李婳早已分手的，但他应该同样知道，李婳和那位留学帅哥的闪电恋爱也已经烟消云散了，夏天从李婳父亲的神态中，看到了一位爱女心切的父亲的牵挂和忧虑，这让夏天的心里也是五味杂陈。自从见到李婳和帅哥牵手的那一幕之后，夏天已经习惯性地屏蔽了李婳，基本把李婳视作空气并保持了足够的距离。夏天也早知道李婳和帅哥闪恋之后的闪分，还曾经恶毒地幸灾乐祸过，这次和李婳父亲见面，让他对李婳曾有的恨意忽然消失了。

但即便恨意消失，他心里的骄傲还是告诉自己，他应该永远都不会真正原谅李婳。夏天设想，也许随着时间的推移，他们之间会是非一般同学关系。

在实习的半年中,夏天和李婳恢复了通信,聊了许多非一般同学之间的话题。

留在北京,夏天是带着略微有些失望的心情开始在《燕京日报》的实习的,但好在还有几个比较熟悉的兄弟姐妹。

老马、方超、程程、文迪、阿辉等也都在《燕京日报》实习,他们分别安排在农村部、财贸部、政文部,大个儿则分配在《燕京晚报》的体育组。和夏天同时分在工交部但不在一间办公室的,是班里一位被公认为长相没有风险性格非常内向的女同学,可以保证和夏天无论怎样交集都不会有任何绯闻产生。

夏天所在的工交部,主要报道的领域是工业建设和城市交通,部里安排带夏天实习的刘一非老师,是交通口的首席记者,北京交通方面的大事小情,各单位管宣传的都会首先联系刘老师。

夏天在实习之前,对《燕京日报》的办报风格其实已经有一定的了解,和同学日常议论起《燕京日报》,大抵认为是党报加地方新闻的综合体,先天受到报道体系的限制。因此,夏天是带着审视的态度开始自己的实习生活的。

每天早上,夏天都会和其他上班族一样,挤332路公共汽车然后倒地铁二号线到报社。到报社后,第一件事就是先扫地擦桌子打开水,然后在自己的办公桌前翻看当天的报纸,边等其他老师的到来边认真地给当天的报纸挑错也就是所谓的评报。发现错误之后,夏天如获至宝,莫名兴奋,会悄悄标上错误之处很低调地贴到报社楼前的评报栏内。

夏天挑错认真,打开水也很用心,几乎从不间断。打开水这招非常管用,老师们到办公室用夏天打的开水沏上一杯茶后,心情总体上是比较愉悦的,这时候也愿意打开话匣子不避讳地东拉西扯，让夏天能有机会了解北京交通口方方面面的一些真实信息，从而带着问题思考如何进行报道。

在办公室时间长了，几位老师慢慢把夏天当成了自己的小弟，无论是在思想上还是在行动上都给了夏天很大的帮助。

思想上自是不必多说，行动上则表现在部里老师给夏天许多的采访机会和线索。这些采访机会，让夏天了解了北北京市建设的规划和变化，对于北京这座城市有了更深的了解。

和其他人不同，大部分人眼里的黑色星期一，在夏天看来却是最值得期待的日子。因为在这一天，社里的老师们会安排一周的采访任务，老师会把这周跑不过来的活动一一安排给夏天，让夏天觉得自己是这个办公室很有存在感的一员，身兼"救火队员"、"不管部"部长、"突击尖兵"多重角色。

当然，实习初期，夏天还是跟着带他的刘老师一起出任务。在那段时间，刘老师带他拜访了市政府的相关管理部门，市属交通口的各主要企业，各区县的对口单位，让他从大面儿上了解了报道的范围。有原先在《新闻周报》工作的基础，加上刘老师的悉心指导，夏天感觉自己很快就驾轻就熟。

夏天第一次跟刘老师出任务，就赶上了"两会"系列报道。部主任指定刘老师负责"两会"期间的重点稿件，宣传城建和工交口在近年取得的巨大成绩。

刘老师带学生很用心，接到部里的任务后，马上和夏天开了一个小会，除了介绍任务的背景外，还给夏天布置了作业，让夏天独立提出稿件的采写思路，之后再一起确定具体的行动方案。

夏天接到任务，有些小兴奋，这是他第一次独立尝试撰稿，想看看自己能不能写出新意来。

夏天设计了多种方案，最后有一个想法渐渐明确，那就是必须在高处才能对北京的变化进行全景式的描绘。

夏天第二天兴奋地把自己的想法跟刘老师阐述了一遍，刘老师微微一笑，道："走，我已经联系好了，我们今天去登景山。"

在高处观景的想法夏天和刘老师还是比较一致的，但刘老师的方案显然更具可操作性。

在景山公园管理处的人陪同下，刘老师和夏天登上了景山中峰的万春亭。万春亭坐落在北京的中轴线上，是北京旧城的最高点，站在亭内，三环以内各个方向的景色尽收眼底。

第四十二章
新闻理想

景山公园管理处的老李把景山上能看到的一些最新建筑一一指点给他们。

往南看北京站方向,一座外立面呈弧形的高大建筑是即将竣工的国际饭店;往北看,是顶层带旋转餐厅的昆仑饭店,和长城饭店并称使馆区的双子星座,是改革开放以后建成的五星级饭店。

往西北方向眺望,是紫竹院公园北侧的北京图书馆新馆大楼,具有民族风的孔雀蓝双层挑檐很有一股清新的味道。这座藏书超过两千万册的图书馆后来成了夏天大四时最爱去的地方。

在景山上,自然要找当时北京的最高建筑,这座建筑就是墙体淡绿色的中央彩电中心。彩电中心在夏天心中一直有一种神秘感,觉得离自己很近又很远,夏天后来曾有机会到里面工作,但终究还是缺了一些缘分。再后来,彩电中心变成了大裤衩,夏天觉得连登门都有些怪怪的。

老李又指点了包括国际电信局之类的一些新建筑,但夏天并没有太多感觉。从景山往下看,真正让夏天印象深刻的,还是掩映在松柏中的故宫的红墙金瓦,以及不时掠过金色屋檐带着鸣哨的鸽群,夏天认为,这才是藏着这座城市魂魄和韵味的东西。

还有一点让夏天印象深刻的,就是当时的能见度。目力所及,仿佛能看到远处的地平线,如果地平线不是被沿三环的一圈高层住宅楼阻隔的话。夏天当时在景山上看到这圈高层建筑时心情还是很振奋的,他希望并且相信,这些高楼大厦的万家灯火中,将来一定会有属于自己的一盏。

从景山上下来,夏天大概设想了一下这篇稿子的行文方向,觉得自己很难把握热情讴歌的分寸。但刘老师显然已经胸有成竹,他没有再考验夏天,表示他会亲自动笔写这篇稿子。

稿子很快顺利在头版见报,占了将近三分之一版的篇幅,在刘老师的名字后面,实习生夏天的名字也赫然在列,尽管夏天并没有动笔写一个字,这让夏天觉得很是惭愧。

夏天认为,刘老师的刀笔纯熟,文中以点带面,景山上看到的每一处建筑,都成为某个行业或领域发展的标杆,都和改革开放的主旋律紧密结合,充分展示了北京城日新月异的变化,因此,这篇文章的标题就是《北京一年一个样》。

夏天跟着刘老师,很快赶上了当年北京市政建设的几个大事件。

第一个大事件,便是京石公路的提前通车。

京石公路有别于现在的京石高速公路,它是由三环六里桥穿城而出打通北京西南门户的一条重要连接线,京石公路往河北延伸,就是今天的京石高速公路。京石公路按现在的概念,实际是在城里丰台区修建的一条六车道的封闭式道路,修这条路最大的困难,不在修路本身,而是道路沿线的拆迁。

夏天在采访中,见识了政府的强大动员能力。这项工程,由当时主管城建的劳模市长亲自挂帅督办，为了保证提前通车，向当年的国庆献礼，市政府全套班子在道路工地召开现场会。

夏天躬逢其盛，虽然听不太清楚市长浓重的外地口音，但还是感受到了现场气氛的热烈和市政府意志的坚决，他希望在这次采访中自己能独立挖掘出工程背后的故事，和会议新闻、图片新闻一起形成立体报道。他的想法得到了刘老师的首肯，刘老师把施工单位的宣传干事介绍给夏天，夏天跟这位宣传干事进行了深入探讨。夏天认为，既然施工的难点在拆迁，那么拆迁过程中的故事一定会形成焦点，夏天希望他把拆迁难度最大的一家单位介绍给自己，他要亲自去现场了解台前幕后的故事。

这家拆迁难度最大的单位是刚刚建成没多久的五里店仓库，总面积将近五千平方米。在接到拆迁通知后，这家仓库单位二话不说，不伸手向市里要一分钱，仅用二十一天就把几十万吨货物运走，把原建筑全部拆除。

夏天惊叹于政府强大的号召力和企业超高的觉悟，洋洋洒洒下笔千言，写了一篇情真意切的表扬稿交了上去。虽然最后这篇稿子只保留了四百字左右见报，但夏天心里还是比较满足，毕竟是自己的第一次，独立选题独立写稿独立署名，保留了大部分干货且刊在头版。

夏天赶上市政建设的第二个大事件便是地铁一号线复兴门换乘站的开通。复兴门换乘站的开通，标志着地铁一号线和二号线环线的贯通，这是后来北京地铁快速发展的基础工程。

在那个年代，所有重要的工程项目，都是为了向国庆献礼，复兴门换乘站工程也不例外。接到这项采访任务后，夏天已不满足于仅仅做一些动态新闻报道，他通过和地铁公司的通信员沟通，发现这项工程其实很有亮点。因复兴门地处市中心，不管是白天还是晚上施工，都有可能严重扰民，但这项工程，在夜以继日赶工期的情况下，施工现场却是静悄悄的。

夏天了解到，施工单位之所以能做到这点，和他们采用的浅埋暗挖法以及夜间施工时采用地铁现有轨道运送材料和施工渣土有很大关系。

为了写这篇稿子，夏天连续几天都是从夜里凌晨两点开始蹲守在地下施工工地，直到早上四五点才离开。夏天在现场感受施工的氛围并采访了多位工人师傅，积累了大量鲜活的素材。

夏天这篇文章后来在头版大篇幅刊出，编辑部还专门加了编者按。夏天通过采写这篇文章体会到，任何稍微有些内容的新闻背后，都离不开作者的辛勤付出。

第四十三章
两地书和异地"流窜"

实习时间近半,大家对所在实习媒体和城市有了一些基本了解之后,互相之间的交流也渐渐多了起来,尤其是在不同城市实习且关系不错的同学,在没有短信、微信甚至电话的情况下,两地书是表达关心和牵挂最好的方式。

在男生中,和夏天通信最多的是浩然。二人都是特产协会成员,彼此惺惺相惜。他们互相相信对方的实力、义气和胆量,相信他们只要联起手来,一定有能力开拓一个崭新的局面。而且,事实上,他们互相之间的这种信任一直延续了许多年。

浩然曾跟着学校北京至延安自行车考察团骑行游玩,在骑自行车艰苦卓绝狂飙一千多公里的过程中,浩然每到一个有邮局的落脚点,都会给夏天寄一张明信片,并在明信片上简短留言,讲述他到了这些地方后的心情和感想。夏天把这些明信片按时间排列,基本上就可以知道他们的骑行路线和浩然的心路历程,通过这样的交流,夏天和浩然之间肝胆相照、惺惺相惜的情谊愈发深厚。

夏天至今仍保留着浩然在骑行路上挥洒才情直抒胸臆的文字:

长城岭上的跟头让我们跪破了膝盖，但跪破的膝盖却颤巍巍地站直在山顶；摔在鸿门崖让我们的身体匍匐前行，醉在普化寺让我们的心灵五体投地，群山可以遮住我们的视线，却挡不住我们的思想走向无极……

外出实习的近半年里，浩然和夏天用文字交换思想，并在交换思想的同时对若干问题进行了思辨式的探讨。

很多年后，夏天都有一种感觉，他和浩然就像马戏表演中的一对镜中人，尽管行动并不完全同步，但表情却极其相似，心意更总是相通，当他们不再互相面对时，就意味着演出的结束。浩然决然离开后，他们的双人演出就此落幕，这让夏天倍感孤单。

在实习期间，夏天和李姵也恢复了通信。当恨意消失后，夏天认为自己彻底把李姵放下了，这让他能以一种平和的心态跟李姵交流。因为他们毕竟是曾经关系亲密的恋人，现在即使没有那层关系了，他们也绝非是敌人。夏天在心里对李姵的定位是，一个迷了路的关系密切的女孩，他们之间是非一般的同学关系。

夏天先给李姵写了第一封信，谈了谈他实习的状况和对实习生活的感想。夏天也顺便调侃了一下李姵，认为到了四川这么一个洞天福地实习，一定会乐不思"燕"，几个月后回北京她一定会变成一个麻辣村姑。

李姵很快就给夏天回了信，信写得很长，明显看出情绪不高，她说自己对四川小吃感到失望，尤其怀念学校食堂里的饭。她从夏天貌似自嘲的语气中看到的只有得意，和她目前心灰意冷的状况形成强烈反差。

在信的最后，她提到了方超，让夏天代向方超问好，并问他是否还在生她的气。夏天一开始对李婳让他问方超是否还在生她的气也感到很茫然，方超为什么会生她的气呢？他仔细琢磨才明白过来，方超确实是因为李婳提出跟夏天分手一度对李婳比较冷淡，但毕竟已经过去了，李婳为什么要旧事重提呢？

夏天和李婳的通信基本上是每月一封的节奏，写到后面，李婳来信的行文变得活泼起来，似乎恢复了原先那个小女孩的本色，她会跟夏天絮叨一些琐事，比如，剪了短发，换了夏季的白衫粉裙什么的，还会炫耀她在成都穿小巷子如何厉害，以及去了趟康定还要去乐山拜佛之类的，看得出来，李婳在四川也慢慢进入状态了。李婳在信中总结道，她发现自己不高兴的时候就会给夏天写信，也不知道为什么。

夏天其实也想知道为什么，他收到李婳这样的信之后心里有些恍惚，好像他们还在恋爱当中，但他心里清楚，他不会再爱她了，他们不可能回到从前，想到这些，夏天心里依然会一阵抽痛。

李婳在实习期间给夏天的最后一封信寄到了学校，信的内容让夏天有些不安。信中不再像以前那样絮叨一些琐事，表达一些小情绪，而是突然说起了他们一直小心翼翼不愿触及的感情问题。李婳说她其实已被夏天深深感动，但她曾经伤夏天太深，不配拥有夏天这样深沉的爱，希望夏天忘记她，也希望夏天找到属于自己的纯洁温馨的爱情。她这一生也许最后会是一场空，但只要想起曾经拥有的一片星空，仍将是寥落中的慰藉。

夏天觉得李婳的信感情真挚诚恳又有些悲壮，只是不知道她为什么忽然会提到这些。他仔细回忆自己给李婳写信的内容，除了对他们的分手表示过遗憾之外，并没有跟她提过希望重归于好的意思。是李婳误会了自己呢,还是她自己有感而发呢?但不管怎样,夏天意识到,他们继续这样你来我往通信,也许会有某种危险。这是在目前环境和情况下,夏天和李婳都不愿再冒的危险。意识到危险,他们后来有默契地保持了不近也不远的距离。

到实习后半段,大家自由的时间渐渐多了起来。夏天想到班里还有一组在天津实习的同学,可谓近在咫尺,自己也应该找机会了解一下在外地媒体实习是什么感觉,也许同样会有借鉴意义。

他把自己的想法跟北京实习的同学一说,马上得到了大家的热烈响应,一个集体"流窜"到天津的计划迅速形成。

和天津的同学打过招呼后,北京的同学在某个周五集体浩浩荡荡奔向天津,名为代表首都新闻界的朋友看望天津的同行,实际上是想上天津痛宰狗不理包子。对他们来说,狗不理包子几乎就代表了他们对天津的所有梦想。

天津虽近,路上也花了大半天时间,现在京津两地高铁半小时接驳在当年是不敢想象的。他们到《津门日报》时,已近傍晚,他们受到了以实习生为代表的天津新闻界朋友的热烈欢迎,他们把床都为北京来的同行准备好了。

天津实习的同学男女生各住一个大屋,每人各占一张小床,男生有陈斯凡、阿威和王克俭等人,女生则有沈阳的石寒梅、诗人黄婧和夏天一个小组的老康等人。为了接待北京来的同学,他们把所有小床都拼到一起,在男女生宿舍分别摆了一张大通铺,到晚上,七八个男生女生将分别挤在由四张小床拼成的通铺上,亲密无间地大被同眠。

一番休整以后，大家胃口大开，迫不及待地杀向狗不理包子店。这顿狗不理包子是大家众筹的，用他们实习这段时间挣的稿费，彼时狗不理包子的价格是如此亲民，他们放开吃也毫无压力。

但夏天心里其实略略有些失望，他认为传说中的狗不理包子也不过尔尔，一点儿没有惊艳的感觉，甚至还不如学校门口的门钉肉饼，门丁肉饼馅儿大油水足，吃起来解馋又顶饱。

吃饱喝足一通狂聊，他们各自抒发了对异地同学的思念之情，也汇报了各自实习的战斗成果。从战斗成果看，天津的同学明显要高出北京同学一大截，他们有的拿到了部门好稿奖或报社好稿奖，还有的要参评天津市好新闻奖。他们给人的感觉，好像瞬间就成了各自部门的台柱子，不像北京同学，别说好稿奖，能挤上一篇稿见报都要费上九牛二虎之力。

最后大家总结认为，除了自身有一些优势外，也体现了天津人民的热情好客和对重点新闻专业学生的重视和关照。

回到宿舍的大通铺上，挤在大被窝里，这哥几个继续聊。北京组的老马和阿辉都是天津人，他们对《津门日报》的情况尤其关注。后来，阿辉毕业时放弃了在北京工作的机会，毅然回到天津，夏天猜想，除了因为阿辉那场镜花水月的爱情，和这次考察天津也很有关系。

起床洗漱完毕，全体十几位男女同学在路边吃完一套煎饼果子之后，按昨天的计划，集体开赴素有北方小西子美誉的水上公园，准备好好耍一耍。

此时正值春夏之交，水上公园桃红柳绿，碧波荡漾，看到如此美丽的景色，不免心生涟漪。他们首先选择了水上泛舟，包了一条游览船穿行在水上公园的三湖五岛之间。

之前他们也曾在一起泛舟,那还是刚入学时在颐和园的昆明湖上,但那时大家都还不熟,彼此名字都叫不全。现在经过两年多的朝夕相处,互相已经知根知底,于是,大家边悠闲地围坐在船上看风景,边互相辛辣地调笑着,为这美好的春光增加一些青春的肆无忌惮和喧闹。

貌似憨厚的阿威忽然像发现新大陆似的惊叹道,大家看见没有,我们今天一下聚齐了班里"四大名兽"中的三位。在班里的词典里,所谓"兽"者,"瘦"也。大家公认的"四大名瘦",分别是老马、王克俭、阿辉和浩然,四人之中,今天唯缺赴天府之国的浩然。聚首天津的"三大名瘦"互相对视一眼,忽然脸上现出很光荣和骄傲的神情,他们有默契地同时站起来,在老马的带领下摆起了健美运动员的姿势,边摆边嘴里念念有词:"别看哥们瘦,浑身疙瘩肉。"老马为了烘托表演效果,还特意撸起了衣袖,给大家展示所谓的肱二头肌。

他们的动作让大家爆笑起来,尤其是女同学程程、黄婧和石寒梅,笑得似乎都倒不过气来。

他们的游船活动非常尽兴,但因为在活动中口舌费得太多,大家认为很有必要找个地方喝点儿东西润润嗓子。还是诗人黄婧眼尖,她远远就看见有一面旗幌在高高飘扬:水上公园咖啡屋,这个名字既浪漫又应景,深得女诗人的芳心。在她的极力主张下,一行人霸占了咖啡馆,并每人点了一杯咖啡。

到什么山唱什么歌,在这间西式咖啡屋里,大家自觉地收敛起了刚才狂放的姿态,也学着旁人轻声细语地聊天,边聊边用小铁勺搅动着咖啡里兑的咖啡伴侣,耳边似乎都能听得见小铁勺碰撞咖啡杯发出的优雅的叮咚声。

黄婧同学诗兴大发,即席赋诗一首:我们坠入春波,却在咖啡杯里沉浮,我们在歌声中荡漾,笑得,像鸡鸭满堂,我们的青春,在春天里,向春天,举起双手投降……

大家对黄婧的诗评价很高,认为她的诗写景又纪实,春情浓郁,却又非常接地气,在写诗方面,大家应该向她举双手投降。

第四十四章
独立放飞的实习尾声

进入夏季的时候,实习生活也接近尾声,而越接近尾声,夏天感觉自己工作也愈加得心应手了。

工作得心应手的标志之一便是夏天的一个独立选题终于得到了部主任的首肯,部主任答应,一旦选题完成,将安排重要版面刊登。这让夏天欢欣鼓舞,他觉得,自己终于有机会写一些有价值的报道,希望自己的报道会对改变北京的面貌起到一点点推动作用。

夏天的选题是对当时北京小公共汽车扰民和混乱现象的调查。

小公共汽车的上路运营代表了北京公共交通运输服务发展过程中一段独特的历史。大公共汽车的运力不足,出租汽车的价格高企,让运营线路更灵活价格更实惠的小公共汽车应运而生。

小公共汽车主要跑人流比较集中的热点区域,如前门、北京站、动物园、颐和园、永定门火车站等地,小公共汽车虽属市公交总公司规划管理,但同时实行了司售人员承包制,算是公交服务改革的一个试点项目。所谓司售人员承包制,便是司售人员每天完成足够的定额后,其余所得便是自己的收入,每天拉的人头越多，收入就越高。

　　承包定额制极大提高了司售人员的工作热情，但也给城市公共交通造成了诸多乱象。乱象严重的表现之一，便是在热点区域每天都充斥着嘈杂的高音喇叭揽客声，这些揽客声此起彼伏，让周边的人不胜其烦，也让每一个旅游热点都乱得像一锅粥，严重影响首都的形象和广大国内外游客的心情，到了非下重手治理的地步。

　　夏天的调查，就是要了解造成这些乱象背后的原因并探索解决这些乱象的办法。夏天顶着烈日，拿着部里给公交总公司开的介绍信，在近半个月的时间里，坐着小公共跑遍了这些重点区域，采访了几十位司售人员和公交总公司的相关管理人员，掌握了大量第一手资料，写出了一篇自认为颇具建设性的调查报告。

　　夏天在报告中，对管理部门简单粗暴的管理方法进行了深入批评，对司机售票人员的辛劳和无奈表达了深切的同情。

　　夏天了解到，这些司机售票人员天天拿着高音喇叭在站台比赛嗓门大也是不得已，因为承包定额不低，竞争又激烈，加上价格没有灵活性，这些人基本上每天都处于喊破嗓子揽客的状态。

　　小公共汽车没有专用的站台，经常被大公共轰着走，被管理检查人员撵着跑，揽客的喇叭也经常被收缴，整个儿就是一"过街老鼠"的感觉，他们每天一睁眼就欠公司一笔钱，只好夹着尾巴尽量多拉快跑先挣够交公司的份子钱。

　　当然，因为有挣份子钱的压力，也有为自己挣钱的冲动，却没有合理配套的管理办法、工作条件和价格杠杆，他们为北京的交通添堵添乱也就成了必然。

　　夏天在调查报告中也提出了自己的建议，比如开辟小公共的单独停车区域，适当降低份子钱和票价，加速小公共的流转速度，热点和非热点区域小公共数量的合理配置，禁止小公共配高频喇叭，如有违反严肃处理直至禁止上路等等。

夏天的调查报告得到了部主任的赞许和亲自指导，部主任给了夏天一个很重要的建议，就是拿这份报告去采访一下市公交总公司的相关负责人。

公交总公司相关负责人郑重表示，他们将认真研究学习夏天的调查报告，并尽快做出反馈。

采访完公交总公司后，夏天以为自己的稿子很快就会见报，但他没想到，一直到他结束实习，这篇稿子都杳无消息。他去找部主任想问个究竟，部主任却对他含笑不语，劝他不要着急，耐心再等等。

在大四开学的时候，夏天终于等来了消息。作为已经结束实习的实习生，《燕京日报》邀请他完成最后一次采访任务，采访的主要内容，就是市公交总公司治理小公共汽车乱象后交通秩序的重大改进。在采访中，夏天欣喜地看到，自己的一些建议得到采纳，而且确实行之有效。

夏天这篇调查报告补充完小公共汽车整改成果喜人的内容后，很快在这年国庆节前的二版头条大篇幅刊出，但由原来的批评稿标题《小公共汽车乱象调查》，变成了貌似表扬稿的标题《本市小公共，在治乱中便民》，文章总的基调，可以概括为在批评中表扬，或者是在表扬中批评，批评和表扬的范式都极具中国特色和时代风格，只是不知道这篇批评表扬稿是否也可以算作向国庆献礼。

几年后，小公共彻底退出了北京市公交服务的序列，而对夏天来说，这篇关于小公共的调查成为他新闻从业生涯中第一篇也是最后一篇调查报告。

夏天实习工作得心应手的另一个标志就是和部里老师相处得十分默契，部里老师已经习惯性地把夏天当作他们中的一员，或者说是一个小弟，聊起许多事时还会叫上他一起讨论。

夏天的辅导老师刘一非更是不把夏天当外人，甚至私底下也会带着夏天参加一些聚会。刘老师对书画情有独钟，结交了不少文化名人，工作之余，好攒一个笔会什么的。搞艺术的其实多半是性情中人，兴奋劲儿上来，泼起墨来个个挥洒自如。加上众多大师聚在一起，各擅胜场，不由得就会有一些竞争的气氛，大家赛起笔墨来互相激发，便有不少佳作妙手偶得了。

这种场合，刘老师会拉上夏天帮他打下手，夏天因自小也受过一些熏陶，对这种差事自然很感兴趣，跟着忙前跑后也是乐在其中。一次笔会中，刘老师一口气请来了中国美协、北京美协主席级别的人物和中央美院的知名艺术家十余位，让夏天算是大大开了一回眼界。

在这次笔会中，或许是有缘，有两位大师现场泼墨，亲赐夏天一书一画，让夏天至今想起都感到受宠若惊。

夏天是以后生小辈的身份找大师求墨宝的，身为北京美协主席兼中国美协副主席的刘老短小精悍，他凝神看了表情飞扬的夏天好一会儿才落笔。只见他在一张五尺见方的宣纸上涂了大大一团黑墨，待黑墨洇开后，又涂上了一层，涂完后，他便抱起自己的双臂端详起这团浅淡不一的黑墨来。他的这种画法夏天自是不得其解，但旁边的几位老师看起来却饶有兴味，刘老待黑墨洇染得差不多后，另取了一支笔，蘸上深红的颜料，在那团黑墨的最深处，点上了一团饱满的红，然后连着枯笔，把那点红从黑深处拖了出来。

刘老把那点红作为点睛之笔画完后，夏天才恍然大悟，原来刘老画的是一幅墨荷图。刘老向以大写意画闻名于世，这幅墨荷图，黑得汪洋恣肆，黑得铺满嚣张，黑得随心所欲，在大黑之中，绽出这么一点红，忽然就有一种夺目的感觉。

点完这点红，刘老对夏天解释道："这幅画就是为你这样的年轻人画的，年轻人厚积才能薄发，经历过最黑暗的，才有可能绽放最鲜艳的。"

刘老说话的语调貌似平淡，但夏天听了之后还是心中一凛，他觉得自己听懂了，又好像不是那么懂。

刘老画完后，盖上自己的名章，又在名章的下面，用一支细细的毛笔画了一个手纹模样的小图，他笑着对夏天说："年轻人，我画的这个手纹和我在公安局留的指纹可是一模一样啊，以后你要找我，带着这个手纹来就可以。"

夏天千恩万谢地接过这幅画，旁边一位刘老助手模样的人对夏天悄声说道："刘老一般只会在自己比较满意的作品上画手纹章，你这幅画，是刘老今晚唯一画了手纹章的。"

夏天觉得自己今天非常幸运，完全是因为沾了代表年轻人的光，刘老把自己对年轻一代的殷切期望和关爱，都凝聚在这幅画中，送给了夏天，让夏天独享老一辈艺术家的阳光雨露。

但夏天这天的幸福似乎才刚刚开始，这边厢接了一幅大师的画，那边厢一位殿堂级的书法家也不甘落后，他主动表示，既然刘老给这位年轻人送了一幅画，那我就给年轻人写一幅字，和刘老的画互相呼应，也算是关爱年轻人人人有责。

这位书法大家便是中央美院号称雕刻、绘画、书法三绝的钱老,他可谓是艺术领域的杰出代表。

钱老头发微秃,眼睛眯眯着显得既睿智又慈祥。夏天看着钱老的模样,感觉心都要化了,不自觉就想亲近他。夏天乖巧地赶紧帮钱老把宣纸铺开,在一旁笔墨伺候着。

钱老一提起笔,给人感觉就像变了一个人,完全是一派气度森然的宗师风范。他撸起袖子,饱蘸浓墨,在一张近两米长的宣纸上,笔走龙蛇,浪里翻江,一幅字一气呵成。

他手书的是刘禹锡的一首《浪淘沙》:日照澄洲江雾开,淘金女伴满江隈。美人首饰侯王印,尽是沙中浪底来。

钱老的这幅字,笔力苍劲,潇洒自由,充满美感,赢得大家一片叫好声。而且,据夏天观察,这幅字也是钱老在这晚书写尺寸最大的一幅。

至于这首《浪淘沙》,不用解释,夏天自然知道其中的寓意。他认为,钱老和刘老的一书一画,都在告诫自己没有随随便便的成功,表达的内容有异曲同工之妙,值得像他这样的年轻人认真揣摩,他希望自己能真正领悟到其中的深意。

夏天没想到,因为自己是笔会上最年轻的一位,居然获得了这么多福利,不觉有些受宠若惊。但与此同时,他作为一个自认为未来有无数可能的年轻人的自豪感也开始爆棚,迅速开启了无知者无畏的模式,因内心有一种亲近的感觉,便旁若无人口无遮拦地拉着钱老攀谈起来。

可能是和钱老确实有缘,钱老并不以为忤,反而兴致勃勃地打开了话匣子。钱老一上来就敞开心扉,说要告诉夏天一个秘密。夏天对秘密向来就很感兴趣,赶紧作洗耳恭听状。

钱老说,他虽然是中央美院雕塑系的主任,但他认为,自己的雕塑水平,和自己画画和写字的水平相比,是排在最后一名的。

夏天赶紧附和道,您这个秘密太惊人了,这要是让别人知道了,您就有可能要换工作了。

钱老也表示深以为然,说所以我这个秘密一般人不告诉,今天告诉你了,你要替我保守好秘密。

夏天毫不含糊地表态这个秘密打死也不会说。

钱老对夏天的态度非常满意,说如果夏天能保守这个秘密,他还会告诉夏天一个更大的秘密,这个秘密他老伴都不知道。

夏天听了更是赌咒发誓,说钱老这个大秘密他听了只会当作没听见。

钱老于是彻底放松了警惕,他说他还有一项本领比自己的雕刻、书画不知道要强多少倍,这项本领就是给人相面,尤其是给女人相面,堪称一绝。

夏天认真思考了一下,表情严肃地回答道:"您这项本领确实不能让师母知道,师母要是知道了,得着多大急啊,为了师母的健康,为了您家庭生活的幸福和谐,您自己也要注意,绝不能泄露半个字,让我们共同保守好这个秘密。当然,要我保守好这个秘密,您得答应我一个条件,这个条件就是您得把我教会了,让我得到您的真传。"

钱老听了夏天的条件哈哈大乐道:"我说我今天早上掐指一算说我会收一个徒弟,原来是应在你这儿了。"

夏天和钱老就这样逗闹着,仅因为这一面之缘,就变成了师徒关系。夏天后来向钱老多次讨教麻衣相术,也算是小有心得,但始终敌不过师父作为雕刻大师阅尽沧桑深谙人体解剖学的火眼金睛。

钱老如今依然健在,以九十岁高龄乐此不疲地玩微信、玩微博,在玩乐中总是一副哈哈大笑的弥勒佛像,并且,他给自己的微博取名就叫大笑堂堂主。

夏天实习在六月份完美收官,虽然毕业后夏天没有成为一名真正的记者,但因为这次的实习经历,夏天对于记者这个行业一直充满着敬意。

第四十五章
新疆，新疆

实习结束后，系里宣布，从下学期开始，李固老师将不再担任夏天这个班的班主任，接任的是于宝瑾老师。

此时，除了北京实习组，大部分在北方实习的同学也陆续返回了学校，于宝瑾老师挨个敲开了在京同学的宿舍门，和同学们有了第一次非正式的接触。夏天从第一眼看到于宝瑾老师，就有一种说不出的亲切感。

于宝瑾老师和自己的母亲年龄相仿，齐耳的短发，端庄的面庞，眼神中透着温暖亲切又不乏睿智，仿佛自己所有的心事都可以向她吐露，这些心事也一定会得到她的理解和包容。

和于宝瑾老师初步接触后，夏天感觉轻松了不少，对自己最后一年的大学生活基本持乐观的态度。

在这种乐观的氛围中，夏天开始准备踏上自己暑期的新疆之旅。

夏天对新疆向往已久，所谓的诗和远方，在夏天心中，非新疆莫属。

那片辽阔的土地，有那么多浪漫的传说，有那么多美妙的歌谣。夏天下定决心，一定要在《吐鲁番的葡萄熟了》的季节，来到《咱们新疆好地方》，蹚过《塔里木河》，会会《在那遥远的地方》的《达坂城的姑娘》。夏天的想象，因为这些歌曲，装上了蠢蠢欲动的翅膀。

当然，除了所谓的诗和远方，最吸引人的还是程程经常挂在嘴边的没结婚的羊娃子肉和最甜美的水果，这两样，尤其对夏天有致命的诱惑。因此，在去新疆之前，夏天基本上是处于口水与想象齐飞的状态。

暑假的新疆之行，很早就在夏天的计划当中。实习末期，他把自己的想法一透露，立刻得到家在乌鲁木齐的程程的大力支持，她大包大揽，表示将为夏天的新疆之行提供一切可能的帮助。她开玩笑说，只要夏天愿意，她一定号召新疆没结婚的羊娃子们奋不顾身地把夏天撑死。她还说，和她同在北京组同宿舍的文迪也早有此意，大家正好结伴同行。

夏天对同一个小组且是李婳闺密的文迪自是熟悉，文迪作为校运动队跨栏兼跳远运动员，具有很强的运动能力和不逊于男生的体力，长途远游，是一个非常合适的伙伴。于是，他们几个可以说是一拍即合。

为了这次远游，他们进行了多方面的准备工作。

首先，是经费的筹措。夏天在实习的小半年里，总共收到八十多元的稿费和近四十元的交通补贴，这些，他都攒了下来。家里寄的生活费，每月都有一些结余。所有这些加起来手头居然有二百二十元，他将靠这笔钱，在新疆游历超过一个月时间。

其次，相机和胶卷是必不可少的，夏天从《新闻周报》借了一台海鸥牌相机并买了两卷富士100彩色胶卷，这些可以算是他们此行仅有的值钱的家当。为了装这台相机,夏天特意找从沈阳实习归来留守学校的阿蓉借了一个双肩背旅行包,使自己看起来更像一个旅行者的样子。

除此之外,他们的行装可以说简单得不能再简单了。夏天所有的衣物,就是两身换洗的T恤和短裤,以及脚上蹬的一双夹脚拖鞋。在今后一个月,这双拖鞋,将伴随夏天穿戈壁,走沙漠,过草原,踏遍天山南北和伊犁河两岸。

他们临出学校,正赶上有人卖印有学校名字的T恤衫,程程、文迪和夏天红黄蓝的颜色各买一件穿上,组成红黄蓝三人组,并在即将出发的火车前合影留念。照片中,是三张青春飞扬的面庞,他们的脸上,仿佛就写着诗与远方。

赴乌鲁木齐的火车从北京出发,先走京广线往南到郑州,再从郑州转陇海线一路向西北,这几乎是一个V字形的路线。当诗意还遥远的时候,远方的感觉很快就近在眼前,从北京到乌鲁木齐,如果火车不晚点的话,将运行七十二个小时,整整三天三夜,他们买的还都是坐票。

夏天第一次如此真切地体会到祖国地域的辽阔。他们几乎坐了一天一夜的火车才到达西安,从西安、兰州往后,景色就变得越来越荒凉。植被贫瘠的黄土高坡,黑色裸露的丘陵,满是青褐色碎石的戈壁滩……

越往西,人和动物也变得越稀少,偶尔可见一群群山羊在陡峭的山坡上自如地奔跑、追逐、游戏着,对隆隆而过的列车毫不经意,就像沿途看到的那些衣衫简陋默默劳作的人们,火车从他们身边经过,但并不能进入他们的世界。他们住在破败的窑洞或破旧的土砖房里,耕种着贫瘠的土地,几百年,甚至几千年就这样繁衍生息，几乎被外界遗忘或者已经把外界遗忘。他们自生自灭却又绵绵不断，透着一股单调而又倔强的力量。

　　西部粗犷的景色让来自江南的夏天感到震撼，他觉得自己好似来自另一个星球，他没有想到在同一个国度里有的人是这样活着，他平日里的小小悲哀、淡淡忧伤、各种患得患失和在如此严酷的环境中生存的人们相比，显得那么脆弱无聊。他隐隐觉得，这次西部之行也许会让他用一个全新的眼光审视自己和自己的世界。

　　奔向远方的路是如此漫长，沿途的风景是如此单调，夏天他们很快就感觉到了疲惫和乏味。尤其是长时间保持坐姿，让人腰酸腿胀，夏天看到，周围的人开始想各种办法伸展自己的身体。有的把腿搭到卡座对面的座位上，即使互不相识，双方也会达成默契，有的和同坐的商量好，两人轮流躺倒休息，还有的干脆爬到行李架上，在行李的包夹中把自己放倒，最多的是钻到座位底下，享受座位底下的卧铺待遇，当然，能享受这种待遇的前提是身体必须足够瘦削。

　　夏天当然是有资格享受这种待遇的，常年的营养匮乏和坚持不懈的体育锻炼，让夏天身体的脂肪含量远低于标准线以下，他可以很轻松地钻进座位底下，甚至还能留出捧着一本书阅读的空间。

　　程程显然对这种漫漫长途更有经验，她看出夏天有钻到座位底下的企图后，不失时机地从包里抽出了一沓报纸，让夏天在座位底下铺开，再在报纸上垫上一条小毛巾被，一个干净舒适的卧铺就诞生了，夏天捧着一本书钻进去躺下，感到无比幸福。夏天带的这本书是波兰作家显克微支的《火与剑》，是临出发前在学校图书馆借的,夏天躺在火车车厢的地板上,一边近距离聆听火车车轮和铁轨铿锵的摩擦声,一边沉浸在小说铁与血的战争场面和男女主人公跌宕起伏的爱情故事中,不知不觉就睡着了,仿佛金戈铁马的喧嚣更容易让人安眠。

在睡梦中,夏天隐约觉得有人往自己的脑袋底下塞了一样东西,他枕上之后,感觉更舒适了,他就势略微调整了一下身体,睡得更香了。

也不知道过了多久,他感觉脑袋底下的东西在渐渐松散开,随着列车发出窸窸窣窣的声响,最后隐隐约约透出一股奇怪的胶皮味儿。这股胶皮味儿让夏天迅速清醒过来,他从座位底下爬出来,发现程程和文迪正看着他乐,程程的身边,多了一个陌生的女孩,也同样在爽朗地大笑着。

程程笑道:"你太能睡了,枕着一双鞋居然能睡十个小时,我还以为你被文迪的鞋熏得昏迷过去了呢。"

夏天被他们笑得莫名其妙,想起那股奇怪的胶皮味儿,他马上又钻进座位底下把他脑袋底下垫的东西掏了出来,他吃惊地发现,原来他一直枕着的,居然是一双胶皮运动鞋。这双运动鞋被装在一个塑料口袋里,刚开始时应该是捆扎得很严密的,但随着列车的颠簸和夏天在睡梦中调整姿势,塑料袋口渐渐松开,胶皮味儿也就旁逸斜出了,他是被熏醒的。

原来,看他在座位底下睡着后,因为没有枕头,脑袋的姿势有些别扭,文迪出于关心,用自己的一双运动鞋和一个塑料袋临时自制了一个,为的是让夏天睡得更舒服一点儿。文迪看到夏天从座位底下掏出散开的塑料袋和鞋,脸有些微红地解释道:"没想到你用脑袋也能把塑料绳解开,我这鞋可是刚洗过还没穿的,你可别怪我哈。"

夏天此时算是明白了事情的原委,虽然遭胶皮味儿熏醒,但心里还是感激文迪的关心。他赶紧表态道:"没你这鞋,我肯定会睡得落枕,你这一'鞋'之恩,我到新疆后一定以没结婚的羊娃子作为回报。"

文迪被夏天说乐了,她收起那双胶鞋道,不用客气,这双鞋在到新疆之前,将随时准备为你效劳。

夏天对程程身边忽然多出来的那个女孩感到奇怪,因为她明显跟程程很熟。看到夏天探寻的目光,程程解释道,在夏天的睡梦中,刚才火车已经过了兰州站,她这位高中同学兼闺密在兰大上学,约好坐今天的火车一起回乌鲁木齐的。

夏天觉得程程这位高中同学的眉眼和身条似乎有些熟悉的感觉,忍不住多打量了几眼,程程的高中同学也大方地回看夏天。程程在一旁看了,伸手在夏天眼前晃了晃,笑道:"没见过美女啊,她可是我们高中学校的校花,你可不许乱打主意,人家是有男朋友的人。"

程程的直白让夏天觉得有些尴尬也有些冤枉,他嬉皮笑脸地回应道:"向美女行注目礼是为了表示尊重,她既然是你最好的朋友,我更得加倍表示尊重。"

文迪也在一旁揭夏天的老底道:"美女你不要理他,他是我们班有名的一根筋,心里有人一直放不下。"

程程闺密听程程和文迪你一言我一语,也笑道:"看样子这位同学是一个挺复杂的人,一复杂就会有陷阱,我一定提高警惕。"

三个女人一台戏,夏天不觉有些头大,文迪哪壶不开提哪壶让他忽然意识到,程程闺密正是和李姗有几分神似,难怪自己见了她有一种似曾相识的感觉。夏天心里清楚,他和李姗再也没有可能了,但李姗似乎是阴魂不散,时不时就冒出来,自己总会不经意间拿别人和李姗作比较。想起李姗,夏天有些气馁,他感觉有一排冰凉尖利的小碎牙又在开始噬咬自己的心口,就像一只老鼠睡醒后张嘴就磨牙,不知这只老鼠的牙磨到何时是个尽头。

因为一上来就有程程和文迪的警告,程程闺密跟夏天并没有太多交流,她跟程程聊了几句私房话后,便从包里掏出一本小说津津有味地看了起来。坐在程程闺密对面的夏天一眼就瞥见,那是梁羽生的《七剑下天山》。

夏天觉得很好奇,在夏天的概念中,女生大部分对武侠小说都没有太大兴趣,除了金庸的几套经典名著,其他几位大师的著作女生一般都不会涉猎。夏天看程程闺密一副聚精会神旁若无人的样子,感觉她似乎已经完全融入武侠的世界里,随着作者的文字在江湖上纵横游走,大杀四方。

夏天向来对武侠小说情有独钟,市面上能找到的武侠小说基本都读了一个遍,看到有一个同道中人,不觉来了兴致,他轻咳一声,主动找程程闺密搭讪道:"你也喜欢看武侠小说?"

程程闺密把脸从书本上移开,仍然有些戒备地简短回答道:"嗯,还挺爱看的。"

"爱看金庸的不奇怪,连梁羽生的都看一定是资深武侠迷。"夏天用夸奖的方式寻找沟通接触点,并发现自己能不自觉地就用上采访技巧。

"不仅梁羽生,是武侠小说我都爱看。"程程闺密自豪又有些不好意思地回应道,戒备也明显放松了。

"我也是!"夏天听了有些兴奋,觉得下面有得聊了,漫漫长途，聊聊武侠时间会过得快一些。

"你觉得梁羽生笔下的天山和你了解的天山有什么不同吗？"夏天继续寻找沟通角度。

程程闺密笑了笑道："我也是带着这个问题读这本书呢，目前看，梁羽生描写的天山好像不在新疆，我都怀疑，他是不是到过天山。"

"喔，这个有意思了，这回到新疆，我一定也去验证一下你的判断，到底此天山是否是彼天山。等你看完，我重温一下这本书。"

"没问题，这本书我一会儿就可以借给你看。"程程闺密回答得既干脆又善解人意，充分体现了西北美女爽朗大气的风采。

因为有对武侠小说的共同爱好，夏天和程程闺密聊得越来越投机，一路上和夏天交换了对多位武侠小说大师的看法，并深度盘点了金庸的系列作品。

夏天向来神经大条，只顾自己聊得高兴，还和程程闺密相约到乌鲁木齐找机会再聚再聊。

一路热聊武侠，时间过得还真快，列车不知不觉就到了当时离敦煌最近的车站玉门站。按计划，程程和她的闺密继续西行，夏天和文迪将在此处下车，先去敦煌莫高窟、月牙泉、玉门关一线游览，并在车票的三天有效期内到柳园站再坐这趟车到乌鲁木齐。柳园是玉门的下一站，之所以选择玉门下柳园上，是因为这是最经济的路线，他们不用走回头路。

在夏天下车前，程程闺密把那本《七剑下天山》给了夏天。

第四十六章
春风不度玉门关

夏天和文迪在玉门站下车，下车后就直奔玉门关。

来玉门关之前，夏天脑海里的玉门关都在古诗词里，它是李白的"明月出天山，苍茫云海间。长风几万里，吹度玉门关"，也是王昌龄的"青海长云暗雪山，孤城遥望玉门关。黄沙百战穿金甲，不破楼兰终不还"，还是李颀的"闻道玉门犹被遮，应将性命逐轻车。年年战骨埋荒外，空见蒲桃入汉家"，更是王之涣的"黄河远上白云间，一片孤城万仞山。羌笛何须怨杨柳，春风不度玉门关"。

玉门关，代表的是战士血、离人恨，是金戈铁马，是壮怀激烈，是万古英雄的光荣和梦想，是汉家河山的苍茫和壮阔。

但两千多年以后的玉门关，夏天从远处望去，只是茫茫戈壁滩上一座孤零零的四方形小城堡，在夏日的骄阳下，拖着单调干枯的影子。在城墙的阴影处，有一只黄狗无聊地趴卧着，表情漠然地看着空旷的街道和极少的路人。夏天和文迪是这个下午仅有的到此一游的外乡人，被几个小孩用陌生的眼光打量着。在那个年代，旅游业并不发达，到当年的边关凭吊的人少之又少。

作为当年丝绸之路通向天山北路的重要隘口，因和田玉由此入关而得名的玉门关，早已不见曾经的玉色生香流光溢彩，也不见驿道上商贾云集驼铃叮当，更不见艳阳下旌旗猎猎画角悲鸣，所有的喧嚣和壮烈都随着时光远去，只留下一座空城和隐约可见的车辙，见证曾经有过的辉煌。

玉门关建筑在东西走向戈壁滩狭长地带中的砂石岗上，南边有盐碱沼泽地，北边不远处是哈拉湖，再往北是长城，长城北是疏勒河故道。关城全用黄土夯筑而成，面积六百多平方米。

登玉门关不像现在，需要买门票，夏天和文迪顺着城内东南角一条宽不足一米的马道，靠东墙向南往上转便登上了关口。在关口顶部，举目远眺，只见四周沼泽遍布，沟壑纵横，长城蜿蜒，烽燧兀立，胡杨挺拔，仿佛时光停止了几千年，一切都还是曾经的模样。

但毕竟物是人非，已经换了人间。看着无数诗人吟哦过的千年雄关，夏天深感人之渺小，就像这边关的一抔黄土，狂风一刮，便卷裹在漫漫黄沙中扑向戈壁滩，最后变得无影无踪。这座边关，送走了无数戍边壮士，也送走了无数骚人墨客，然而一将功成万骨枯，一诗吟成捻断须，真正能青史留名的又有几何。

夏天站在关口上抚今追昔，觉得自己忽然有了一些历史感，这种历史感让自己豁然开朗，他认为自己要好好收拾一下心情，以更好的状态面向未来，他暗忖，这也许算是行万里路的收获之一。

玉门关匆匆一过，夏天和文迪搭上了去敦煌的长途车，他们希望在天黑前赶到敦煌附近，找一家小旅馆安顿下来，准备明天去莫高窟和月牙泉的一日游。

玉门关到敦煌有二百多公里，长途车比他们想象中要慢很多，到敦煌附近时，已经接近夜里十点，他们找了一家挂着国营旅店招牌的路边小店，询问是否有空房。

听说他们是北京的大学生，旅店的值班经理看了他们一眼后，说今天客人比较多，没什么富余房间了，可以给他们俩安排一个房间，按半价收费。

值班经理说给他们安排一个房间的时候，听得文迪满脸飞红，她急忙摆手说我们要两个房间。

值班听明白他们的意思，想了想道，实在不行，只能委屈你们中的一个人睡值班室，这么晚了，估计不会再有客人来了，好在值班的人家就在旁边，我们让值班的人回家休息，睡值班室只象征性收一块钱。

夏天和文迪瞬间就感受到了西部人民的古道热肠，他们连声道谢。让他们感动的不止于此，得知他们一直赶路还没吃饭后，值班经理又让旅店师傅在后厨给他们一人煮了一碗羊汤面，还卧了一个鸡蛋，同样只收一块钱。

夏天认为，这家旅店为他们的西部之行开了一个好头，他万万没想到，顶着北京大学生的名头到西部来，居然这么受待见，这让他感动之余，也隐隐感到了老百姓们对他们的重视和期待。这是那个年代的大学生值得骄傲的事情，正是这种骄傲，让他们这些人身上背负了更多的使命感。而事实上，在后面一个月的旅途中，这种感动和骄傲一直伴随着他们。

吃完羊汤面，夏天睡在了值班室。夏天觉得，自己算是第一次品尝到了西部的美食，自己有理由对西部尤其是新疆的美食抱以更多的期待。

这家国营旅店离敦煌莫高窟很近，第二天，他们沿着敦煌市最著名的阳关大道坐几站公共汽车便到了莫高窟。这是他们第一次在阳关大道上通过，他们有一种奇怪的感觉，这难道便是传说中的阳关道，是不是走过这条阳关道，以后就不用走独木桥了？夏天和文迪一路上嘻嘻哈哈地胡乱臆测着。

他们此次中途下火车专程拜访莫高窟，和他们不久前看到的一则新闻很有关系，在那则新闻中，莫高窟被联合国教科文组织确认为世界文化遗产。这处新晋的世界文化遗产历经沧桑，充满了传奇色彩，终于等来岁月静好，有很多美妙和并不美妙的传说，这些传说让他们下定决心，一探究竟。

传说之一，丝路花雨，反弹琵琶。他们之前对莫高窟最重要的印象，就是反弹琵琶，衣袂飘飞的飞天形象。他们看过东方歌舞团到学校的巡回演出，东方歌舞团舞蹈演员演绎的飞天，拖着长长的彩带，在漫天花雨中，从高处徐徐飘落，好似天外飞仙，舞蹈演员身形苗条婀娜，身体总是呈S形，用纤纤玉指反弹着背在身后的琵琶，有一种说不出的风情。

传说之二，藏经洞，被洗劫的藏经洞。夏天到莫高窟，首先寻找的就是藏经洞，或者说是藏经洞遗址。他们也见到了这个空空如也的藏经洞，很难想象，这个收藏了四到十一世纪五万多件宝贵文物，并完好保存了数百年的藏经洞，居然毁在一个叫王圆箓的道士手里。这个道士在二十世纪初，为了几百两银子，把这些价值连城的文物，分别卖给了英法日俄的所谓考古学家。

参观藏经洞，毫无疑问，对夏天来说，又是一次很好的爱国主义教育。那些精美的壁画，让他为祖国灿烂多元的文化自豪；被洗劫的藏经洞，让他为祖先留下的宝贵文化遗产惨遭蹂躏心痛。

在自豪和心痛交织时,他又感到庆幸,因为莫高窟刚刚被确认为世界文化遗产,意味着后续一系列修复和保护措施即将展开,他相信,未来的莫高窟,一定会以更楚楚动人的飞天姿态展现在世人面前,就像我们这个曾经灾难深重百废待兴的国家。

当天晚上,他在自己的日记本里如中学生作文般,如实记录了上述的真情实感。

到了莫高窟,自然就要去鸣沙山和月牙泉。鸣沙山和月牙泉就在一处,从莫高窟搭车二十来公里,他们来到了一片沙漠的边缘,穿过这片沙漠,有一道沙梁,就是鸣沙山,鸣沙山下,就是月牙泉。要到达那道沙梁下,只能骑骆驼。

在沙漠的边缘,散住着一些人家,这些人家,就是骆驼户。看到有远客到来,骆驼户会牵出骆驼来招呼。夏天对沙漠边缘的第一印象就是,人少骆驼稀。

在那个年代,到鸣沙山旅游的人很少,夏天他们到的时候,几乎没有其他外乡人。骆驼户牵出骆驼后,直接招呼道,去鸣沙山月牙泉往返两元一位。夏天文迪自然要以学生的身份讨价还价,最后每位一元达成交易。

夏天和文迪都是第一次如此近距离接触骆驼,他们一前一后各自骑跨在骆驼的驼峰之间,迅速感受到了骆驼的伟岸和皮毛的粗糙。尤其是文迪骑的那头骆驼,可能是刚刚吃完青草料,在边走边反刍消化回味,一排长长的牙不停地横向锉动着,并顺着嘴边和牙缝哗哗地淌着绿汁和涎水,把文迪看得一路惊叫。

因为天热,文迪只穿了一条热裤,两条长腿完全暴露在外面,文迪的惊叫似乎也惊扰到了边走边专心反刍的骆驼,为了表达自己的愤怒和不耐,那头骆驼便时不时回过头来斜睨文迪,斜睨时淌着绿汁和涎水的嘴和牙便几乎要碰到文迪的大腿。把跟在后面的夏天看得都有些惊心，他感觉，那骆驼只要一狠心，就能一口把文迪的大腿含在嘴里。

文迪自然也觉察到了危险临近，叫声变得更加尖利并几乎带了哭腔。牵骆驼的老乡倒是显得非常淡定，他轻轻地吆喝了一声并抽了一鞭子，骆驼便老实了，它不再东张西望而是一门心思埋头赶路。老乡笑着解释道，这骆驼不会咬人的，可能就是见了城里的姑娘想多看几眼。

到了鸣沙山下，骆驼停下脚步，老乡示意，爬上鸣沙山，就能看到下面的月牙泉。

一路上只有一双夹脚拖鞋的夏天很快就领教了沙漠的温度，他穿着拖鞋爬了几米之后，发现拖鞋很容易陷在沙里，于是干脆把鞋脱了，光脚往上爬，他的脚没一会儿就被沙子烫得通红，尤其是脚心，烫得如针扎一般，这让他不自觉就加快了脚步移动的频率，几乎是飞跑着迅速到达了鸣沙山的山顶。

到了山顶，他看到了山下一汪月牙状的碧水，他知道，这就是传说中的月牙泉了。在夏日滚烫的沙漠包围中，有这么一汪碧水，自然堪称神奇，但这汪水的面积，却让夏天感到有些担心，这汪水也许随时会被灼热的阳光蒸发在沙漠中。

事实上，夏天的担心并非多余，他听骆驼客说，就在前两年，月牙泉的水已经干到不足一米深，水面都从月牙变成眼镜形状了，亏得今年雨水多，月牙泉才恢复了月牙状。

夏天到此一游后，便一直关注着月牙泉，其间几次传出泉水即将见底的消息，都让夏天有些揪心。好在当地政府后来采取了应急治理综合维护的措施，才使这历时几千年的沙海明珠得以保全，如今的月牙泉，已经是水阔波平芦苇青了。

脚被热沙烫到发木的夏天，看到这眼神泉后，直妾就从山顶往下滑，最后几乎是连滚带爬一头就扎进了月牙泉里。

此时的月牙泉，没有任何人工建设，就是沙山下的这一汪泉水，完全是纯天然的美景，夏天要做的，就是把自己投入到月牙泉的怀抱中，痛痛快快洗个凉水澡。夏天迅速脱光了膀子，一脑门儿就扎进了水里，夏天发现，水居然是这么浅，但又这么凉。文迪也受到夏天感染，直接蹚到水里，一直到齐腰深才停下。

夏天后来知道，如此和月牙泉水亲密接触的机会是宝贵的，月牙泉实施水体保护后，游人们已经不允许在泉水里畅游了。

在泉水里泡够之后，他们湿着爬上了骆驼，他们发现，经过月牙泉的洗礼，再骑在骆驼身上，已经淡定从容得多了。而骆驼们也似乎闻到了他们身上月牙泉水的气息，变得极其友好服帖，妥妥地把他们送出了沙漠。

到了沙漠边缘，文迪似乎已和骆驼有些依依不舍了，她招呼夏天赶紧给她和骆驼合影，照片中文迪晒得通红的脸满是兴奋，骆驼则昂起头，露出憨厚的似笑非笑的表情，嘴边和牙缝依然在滴着绿汁。

第四十七章
英吉沙的刀和天山雄鹰

游完月牙泉后,夏天和文迪急忙赶往柳园站,搭上了当天从北京到乌鲁木齐的那趟火车。一路向西北,夏天发现,没过多久,沿途的风景就发生了巨大的变化。

枯燥、单调的戈壁滩渐渐远去,黄沙大漠也被抛在身后,不时能看到一块块绿油油的草甸子,牛羊在草甸子的水洼里喝水,远处的山峰云雾缭绕,山尖上披挂着皓皓白雪,山脚下散落着一些蒙古包。穿着民族服饰的妇女们在蒙古包前忙碌着,草甸子上似乎有哈萨克族的汉子在饲鹰,山鹰一身尖啸,从天上俯冲下来,落在汉子的肩膀上,完全是一派异域风情。

看到此番风景,夏天迅速兴奋起来,他知道,他们已经进入新疆境内了。但进入新疆境内,乌鲁木齐似乎依然遥远,又经过一天一夜,经哈密、吐鲁番、达坂城,他们终于到了新疆的第一站,乌鲁木齐。经过达坂城时,夏天甚至有些冲动,他琢磨着是不是也中途下去看看达坂城的姑娘到底长什么样,眼睛是不是真的那么漂亮,辫子是不是真的那么长。

接近中午时分,火车终于到了终点站乌鲁木齐,夏天和文迪按照程程给的地址和坐车路线，直奔程程家。

他们一路摸到程程家，受到了程程家人的热情款待，程程家人显然事先有所准备，上了一桌丰盛的菜肴，饭后还切了一个大西瓜，西瓜的甜度之高，是夏天长这么大从未体验过的。

按照他来新疆之前做的功课，夏天认为，既然自己到了新疆，就应该入乡随俗，加入到挎刀军团中。

红山市场离程程家很近，夏天和文迪稍事休整，按程程指点的路线，步行前往红山市场。夏天本来想请程程陪着一起去，程程骨碌骨碌眼睛说，下午还有一点别的事，还是你们俩自己去吧。

到红山市场，夏天第一时间找到了卖英吉沙刀子的店铺，看上了一柄五寸见长的匕首。匕首的手柄是铜制的，中间镶了一圈蓝绿色玛瑙状的东西，显得古朴浑厚，匕首通体呈钢灰色，刀背坚实厚重，刀锋坚韧锐利，钢质细腻沉着。夏天觉得这把匕首分量长度都刚刚好，握在手里，似乎有一种人刀一体的感觉。经过讨价还价，夏天以四块钱买下了这把匕首，店家也随赠了一个装刀的牛皮套。

夏天把这把刀别在后腰上，走路时刀身一下一下撞击着臀部，立马觉得自己胆气特别肥壮，腰杆也挺得笔直，因为这把刀，他感觉自己正迅速融入乌鲁木齐各种口音和气息混杂的街市中，对街市中的人群倍感亲切并自信很快将成为其中的一分子。

当然，要真正成为其中一分子，和没结婚的羊娃子肉来一场狂野的约会是第一步。

文迪陪夏天卖完匕首，忽然主动提出分头行动，一小时后再在这家刀具店碰面。夏天没有多想，认为分开逛逛也好，各自都有一些自由，只是觉得文迪离开的身影有些匆忙。

夏天独自逛了一会儿，发现周边所有的一切，都没有烤羊肉串的香味对自己有吸引力，混着孜然和辣椒味的烤肉香，像一只施了魔法的无形的手，一把就把夏天拽到了一个烤羊肉串摊前，夏天所能做的，就是眼巴巴地等着吱吱冒油的羊肉串完成最后一次翻面，然后交钱，撸串。

夏天感觉，在这吃的羊肉串和在北京吃的截然不同，这儿的羊肉串烤出来外焦里嫩，鲜香扑鼻，不仅没有羊膻味儿，甚至还有一股隐隐的青草香，一开吃就根本停不下来。

烤串是两毛钱一串，夏天决定奢侈一把，不考虑预算，一直吃到吃不动为止。夏天发现自己其实是眼大肚子小，吃了十串就不行了，因为这儿的每串肉都那么结实，自己很快就有被羊娃子肉顶到嗓子眼儿的感觉。

吃饱了羊肉，夏天逛起来心里踏实多了，逛着逛着，就发现了一个熟悉的背影。那背影是文迪的，只见文迪在一个大烤串排档前，踏踏实实坐着撸串，她面前的盘子里，还剩四五串羊肉，而盘子边上，是一摞撸完串的竹签子，夏天粗略一看，不下十几个。

夏天对文迪吃肉的能力佩服得五体投地，他暗暗揣测，文迪要求分开行动，是否就是不想让自己窥见她吃肉的雄厚实力，免得被自己另眼相看？夏天待文迪把盘子里的烤串吃得差不多了，才在她后面轻拍了一下她的肩膀。文迪转过头看见是夏天，脸不由得就有些红，夏天没打算放过文迪，使劲夸文迪能吃肉，文迪假装听不见，一个劲儿快步往回走。

到程程家，已经北京时间九点多了，天还是大亮着，一直到十点，天边才渐渐出现一片片晚霞，三个小时的时差，让夏天再一次体会了新疆距离北京的遥远,也体会到了我们国家时空跨越的巨大。

　　夏天、文迪和程程商议在新疆旅程的安排,程程为他们罗列了几个以乌鲁木齐为中心必去也方便去的地方,并建议他们把这次行程最重要的目的地伊犁和巴音布鲁克草原放到最后,因为这一段是最遥远也是最艰苦的路途。

　　夏天和文迪决定第二天就去天山,认识新疆,就从天山天池开始。夏天把程程闺密留给他的那本《七剑下天山》又浏览了一遍,希望能在明天就要见到的天山找到小说里奇幻的色彩。

　　天山天池离乌鲁木齐也就一百来公里的距离,夏天文迪第二天一早搭长途公交车两个多小时就到了。此时的天山天池,被确认为国家级风景名胜还没有几年,景区基本保持了原生态,景区门口唯一的障碍物是一根横着的铁栏杆,是为了避免闲杂车辆通过。当夏天文迪经门口从石门峡谷往里走的时候,只是出示了一下学生证就被放行了。

　　从石门往里走是一段长长的路,沿途,夏天可以看到不少蒙古包。蒙古包前,有小孩在嬉戏,有女人在用几块大石支着的铁锅煮奶,青烟从锅底下袅袅升起,在蒙古包后面青翠的山坡背景下变得越来越淡,最后融化在蓝天白云中。远处的山坡,被青草覆盖着,就像披着一层绿色的毛毯,有成群的羊在上面活动,就像飘浮的片片云朵。在羊群周围,不时有一些骑马的汉子顺着山坡疾驰而上,又或奔突而下。夏天眼前,是一片温馨宁静,自然与人水乳交融的天堂美景。

　　从服饰上看,他们像是哈萨克人,夏天文迪路过他们身边时,他们会热情和善地打招呼。在一座蒙古包前,有一个哈萨克小伙还捧出了一簇白色的花朵给夏天欣赏,夏天从他不太标准的汉语中听出来,这簇白花居然是天山雪莲,是前一天他刚从雪线附近采下来的。小伙还示意,如果夏天有意,他可以两块钱卖给他。夏天知道雪莲珍贵,但对雪莲到底有什么用场并没概念,只好摇头婉转拒绝。小伙虽然失望,还是请夏天文迪品尝了他们家刚刚晒好的奶酪干。

从石门往里走四五公里,视野越来越开阔,天池也越来越近了。他们最先看到的是西小天池,号称天宫第一夫人王母娘娘的洗脚盆所在。

那一池透明的碧水看着就让人想亲近,夏天跟文迪开玩笑道:"走累了吧,你可以在这儿泡泡脚,享受一下天宫第一夫人的待遇。"

文迪并不领情,话中有内涵地笑道:"我还不够格呢,那是妇女同志才能享受的待遇。"

文迪边说边来到水边,虽然没有把脚放进去,还是忍不住用手撩了撩小天池的水。文迪手刚接触到水就轻呼起来:"这么凉,王母娘娘敢用这水洗脚也是太扛冻了。"

夏天并没太留意文迪的话,穿着那双夹脚拖鞋不管不顾就蹚进了水里。水确实凉,分明就是冰水,在水里站一会儿,就感觉脚底如针扎一般,但适应一会儿后,渐渐觉得有一股热流从脚底往上升腾。夏天知道,自己身体的抗冻机制慢慢调动起来了,大学这么些年坚持用凉水洗脚算是没白费工夫。夏天在水里越走越深,感觉通体舒泰,神清气爽,之前步行几公里的疲劳一扫而光。

从小天池再往上走一公里多,便是大天池,这是他们今天最后的目的地所在。站在大天池前的山坡上,夏天认为,他看到了一个最美的天池。

他的眼前，是一片碧绿纯净开阔的水面，水面被群峰峡谷包围着，峡谷两侧的山峰峻峭屹立，山峰上一排排雪岭云杉苍劲挺拔如海浪般直冲云霄。水面是山峰、云杉和天空的倒影，仿佛天和水完全交融到一起，让站在山坡上的人都分不清是在天上还是在人间。

从山坡上向远处望去，博格达峰的雪山顶清晰可见，一层轻薄的云雾顺着山顶如瀑布般缓缓滑下，渐渐笼罩峡谷缓坡上的草甸，草甸上的牛群、羊群变得若隐若现，而草甸上一大片金灿灿的花儿却显得夺目耀眼。

在夏天的头顶上方，有几只雄鹰在高处俯冲盘旋，它们时而掠过雪山的山峰，时而划过云杉的树梢，时而在草甸上低飞，时而贴着水面滑行，在镜面般的池水中幻影成双……

夏天站在山坡上看着眼前的美景，久久不愿离去。大美天山，实在是一个让人沉醉的地方，而天池，也是一个洗心濯面的地方，面对天山天池，目光追寻雄鹰的身姿，夏天感觉自己的心似乎被雄鹰带上了天空翱翔。

第四十八章
火焰山的西瓜、吐鲁番的葡萄

从天池回来,夏天和文迪又马不停蹄,直奔此次新疆之旅的第二站,葡萄沟。

在去葡萄沟之前,夏天曾力邀程程同行,夏天甚至提议,是否可以叫上她那位闺密,自己顺便把那本《七剑下天山》当面还给她。

程程表情显得有些古怪,说你想法还挺多,但我和我闺密恐怕都没时间陪你们,看看等你们回来后我组织中学同学一起到白杨沟搞一个大Party能不能叫上她。

夏天和文迪是坐火车到吐鲁番的,到吐鲁番后,他们第一站先去的是火焰山。七月的火焰山,是一年当中最热的时候,他们一下车,扑面而来的热度就把他们征服了,他们感觉自己的脸迅速被热得红彤彤的,尤其是文迪,脸红得就像喝醉了一般。夏天开玩笑道:"你脸这么红,一看就像红孩儿他妈,估计一会儿牛魔王要喊你回家吃饭。"

文迪啐了夏天一口道:"你就喜欢把人比成老妇女,我看你的脸也快热成猴屁股了,小心牛魔王把你当孙悟空,你敢调戏铁扇公主，牛魔王饶不了你。"

"看样子你和牛魔王真是一家的！"夏天仍自顾调侃，气得文迪直翻眼睛瞪他。

他们也算是有备而来，水壶里在下火车前灌满了凉白开，但在火焰山待了没一会儿，就感觉水壶开始发烫，凉白开已经变成温开水了。他们没敢往里走太远，只是努力接近那座火焰色的山包，准备拍几张照片留念就离开。

夏天一如既往穿着那双人字片儿拖鞋，踩在滚烫的砂石路面上，感觉人就像在炭火上行走，鞋底似乎都要被烤化了。夏天担心，时间一久，不仅脚底会烫起泡，脚都有可能被烫熟。

好在夏天算是有点儿小机灵，他边走边不时往脚上浇一些水壶里的水，水壶里的温水浇在脚上被热风一吹，竟有一种清凉的感觉，这让他的脚步变得轻快起来。他们坚持走到山包前，发现几个穿着白袍的维吾尔族老乡已经胸有成竹地在微笑着等待他们。

这几个维吾尔族老乡在火焰山前支了一个小凉棚，凉棚边是一个带玻璃罩的面盆，面盆里码放了一层鸡蛋。维吾尔族老乡见夏天文迪走近，便一边招呼一边吆喝着：三毛一个，五毛钱两个，太阳烤的鸡蛋，男人吃了变成小老虎，女人吃了保证生儿子……

维吾尔族老乡的吆喝让文迪脸更红了，夏天觉得很好奇，问太阳真能把鸡蛋烤熟吗？夏天话音未落，一个维吾尔族老乡便从面盆里拿出一个鸡蛋磕开了，边磕边说道，保证熟得透透的，不熟不要钱。他说着就把鸡蛋递给了夏天，夏天本来还在犹豫要不要买一个尝尝，但面对已经磕开递到眼前的鸡蛋，感觉已经无法拒绝了，夏天算是第一次领教维吾尔族同胞做生意的强悍敏捷。

夏天和文迪花五毛钱买了两个鸡蛋，磕开后剥掉鸡蛋壳，看到鸡蛋已经完整成形,如白玉般晶莹剔透,轻轻咬开,除了蛋黄略有些松软,其余跟水煮的鸡蛋几乎没有分别。

他们在凉棚里吃着鸡蛋,维吾尔族老乡又继续吆喝道:吃完鸡蛋再吃西瓜,把铁扇公主娶回家……

凉棚里,维吾尔族老乡不失时机地切开了半个西瓜,西瓜的清香瞬间就洋溢在周边热得冒火的空气中,这湿润的清香味儿就是命令,夏天感觉自己像被火烧着了一般,唯一能做的,就是赶紧掏钱,然后抓起西瓜灭火。

好在维吾尔族老乡也是明码标价,夏天和文迪一块钱吃了一个"肚歪"。夏天认为,在火焰山吃过的西瓜,是他这一辈子吃过的最香甜解渴的西瓜,没有之一。

从火焰山出来,他们又搭车去了高昌古城,他们对古城中年代久远的残垣断壁其实不甚了了,但古城中的旷热干燥,让他们再一次焦渴难耐。在古城边的集市上,夏天买了一整个哈密瓜,和文迪找了一堵断墙的阴影处,放开肚子狂吃。夏天在乌鲁木齐买的那把英吉沙的匕首总算发挥了作用,他们边切边吃,边吃边切,居然把一个四五斤重的哈密瓜消灭个干净。夏天发现,这哈密瓜和火焰山吃的西瓜都是甜度之高超出想象,吃完之后,手、嘴、刀似乎都粘得洗不干净。

夏天还意识到,他们这一天,几乎就没进过主食,一路吃的都是水果宴,水果宴让他们神清气爽,一点儿都没有饥饿感,似乎身上出的汗都带着一股西瓜和哈密瓜混合的甜蜜气息。

在高昌古城转悠完,他们又往东折向葡萄沟,这是他们在吐鲁番最重要的一个目的地。他们准备夜宿葡萄沟,第二天一大早就钻进葡萄园和葡萄们来一次最亲密的约会。

他们在一片无边的月色中摸进了葡萄沟，踏着满地葡萄藤和白杨树叶摇曳的暗影，敲开了一户葡萄农庄的大门。这户葡萄农庄是程程的朋友介绍的，据说这户农庄在当地小有名气，她的这位朋友曾在这儿住过并和农庄的主人熟识。

给他们开门的是一个身材苗条长相甜美的维吾尔族姑娘，长长的辫子，一双又圆又亮的眼睛，圆得像葡萄，亮得像星星，眼神中透着活泼、开朗和俏皮。

夏天说明他们的来意后，被这位姑娘热情地迎到了院子里，这位姑娘给他们安排了两间洁净的客房，还给他们做了两碗拉条子，并陪着他们边吃边聊。

这是一位健谈的姑娘，普通话居然说得非常流利。她自我介绍名叫热那汗，曾经上过汉语高中，是这家农庄的女主人，高中毕业后她就和父亲一起打理这个农庄并承包了一大片葡萄园。她特别强调她的名字热那汗不是热得出了那么多汗的意思，而是维语娇美的意思，她介绍自己维语名字的含意时还故意忽闪着眼睛问夏天："我长得像我的名字那样美吗？"

夏天刚开始还有点儿犯愣，但很快就放开了，笑道："你的名字和人一样，都是又美丽又热情，我见了你感觉真要热得出那么多汗了。"

夏天的调侃换来了热那汗一串银铃般的笑声。

热那汗聊着聊着，忽然指着文迪问夏天："她是你的古丽吗？"

夏天茫然地问："什么叫古丽？"

热那汗解释道："古丽就是姑娘的意思，我是问她是不是你的女朋友？"

听到热那汗的问话，文迪脸腾一下就红了，她看了一眼怔怔不语的夏天道:"他还没有女朋友,他到新疆来就是要找一个古丽带回家的。"

热那汗显然来了情绪,她指着文迪对夏天不依不饶地说:"有这么方便的古丽为什么要到新疆来找,太远太麻烦了!"

夏天发现热那汗八卦起来简直不可遏制,文迪在她嘴里居然成了方便的古丽,他意识到必须迅速转移目标才能让自己解围,于是赶紧回答道:"我一点儿都不怕远也不怕麻烦,像热那汗你这样漂亮的古丽,只要你的刀郎不跟我抢,我就把你带回北京去。"

夏天的话把热那汗说得也有些脸红,她哈哈大笑道:"你怎么知道他叫刀郎?我不能让你见他了,他会真跟你动刀子的……"

这晚月光如水,微风吹得葡萄树叶簌簌作响,空气中弥漫着葡萄清甜的芬芳,他们就这样聊着直到月亮在星星的掩护下渐渐黯淡了光芒。

第二天一早,夏天和文迪吃过早饭,便被热那汗领进了一片望不到边际的葡萄园。热那汗告诉他们,在这片葡萄园里,他们可以随便逛,也可以随便吃,每人只要交一元钱。

夏天觉得很新奇,他没想到,原来葡萄沟是可以这样逛的。他和文迪徜徉在一条长长的葡萄走廊里,看着那一串串沉甸甸晶莹剔透挂着白霜的葡萄,竟有一种无处下嘴的感觉。葡萄太多,品种太多,选择吃哪种葡萄,吃哪串葡萄,是一个需要思考的问题,这真是一种幸福的烦恼。

他们决定,既然来了,那么每种葡萄都要尝一尝,红葡萄、黑葡萄、玫瑰香、马奶子、无核白……他们发现,好看当属马奶子,好吃一定是无核白。马奶子顾名思义,状如马奶,味道清甜,含一枚在口,顿觉饱满充实。吃完马奶子,再吃无核白,他们才忽然明白，为什么逛之前热那汗千叮咛万嘱咐他们一定要最后尝无核白。

夏天觉得，无核白的甜，是一种往心里钻的甜，品尝完这种甜，其他葡萄的甜立马就成了浮云。尝了无核白，他们也发现，他们其实已经吃不下多少葡萄了。无核白不愧是世界上甜度最高的葡萄，多吃了几颗无核白后，他们感觉脑袋已经被甜得有些发晕，肚子里有明显的饱胀感。

因为葡萄园的葡萄是许吃不许带，他们最后只好带着甜蜜的记忆和眼大肚子小的遗憾，一步一回头离开了葡萄沟，离开了热那汗。热那汗的刀郎也过来送别，刀郎是一个长着小胡子的维吾尔族帅小伙，腰间确实斜挎着一把弯刀，但挎刀的刀郎非常友好，他给夏天和文迪每人送了一袋无核白的葡萄干，让他们把吐鲁番的阳光和甜蜜带回北京。

多年后夏天重游葡萄沟，无核白的甜蜜依旧，只是他再也找不到热那汗和她的刀郎了。

夏天和文迪带着满满的收获回到乌鲁木齐，程程欣喜地告诉他们，一场盛大的欢宴即将举行，她在新疆的一帮同学要安排一次热烈的欢迎活动，招待来自北京的朋友们。这次活动，将在白杨沟举行，夏天会见到他想见到的人，也一定会见到他以后不会想再见的人。

听程程说得有趣，夏天揣摩，程程所谓他想见到的人，一定是她那位闺密，那所谓见到以后不会再想见到的又是什么人呢？夏天觉得好奇，不禁对即将举行的盛大聚会憧憬起来。

聚会在他们回乌鲁木齐的第二天举行，参加聚会的有一卡车人，确切地说，参加聚会的人是坐着一辆卡车去白杨沟的。和这群人一起坐卡车的,还有一头没结婚的羊娃子,四五个西瓜。

程程家是卡车出发最后的集结点,夏天他们上车时,其他人都已经齐了,夏天略微有些失望,传说中要来的程程闺密并没有出现。程程早已洞悉夏天的心理,悄悄找机会解释说她的闺密是最后一刻决定不来的,但还是委托她代向夏天问好,祝他新疆之行一切顺利,并获得旅行之外的收获。那本书也不用还了,算是留个纪念。

程程说到旅行之外的收获时,眼神很特别,让夏天听起来似乎话里有话,但夏天感觉仍是懵懂。卡车开起来后,风呼呼地从头顶和货车挡板的缝隙中吹过,车厢内风声鼓荡,感觉甚是凉爽,那只羊娃子时不时欢快地"咩咩"叫着,全然不知自己即将为这一车人壮烈牺牲。

白杨沟距乌鲁木齐七八十公里,沿途都是寻常风景,但一进沟谷,立马感觉别有洞天。沟谷内群峰峻峭,云杉高耸,草场密林错落有致,河谷沿线溪流淙淙。他们的大卡车,一直开到了河谷最深处。

河谷最深处,是一面绝壁,绝壁上,一条高几十米的瀑布喷溅而下,让瀑布下方的大片区域感觉湿润凉爽。程程和她的同学们在半山的一处缓坡上安顿下来,用石块垒了一个灶台,点着了自带的引火木柴,并用大铁锅坐上了一锅山溪水。在灶台旁边不远,他们铺上了一层毛毡,上面摆满了核桃、小枣、奶酪、花生、黄瓜、西红柿等一应吃食。

他们把那几个西瓜直接放到了瀑布下方冰凉的水洼里冲刷浸泡,那头羊是今天这顿野餐的绝对主角,它被程程一个矮壮的男同学牵到了一个拐角僻静处,倒挂在一个木头支架上。

那位矮壮的同学刀法娴熟，三下两下就把那只肥羊开膛破肚剥皮分身，羊排羊蝎子的部分剁开后被投入到大锅内炖煮，羊腿部分则被挂在烤架上用炭火翻烤，他们边烤边在羊腿上洒上孜然、辣椒面和盐巴。

很快烤羊腿就开始吱吱冒油，肉香混合着周围的青草香以及孜然、辣椒的香味，让人食指大动。那位矮壮的同学用自己那把锋利的尖刀从羊腿上片下一块烤熟的肉递给夏天先尝尝。夏天也没客气，迫不及待就把那块肉放进了嘴里，这块肉外焦里嫩，奇香扑鼻，鲜美异常，夏天感觉自己所有的味蕾都被调动起来，嘴里的口水几乎呈喷溅状。

烤肉香把人群迅速聚集起来，几乎人手一把小刀，很快就把羊腿烤熟的外层削了个干净，羊腿露出粉红鲜嫩的本色。矮壮哥并没收手，他用剔肉尖刀挖下一块鲜肉，带着血丝直接送进嘴里，甩开腮帮子狂嚼，边嚼边不断发出满足的叹息。夏天以前从未吃过生羊肉，但看着矮壮哥满足的样子，也毫不犹豫用自己那把英吉沙匕首削了一块生肉下来，放进嘴里大嚼。

夏天嘴里的这块生羊肉，没有一点儿膻味，反而带着一股青草香和奶香，入口鲜嫩多汁，让人欲罢不能。夏天感觉，自己身体里对肉食原始的野性冲动瞬间被唤醒。

夏天认为，这羊和新疆美丽的大草原是一体的，或者说，它就是新疆大草原的化身，只有新疆这片土地才有可能生长出这样的羊。草原上青草的气息、野花的气息、晨露的气息和阳光的味道，都聚集在它的骨骼中、血肉里，让它全身都变得鲜美芬芳，它用自己的鲜美芬芳滋养了这片草原上的人们，也时不时接济一下饥饿的群狼，它就是上天赐给这片土地的福祉。

吃着羊肉，夏天和矮壮哥等一帮程程的同学围着火把跳起舞来。夏天不时用刀子片下一大块肉塞嘴里，感觉自己豪迈无比。

不知吃了多少肉，夏天只觉得自己似乎把一辈子的肉全都吃完了，最后夏天和矮壮哥更是惺惺相惜地拥抱，好像是找到了灵魂知己似的。最终还是程程和文迪把他们分开，然后各回各家。

程程后来临毕业时在毕业纪念册里写道：当你和我的同学围着火堆跳舞的时候，我想说，你真行！

第四十九章
伊犁，和买买提同行

第二天，夏天和文迪就坐上了从乌鲁木齐到伊犁的长途汽车，准备先到伊犁，再从伊犁转道巴音布鲁克草原后返回乌鲁木齐。

他们再一次领略了新疆的辽阔，从乌鲁木齐到伊犁，要坐整整两天的汽车，途经石河子、独山子、精河、赛里木湖再到伊宁。

在精河，夏天第一次见识了什么叫真正的大通铺。精河是他们坐一整天车后途中过夜的地方，几乎所有从乌鲁木齐到伊宁的长途车，都会在精河站停一晚。精河站主要由两个大仓库组成，每个仓库里都有两排长近三十米的大通铺，过夜的男女旅客，分住两个仓库。

也许是因为旅途颠簸劳顿，疲惫至极，夏天和一群素不相识的各个民族的男同胞睡在一张大通铺上，在各种混合的气息中，盖着一条油渍麻花的被子，居然睡得那么香甜。

天亮后，他找到文迪，问她休息得如何，文迪颇有些安之若素的味道，说睡得挺好的，要不是旁边一位姑娘打呼，估计会睡得更香。夏天再一次感觉到文迪实在是一个旅行的良伴，虽然是个女孩，却一点儿都不娇气，而且她身体素质倍儿棒，完全不需要自己分心照料。

　　车过精河，道路变得越来越颠簸，有时候快速行驶的汽车在突遇路中的大坑时，人会被颠得飞起来又重重落下，吓得夏天和文迪不得不使劲抓住前座的靠背扶手。他们也不敢轻易打盹，因为车行中途的一个插曲让他们心有余悸，他们亲眼见前排一个趴在铁栏杆上打盹的旅客，在汽车颠簸时人飞起又落下后，牙重重地磕在铁栏杆上，登时口唇出血，呼痛不止。

　　但正是这个人的受伤，让他们有缘结识了一位维吾尔族朋友，并随着这位朋友，住进了乡村维吾尔族人的家里，真正体验了一回维吾尔族人的生活。他们和这位维吾尔族朋友的交往，可以说是他们这次新疆旅行的奇遇。

　　话说那位旅客嘴被磕出血后，车厢里一片惊呼，但司机开车速度依然不减，车子颠簸依旧。这时，一位坐在他后排的维吾尔族小伙站了起来，他用很标准的普通话大声呵斥司机，说司机这么开车简直就是草菅人命，一点儿为人民服务的精神都没有。

　　夏天在新疆这些日子，听惯了维吾尔族朋友操着口音很重的普通话跟汉人交流，说这么标准普通话的维吾尔族朋友是头一回见，而且他还会用草菅人命这个成语，并用为人民服务的精神教训开车的汉族司机，这使夏天对这位维吾尔族朋友刮目相看并充满好奇。

　　为表示对这位维吾尔族朋友的支持，夏天冲到了汽车前排司机身后，大声要求司机赶快停车。司机之前并没有意识到有人受伤，夏天的大声呼喊才使他明白自己开快车已经造成了不良后果。

　　他赶快停下车，给受伤旅客赔礼道歉后，用车上急救箱里的药品为旅客伤口做了处理，并在后面的路途中把车开得稳当了很多。

因为这段插曲,夏天和这位维吾尔族小伙互相心生好感,一路攀谈起来。夏天认真打量这位维吾尔族小伙,觉得他长得有点儿像南斯拉夫电影《瓦尔特保卫萨拉热窝》里面的男主角瓦尔特,非常有男子气概,于是,他们的聊天就从瓦尔特开始。

夏天一上来就夸他长得像瓦尔特,而这位朋友居然也知道瓦尔特,听夏天这么夸他不禁哈哈大乐,直说夏天有眼光。从聊天中得知,这位维吾尔族朋友的名字其实叫买买提,于是夏天调侃道,他可以叫瓦尔特·买买提,将来会成为新疆的大英雄。买买提听了直夸夏天会聊天,并对夏天投之以桃,报之以李,说夏天长得像洪常青。

这位维吾尔族小伙风趣幽默,谈吐不凡,和夏天交流完全没有隔阂,要不是他的高鼻深目,夏天完全意识不到他是一位维吾尔族朋友。随着聊天的深入,夏天才知道,买买提虽汉比夏天略长几岁,但已经是新疆师范大学的历史教师,难怪汉语说得那么好。

买买提对夏天和文迪也很好奇,一路详细了解了他们此次游历新疆的行程和对新疆的印象,并就北京的高校问了很多问题。

他们一路聊着,一直到了赛里木湖。

车开到湖边,司机把车停了下来,并告诉旅客,长途车将在此停留半个小时,大家可以在湖边稍作休整。对头一次到赛里木湖的夏天和文迪来说,这当然是最好的安排,车上的其他旅客,见到眼前一望无际的湖面,也都很兴奋,纷纷脱了鞋沿着缓坡蹚进湖水里。

夏天之前就做了功课,知道赛里木湖是新疆海拔最高、面积最大的高山湖泊，又是大西洋暖湿气流最后眷顾的地方，有"大西洋最后一滴眼泪"的说法。但在身临其境后，夏天发现，大西洋这滴眼泪的壮阔和美丽还是超过了自己的想象。

赛里木湖一望无际的湖水，随着水的深浅不断变幻着颜色，由透明的白、浅浅的绿，再到幽深的蓝，整个湖面，就像是镶嵌在高原上的一颗如泪滴般晶莹的蓝宝石，在阳光的照耀下，呈现一种梦幻般的迷离。远处的雪山和天上的白云倒映在湖面上，使湖水和远天连成一体，互为镜像，对影成双，如同一幅壮美灵动的大写意山水画，偶尔被风吹皱，转瞬又归于平静。

湖岸四周，生长着各色野花，黄的、蓝的、紫的、白的，随微风招摇着，凌乱了湖岸边的波纹，让人心旌摇荡，兴奋莫名。

夏天和文迪被眼前的美景震撼，赶快掏出相机，从不同角度拍摄了许多张照片作为留念。平时被夏天认为是女汉子的文迪，还特意半蹲在湖边的花丛中，让夏天给她留下了一张略显娇羞的美照。

夏天给文迪拍完照，买买提主动凑上前来，跟夏天说我给你和你女朋友拍一张合影吧，文迪听了有些脸红，夏天愣怔了一下不知道如何解释，文迪看了一眼夏天对买买提说他没有女朋友。买买提似乎明白过来了，于是笑着对文迪道："看样子我可以和你合影了。"

文迪又看了一眼夏天，发现夏天还在愣怔当中，于是很大方地靠近买买提身边，示意夏天给他们拍一张。

夏天在愣怔中按下了快门，并且选了一个很美的角度，他发现，身高腿长的文迪跟买买提合影，居然有些小鸟依人的味道。

拍完照，夏天蹚进了湖水里，要不是觉得湖水冰寒，都恨不得直接到湖里扎猛子。进水后，夏天忽然有一个奇怪的发现，就是自己周边很大一片范围内，都是透明见底，却一条鱼的影子都见不到，难道真的是水至清则无鱼？

水是至清，没有鱼这件事也得到了买买提的证实，但是否是因为水至清才没有鱼，买买提也说不清楚，只说自古以来赛里木湖就是一个没有鱼的湖。夏天暗暗揣度，水至清则无鱼并不可信，难道是因为水里有毒？

夏天若干年后带着当年的疑惑故地重游，看到湖里后来从俄罗斯引进的大量高山冷水鱼，才确信有毒的猜测纯属无稽之谈。

过了赛里木湖，沿途的风景变得明媚起来，很快，他们就到了伊犁哈萨克自治州的首府伊宁。

他们在车站和买买提分手，竟有些依依惜别的感觉。买买提握着夏天的手半天没撒开，沉吟了一下忽然提议道，其实从伊宁到巴音布鲁克大家有一段路是可以同行的，如果他们愿意，明天他们可以一起从伊宁离开，中途在他的老家尼勒克县停留几天，他可以陪他们体验一下真正维吾尔族乡村的生活，之后他留下来陪自己的家人，他们则可以继续上路。

夏天和文迪感受到了买买提的诚意，也觉得他的提议很有吸引力，但他们拿不准的是伊宁周边半天是否能逛完。正犹豫中，买买提又善解人意地建议道，你们不一定要马上做决定，等你们逛完伊宁市区后，如果还想逗留，就继续你们的行程，如果不想再待下去，那就明天早上十点我们在车站集合，一起上我的老家转转，看看维吾尔族农村老乡是怎样过日子的，这对你们更多地了解新疆或许会有一些帮助。

买买提的提议让他们多了一种选择，夏天文迪决定先逛逛后再说。买买提很细心,特意留下了他在乌鲁木齐学校的地址,说如果他们明天不能一起走,也欢迎他们回乌鲁木齐后找他。

长途车站离伊宁的闹市区不远,夏天文迪和买买提分手后,便在伊宁的大街上逛了起来。夏天感觉到,和乌鲁木齐相比,伊宁显然更具民族特色。街道上,各种风味的清真餐厅,绘着蓝绿花纹带穹顶的清真寺,路边穿着白袍跪在毯子上祈祷的人们,处处体现出异域风情。伊宁虽然号称伊犁哈萨克自治州的首府,但维吾尔族人显然还是比哈萨克族人要多出不少。

马路上像夏天和文迪这样外地学生装束的人并不多见,因为天热,夏天和文迪都是穿着短裤,尤其是文迪,一条红色的热裤配一双光溜溜的长腿,显得很是招摇。饿了大半天的他们一人捧了一大把羊肉串边走边吃,东张西望欣赏沿街的风景。

他们按照来之前程程的介绍,首先找到了当时的一个地标性建筑,伊宁烈士陵园的革命烈士纪念塔。

这是一座具有新疆少数民族风格的纪念塔,上面用汉、维、哈、蒙四种文字镌刻着毛主席题写的碑文,是为纪念维、哈等少数民族人民1944年反抗国民党统治发动武装斗争牺牲的烈士而修建。

伊宁天黑得比乌鲁木齐还要晚,夏天文迪在市区逛完住进旅店时,已经是晚上十点多了,但依然能看到一抹晚霞挂在天边。他们一致认为,伊宁市里已经没有什么可逛的了,明天跟买买提去他的老家是唯一的选择。

他们在车站看到买买提时,竟有一种老友重逢的感觉,虽然他们只隔了一夜未见。

买买提的老家尼勒克离伊宁并不远,正好在伊宁去巴音布鲁克的路上。尼勒克地处伊犁东北部山区，地形以高山峡谷为主，买买提领着夏天文迪在尼勒克停留的第一站，就是去唐布拉峡谷草原看望他的叔叔。

买买提介绍，唐布拉峡谷是尼勒克风景最美丽的地方，20世纪60年代有一部很有名的电影《天山的红花》就是在这儿拍摄的，很多内地人正是通过这部影片才知道新疆有多美。

长途车特意在电影拍摄取景的峡谷地带停留了半个小时，供旅客观景和拍照留念。这条峡谷草甸青草茂密，行走在草甸上感觉像踩在厚厚的绿色地毯上，青草间开放着无数红色的、紫色的小花，越往上走花开得越密集，到半山坡时已经是红紫一片。

买买提走在草甸上也很兴奋，他忽然提议大家一起跑上去，比比看谁能先跑到半山坡的观景平台。从买买提的表情可以看出，他对自己的奔跑能力非常自信，因为他毕竟从小就是在这边的山区长大的，这种比赛可以算作他的表演赛。但夏天对买买提的提议并不怵，甚至暗笑买买提不了解自己的底细，自己国家优秀运动员的证书和奖章可不是白拿的，全班体育测评男生中就他和江驴儿达了标，而买买提毕竟年长几岁，已经过了运动能力的巅峰期。

夏天欣然接受买买提的挑战，买买提可能是优势意识作怪，在起跑时甚至示意夏天可以先跑一步。夏天摇摇头，脱下自己的那双拖鞋，光脚站在柔软如毛毡的草甸上，感觉肾上腺素迅速飙升，奔跑的冲动不可遏制。

刚出发时买买提显示了很强的爆发力，但夏天迅速就赶上了，周边的青草香和花香让他兴奋异常，他越跑越快，如同一匹脱缰的野马，山坡上红色的花海似乎正带着风声向他扑面而来。夏天认为，他从来没有像现在这样享受奔跑，仿佛要飞起来的感觉。

跑到半山观景平台时，夏天已领先了买买提好几个身位。买买提显然没想到自己会跑不过夏天，但他回头看时，发现文迪就紧跟在自己身后，如果距离再长一些，他还有可能被文迪超越，这更让他吃惊不已。他当然想不到，文迪作为校女子运动队队员一百米跨栏冠军也绝不是吃素的。

看到身材瘦削的夏天和作为女流之辈的文迪居然能迸发出如此的能量，买买提的表情充满疑惑，嘴里嘟囔着，难道北京的汉人和新疆的汉人不一样？这边的汉人可没几个跑过我的，这边的女人更没几个会跑步的，难道我这么快就老了吗？听着买买提的嘟囔，夏天文迪相视而笑，夏天发现，文迪的眼神里似乎有一些不一样的内容。

在观景平台上，买买提还要和文迪合影，文迪摇摇头，说你们俩还没合过影呢，我来给你们拍吧。

夏天和买买提互相搂着的彩色合照，背景是一片红色的花海，夏天后来在照片背后写下了几个字：花儿就是这样红！

第五十章
那拉提的春天

买买提叔叔住的地方是这峡谷草甸深处半山村落里的一幢木屋，离红色花海也就十几分钟车程，长途车正好从村前经过。

到叔叔家后，买买提隆重介绍了他带来的两位来自北京的朋友，还向他叔叔郑重交代了些什么，他叔叔听了连连点头。

很快，不断有村里人到叔叔家来，有帮着宰羊的，有帮着抓鸡的，有的在厨房生火，有的则在院子里摆上了长桌。村民们有的带来了自己菜园里种的黄瓜、西红柿、青椒、土豆等蔬菜，送到后厨，有的则贡献了葡萄、哈密瓜、西瓜以及各式干果奶酪，铺满了长桌。一群小男孩小女孩也跑到院子里欢快地嬉闹着，不时用好奇的眼神打量着夏天和文迪。

显然，夏天文迪的到来惊动了全村的居民，村民们开启了众筹模式，几乎是以一种办喜事的方式迎接夏天文迪的到来。买买提半开玩笑道，这个村里平时只有结婚的时候才会这么热闹，你们正好可以体验一下在维吾尔族村里结婚的感觉。买买提的玩笑话听得文迪脸上飞红，而夏天则没心没肺地在一旁啃起了哈密瓜。

众人拾柴火焰高，没有多久，一只烤全羊便抬了出来，其余各种菜式也纷纷上了桌，欢宴很快就要开始了。在宴会开始前，买买提的叔叔特意用水壶打来了泉水，请远道来的客人洗手。买买提跟夏天解释道，维吾尔族人是很讲究卫生的，吃正餐前洗手也是一种礼仪。买买提还叮嘱，一会儿跟人握手或者给人递东西的时候，一定要用右手，不然会被认为不礼貌，至于为什么要用右手，想想你上厕所用哪只手就明白了。

夏天自己平时并没在意区分左右手的不同功能，买买提的提醒让他及时了解了维吾尔族人民的风俗，在这场盛大的欢宴中表现得彬彬有礼，充分展现了首都大学生的精神风貌。

买买提的叔叔是这场欢宴的主持人，他先从烤全羊的脖子和脊背中间剔了两块肉给夏天和文迪，买买提解释说，这个部位的羊肉被认为是最好吃的，一般都会请最尊贵的客人品尝，你们来了，就客随主便，不必推辞。夏天尝了尝这种馕坑里烤出来的羊脖颈肉，感觉确实不同凡响。

这些村民个个都能歌善舞，夏天文迪乘着此时的兴奋，不需邀请，就和村民们跳成一团，边跳还边模仿维吾尔族舞蹈的动作，惹得妇女小孩们笑成一团。文迪小时候估计学过新疆舞，当她像模像样左右动脖子时，引来一片喝彩声……

夏天他们离开买买提叔叔家的时候，买买提叔叔把夏天请到屋内，打开一个巨大的柜子对夏天说，这个柜子里的东西你随便拿，拿得动多少就带多少。

夏天听得受宠若惊又感觉如坠五里雾中，心想自己两手空空而来，吃饱喝足还要拿走人压箱底的东西，实在是受之有愧。待他走近柜前，看清柜子里的东西，心情才略放松，原来这柜子里装的，是满满一柜子烤好的馕。

买买提解释，这边一年四季空气干燥，村里人用馕坑烤馕，一次会烤很多，烤好后放在柜子里几个月都不会变质，平时随吃随取，非常方便，你们拿几个带在身边，后面旅行一路上肯定用得上。

夏天"听人劝，吃饱饭"，也没推辞，拿了几个用塑料袋装着，塞进背包里。

离开买买提叔叔家，他们三个坐了二十分钟左右的拖拉机，来到山谷平原地带买买提父母居住的村庄。

这是一个颇具规模的典型的维吾尔族村落，村里房屋多为土木结构，门前檐顶窗口都涂着蓝白绿色的装饰纹，在白杨树、杏树、葡萄树的绿荫掩映下，整个村庄显得古朴、幽静、整洁。

买买提家看样子像是村里的大户人家，有一个大大的庭院，庭院里的葡萄架下，放着一张称为"卡塔"的巨大木榻，起码可以躺三四个人。夏天想，或许晚上睡在这木榻上透过葡萄藤看星星也是个不错的选择。

但等到天真正黑下来以后，夏天发现，新疆日夜温差确实是挺大的，待在屋外，凉风一吹，浑身会起鸡皮疙瘩，在露天睡一宿基本是不可能的。买买提很细心，早已安排好夏天文迪晚上的住宿，他把他们家正房的一张大炕让了出来，他父母住进了侧屋，自己则去村里的发小儿家对付一宿。也就是说，这晚夏天文迪要睡在一张大炕上。

好在屋里那张大炕中间有一张炕桌，夏天文迪各自睡炕桌两头。夏天并没太在意，他看了看文迪，见她也神色如常地刷牙洗漱，没有一点儿扭捏之态，便自顾自拉了一床被睡下了。刚躺下时，他似乎听到文迪说了句什么，但此时他上眼皮和下眼皮迅速合围，仿佛瞬间失去了知觉。

夏天睁开眼时，天已大亮，买买提早就回来了，文迪也头发梳得整整齐齐容光焕发地从村子里溜达回来。买买提家里准备了丰盛的维吾尔族早餐，新鲜的牛奶、炒米、奶疙瘩、拉条子，夏天吃了一"肚歪"。

夏天文迪按计划今天就离开买买提家，往那拉提草原方向出发，买买提帮他们联系好了一辆去长途汽车站的拖拉机。临出发时买买提抱完夏天又抱文迪，抱文迪时间明显比较长，抱得文迪脸红地看着夏天。他边抱边叮嘱说等他们回乌鲁木齐时一定要上师范大学找他，他那时肯定也回去了。买买提还给夏天塞了一大袋杏子，说是早上刚摘的，甜死人不赔命。

夏天带着一种依依惜别之情，离开了维吾尔族兄弟买买提，又开始了和文迪两个人的旅行。他们准备先到新源县，再到巩乃斯林场，从巩乃斯林场转道巴音布鲁克草原，看看传说中的天鹅湖。

长途车到新源县城时已是中午时分，从县城到巩乃斯林场需搭另外一趟长途车，这趟车第二天早上才出发。夏天文迪不想在新源县耽搁一晚，就在车站打听有没有可能搭顺风车进林场。

打听的结果让他们很失望，说到林场山路艰险，每天进山的车并不多，大部分都是送补给的，想搭顺风车要看运气。长途站旁有一辆中巴车主看见他们在找车进林场，就过来招呼说如果他们愿意每人出十块钱他可以专门跑一趟，否则免谈。

每人十块钱对夏天文迪来说显然是不能承受的，他们决定离开长途站找个地方先填饱肚子再做计议。他们在长途站不远居然发现了一个川菜馆子，这让他们感到莫名亲切，他们也忽然意识到已经好多天都没吃过正经汉餐了。

他们点了一个麻婆豆腐,一个回锅肉,一个菠菜猪肝汤,再加上一斤米饭,吃得肚饱溜圆,酣畅淋漓,总共才花了四块多钱。他们边吃边向饭店老板打听去林场车的事,好心的老板告诉他们,一会儿他带他们去不远处的一个煤场试试,煤场也许会有运煤的车进山。

老板带他们去煤场,还真找到一辆运煤进山的卡车。卡车司机看饭店老板的面子,答应免费带他们进山,但因为驾驶室已满,只能让他们坐在后车厢里。

夏天文迪觉得这顿饭值了,填饱了肚子,还省了车钱,他们毫不犹豫地爬上了后车厢。他们发现,这煤车装得还真满,他们只能把着边坐在高高的煤堆上。

卡车司机显然是跑惯这条路的,车开得很猛,刚开始夏天文迪觉得很拉风,虽被颠得前仰后合还是一路欢声笑语,但开始进山之后,就发现没那么妙了。

这是一条盘山公路,在高速行驶中,离心力非常大,因为煤堆得很高,几乎和车厢挡板齐平,人在煤堆上根本坐不住,稍有不慎,就有可能被甩到车外。夏天文迪明确感到了危险,他们再也不敢坐在煤堆上,而是在车厢中间一人挑了一个硕大的煤块抱住,死死趴在煤堆上,直到卡车开进了林场。

他们从煤车上下来,发现对方脸上、身上、腿上全都是黑乎乎一片,不禁相视大笑,夏天再一次对文迪的胆量和体能感到钦佩,觉得文迪绝对是巾帼不让须眉。这时候他也忽然想起了李婳,他设想李婳如果和他在一起,这样艰苦刺激的旅途肯定是挨不下来的。

卡车停靠的地方只是林场半山间的一个工作点，要去巴音布鲁克草原，需从另一侧下山，下山的车第二天才有。夏天文迪拿出学校的介绍信，请求这个工作点的人给予帮助。

半山上并没有可供住宿的旅馆或招待所，除了一间工具房和一间办公室，便是一座林场工人夜间值班睡觉的小木屋。工作点的人商量后，把小木屋让给了夏天文迪，而值班工人则准备在办公室对付一宿。他们还给夏天文迪拿来了一个脸盆，一个水壶，两件军大衣，两根蜡烛。小木屋里煤和煤炉以及引火用的木柴是现成的，林场的人告诉夏天文迪，山上夜间温度很低，如果觉得冷，可以把炉子点上。

夏天文迪用那个脸盆从林场的蓄水池接了水把脸和身上被煤染黑的地方擦洗干净，他们还换了身衣服，文迪坚持让夏天把脏衣服给她，说捎带手搓一把一块儿都洗了，夏天觉得有些不好意思，正犹豫中，文迪忽然不耐烦地从夏天手里扯过衣服就走，说："你怎么娘们儿唧唧的，洗个衣服有多大点事儿啊。"

他们收拾妥当时，时间尚早，从跟林场工人的聊天中得知，附近有一个风景秀丽的溪谷，值得一看。半山清新的空气已经让他们精神一振，林场工人的推荐更让他们兴趣盎然，他们立刻挎上相机，沿着林场工人指引的路线向山谷深处进发。

整条山谷就夏天文迪两个人，顺着溪流拐过一个山垭，他们发现自己完全进入了另外一个天地，满眼都是迷离的春光。

地上嫩嫩的青草，星星点点的山野花，树枝上初吐的绿芽，远处苍翠欲滴的山峦，山峦间迷蒙的雨雾，林间婉转的鸟啼，汩汩流淌的溪水，处处都透露着春的消息。

刚才还是夏日的骄阳，转瞬间美丽的春光就扑面而来，夏天感到有些猝不及防，他觉得自己的内心似乎受到了某种撞击，在雀跃着，在挣脱着，有一种破茧而出的冲动，这是电光火石般全新的感觉。他好像忽然理解了什么叫春光短暂和莫负春光，他暗暗下决心，一定要珍惜好春，忘掉夏日的灼伤，让自己有一个全新的开始。

但这全新的开始又需要一个怎样的出发呢？夏天相信忘掉伤痛也许并不难，因为时间这剂良药总是百试不爽，就像现在，半年不见的李婳的面容在脑海中似乎都变得模糊了，可他想找到的另外一副面孔的五官却依然空洞。

他看见文迪一路兴致勃勃，满脸兴高采烈，仿佛把这春光都揉进了笑容里，他心里其实隐隐约约知道她笑容背后的期待，但她的期待自己真的可以满足吗？她无疑是一个好的旅伴，但她的身上，处处可以联想到李婳的影子，而即使没有李婳，他也总是不自觉地把她当作一个哥们儿……

第五十一章
巴音布鲁克的九曲十八弯

夏天文迪在溪谷里流连忘返，直到最后一抹余晖消失，春光渐沉到暗夜里。山里气温下降得特别快，他们回到小木屋时，已经是饥寒交迫了，山上没有任何可以买吃食的地方，但好在他们有买买提叔叔送给他们的馕和买买提送的半袋子蜜杏。

他们在木屋中点上了蜡烛，生起了火炉，坐上了开水，准备就着热水吃馕并佐以蜜杏。也许是因为太饿了，夏天觉得馕格外香脆，杏子格外清甜，热水格外暖心。

文迪吃完馕，又烧了一壶水，用香皂把头发洗了一遍，自己洗完，又劝夏天洗，说扒煤车弄得头发里全是煤灰，都快洗出大酱汤了，估计夏天也好不到哪儿去。夏天本想用凉水冲冲完事，但文迪不让，坚持给夏天打了一盆热水，还把自己的香皂给了夏天。

夏天盛情难却，只好踏踏实实把头洗了，洗完使劲晃悠脑袋，希望把头发甩干，这种摇头甩干法是夏天平时洗完头后的规定动作。文迪长发及腰，洗完后要把头发弄干就没那么简单了，没有电无法用电吹风，文迪就用干毛巾一点一点搓，夏天在旁边看了，忍不住笑道:"女人就是头发长,麻烦多,你把头发剪短了不就省事了嘛。"

文迪白了夏天一眼道:"不许瞎说,人家还不是女人呢,我的头发要剪也不是现在,我要等结婚的时候才剪头发……"文迪说着脸上泛起了红晕。

夏天平时见惯了文迪假小子的豪爽姿态,猛一见她女儿家的娇羞状,竟不知道说什么好了,他感觉这个话题继续下去似乎有某种危险。

此时炉火烧得正旺,蜡烛的火苗也在哔卟哔卟跳个不停,把文迪的脸映得更红了,文迪勇敢地直视着夏天。

夏天感觉到了文迪目光的压力,并不敢回看文迪,只好顾左右而言他,说将来文迪找的对象一定是又高又帅特爷们儿那种,到时候一定要让自己替她把把关。

文迪听出夏天话里逃避和敷衍的味道,好一会儿说不出话,最后蹦出一句:"你是不是觉得你特别不爷们儿?"

夏天只好使劲儿点点头道:"我有时候就是觉得自己不够爷们,也不够洒脱,多愁善感,容易被情所困。"夏天相信自己的话文迪能懂,他是以退为进,连消带打,让文迪不好深究,这个话题也便无法进行下去。

山里的温度越来越低,烧着火炉的小木屋也冷飕飕的,夏天文迪只好披上林场借给他们的军大衣。屋里只有一张单人床,夏天让文迪上去睡,文迪赌气似的说不需要你高风亮节,你要困了你自己上去睡吧。

夏天自然不好意思自己睡床,便建议说咱们都在床上靠着被躺下伸伸腿,坐一夜实在太辛苦,明天的路途还需攒足精神,大家都是江湖儿女，出门在外只能将就了。

好在床上有两床被，文迪不是一个较劲的人，虽然心里对夏天有气，但还是先上床往里靠着一床被躺了下来，夏天在床的另一头也靠着被躺下了。

此时蜡烛已经熄灭，只有炉火微弱的光亮，小木屋安静得出奇，外面树林呼呼的风号和动物的叫嚣声听得格外真切。夏天文迪在黑暗中睁着眼，却并没有说话，过了许久，文迪才幽幽地说了一句："你还是忘不了李婳。"

夏天轻咳了一声，既没肯定，也没否定，但他心里清楚，自己和李婳已经没有可能了，李婳此刻的作用也许就是一挡箭牌。

文迪叹了一口气，道："李婳已经跟别人交往了，人还是个留学生，你那么骄傲，肯定不会原谅她的，但你就是不愿走出来！"

在夏天听来，文迪的话里信息量极大，内涵极其丰富，但这所有的信息和内涵，似乎又都在自己的预料当中，夏天没有回答文迪的话，眼看着渐渐熄灭的炉火，视线也渐渐模糊。

照例又是文迪起得早，夏天醒来时，她已经联系好下山去巴音布鲁克的车，夏天注意观察了一下文迪，发现她已神色如常，只是表情略显平淡了一些。

下山的路依然颠簸，汽车在丛林和雪峰间盘绕穿越了很长时间，眼前忽然出现一片望不到边际的开阔。夏天想，这应该就是传说中的巴音布鲁克大草原了。

巴音布鲁克，蒙语"富饶的泉水"的意思，是我国最大的高山草原，融化的雪水和丰沛的降雨让这片草场到处都是不竭的甘泉，草原的母亲河开都河，更是九曲十八弯，静静地滋养了这片土地千百年。

夏天知道巴音布鲁克草原，是因为他知道草原上有一条《西游记》中记载的通天河，而传说中的通天河，便是现在这条开都河。

下了长途车，夏天文迪胡乱吃了几个肉包子，稍事休整，便搭上了一台拖拉机，"突突突突"开进了草原。夏天跟司机商量，拖拉机往草原开得越深越好。司机是个豪爽的汉子，一直把车开到河边高地，司机说，再往前开，就要开到通天河里见老乌龟了。

河边高地是瞭望开都河远景的绝佳地点。

此时太阳已经升起，远处的雪山隐约可见，望不到边际的草原阳光普照，在满目青翠中，开都河像一条金色的长龙，从天边蜿蜒而至，缓缓地贴地游走，拐过一道又一道弯。河面上波光粼粼，像金龙鳞甲的反光，整个草原因这闪闪的波光变得充满灵性和生机，仿佛有一股巨大的力量正蓄势待发，随时准备喷薄而出。

开都河，通天河，这条来自天边的河流让夏天似乎看到了天的尽头，夏天被眼前的情景深深打动，好似胸中也在流淌着一股洪流，把这几年的烦恼彻底冲刷个干净，身心有一种前所未有的轻松。他忍不住拉过身边的文迪，紧紧地拥抱了一下，轻轻地在她耳边说："谢谢你！"

夏天拥抱文迪后，瞬间便松开了，文迪在错愕中，既感觉到了夏天的真诚，也感觉到了夏天的距离，她眼神有些迷惘，也有些失望。她慢慢回过神来，眼眶有些湿润地对夏天说："你要好好的……"

夏天点点头，道："放心吧，到了新疆，我的心已经越来越大了！"

他们依依不舍地离开了此行中风景最美丽也最震撼的巴音布

鲁克，经库尔勒转道回到了乌鲁木齐。

程程安排夏天文迪到她家附近的澡堂子去洗了个澡，笑话夏天说："一看你的样儿，就知道是吃多了羊娃子肉，浑身都是羊圈味儿。"

夏天也笑道："要不是还要上学，我就赖在新疆不走了，继续祸害本地土生土长的羊娃子。"

程程很嫌弃似的摆手道："你还是赶紧回去吧，你现在是祸害羊娃子，以后就该祸害新疆的古丽了，你还是回北京找个大妞慢慢祸害吧。"程程边说着，还特意瞟了文迪一眼。

文迪表情非常平淡，眼皮都没抬，夏天更是打着哈哈扯开了话题，说北京的天气也应该慢慢变凉快了。

因为答应买买提回乌鲁木齐一定去找他，夏天跟文迪商量一起去，文迪以路不熟为由，一定要程程陪着。他们三个找到了买买提在大学的宿舍，见到了买买提，也见到了买买提的夫人。

买买提的夫人笑得风情万种，但明显发福了，虽然她的岁数并不大。程程回来后解释说："很多少数民族姑娘都这样，少女时代都特苗条，可结婚没两年身材就像气儿吹得似的。"

他们和买买提相约，如果买买提有机会到北京，一定要让他们尽尽地主之谊。当然，他们之后并没有机会相见，买买提在夏天的脑海中便一直是那个英俊、热情、直率、风趣的形象，夏天仿佛还能听到买买提在长途车上大声喊着："你们要有为人民服务的精神……"

从买买提家回来，夏天建议顺道去火车站买第二天回北京的火车票，因为新疆此行基本算是圆满了，期待来年再故地重游，继续和羊娃子的不了情缘。文迪犹豫了一下，对夏天说："我在乌鲁木齐还想多待几天,什么时候回去定不下来,你还是一个人先走吧。"

夏天虽然觉得文迪的安排并不在计划之内,但还是尊重她的决定,况且在新疆转悠了近一个月后,自己已经有些想家了,他准备回北京后,立马坐火车回南昌,和大半年未见的家人团聚。

程程单独把夏天送到火车站,还让夏天捎上了她家床底下留着的一个大西瓜。上火车时,夏天除了背包里的两盒方便面,身上只剩下十块钱,他要靠这十块钱,一直支撑到返校。

临分手时,程程貌似无意地透露,文迪其实也买好了第二天回北京的火车票,并问夏天是不是去巴音布鲁克这一路把文迪得罪了,让人家再也不愿意跟他同行。夏天苦笑着摇摇头说:"也许吧。"

程程认真地看了一眼夏天,若有所思地说了一句:"也许这样对你们两个都好……"

程程送的大西瓜起到了决定性的作用,夏天在三天行程的第一天,除了一包方便面,就以西瓜为主食,他用那把英吉沙的匕首,在西瓜顶部开了一个洞,用勺挖着吃。因天气炎热,西瓜很容易变味儿,夏天和时间赛跑,赶在西瓜变馊之前,基本把西瓜吃了个干净,也把自己撑得一趟一趟往厕所跑。

这是一段孤独的旅途,三天三夜中,夏天吃了睡,睡了吃,大部分时间都在座位底下躺着,有时候重温一下程程闺密送的那本《七剑下天山》。夏天感觉,天山归来,自己内心变得平静而清澈,就像一把鞘中剑,虽然锋利依旧,但完全隐藏了光芒,它在黑暗中低调安详地沉睡着,等待挺身而出的那一刻。

第五十二章
写给于宝瑾老师的信

　　当夏天从火车站回到学校时已是夜里十点，兜里只剩最后五毛钱，此刻他归心似箭，头等大事就是找人借钱买票回南昌老家。

　　正值暑期八月中旬，自己的宿舍已经空无一人，班里其他男生宿舍看起来也是黑灯瞎火，没有一点儿动静。夏天在空荡荡的宿舍楼道里徘徊，正感到无计可施之际，忽然发现班里215宿舍内有一抹微弱的光亮瞬间闪现又熄灭了，这让他似乎抓到了一根救命稻草。

　　他试着敲了敲门，却没有人回应，他不死心，干脆扒着门框一个引体向上准备顶开门上的气窗往屋里探看。他喘着粗气正要把脑袋往里探时，屋里终于传来一个颤巍巍的声音问："谁呀？"

　　夏天一听是老王的声音，不禁喜出望外，因为他知道，自己的车票钱算是有着落了。老王在班里向来就有财神爷的称号，擅长攒澡票、粮票、布票等一切票证，当然最擅长攒的还是人民币。不知道是因为家里有钱还是个人节俭，当班里有人借钱时，最后兜底的总会是老王，老王在大家心目中一贯就是"急公好义有求必应及时雨宋江"的形象。

夏天从门框上跳下来,像见了亲人似的忙不迭回答道:"是我,夏天,快开门!"

夏天等了好一会儿,并没有等来老王的开门,却等来了老王的一句问话:"你从新疆回来了,我睡下了,你有什么急事吗?"夏天从老王吭哧吭哧的语气中,觉出似乎有什么难言之隐,他没再逼老王开门,而是直截了当地把情况解释了一遍,中心思想就是要老王借给他回家的路费。

老王没再说话,屋里一阵窸窸窣窣之后,门缝底下忽然出现了两张大团结,老王瓮声瓮气地问道:"够吗?"

二十块钱买车票加上一路的花销足够了,夏天很知趣地收起了老王借给他的钱,带着满腹狐疑回到了自己的宿舍。

买完火车票,夏天准备用从老王那儿借的钱请老王吃一顿,也好套套他的话。他往老王宿舍走,发现老王宿舍门敞开着,一个并不陌生的身影飘然而出,这个身影便是班里一位平时低调、朴实甚至有些害羞的女同学。和以前的印象不同,这位女同学穿了一身鲜艳的撒花长裙,脸上似乎抹了粉,嘴唇红得有些耀眼,有一种掩不住的春情。

这个发现让夏天目瞪口呆,他实在想不明白平时貌似没有任何交集的两个人怎么会毫无征兆地突然走到一起。难道是因为到了大四,一切都要水落石出?又或是因为每个人都不愿留下虚度大学四年光阴的遗憾,要谈一场奋不顾身甚至是飞蛾扑火的恋爱?

夏天决定不去打搅老王,而是默默回到自己宿舍,整理回家的行囊。

夏天在回家的路上又花了四十多个小时,他后来粗粗一算,这年暑假,他坐了超过十天的绿皮火车,这也许是他一生中在车上待得最长的一个暑假,但这个暑假的漫漫长途,并没有让他感到枯燥,相反,他好像因此把心都走野了。在今后的日子里,他总是希望走更远的路,看不一样的风景,认识不同的人,一段时间不出远门,心里便像长了草。

暑假回到家,当夏天讲述新疆少数民族的风土人情和旅途中的故事时,家里的亲戚朋友都听得饶有兴趣,尤其是大家族的弟弟妹妹们,无不心向往之,似乎把夏天当成了西归英雄,这让夏天好不得意。夏天感觉,行万里路后,自己心里更有底了,脚下更有根了。

夏山水看到黑红结实、胡茬儿开始发硬的儿子回到身边,也是心情大畅,父子俩天天在一起聊天,经常恳谈到深夜。此时父子俩的交流,完全是一种互相启发的交流,让夏天觉得自己的父亲更像自己的兄长和朋友,可以一起应对人生中的各种艰难险阻,蹚过所有的激流暗滩。

夏山水得知夏天大四换了一个班主任后很重视,他提醒夏天,要想办法让老师了解自己,相信以夏天的人品和能力,一定会得到老师的理解和认可,夏天要敢于表达自己。

他决定好好整理一下思路,跟于宝瑾老师进行一次充分的交流,直抒胸臆,让于老师对自己有一个直观的印象和认识。他提起笔,在黑夜夏虫的鸣叫声中,给于老师写了一封当时看起来比较满意,现在看起来无比矫情的长信。

于老师,您好!

又是一个南方燠热的夏夜。毛毛月,星光朦胧地闪烁,昆虫热情地卖弄歌喉……难以成眠，思念北京，思念老师、同学。

四个月的实习生活，一个月的新疆之行，因着时空的跳跃，感觉的变幻，组成一幅幅笔触鲜明的图画，在脑海中闪回。那么多的人和事缠结着、喧闹着、碰击着，如潮水奔涌，教人沉浸，仿佛又一次和那些熟悉而陌生的朋友们握手、寒暄、交谈……竟有许多全新的感觉。

现实是坚实而冷峻的。这一点，在学校里从未像现在这样体会深切。在我们这个古老的国度里，历史的、传统的沉淀太多、太多，而现实却像一个迷路的孩子提着一盏小橘灯在泥泞的暗夜中寻找故园。凭着血气之勇登高一呼是无济于事的，它需要一代人乃至两代人踏实而艰苦的努力。真实的社会不接纳挥斥方遒的书生意气，不接纳吟啸湖山的闲情隐怀，不接纳急功近利的小家子气，甚至不接纳孤独……

渐渐地有些迷信历史，迷信历史的必然，那种内在的不可撼动的铁的规律，冥冥中的最终审判。只是又常常抱怨历史老人的动作太慢、太慢，可也许瞬息万变就不是历史了，林林总总的物质运动现象只不过是历史长河中的飞沫罢了。这就是理想和现实的冲突，这种冲突在我们这些身处高楼深院的学生群中显得尤为激烈。我同意先适应后发展的观点，唯有先生存，才能言其他。

刚进报社实习时，部主任老师就对我们强调：当记者要品质好，作风过硬。听其言、察其行，知道她是个认真的记者。通过实践,我也逐渐体会到,身正才能嘴硬,笔头硬,有那么一丁点儿抱负,就得舍得做出一些牺牲……

为人难,为人师更难,五十一个学生就是五十一个世界,聚日苦短,我相信我的判断,您是真诚的,您更多的是以一个母亲的心情来领导这个班。只要是真诚的,有什么不能理解、谅解并一起克服的呢?我相信同学们也是通情达理的。

到了新疆,才真正感觉到中国之大。几天几夜的火车,成天成天的汽车,漫无边际,戈壁、沙漠、草原、雪山、成群的牛羊,如画如歌。边地风情,如马奶子一般淳厚。其异趣良多,难以尽述,暂且搁笔。

祝安康!

夏天后来看这封信,觉得像是自己写的,又不像自己写的。从信中,他仿佛看到一个作冷峻思考状的年轻的夏天,也看到了一个自以为深刻其实书生气依然十足的夏天,但更看到了一个充满抱负内心真诚的夏天。因为这份真诚,夏天认为,青春和所有与青春有关的错误都无须后悔,它会是人生中最宝贵的财富,值得每个人珍藏心底。

夏天写的这封信,几乎和他同时到达北京,他暑假结束回到学校还没进宿舍门,正赶上于宝瑾老师在各个宿舍看望返校的同学。见到还没来得及放下行囊的夏天,于老师露出慈母般爱惜的目光,她上下打量着夏天,微笑道:"你真是信到人到,你的信写得很好,老师对你的人品也有很多了解,你要相信是金子总会闪光的!"于老师的语气,就像在安慰鼓励一个受了委屈的小男孩儿。

听了于老师的话,夏天发现自己嗓子忽然不争气地有些哽咽,但他不想让于老师觉察出来,于是一句话都没说,只是使劲儿点点头。通过跟于老师的交谈,夏天有一种感觉,进入大四,也许一切都会变得有些不一样。

夏天时隔半年多再见李婳,是他返校第二天在宿舍楼前跟班里几个女生畅谈新疆之行的时候,夏天的脸上似乎依然绽放着巴音布鲁克草原上灿烂的阳光,他眉飞色舞,手舞足蹈地讲述这一路上的奇闻逸事,感觉好像只要贴上一撇小胡子自己就可以变成买买提或者阿凡提。

当他讲到葡萄沟交一块钱葡萄随便吃时,几个女生都夸张地张大嘴发出羡慕的惊呼,夏天觉得她们嘴张得都能塞进一大串马奶子。

此时的夏天,和半年多前相比,有了不小的变化,皮肤晒成了古铜色,张嘴一乐露出满口白牙,显得爽朗、自信甚至有些得意扬扬,完全不似半年前那种沉郁、落寞、苦苦思索人从何处来将向何处去的形象。李婳猛一见夏天的时候,眼睛似乎闪出一抹欣喜的颜色,但看到班里几个女生正围着夏天畅聊,便准备加快脚步从夏天身前走过。

夏天见到李婳,并没有停止跟其他几个女生的炫耀,他含笑用余光从容地扫视了李婳一眼。李婳的表情显得有些尴尬又有些害羞,她低头走过也用余光认真地瞥了一眼夏天。

和半年前相比,李婳已经发生了不小的变化,李婳确实如她在信中所说的,把头发剪短了,头发剪短的效果,就是多了几分邻家少女的味道。之前夏天心目中的李婳,有一种成熟、忧郁、孤傲的气质，这种气质，让夏天沉迷，又感觉神秘，因为这种神秘，让夏天觉得她有时触手可及，有时又向远处游离。但此时再见，夏天确信她更像一个小女孩，有时迷惘，有时倔强，有时任性，有时心虚。

和李婳走在一起的是文迪，但直到文迪停下脚步拍自己肩膀的时候，夏天才注意到她，从文迪的表情看，她显然已经尽弃前嫌，又像一个哥们儿一样跟自己打招呼。文迪拍夏天肩膀是想问夏天新疆之行拍的两卷照片冲洗出来没有，夏天回答说他没敢在回家的时候冲洗，但在回北京后一大早就把胶卷交到了学校门口的立群照相馆，两天后就能取。

两天后冲洗出来的照片让夏天文迪极其懊丧，整整两卷照片，能正常显影冲扩出来的只有七八张，这七八张主要是他们旅行开始阶段在敦煌和天山拍的，大部分底片明显是黑乎乎一片。立群照相馆的师傅分析一定是相机出了问题，最大的可能是挡光叶片不能还原导致曝光过度，或者是相机后盖不严实导致漏光。

他们回去找摄影课老师仔细检查了一下相机，发现相机后盖确实有些松动。

相机的问题给他们的新疆之行带来极大的遗憾，且不说那浪费的表情和从各种角度拍摄的壮美风景，最重要的是他们承诺要把所有帮助过他们的人的合影寄给这些人。这些人中，有葡萄沟的热那汗、有程程的同学矮壮兄、有买买提兄弟和他的叔叔、有巩乃斯林场的白班长、有库尔勒免费招待他们吃住的史队长一家……

因为这个遗憾，夏天一直心怀歉疚，没有照片帮助回忆，他便在心里时不时回放着曾经定格的片段，直到他们的音容笑貌深深地镌刻在脑海里,永远都无法抹去……

开学前,夏天和几个四川实习组的男生约着去了一趟前任班主任李固老师家。李固老师照例支起了那口青铜火锅,几个同学七拼八凑的家乡特产加上李固老师家常备的羊肉卷,一场涮肉大宴也算准备齐整。他们在一起吃肉聊天,好不快活。

第五十三章
卢沟桥的月色和篝火

大四生活就这样开始了，大半年在社会上的晃荡，让夏天对校园有一种既熟悉又陌生的感觉，想到大学生活只剩下最后一年，一年之后大家将各奔东西，夏天不禁生出流光如矢，去日匆匆，来日苦短的感觉。

实习期间上班路上来回奔波，让他深感校园生活的可贵，他明确意识到，走上工作岗位后，将很难找到一张平静的书桌，自己的时间已经不够用了，那曾经长长的书单，还需自己一页页去读。

大四这年，夏天的宿舍也调换了，夏天、方超、白乐东从225搬到了212，和同年级五名法律系的同学组成了新闻法律混合宿舍，这让夏天在大四时和法律系同学打成了一片，夏天也成了睡在法律系藏族同学扎西上铺的兄弟。夏天通过晚上的卧谈会和扎西成了无话不说的好朋友，有时候扎西会教夏天说藏语，夏天则教扎西南昌话，他们的学习兴趣都非常浓厚，进步也特别快。

如今的扎西已经成为民族干部，但他和夏天之间的感情依然纯粹，见面打招呼时还会用只有他们互相能懂的方式表示亲热。

上个学年，夏天虽然卸任了《新闻周报》的工作，但大四返校后，夏天被推选为系学生会副主席，主要负责联系周报。

这个任命完全出乎夏天的意料，也出乎班里其他同学的意料，夏天成了班里的一个系级干部，对夏天来说，这就像是天上掉下来的馅饼自己在打哈欠的时候不小心接住了。得知这个消息，班长老凯拉住夏天的手摇了又摇，说夏天你真是觉悟高，进步快，我一定要好好向你学习。比较早入党的特产协会成员阿朗是支部组织委员，也亲切地拍着夏天的肩膀说你小子机会来了。

夏天被老凯摇得有点儿蒙圈，只好使劲儿谦虚说同学们肯定是考虑不周，或者可能是想让我这个党外人士在工作中不断提高觉悟，争取进步，还希望你代表的党组织多多提携。

大四第一学期，夏天踏实而忙碌，周报他只需在选题上给新任的低年级同学总编出出主意，并不需要每周值班，他大部分时间都花在学校图书馆和新建成开放的紫竹院旁边的北京图书馆，这种忙碌而踏实的生活让他内心充满喜悦，并在满心喜悦中，迎来了这一年的国庆。

这一年的国庆夏天是和浩然一起度过的，实习期间的鸿雁传书，让夏天和浩然终成莫逆，很多时候他们已经变得形影不离。国庆期间浩然的一个发小从西安来京，浩然便介绍这位发小和夏天彼此认识，浩然对他的发小说，夏天是他可以托付大事的铁哥们，将来夏天如果到西安有事需要帮忙，希望他一定把夏天的事当自己的事办。

浩然的发小是个豪爽之人，几句话之后，便和夏天相谈甚欢，彼此也成了好朋友。夏天后来每次到西安，都会和浩然的发小一起欢聚，浩然的发小也一直按照浩然的吩咐，对夏天有求必应。

尤其是夏天在若干年后到西安处理浩然的后事时，这位发小更是鞍前马后，帮夏天了却了浩然最后的心愿。

这年的国庆节刮起了大风，天安门广场上花团锦簇，红旗招展，阳光灿烂。在金水桥头，以猎猎的红旗为背景，浩然发小给夏天和浩然照了一张合影。合影中，夏天和浩然各穿了一身西服，穿出了那个年代的时尚，几年的大学生活，已经让他们的脸上褪去了青涩和土气，显出轮廓分明的俊朗和清秀，他们充满自信地微笑着，仿佛在红旗的指引下，美好的前途正向他们招手，他们只需要在灿烂的阳光下迈开自己的步伐。

从天安门回学校的路上，他们在新街口南大街的西安饭庄稍作停留，浩然领着夏天吃了一顿正宗的羊肉泡馍，夏天很享受把一块硬馍掰开揉碎搓成细末的感觉，馍掰得越碎，吃起来就越入味儿，羊肉汤汁和碎馍你中有我我中有你，便会发生味觉的化学反应，让人欲罢不能。

夏天认为，他和浩然的友谊，就像一碗揉搓到极致的羊肉泡馍，他们之间发生的化学反应，让他们的一生受用无穷，他们多年的亲密交往，让他们享受了一场友谊的饕餮盛宴。在这场盛宴中，每个人都收获良多，都能感受到一种踏实的依靠。但盛宴终会结束，在盛宴戛然而止的那一刻，夏天有一种撕心裂肺的伤痛，至今无法痊愈。

国庆过后，中秋很快就来了，夏天和他的小伙伴们意识到，这也许是他们在大学期间过的最后一个团圆节，很有必要好好欢聚一下。除了特产协会的，班里的老廉、阿辉、方超、王克俭等悉数参加了这次聚会，低一年级的来顺很想多了解夏天的朋友，也带着自己的女朋友加入了聚会的队伍。这支队伍骑着自行车，浩浩荡荡地杀向了卢沟桥，他们准备在卢沟桥底下举行篝火晚会，彻夜狂欢。

王克俭是第一次参加夏天朋友圈的聚会，通过这次聚会，王克俭开始和夏天越走越近，并在毕业后一段时间内交往密切，直到他给夏天沉重一击。

他们骑车到达卢沟桥的时候正是傍晚，又大又亮又圆的月亮刚从桥头升起，横亘在永定河上的古石桥，石桥栏杆上形态各异的石狮子，以圆月为背景，形成了一幅巨大的剪影，在清冷的秋风中，显得古朴苍凉，让人不由得心生感慨。

"卢沟桥的狮子，数不清。"这座有八百年历史的石桥，因桥栏上数不清的石刻狮子以及1937年的卢沟桥事变闻名于世，经过多次修葺，狮子的数量增了减，减了增，八百年来从来没有一个定数，而这狮子数量的增减，似乎也便成了人世沧桑的见证。

他们骑车上了石桥，曾尝试数桥上的狮子，但很快发现这是徒劳的，他们的注意力总是被雕刻精美、神态活现的狮子吸引，数着数着，就不由得停下来欣赏石狮子们的千姿百态，完全忘记了数数。

他们从桥上往下看，发现桥下大片干涸的河滩上已经陆陆续续聚集了不少人，这些人大部分是北京各高校的学生们，在中秋月夜，大家不约而同来到卢沟桥下的河滩，三五成群，共度佳节。整个河滩成了欢聚的广场，在这个广场上，大家可以放肆地点燃篝火，纵情歌舞。

来之前，他们已经有所准备，除了酒精炉、大捆的柴火等点火和烹调用品，还准备了充足的食物。尤其是两只肥大的西装鸡，他们事先请人剁开，下到河滩上第一件事就是找一块空地，点起酒精炉把鸡炖上。

当鸡肉开始飘香的时候，他们终于忍不住了，他们手拿着硕大的鸡肉块，用力地撕咬着，就像一群疯狂的原始人。

在周围环境的渲染下，情绪渐渐高涨，他们在遍布鹅卵石的河滩上点起了篝火，在火光的映照下，一个个显得红光满面，意气风发。

来顺是第一次和夏天班里这么多好朋友出来玩，夏天觉得他瘦削的身体似乎蕴藏着无限潜力，他飘逸的长发在夜风中飞扬着，一口细密的白牙在火光中闪闪发亮，平时有些懒散的眼神也变得越来越坚定。不知道什么时候，来顺凑到了夏天身边，目光炯炯地看着夏天问道："你说我们这样算不算真正的朋友？"

夏天毫不犹豫地回答："当然，真正的朋友就是同样的灵魂居住在不同的躯壳里，今天在这恰好有几个同样灵魂的躯壳，希望这样的灵魂能够相伴到永远！"

来顺的豪气也把夏天的情绪调动起来了，他认为，经过三年多的交往，今天能聚到一起的都是"情投意合"的好哥们儿，和这些哥们儿之间的友谊，值得用一辈子去珍惜。

王克俭在这天晚上也表现得很活跃，他平时比较安静，今天居然和大家抱在一起，说到高兴处甚至还站起来挥斥方遒。他瘦削的身体在月影下摇晃着，细细的胳臂挥舞着，不时咧开嘴迸发出大分贝的哈哈大笑声，和刚入学时腼腆、内向甚至有些懦弱的形象相比已经判若两人。夏天向来喜欢性情豪爽之人，王克俭显露出来的狂野的一面，让夏天内心不由得产生了一种亲近的感觉。

河滩上夏天这帮人打得热闹，其他学校来这儿赏月的学生人群也渐入佳境。他们在河滩上点起了一堆堆篝火，从远处看，这一堆堆篝火绵延成片，和月色交相辉映，把整个河滩照得亮如白昼，围绕着这一堆堆篝火，不时传来年轻的歌声和喧笑声。

有的人带来了四喇叭的录放机，里面不断播放迪斯科舞曲，周围的人会不自觉地跟着音乐扭动起来。录放机还会放摇滚歌曲，崔健的《一无所有》在河滩上嘶吼着回响，听得大家心情躁动。

> 告诉你我等了很久
> 告诉你我最后的要求
> 我要抓起你的双手
> 你这就跟我走
> 这时你的手在颤抖
> 这时你的泪在流
> 莫非你是在告诉我
> 你爱我一无所有
> 噢……你这就跟我走
> 噢……你这就跟我走……

这首歌似乎表达了大家的心声和美好愿望，虽然大家现在依然是一无所有，但相信一定会找到一个爱自己一无所有，非要死乞白咧跟自己走的人。

此时的他们相信，物质上的一无所有是暂时的，精神上的财富谁也无法剥夺，况且他们还有这么多的好兄弟！

河滩上的欢嚣一直持续到了第二天拂晓，此时，一轮圆月已渐渐西沉，从卢沟桥往西眺望，但见西山叠翠，月色妩媚，河山万种风情。

第五十四章
丢失的自行车

大四开始后,夏天又恢复了自行车上的生活,自行车的利用率也越来越高。他平时骑行的线路,主要在学校和北京图书馆之间,因为四年级课程安排较少,没有课的时候,他就会单人单骑,沿着白颐路骑到紫竹院旁的北图。

此时的北图,刚刚落成没多久,建筑外观是风格清新的民族风,馆内设施更是非常现代化,窗明几净的阅览室,靠坐舒适的桌椅,安静宜人的阅读环境,都远非学校图书馆可以比拟。在学校图书馆,因学生越来越多,已经一座难求,经常因为有同学用书包占座引起冲突。

北图超过两千万册的藏书也对夏天产生了巨大吸引力,北图的藏书,品种多,分类细,古今中外,应有尽有,一些学校没向学生开放的书籍,在此借也没有任何障碍。这让夏天感觉自己发掘出了另一个知识的宝藏,只要叫一声阿里巴巴,知识之门就会应声而开。

大半年时间里,夏天感觉自己就像一条快活的鱼儿般在北图知识的海洋里畅游，慢慢把自己养成了一头肥壮贪婪的海中饕餮，这头饕餮把感兴趣的目录索引都搜索了个遍，嗅出其中的精华部分，然后大快朵颐。

除了泡北图，夏天也经常骑车在北京各个高校转悠，有了半年的实习工作经验后，他感觉自己除了读书，还应该把触角延伸到社会各个犄角旮旯。因此，他和许多在京不同高校的同学老乡走动也密切起来。

外贸学院的刘胖子是他高中同班同学，他之前对外表粗豪、内心细腻的刘胖子选择读外贸学院很不理解，他认为像刘胖子这样有一颗玻璃心的文艺男青年最好的专业选择应该是中文什么的，他选择了外贸专业注定他毕业后就要成为一个买卖人，这明显和他本人的画风不搭。但他通过和刘胖子的交流，发现他不仅对自己选择的学校和专业无怨无悔，一段时间之后，聊起自己的毕业去向，甚至有一种趾高气扬的感觉。

夏天在清大也有中学同学，因为文理科不同的缘故，平时交流得并不多，但一次中学恩师的到来让他们聚在了一起。通过畅聊，夏天发现，在北京这片蓝天下，他并不是一个人在战斗，他的这些优秀的中学同学们，在大学也同样成为学生中的翘楚。

夏天与在清大读王牌建筑专业的何卫，曾分别是同一个语文老师教的两个班的语文课代表，何卫在中学就是一个文理兼备的好学生，到清大后，他把自己文字方面的特长发挥到了极致，成了理科生中最善于写文章的人。他的文章经常在校报校刊上发表，在学校拥有大量的粉丝和很高的人气，他的这份人气也让他很有底气地参加了海淀区人大代表的竞选，成为学校首个以本科生身份独立参选并当选的区人大代表。何卫的励志故事让夏天对清大学生印象有很大改变。

在宿舍里，何卫向夏天展示了他在清大校刊上发表的长城组诗和建筑设计的毕业作品。夏天第一感觉是，何卫的才华绝不应该只局限在绘制楼堂馆所的蓝图，他更应该高屋建瓴，在顶层设计方面多下功夫，为建设民族的长城贡献自己的聪明才智。

何卫毕业留校后渐渐成长为这座百年名校的新闻发言人，并成为整个学校重要的领导者之一。若干年后，夏天和何卫等同学在清大的工字厅回首当年，愈加珍惜他们根出同源，在帝都共同打拼成长的缘分。

当然，中学同学中和夏天走动最频繁的还是燕大的王飞鸣，在夏天眼里，大四的王飞鸣已经成了一个社会活动家，他经常会介绍各类朋友给夏天认识，让夏天在象牙塔里也能嗅到社会中一票人喘着粗气蠢蠢欲动的气息。王飞鸣毕竟是学世界经济的，他那时正试着放眼全球，希望找到自己在国家经济生活中的定位。

王飞鸣放眼全球的首要目标就是外企公司在北京的代表们，当时，这群人是一种神秘高端让无数人羡慕的存在。他们操着流利的外语，穿着时髦的服装，代表世界上各个领域的顶尖公司在中华大地上推销他们的产品和技术。改革开放时间不长的中国市场，是这些国际化公司未来发展最具潜力的沃土，能成为这些公司在中国的代表的，有很多是最早一批的海归，或是国内外语和相关专业都精通的佼佼者。

王飞鸣给夏天介绍的一位外企朋友老左，显然没有因为自己先富起来而对王飞鸣及夏天有所轻视，相反他表现了非常真诚的态度，他总是夸王飞鸣和夏天读的是名校的王牌专业，将来前途一定不可限量，并希望他们苟富贵无相忘。

王飞鸣和夏天并不知道自己未来的富贵在何处,但对老左的真诚态度极为赞赏。他们也领着老左在各自的校园里骑着自行车满世界转悠,尤其是周末学校食堂有舞会的时候。

老左在燕大学校食堂的舞会上充分展示了自己的绅士风度,一曲华尔兹跳得老派优雅,加上一身低调的名牌,在舞会上深受女大学生的青睐。

在和老左的交往中,夏天对外企代表的工作生活有了较多认识,他意识到,改革开放后国门的打开不仅仅是西方各种学术思潮的进入和碰撞,在社会经济层面,影响其实更为深远,这扇打开的门,将使国人的思维方式和生活方式发生翻天覆地的变化,身在其中的自己,需要勇敢地拥抱这种变化,并在巨变之前,不断提高自己的适应能力。夏天这几年的英语基本处于荒废状态,老左的出现,让他幡然醒悟,恶补英语,成了他大四最重要的功课。

夏天恶补英语一度到了走火入魔的地步,导致他只要碰到不感兴趣或不想听的课,就会掏出英语书来看。

王飞鸣除了跟老左这样的外企金领过从甚密,跟一些有海外关系的人士也深度切磋,切磋的主要目的就是探讨如何把海外资源与高校的科研实力和人才优势紧密结合,孵化出在中国市场独具特色的项目和实体,为将来大学毕业自主创业奠定基础。

通过这段时间的探索,夏天对王飞鸣的商业头脑佩服得五体投地,夏天觉得,王飞鸣简直就是为做买卖而生的人。

在一些周末,夏天也会骑车去找自己的散打师父吴敏波,吴敏波毕业分配去了府右街附近的办公厅上班,他的单身宿舍是长安街边的一间平房。夏天到他那儿后,他就会领着夏天去附近的国营菜场买点儿小菜，割上一斤肉，自己回家做饭。平房里烧的是蜂窝煤，炒起菜来火势还挺旺，这使夏天打小就练出来的厨艺得到了充分的发挥，吴敏波夸他炒的菜是地道的家乡味道，既解了馋，又解了乡愁。

吴敏波的夸奖，让夏天保持了高涨的炒菜热情，每次炒菜他都一马当先，让吴敏波根本插不上手，只好看似无可奈何地坐享其成。后来吴敏波找了一个新闻系的女生当女朋友，夏天再去吴敏波那儿，便也只有坐享其成的分儿了。在吴敏波的大力夸奖下，他的女朋友在烟熏火燎中忙得满头大汗也毫无怨言，和当年的夏天如出一辙。

吃完饭后，吴敏波有时候会带着夏天出去转悠。经过一年多的历练，吴敏波比以前更沉稳犀利了，他对时局和社会热点问题的见解，总是让夏天耳目一新。夏天还发现，吴敏波对国家经济问题的研究下了很大功夫，明显更接地气也更具前瞻性。吴敏波的一些观点，对夏天影响也很大，让他少了一些浮躁和学院气，开始心平气和地辨识一些国家的经济现象。

大四这一年，是夏天的爱车利用率最高的一年，他骑着这辆无级变速笨重却拉风的大二八自行车，在四九城纵横捭阖，与各级领导同学乡友进行了各种掏心掏肺的交流，感觉自己的视野在车轮的带动下，越来越贴近生活，贴近百姓。

这辆车的钢铁之躯仿佛和夏天已经血肉相连，夏天对这辆车的爱惜，就像骑兵呵护自己的战马，他会定期请学校门口修车的师傅给自行车上油，去锈，紧固螺丝，检查轮胎。这辆车他极少外借，只有江驴儿以跟美女老乡约会为由时才会忍痛割爱，因为江驴儿的幸福毕竟也是大事。几年下来，这辆车一直保持了良好的状态，外观也没有大的变化。

但很不幸，这辆陪伴夏天好几年的爱车在一个雷雨夜不翼而飞了。存放自行车的车棚里，被撬开的链条锁如被抽了筋的蛇一样委顿在地上，在无声地诉说自己最后的挣扎和无奈。

夏天依然记得自己在雨后的清晨寻找这辆爱车时的情形，他走遍了学校的每一个角落，学校周边也转悠了好几圈，甚至在很长一段时间，不管是在学校内还是在校门外，他都会下意识地在车流中盯住同款的车型察看，以期找到爱车的踪影。但那辆车再也没有出现在他的视线中，他的内心充满惆怅，感觉仿佛经历了一次人财两空的失恋。

自行车的失窃对夏天的学习生活造成了巨大影响，因为他已经无力再购买另一辆自行车，也就无法像以前一样，可以随时开启一段说走就走的旅途。在没有自行车的日子里，夏天短途主要靠11路，长途便只能靠公交车了。

自行车的失窃，也让夏天对校园自行车的使用状况有了一个全新的认识。他发现，丢自行车的人远不止他一个，丢自行车在校园已经成了大概率事件，和他同病相怜的人可以说是大有人在。

第五十五章
收获爱情的季节

大学最后一年的元旦不同往年，班里并没有组织集体跨年晚会，而是由大家自行安排。

夏天此时在王飞鸣的带动下，已经非常热衷于混社会。新年前夜，他和王飞鸣、老左、老左的女朋友以及她的几个室友一起跑到了什刹海附近的西什库教堂参加跨年活动。

西什库教堂是一座典型的哥特式建筑，是北京最大的天主教堂，重新修缮后启用没几年。夏天完全是带着一种好奇的心情参加这样的活动，教堂的规模宏大、装饰瑰丽、教徒甚众，给他留下了深刻印象。

他一直自认为是一个无神论者，但看到教众们虔诚的表情和因为信仰带来的安详，还是让他的内心有所触动。他想，也许信仰就是一种寄托，是一种灵魂安放的方式，每个人找到了灵魂安放最舒适的方式，他的内心就平静了，他的外表也就安详了。即便是一个作恶多端的歹徒，如果在弥留之际见到自己的信仰之光，那满脸的狰狞也会松弛下来，变得像初生婴儿般天真。

夏天感受到了宗教的力量，但同时发现，自己的灵魂其实也并不知道该如何安放,自己是一个什么样的人?希望成为一个什么样的人?要成为自己希望的那个样子应该怎么做?他的内心还有很多迷惘。

夏天挤进教堂前领圣餐的队伍,让他有机会从神父的视角,观察几千平方米的教堂内黑压压的人群。他设想,如果自己是一位神父,面对这么一群把心灵交给自己的人,内心该是多么骄傲、光荣和充满使命感啊。

夏天站在前排,不仅看见了黑压压的人群,也出乎意料地见到了一个熟悉的身影。这个身影曾经和自己互相崇拜过,也曾因为相互了解而放弃过,而经过这几年的合合分分,他们眼中的对方又是什么样呢?

夏天显然对在这个场合遇到李婳没有思想准备,而李婳应该也是。李婳的身边依然是她的闺密文迪,文迪看见夏天,老远就热情洋溢地打招呼,似乎完全忘记了他们一起去新疆期间的那段插曲。而李婳看见夏天,眼睛里的内容却变得无比丰富。

看见李婳文迪,夏天便和一起排队的王飞鸣打了个招呼,离开队伍,朝她们的方向挤去。挤到她们身边,文迪第一句话就问道:"你也跟李婳一样,准备信教啦?"

李婳显然对文迪的快人快语有些不满意,她拉了一下文迪的衣服,阻止文迪再说下去。

李婳这天晚上的装扮是夏天没有见过的,她穿了一件浅灰色的棉布大衣,头上戴了一顶白色的护士帽,头发完全裹在帽子里,脸上的表情有一种心如止水般的清冷、安静。夏天其实已经有一段时间没跟李婳面对面交流过,眼前的李婳,虽然眉目依旧,却有一种经历沧桑后的陌生感,这让夏天的心莫名有些痛,不知道是为自己，还是为李婳。

夏天觉得，今天这个场合的不期而遇，更像是一种狭路相逢，他们之间，很快就会短兵相接，互相碰撞，可能会打破一段时间以来他们一直小心翼翼维护的平衡和默契。也许真相就在那里，但时机未到，天机依然不可泄露。

不说点什么反而有些尴尬，夏天于是试探着向李婳问道："你真的准备信教了吗？"

李婳对夏天的问话不置可否，而是反问道："你到这儿来就是准备信教吗？"

夏天觉得李婳开口说话时，词锋依然机敏，似乎找回了一些熟悉的感觉，便笑贫道："我一直在追求共产主义的伟大理想，还不想这么快见异思迁，再说见上帝这件事好像也没那么好玩。"

李婳轻轻撇了撇嘴，叹道："你还是那么贫，可你没听说过不要一条道走到黑吗？"

夏天故意耍赖道："黑道白道都是道，走到哪儿算哪儿呗。"

"你真有那么执着吗？"李婳突然抬起头看着夏天。

夏天觉得李婳话里有话，一时不知如何回答，便模棱两可地笑道："也许吧，或许有的人光长岁数不长记性呢？"

因为文迪就在身边，李婳和夏天聊得有些云山雾罩，文迪的眼神渐渐变得有些迷茫。看看王飞鸣那儿也快排到了，夏天便解释说跟他来的还有几个燕大的朋友，这边结束后还要参加他们学校的新年舞会。

夏天只是陈述了他们后面的计划，却没有发出明确的邀请，这连文迪都听出了其中的味道。此时的夏天不想和李婳继续短兵相接下去，因为他知道即使经过这几年的曲曲折折，他和李婳之间还是有一种特殊的感情，但在这种感情中双方该如何相处，自己一直没能理出一个头绪，他相信李婳也同样。因此，他不愿主动打破目前看似默契的相安无事，他想，有些事也许要交给时间，时间久了，自然就会见分晓。

文迪依旧是快人快语："也不邀请我们，一定是另有新欢了吧？"

夏天嘿嘿笑道："准备信教的人不要老琢磨我们俗人这些事，在上帝那儿，一切都有答案！"夏天离开李婳文迪时甩下了一句自以为很机智的回答。

当夏天和王飞鸣、老左一伙一起先行撤离教堂时，夏天明显看到李婳的眼神有些黯然。

这年的元旦，虽然班里同学都是各自安排活动，但大家对活动成果的汇报总结却很及时，这些总结有自我交代的，也有互相揭发的。

自我交代的，是班里几员大将组织的直男联姻团。这个联姻团包括江驴儿、阿朗、老廉、阿香、阿东等六七个人。元旦前夜，他们在一起聚餐，让各自的女朋友相互认识，大力发展了这些女生"妯娌"间的感情，进一步深化巩固了这种亲上加亲的友谊。

方超在元旦前后两天都不见人影，回来后也是如实交代，他和在《燕京日报》实习期间认识的一个小姐姐已经打得火热，关系可以说是一日千里。而且，他们的爱情有诗为证：我们默默走近，循着彼此温暖的目光，只说前面某个地方，有丛紫丁香很年轻地开放……走过小巷夜雨的冰凉，仅留一星灼热，在你纯洁如玉的额上……

夏天通过方超诗中的一星灼热，知道方超在恋爱方面已经后来居上了。果然,大学一毕业,方超和那位敢爱敢恨性格直率的小姐姐就步入了婚姻的殿堂,并生下了第一个新闻宝宝。

被人揭发出来的活动主要是小豹子的,揭发小豹子的人是老石。老石和小豹子常年秤不离砣,砣不离秤,但在这年元旦早晨,小豹子却悄悄背着一个小书包跑了,趁着老石做梦娶媳妇之际。

小豹子回来得很晚,回来时书包鼓鼓囊囊的。老石揭发了小豹子私自出行的事实,逼着小豹子交代这一天都干吗去了,书包里装的那些形状可疑的东西到底是什么。老石采取了各种软硬兼施的攻心手段,还发动宿舍其他好奇的吃瓜群众群起声讨,目的就是为了让小豹子相信大家不遗余力探究他的隐私,完全是为了他后半辈子的幸福。

小豹子沉默了好长时间,最后百般无奈地打开了书包,把书包里的东西全都倒在桌上,轻轻地说了一句:"人家送的,大家吃吧……"

这个所谓的"人家",显然是一个爆炸性新闻。班里年纪最小的小豹子,居然也有了"人家",这个"人家"还给他送了这么多吃的,那大家在吃"人家"送的东西之前,一定要搞清楚这个"人家"到底是谁,要不大家如何才能把最诚挚的谢意送给"人家"呢。

聪慧的小豹子显然对大家的小心思了然于胸,不待大家提问,便竹筒倒豆子,把"人家"的情况三百六十度无死角介绍了一遍。

"人家"是小豹子贵州老家某艺术团体的演员,此次赴京演出,在演出间隙和小豹子约见,并给小豹子带了很多好吃的,这些好吃的现在都在大家嘴里。

小豹子用好吃的成功堵住了大家的嘴,让大家对他说的话深信不疑。但在临毕业时，小豹子还是向老石坦白了事实的真相。真相是小豹子那天并没有见到那个漂亮的"人家"，那包好吃的，是小豹子买来要送"人家"的，但小豹子等了大半天根本就没见着"人家"。

毕业后，小豹子回到家乡，因为文笔的犀利和少年老成，没几年就成为某国家级大报驻贵州站的站长。但天妒英才，他当上站长没多久便猝然去世，全班一片悲恸。小豹子在大家心中的形象，永远定格在一个皮肤光滑、圆圆胖胖、温和敦厚、聪慧早熟的少年郎。

老石赶赴贵州帮着处理小豹子的后事，回来说终于见到了那个"人家"，她在小豹子的坟头哭得楚楚可怜，梨花带雨。若干年后，夏天在一片绿草萋萋中找到了小豹子的墓碑，墓碑上镶嵌着小豹子的照片。照片中，小豹子依然是少年时的模样，盘腿坐在一片广袤的开满鲜花的草场中，双手合十，温良敦厚地微笑着，照片旁边刻着两个字：来坐。

元旦期间，男生们的情况属于是自我交代和互相揭发，而女生则属于公开暴露，这让班里许多男生深感痛惜。班里一些比较受关注的女生，像陈若珊、任珺、赵靓青、石寒梅之流，纷纷改变了以前半遮半掩的态度，开始大大方方地牵着男朋友的手在学校里漫步。

牵她们手的，大部分是高年级的本系、外系甚至外校的男生。班里吃不着葡萄的男生们认为，这些女生简直是"病急乱投医"，非要把自己这朵鲜花插在牛粪上。

唯一得到男生普遍认可的是程程的男朋友"大鼻子"，"大鼻子"当然不是程程男朋友的大名，但因为"大鼻子"充分体现了程程男朋友的特征且叫起来朗朗上口,"大鼻子"便成了程程男朋友的代号。经常来学校看程程的"大鼻子"长相憨厚,性格温和,让男生觉得把程程交给他还比较放心,程程也因此可以放心地在男生面前聊她的那位"大鼻子"。到后来,程程提起自己的男朋友,也会自然而然说我们家"大鼻子",所以班里同学几乎没人知道"大鼻子"到底叫什么名字。

这年的元旦,好似一个分水岭,许多人急着给自己或者别人一个交代,以证明大学这几年没有虚度,尤其是在恋爱方面,自己已经不是一个菜鸟,已经有能力抓住机会让自己蜕变成一个真正的男人和女人。

夏天其实也有些着急,看到大家后来居上的架势,再想想自己蹉跎了的岁月,以及那场没有悬念但似乎又有些悬而未决的恋爱,他觉得自己需要找到一种了断的方式,手起刀落,水过无痕。

在这方面,李婳似乎和他还是那么心有灵犀,自从和帅哥闪分之后,李婳显然也经历了一个漫长的空窗期,她同样有一种紧迫感,希望尽快确定自己的感情归属。她依然能感觉到夏天关注自己的眼神,但夏天的眼神中,已没有了原先的灼热和痴迷,她甚至希望夏天恨自己,因为仇恨的目光也代表了强烈的情感。但现在的夏天让她有些琢磨不透,在课堂上,她和夏天抬头不见低头见,她从夏天一掠而过的眼神中,经常看到的是一种平淡和空洞。

学校里经常会有不少试着和她搭讪甚至追求她的男生,她选择了大大方方和他们交流,甚至在公开的场合,在班里很多同学都在的时候,她也会和一些外系男生聊得火热,完全不是以前孤傲的形象。

这段时间，校学生会有一位负责文艺的干部经常围在李婳身边，不时邀请李婳参加校学生会举办的文艺活动，李婳会带上相机为活动拍照，并在活动期间和那位干部交流频繁。夏天因为周报的工作，这些活动也经常到场，他们的交流也便时时看在眼里。在一次活动后第二天的课间，夏天故意拉着也参加了活动的江驴儿，在李婳目光能迅速到达的位置高声聊起头天的活动，边聊边翘起兰花指扮起了女人样，江驴儿不知是心有所感还是心领神会，哈哈大乐起来。

李婳自然知道夏天翘兰花指的内涵，一开始表情有些羞恼，脸一直红到耳根，但她恼的时间并不长，很快又带着笑意狠狠白了夏天一眼。让夏天欣慰的是，自此以后，夏天再也没见过李婳和那位文艺干部在一起的情形。

这年春节，夏天又回到了南昌和家人团聚，照例是边吃年夜饭边看春晚，但这年的春晚夏天认为几乎没有亮点，除了李扬给动画片《孙悟空》和《唐老鸭》的配音。当时，这两部代表东西方文化的动画片，在荧屏上隔空对战，争夺着下一代的注意力。

春晚在一曲《我们是朋友》中结束，而此时，夏天已是恹恹欲睡。

第五十六章
"夏天现象"

大四下学期开始，便进入了毕业倒计时。这个学期，没有新的课程，大家的任务，只有一篇毕业论文。夏天感觉，自己的大学好像已经提前结束了。

除了毕业论文，大家最操心的，自然就是毕业分配的去向。对夏天来说，毕业留京肯定是首选，但留京能分配到什么单位，系里传来的消息可谓是喜忧参半。

好消息是来系里要人的北京单位众多，除了边疆地区的同学需哪儿来哪儿去之外，绝大部分人想留京都非难事。坏消息是不少国家级媒体不约而同地减少甚至放弃了要人名额，要人的单位大多是一些部委办的行业媒体。

在有限的几个国家级媒体或宣传单位的名额中，明确要求是学生党员，这让夏天一下就处于不利的竞争地位。

无法去党口的宣传机关，其实夏天并不气馁，大四这段时间和外界的接触，已经让他对经贸领域产生了强烈的兴趣。所以，在班里同学把主要注意力放在新闻单位的竞争上时，他也在认真地思考自己的出路。

夏天隐隐感觉，自己的未来也许并不在新闻行业，或者说，自己并不特别适合在新闻行业工作。他更愿意抓住契机，参与其中，成为一个真正的弄潮儿，不管成功失败。他认为，创造价值的快乐是一种无与伦比的顶峰体验。

夏天的这些想法支持着他一边等待合适的分配单位，一边着手尝试靠自己的能力去创造新的机会。大四很长一段时间内，他和王飞鸣花了大量精力筹备天时地利人和实业有限公司，他们穷尽自己的经验和想象，沉浸在创造一种崭新商业服务模式的亢奋中。

在筹备过程中，夏天和校报记者一次不经意的谈话形成的报道，让自己忽然成了学校的名人。这篇报道再经过都市青年报转载，甚至在全国都造成了影响，也因此在后续跟踪报道中变成了"夏天现象"。

和夏天谈话的校报记者不是别人，正是夏天曾经的室友，周报的前辈，比夏天高三个年级，毕业留在校报工作的老郑。老郑在校报工作的几年时间里，把一张小小的校报办得风生水起，校报上关于学生工作方面的报道，经常被全国几家颇具影响力的都市青年报转载，校报上刊登的一些关于大学生的敏感话题，几乎成了许多都市青年媒体报道的风向标。

毕业后的老郑，和夏天依然保持着密切的联系，他时不时会折到夏天宿舍找夏天聊天，交换对一些问题的看法，同步校报和周报的报道口径。夏天也会习惯性地找他请教一些事情，尤其是月末钱紧张的时候，老郑会自觉地把夏天带到教工食堂，让夏天敞开享用教工食堂特供的肉龙。

吃完肉龙之后，老郑又把夏天请到他的单身宿舍去喝茶，说是帮助夏天更好地消化，夏天自是欣然从命。在边喝边聊中，老郑把话题向毕业找工作的方向引导，而夏天便按捺不住地讲起了自己最近正在忙乎的大业，听得老郑两眼放光。

老郑完整记录了他和夏天的对话，把夏天第一次筹划创业时的所思所想所作所为进行了详细的梳理。

问：你联系毕业单位了吗？

答：没有，系里给联系。但我确定要留北京，只要不挑单位，留京是可能的。

问：你是为留京而留京了？

答：不是。留京的最大目的，是希望在北京办家公司。

问：这还仅是个想法吧？

答：已有眉目了，有六七个人参与，公司主要搞人才交流开发，且已筹措了六千元启动资金。

问：这对你们来说不算一笔小钱，钱……

答：是勤工俭学挣的，本来可以分掉，但我们这样用，意义更大。

问：用钱来挣大钱是吗？

答：这没什么可脸红的。现在大学生中，经济观念加强了，可以说，没有经济眼光就没有现代意识。当然，追求金钱，有急功近利之虞，但从社会发展来看，可带来整体的繁荣和活力。我们搞人才交流开发，就是要盘活人才资源，于社会是有益的，于己也是有利的。

问：请具体谈谈业务。

答：和科研、文化单位联系搞人才培训；给文化人士牵线当家庭教师；帮助科技人员从事"第二职业"；为企业提供技术咨询。我们中有两人以上懂两门外语，还可开展国际业务。

问：实际开展了没有？

答：已和北京市某部门联系好搞业余服务。在西四，已租定了房屋，现正在跑营业执照，取得法人资格，只等毕业，就开张营业。

问：怎样估计困难？

答：我们这几个人，共同的特点是想闯闯。构想能否实现，还要看社会提供的可能。可以说，现在是有可能的。

问：上面谈到你仍参加分配，这和你自办公司是不是有冲突？你一时还不想扔掉"铁饭碗"吧？

答：从国家统包分配到现在允许毕业生在一定条件下自己联系单位，这是一个大转变，心理上有一个适应过程，因此也就自然而然地参加了分配。但"铁饭碗"的思想还是很顽固，目前，我们还只能做到端着"铁饭碗"去寻找新出路，这大概是改革中必然会出现的现象吧！

老郑写的这篇《对话夏天》的访谈录，在校报刊出后，引起了不小的反响。本班同学自不必说，班里不少人知道夏天大四以来如独行侠般老在校外活动，却没想到他在鼓捣这么一件事，于是纷纷向夏天打探详情，有关心的，有好奇的，有疑惑的，有感兴趣参与的……夏天从各种不同的表情中，看到了大家对他这件事的不同态度。

老凯作为班长，对夏天表达了关切之情，同时对夏天的勇气高度赞赏，他夸奖夏天开风气之先，敢于丢掉"铁饭碗"，走出一条属于自己的创业之路，是改革开放新一代大学生的楷模。

老凯的夸奖，让夏天觉得自己做的还是不够彻底，依然不敢立刻丢掉"铁饭碗",简直就是一个首鼠两端的投机分子,需要深刻反省,并用实际行动回应老凯的赞赏和厚爱。但到底应该怎样做才能达到老凯夸奖的高度,自己其实一时半会儿也想不明白。

除了本班同学,学校其他专业的毕业生、研究生甚至一些低年级的同学,也有不少托人打听夏天到底是何许人,有的甚至摸到夏天宿舍,直接敲门找夏天约谈切磋,探讨合作。夏天觉得老郑的那篇访谈录,就像给自己和那个正在筹备中的公司打了一个大大的广告,激荡起八面来风,呼啸着向自己扑来,自己就像骑坐在风口上的那只猪,被这股狂风吹得上下翻飞。

通过和各位大侠的切磋,夏天渐渐有些心虚,觉得他和王飞鸣设计的商业服务模式其实还有不少短板甚至瓶颈,还需要更完整的拼图,进行更审慎的思考和调整。

但不管怎样,夏天在学校红了,事先没有任何征兆。忽然多出来的低年级小迷妹的小眼神,让夏天的虚荣心得到了极大的满足,自己其实还没做出什么来,就收获了如此多的粉丝,这让夏天体验了一下媒体的力量,也领会了眼球经济在未来的无数可能性。

更让夏天没想到的是,这篇访谈录的影响力并没有止步校园。经过北京一家具有全国影响力的青年都市媒体的转载,夏天的故事让越来越多的人知晓,想跟夏天合作的人也越来越多。当班里的轮值收发员把一封封全国各地的来信送到夏天手里时,夏天才意识到,这件事闹大了。

这些信有来自北京的、河北的、山西的、内蒙古的……信中除了表达对夏天及其同伴的赞赏之情,更多是表达强烈的合作愿望。写信的人大部分已经参加了工作,但因为对现实的不满足,都想寻找更多的机会,他们认为跟名校的学生合作,可以优势互补,开拓一片崭新的天地。

因为信件太多,夏天根本没有时间一一回复,着实体会了一把当名人的烦恼。从众多的来信中,夏天也深切感受到,社会经济已经越来越活跃,许多人正在尝试打破传统的工作生活模式,开启自主自由的人生,自己和伙伴们的尝试,正好顺应了这股潮流。

后来的事实也印证了这一点,虽然夏天、王飞鸣几个伙伴筹备的天时地利人和实业公司因为种种原因没能拿下营业执照,但创业的种子却在这些人心中生根发芽,他们有的成为著名的投资人,有的成了实业领袖,有的成为国内顶级房地产企业的领头人,有的成了知名经济学家……只有夏天进步较慢,在彻底抛弃了文人情结,深刻认识到"百无一用是书生"之后,才真正开启了自己的创业之路,从事了一项自认为还比较有意义的事业。

这篇访谈录经过媒体持续发酵,最后被某媒体总结为"夏天现象",夏天也由此成为现象级人物。"夏天现象"的舆论影响反馈回学校,夏天在一段时间内再次成了人们议论的话题,就连狠心给夏天新闻写作打五十八分的刘景云老师,也让同学带话,说他很欣赏夏天的勇气,相信夏天将来一定会有出息。

成为"夏天现象",过足了名人瘾后,夏天洋洋洒洒地修书一封,把自己一段时间内的无限风光汇报给了家里。夏山水接到信大吃一惊,买了一张第二天的硬座票就杀到北京。夏山水在当地大学就是负责学生工作的,他认为"夏天现象"产生的舆论影响关系重大,很有可能导致夏天创业不成,先把"铁饭碗"丢了。

当夏山水坐了两天两夜的火车,眼睛布满血丝风尘仆仆出现在夏天面前时,夏天大吃一惊。夏天忽然意识到,自己考虑问题还是欠周全,让父亲和家人担心了。父子两个经过面对面深入细致的交流,夏山水才算是基本了解了夏天的想法和夏天毕业分配可能的去向。有一点夏山水算是吃了定心丸,那就是夏天并不会放弃参与统一分配的机会,他和伙伴们创业,并不意味着他马上放弃国家正式编制的工作和北京户口。

这是夏山水在夏天读大学期间第二次赴京,第一次是刚上大学没多久,这一次是临近毕业时。此时的夏天,自信爆棚,不畏前路艰险,相信自己终将振翅高飞,大展宏图。他看到两鬓渐白、已显疲态的父亲,想起自己在父亲关爱下成长的点点滴滴,父亲在大学期间给自己写的一封封长信,每年寒暑假回家和父亲的深夜长谈,不禁眼眶湿润。他暗下决心,一定要尽快成为家里的顶梁柱,让爱自己的家人早日得到爱的回报。

第五十七章
毕业论文和大辩论

在毕业分配的纷纷攘攘中，夏天还是下决心好好完成大学期间的最后一份作业——毕业论文，也算是为自己四年的大学学习画上一个完美的句号。

因为有在《燕京日报》实习的经历，夏天对《燕京日报》的子报《燕京晚报》也便多了几分关注，正因为这份关注，让夏天自认为发现了《燕京晚报》办报的诸多弊端和缺陷，可以开足火力，在论文中大谈《燕京晚报》的改革之道。

考虑到对报纸整体的批判过于张扬和不知天高地厚且太敏感，夏天决定从晚报的副刊"五色土"入手，窥一斑而见全豹，借题发挥，系统表达自己的办报思路，在完成毕业论文的同时，也总结一下四年来学习新闻专业的收获。

晚报副刊"五色土"的名称其实是有一些来头的。相传北京中山公园有个社稷坛，坛内植土有五种颜色：南绿、北黑、东白、西黄、中赤，曰五色土。副刊用这个名字，也同样是取集天下精华、大成之意。我国著名报人赵超构先生曾经说过："新闻是报纸的灵魂，副刊是报纸的面孔，报纸耐看不耐看主要看副刊。"金庸先生也曾说："对于报纸而言，新闻为攻，副刊为守。"副刊"五色土"办得如何，是晚报编辑记者们是否守土有方的直接证明。

夏天在论文开篇，就用数字说话，明确指出了晚报的守土失责。当时国内的三大晚报：《羊城》《新民》《燕京》，几年前的发行量分别是：一百五十万，一百四十万，一百一十万，几年之后，《羊城》和《新民》分别涨到了一百七十万和一百六十万，《燕京》却掉到了八十万。这充分说明《燕京晚报》这几年报纸经营出现了问题，但问题的症结何在呢？

夏天由表及里对晚报的状况进行了剖析，词锋可以说是非常尖锐。

夏天这样写道："从表象上看，'五色土'作为一个文艺性的综合副刊，人们很难从中摸到当今文化的脉搏，偶尔有些精辟警人的思想火花，也湮没在大量乏味的文字中。对社会文化争论的焦点，其态度或彷徨瞻顾，或闪烁其词，或避其尖锐，取势折中，有时甚至干脆摆出一副教师爷的面孔，教人不敢亲近。平庸、陈旧，似乎成了晚报副刊的代名词。

"在这些表象的背后，是报纸的办报方针、编辑人员的思想状态、业务能力跟不上时代的变化。晚报1958年创刊之初，其办报方针是：面向基层，补日报之不足。当时的市委副书记邓拓更进一步阐述说：面向基层，就是要面向群众，作为市级报纸，特别是作为晚报，群众性最重要。在那个年代，邓拓把群众性上升为办晚报的最高准则，确实需要非凡的胆识和远见，这些论述，就是在今天也是意义深远。"

邓拓后来以马南邨的笔名在"五色土"副刊上开设《燕山夜话》专栏,深受读者喜欢。他的杂文短小精悍、爱憎分明、切中时弊、妙趣横生,一时全国许多报纸、杂志争相仿效,为当时"百花齐放、百家争鸣"的文苑增添了生气,也成就了"五色土"副刊最鼎盛的时期。而随着邓拓去世,"五色土"的元气也一直未能恢复。

夏天在论文中记叙了他对晚报复刊后一段时间内办报思想的调查、访谈,晚报负责人是这样论述晚报办报方针的:"如果只注重面向群众,而忽视了引导群众,迁就某些群众的落后意见,报纸就会犯错误。以马列主义、毛泽东思想来引导、教育广大读者,加强以共产主义为核心的社会主义精神文明建设的宣传,是晚报的根本任务。"而当时副刊部的主任在接受夏天的访谈时,更明确地强调:"晚报也是党报。在他们的认知中,群众永远都是用来教育、引导的……"

夏天在论文中写道:"从党的领导的角度,这些观点并没有什么不对,但这种仅仅只追求政治正确的论调,不结合文学作品创作的实际状况,报纸办得毫无生气也就不足为怪了。"

好在若干年后,晚报也慢慢回归其应有的定位,晚报在其官网上明确宣告了自己的办报宗旨:立足北京,面向全国,反映生活、服务生活、指导生活,关注百姓的关注,关注中国的关注,关注世界的关注。总而言之,晚报更加面向群众,关注世界了。

夏天在论文写作过程中,还发挥自己曾在和晚报同属一家的《燕京日报》实习积攒的人脉优势,以及众多师兄师姐在晚报工作的便利,大面积访谈了晚报尤其是"五色土"的编辑、记者,倾听他们自己对副刊的评价，他们中多数人尤其是年轻的记者编辑只用两个字吐槽：没劲！

夏天得出的结论是：在自己都认为没劲的氛围中工作，如何能创造出有劲的精神产品服务广大人民群众呢？这也同样说明，原先的那套办报思想和理论，在新闻改革不断深化的时代，已经无法真正与时俱进，成了晚报发展的阻碍。

自然地，广大群众会用脚投票，急剧下降的发行量就是群众用脚投票的最好证明。

夏天也对编辑人员的构成进行了分析，他认为现有编辑队伍中，缺少倚马可待的大家，影响了他们对文学作品的整体鉴赏水准，而编辑们常年联系的作家群体中，也多是十几年前甚至几十年前成名的作家，这样做固然保险，还可以保持一定的作品水准，但由于完全跟不上当代文坛的发展趋势，缺乏新锐新鲜的声音，和时代严重脱节，副刊给人的感觉自然也就是陈旧、平淡、乏味。

不仅如此，夏天还把副刊中的栏目对照《羊城晚报》《新民晚报》的类似栏目进行了逐一点评，除个别栏目外，夏天几乎把所有栏目都鞭挞得体无完肤，并大谈该如何改进。后来夏天设想，多亏晚报的领导没有脑洞大开，在夏天实习时向他伸出橄榄枝，不然请神容易送神难，夏天在晚报岂不是要天天给各级领导和同事添堵？

夏天的毕业论文指导老师是我国报纸编辑学泰斗胡仁风老师，胡仁风老师本着鼓励学生独立思考敢于发现问题的原则，对夏天写这篇毕业论文的初衷给予了肯定，也基本赞同夏天的论述思路。与此同时，他也提示夏天，在发现问题的同时，要更多地提出解决问题的方法,以解决问题为目标,发现问题才会更有价值。

胡仁风老师的提点,让夏天受益匪浅,他认识到,胡老师不仅是教他作文,也是教他做事、做人。在胡老师的提示下,夏天进一步充实了如何办副刊的内容,同时对一些有争议性的新闻理论问题,采取了暂时搁置的态度。

这篇论文,胡仁风老师最后给夏天打了一个优+。

若干年后,夏天重新审视了自己这篇在半年时间耗费大量心血写成的万字长文,除了依然能感觉到当年那颗滚烫的赤子之心,也深刻体会到,历史的车轮滚滚向前,没有任何力量可以阻挡,正所谓世界进步之势,顺我者昌,逆我者亡……

在写毕业论文的同时,夏天印象最深刻的,就是那场轰动全校的大辩论。那场辩论差点儿引发肢体冲突,辩论的双方如果不是好多人拦着,当场就准备用武力解决辩论不清的问题。

冲突的一方是夏天的密友来顺,另一方却是大有来头,是京华师范大学的一位博士,"文化割裂说"的旗帜性人物文晓波。

因为写毕业论文和等待毕业分配,夏天已经淡出学校的"江湖",学校一些热门的活动夏天几乎都不参与,虽然在系学生会的任务是联系周报,充当顾问的角色,但看到学弟学妹都已茁壮成长,自己也是顾得上就问,顾不上就不问了。但这天的活动,来顺却坚持要求夏天到场,来顺告诉夏天,这场演讲会,是自己组织的,自己一直想找一个和文坛黑马面对面过招的机会。来顺预感到,即将展开的这场演讲会,一定会是一场年度辩论会,辩论会上,将展开激烈的交锋和搏杀,他希望有一个坚强的后援团站在自己身边。

夏天了解到这次活动的背景后，也有些跃跃欲试。但文晓波显然强硬得多，仅凭他出场的气势，就把在场的年轻学子给镇住了。

他依然是一袭风衣，风衣里是一身西装，他的目光中有一种传道者的狂热，他的长发飘甩着，伴随他嘴里脱口而出的惊世言论，仿佛在不停鞭打在场学子们的神经。初见文晓波，夏天不禁倒吸一口凉气。

据说，文晓波之前在北京各所高校都举办过演讲会，所到之处，望风披靡。针对他许多激烈的观点，一些人虽然也曾严词反驳，但在他的雄辩之下，基本上都落荒而逃。即便是在燕京大学学生会组织的演讲会上，几名学生有备而来，也被文晓波打得毫无还手之力，文晓波因此更是声名鹊起，收获了一大批拥趸。

所以，文晓波几乎是带着征服者的骄傲来到夏天学校，也许他认为，文科院校最后一块高地的攻占就在眼前。

但是，他想错了。他在演讲中陈述的观点，几乎每一条都遭到迎头痛击。

来顺在他来学校之前，已经拿到了他在燕京大学的演讲稿，针对他的观点，事先做好了充分准备，从理论和逻辑上进行了细密的论证，抓住了其中诸多痛脚。这场演讲会上的论战，对来顺来说，就是一场伏击战，要把文晓波打得彻底抓狂。

作为一个文化学者，文晓波其实是有套路的，他最重要的套路之一，就是对近现代中国经济文化的落后以及落后挨打的归因。近二百年来的落后挨打，让国人心里充满憋屈，同时也对自己的文化根基产生了怀疑，是什么样的原因导致我国近现代的落后？

文晓波认为，中国落后的根本原因，是中国传统文化造成的。传统文化造成了人们的劣根性，要想改变这种劣根性，只有彻底否定传统文化，彻底割裂传统文化劣根性对人造成的影响，才能改变人种，实现真正的历史变革。

来顺对文晓波的"人种说"是极其反感的，因此他对文晓波的质疑是以其人之道还治其人之身。他对文晓波提的第一个问题就是："如果我没看错的话，您也是我们这些劣等人种中的一员，我很奇怪，以您这个劣等人种的智慧，如何能提出如此伟大的拯救方案？所以我认为，您不是在胡说八道，就是没有自知之明。"

来顺的第一个问题，就充满了火药味，让演讲会的气氛立刻进入白热化。

文晓波对于改变中国落后的现状还有一个解决方案，那就是彻底西方化，仿照西方，学习西方。他认为，香港西方化一百年，变成了一个繁荣发达的自由港，中国这么大，最少需要学习西方两三百年才能彻底改变现状。

这种说法，也是来顺不能接受的。来顺认为，不管是一个民族还是一个个体，精神和肉体的自由独立是神圣不可侵犯的，贫困落后绝不是当狗的理由。因此，来顺针对这个问题的提问更加尖锐："按照您的逻辑，在美国当狗也比在中国当人强，但您真的认为，像您这样穿上西装，就能当上美国的狗吗？"

来顺这么提问，完全是不按套路出牌，甚至有些泼皮骂街的味道，但来顺的这招，却非常管用，因为他把文晓波彻底激怒了。

文晓波也开始和来顺对骂起来，他骂来顺的时候，也秉承了自己一贯的观点，他的观点是：目前中国的大学教育，培养出来的绝大部分都是废物，本科毕业生有百分之九十五的废物，硕士毕业生有百分之九十七，博士毕业生有百分之九十八、百分之九十九。这些废物最大的悲哀就是自己明明是废物却不自知，还一天到晚先天下之忧而忧，自以为特有民族气节。殊不知，恰恰就是像来顺这样的废物，维护了几千年的封建统治，让我们的人种越来越退化，国家越来越落后。

文晓波的废物治国论，也把来顺的火拱起来了，他反唇相讥道："我还是认为，按照您的理论，像您这样在体系里读到博士毕业的人，是没有能力分辨谁是废物的。但您的到来，让我明白了一个道理，这个世界上其实本没有废物，因为废物也是可以利用的，就像您今天到我们这演讲，就是以一个废物的身份充当了反面教材，更加激励我们奋发图强，绝不去当一条西方人的狗。"

来顺始终保持着高昂的斗志，说话也毫不留情面，获得了现场很多人的鼓掌喝彩。

但在当时，文晓波也有不少粉丝，他们纷纷发言指责来顺，说来顺不敢正视现实，抱残守缺。他们还引用鲁迅先生的话：真的勇士，敢于正视淋漓的鲜血，敢于直面惨淡的人生……而文晓波就是当代鲁迅式的人物，对国人是哀其不幸，怒其不争，来顺是有眼不识泰山。

持不同观点的两部分人七嘴八舌，很快就不顾发言顺序，在现场吵成一团，最后有的吵急了眼，开始互相爆粗，并随时准备拳脚相向。会议的主持人还算机警，当机立断，在没有会议总结的情况下宣布散会。

文晓波在他拥趸的掩护下仓皇离去，据说，这是他在北京高校唯一一次铩羽而归的演讲,他从此再也没有踏进过夏天学校半步。

夏天回去后,专门跟周报的学弟学妹们开了一个会,就文晓波到学校的这次演讲会组织了整版稿件,客观报道了冲突双方的观点,在学校形成了一个不小的话题。来顺因为辩论会的精彩表现,在学校成为很多迷妹追捧的对象。有一个漂亮的沈阳姑娘也因此纵身投入来顺的怀抱,她投怀送抱的理由相当给力:和来顺在一起,再穷也不会变成小狗狗,这让她心里贼踏实。

第五十八章
面试，和李婳的对决

随着毕业时间的临近，要人单位的信息也基本明了。夏天感觉，可供挑选的单位确实不少，但适合自己的着实不多，很多单位一听名字，他就能想象出将来在这些单位的无趣。

他越来越强烈地意识到，也许是和新闻事业说再见的时候了，大学四年新闻专业的学习和实践，将让他和新闻事业因为了解而分手。因此，他第一次填报入职志愿时，出乎很多人意料，选择了全国工商联。对于全国工商联，夏天了解得其实也并不是很多，但他认为，这个单位也许可以让他更贴近商业经济，而这，正是现阶段他的兴趣所在。

单位初选后，他心里踏实下来，更是一门心思四处奔波，和王飞鸣等哥几个探讨自己的创业大计。

因为丢了自行车，他外出联络活动的时候，大部分时间都是坐公共汽车，那条被高大白杨树遮蔽的白颐路，便成了他惯常的通勤线路。坐在公交车上，他喜欢透过车窗一遍遍看窗外熟悉的风景，越是临近毕业，越觉得有一种不舍。

木樨地、玉渊潭、首都体育馆、紫竹院公园、北京图书馆、民族学院、理工学院、友谊宾馆、双榆树、海淀剧院……遮天蔽日的白杨树把这所有的一切都串联起来，卷裹成了一条绿色的河流，这每一处地方，都像河流滋润的脉络。

这是一条青春的河流，河流中流淌过的，是他和他的伙伴们最绚烂的青春，河流中翻滚的每一朵浪花，都有他们青涩年华的笑和泪，他们所有的光荣和梦想，所有的欢乐和悲伤，都在这条河流的波光中折射过，这条河流用温暖包围了他们，也教他们用温柔拥抱彼此。

夏天看车窗外的风景，也看车窗外的人，有一天傍晚时分他从玉渊潭返校，在车窗外看到的情形，让他一直难以忘怀。

因为正值晚高峰，加上各站停靠，骑自行车的人的速度几乎可以和公交车竞逐，他在车窗外无意中看到的，是骑着那辆除了铃不响哪儿都响的破自行车的李婳。这是夏天第一次从如此独特的视角长时间观察李婳，看着这个和自己纠缠数年，毕业后也许就难得相见的女孩，夏天心里五味杂陈。

此时，傍晚的斜阳漫照在大街上，透过白杨树叶的光影，如碎金般闪耀着。李婳骑在她那辆破旧的自行车上，表情严肃，目不斜视，奋力蹬踏着，超过了旁边一辆又一辆自行车。晚风扑面而来，碎金般的光影在她飞扬的长发上凌乱着，但她仍是不管不顾，任性而倔强地前行，好似奔赴一项重大使命的召唤。

夏天在车上一路看着李婳，有时在前，有时在后，好似自己在和李婳竞逐。他心里想，这是一个追求自我认真活着的女孩，自己曾经爱过她，现在还爱吗？自己真的了解她吗？他们曾经在这条青春的河流无数次伴游过，热烈地温暖过对方，但他们现在的彼岸也许并不在一个方向，是不是这样的注视也很快就要成为绝唱？是不是相忘于江湖也同样是他们的宿命呢？

想着这些，夏天百感交集，眼眶不禁有些湿润……

奔波折腾之旅，在一段时间之后就结束了，这是因为夏天他们遇到了一个暂时无法解决的问题。他们作为在校学生，都是集体户口，根本不允许充当法人领取工商执照。他们也曾想找有北京户口的人代领，但找了一圈，一个合适的人选都没有。

他们渐渐意识到，偌大的北京，他们作为尚未出茅庐的学生，现在就开始创业，实在是举步维艰。他们要迈出的第一步，是先拿到北京户口。而且，创业做生意，需要有整合资源的能力，整合资源能力的大小，决定了生意发展的高度。他们每个人都胸怀壮志，自信满满，但毕竟是赤手空拳，没有太多积淀，并不具备从零到一的条件，只有先站稳脚跟，在社会上拥有一席之地后，才有可能把触角延伸，施展自己的抱负。

认清现实虽然有些失落，但并没有太沮丧，他们相信，通过这段时间的探索，创业的种子已在心中生根发芽，将来一定会有机会长成参天大树。

创业未果，但夏天反而自觉空明澄澈了，因而大四最后这段日子也就过得单纯起来。

有一些毕业去向基本确定的同学，成了夏天没事老混在一起的狐朋狗友，他们白天准备论文，一到晚上，便聚在一起打牌。尤其是一些确定毕业要回老家的同学，更是珍惜彼此最后这么一段日夜相守的时光，他们这段时间说过的话，比大学四年任何时候都多。

在确定回老家的同学中，有几个是夏天最铁的哥们，而他们，本来都是有机会留在北京的，这让夏天很早就感觉到离别的悲伤。

江驴儿决定回山东老家,和那位美女老乡有很大关系,那位美女老乡曰:父母在,不远游。江驴儿和她爱到如火如荼,自然"夫从妻纲",彼此约定,毕业后一起回济南,可以最近距离地"守孝悌,敬父母"。他们的选择,充分体现了齐鲁大地孔孟之乡人民的传统美德。

阿辉回老家天津,也是为了爱情。他为了青梅竹马的初恋,放弃了留在北京的机会,选择了天津当地的《津门日报》。但他回《津门日报》报到没几天,就收到了初恋情人的一封来信,信中说,因为觉得阿辉过于优秀,自己配不上阿辉,所以决定和阿辉分手。这实在是造化弄人,最后他们还就是分手了,阿辉也因此爱情不得,又失去了留京发展的大好前程。

浩然是最早决定回老家西安的,甚至早到他来北京上学之前。浩然心心念念的,就是他母亲独自一人含辛茹苦把他们兄妹俩拉扯大。他父亲早年就和他母亲离婚了,也断绝了和妻子儿女的关系。浩然认为,对母亲的养育之恩,只有陪伴在身边才能报答。

尽管夏天早就知道浩然毕业后一定要回老家西安的事实,但当这一切即将发生,他们的分离就在眼前的时候,内心还是充满惶惑和不舍,不舍这四年并肩战斗的兄弟情。

夏天在这四年中也曾多次力劝浩然留京,和自己一起打天下,浩然也曾犹豫过,但终究抵不过母亲和家庭的召唤。浩然在临去世之前给夏天打电话说,他这辈子最大的遗憾就是毕业后没有机会和夏天并肩战斗,但这又何尝不是夏天的遗憾呢?

如果时光可以倒流,如果一切可以重来,夏天相信,他和浩然一定是可以携手前行的,浩然也一定不会那么早陨落,但毕竟,没有如果……

正当大家认为要人单位不会再有任何惊喜的时候，一些新的消息还是公布了，除了党的机关报按照公开考试录取的原则增加两个名额，国家负责对外经贸的中国国际商会要招收一名外语基础不错，懂新闻，善写作的公共关系人员，也就是所谓的公关先生或公关小姐，工作内容是内引外联，面向海内外宣传我国的改革开放，扩大我国经贸企业的影响。这时候公关关系的概念，刚刚在我国流行起来，公关先生和公关小姐听起来还是很高大上的。

当用人单位找到学校时，夏天第一时间得知了这个消息，夏天认为这是一个非常好的机会，这个单位和全国工商联又不同，几乎满足了他对未来发展的所有设想，他之前那么多的尝试和努力，似乎都是为这个岗位准备的。

不说他的新闻专业能力，对外宣传一定会有用武之地，就连他大四玩命突击的英语，也歪打正着增加了自己的竞争力。前一段合伙办公司创业的折腾，更是让他对在工商领域的发展充满期待。国际商会的舞台，一定会让他具备全球商业视角，把握世界经贸领域发展的脉搏，迅速走向世界。

走向世界，是多少国人的梦想，而这个梦想，一下离自己这么近。夏天想到这些，全部热情都调动起来，他对这份工作，可以说是志在必得！

这个用人信息发布后，在班里果然引起了不小的反响，成了热门的单位之一，报名者多达八九名。看到报名者甚众，系里不好平衡，于是和用人单位商量，决定摆下龙门阵，通过供需见面会来确定最终人选。当然，在供需见面会之前，系里也把参与竞争的同学的基本材料提供给了用人方，帮助用人方有目标地甄选人才。

因为是招收所谓公关人员，那么对公共关系的理解也一定会是龙门阵上切磋的内容。夏天在面试之前，到北图借阅了大量公共关系方面的书籍，把国际上公认的公共关系学说的前世今生摸了个底儿，有关公共关系的一些经典论述也背得滚瓜烂熟，在面试前，他可以说是信心满满。

龙门阵摆在了系里办公楼的大会议室，当全部人员到齐后，他发现，李婳也在现场，这让他心情变得复杂起来。

夏天环视了一下参加见面会的同学，忽然有一种预感，这场见面会，也许就是李婳和自己的对决。他想，如果最后真是二选一的局面，自己将如何面对呢？也许，做好自己，是自己目前唯一能做的。

从李婳的精心准备来看，她对这个工作也非常感兴趣。她化了一个淡妆，把长发绾起来梳到脑后，显出知性成熟的味道，这是夏天从来没有见过的李婳。李婳的外语一向是很好的，因此她在交谈中不时夹杂的外语单词给人感觉她很能适应外向型机构的工作，她对公共关系方面的内容显然也做了不少准备，应答起来也算是从容自如。

见面会的进程印证了夏天的预感，用人方的公关处长和人事处长把提的问题渐渐集中到夏天和李婳身上，公关处长问李婳问题多，人事处长问夏天问题多。

见面会最后有一个自我陈述环节，轮到夏天时，夏天深吸一口气，觉得机会来了。自接到见面会通知起一周时间里，夏天其实一直在为这段自我陈述做准备，因为他相信自己一定会有机会把这段话说出来。

在这段陈述中，他谈到了新闻和公共关系的渊源，谈到了历史上著名的"扒粪运动"，以及"扒粪运动"的先锋人物麦克卢尔，正是因为这场"扒粪运动"，催生了公共关系学的产生。因此，新闻学和公共关系学一直是相互伴生的关系。而自己的优势，就是在大学经过严格的新闻训练，领导过学生媒体，知道"扒粪"的各种方法和技巧，在处理公共关系业务时，可以反其道而行之，防范各种公关危机。

　　当然，除此之外，他还谈到了自己在各方面的优势，譬如，学习能力、外语能力、团队精神、运动能力等等，总之，他把自己夸到了一个崭新的高度，连自己都佩服自己自夸的勇气。而且关键是，他的这段自我表扬，并没有引起用人单位的反感，相反，他把公关处长的注意力也吸引过来了。

　　夸完自己之后，夏天很好地掌握了节奏，在和公关处长的交流中，又显得低调谦虚，一口一个老师叫得非常顺溜，这场交流会到最后，几乎成了夏天的独角戏，连李婳看着夏天"白话儿"起来自信满满的样子，都露出气馁的表情。

　　交流会结束之后，用人单位的人事处长把夏天叫到一边，向他透了底，说他们来之前就已经对参加见面会的同学们做了了解，夏天本来就是他们重点关注的对象，而现在他们通过面对面交流，也认为夏天是合适的。这次见面会虽然有的女生条件也不错，但他们来之前已确定只要男生，因此夏天是这次见面会的不二之选。他们现在想知道的是，夏天是否考虑好入职？什么时候可以报到？

　　人事处长的贴心话让夏天一下就踏实了，他赶忙表态说自己意向早就确定，只待拿到派遣证就可以到新单位报到。人事处长临走时使劲儿地和夏天握了握手道："我姓魏，欢迎你成为我们的同事！"

夏天没想到见面会这么顺利，用人单位几乎当场拍板确定了录取意向。他认为，这回竞争人数如此之多，自己能脱颖而出，一方面有自己的努力，一方面也是自己足够幸运，在最后时刻出现了这么一个机会。另外，人事处长老魏的一席话，也减轻了自己的内疚，因为他们明确只要男生，自己也就不算抢了李嬿的机会，自己是否应该向李嬿好好解释一番呢？

老魏他们走了之后，于宝瑾老师找到夏天，告诉他用人单位已和系里签了录用确认函，他的毕业单位就算确定了，他可以踏踏实实地享受大学最后这段美好时光。听了于宝瑾老师的话，夏天心里一阵激动，他恨不得上去给于老师一个大大的拥抱，以表达自己内心的无比感激之情。

毕业单位的确定，让夏天彻底放松下来，他第一时间写信，把喜讯告诉给了家人，好让家人放下悬着的心。写信的时候正赶上妹妹夏雨十八岁生日，也许是有感而发，回想起自己刚上大学十八岁生日时的情形，他给妹妹的生日贺信便写得激情洋溢，他这样写道：

> 十八岁是人生的一个转折点，当淳朴和天真装点的少女时代如梦如歌般飘逝的时候，迎面而来的是更加喷薄欲出的青春年华。
>
> 是多梦的日子，也是成熟的日子，是热情的日子，也是更加冷静超然的日子，是开放的日子，也是内心更加深邃、紧密的日子，是一切都向你走来而一切都匆匆行进的日子，是每一个生命获得新生而每一个灵魂又经历锤炼的

日子,是一切都可以供你挥霍但一切又需要分外珍惜的日子。

  我不知道需要对你说什么,真的,万千祝福我会用心灵对你传达,当你聆听心脏的轻跳时,远方也会有同样一颗心和着你的节奏诉说千言万语,那是心灵电波放射的无限亲情。

  生日快乐!

第五十九章
难说再见

这年的七月,全国高温。在火热中,夏天和他的同学们迎来的却是分别的日子。

此时,绝大部分同学都已确定了毕业分配单位,全班五十一位同学,有十八位将离开北京,从此和同学们天各一方。

这十八位同学,大部分是回老家,也有几个,则是选择了新的人生坐标。

特产协会的阿峰,因为在四川实习的缘故,彻底爱上了成都,爱上了川菜,并把川妹子也当成了自己的菜,毕业时又无反顾选择了入川,从此变成了天府之国的逍遥公。

来自广西的陈若珊,校广播站的首席女主播,为了让自己夜莺般的声音继续通过电波在空中飘荡,选择了离广西老家比较近的广州,成了省广播电台的一名播音员。她后来逐渐成长为著名主持人,金话筒,在南粤大地红极一时。

来自湖南的老石,凭一双拳头在学校打出了威风,却没打动低年级师妹的芳心,一怒之下,决定到改革开放的特区珠海去打下一片江山。从此，老石盘踞的珠海，成了夏天毕业后最爱去"打秋风"的地方。

其余回老家工作的，基本都在当地的主流媒体，也算是衣锦还乡。

浩然回西安，在《长安晚报》当了一名夜班编辑。夏天后来每次到西安，都是带着兄弟相聚的喜悦，但后来，西安也成了他的伤心地。

阿辉以优秀毕业生的荣誉分配到《津门日报》。之后受到报社的高度重视，很快就肩负重任。

江驴儿回济南，进入省级党报，之后和美女老乡修成正果，济南便成了夏天极爱找借口出差的地方。

程程、老康几位新疆同学都回到乌鲁木齐。程程后来成为省报的首席时政记者，并逐渐走上当地宣传领域的领导岗位，一直在为新疆的社会和谐和民族团结贡献力量。

小豹子回到贵州，成为中央媒体驻黔记者。因文笔出众，很快成名，却英年早逝。

老王回到太原，在省级党报工作。但几年后他还是南下深圳，成为班里同学"扫荡"特区的重要桥头堡。

其他回老家的同学也都散如满天星，让班里同学每到一处，便能聚成一团火，总有亲人带着下馆子，搓大饭。

班里留北京的还是大多数，绝大部分都找到了满意或相对合适的栖身之地，且大部分都是国家级或部级新闻单位或宣传机关，此刻，新闻事业依旧是大家的锦绣前程。

王克俭是班里唯一一个留校读研究生的同学。因为王克俭，夏天毕业后便多了很多在学校蹭宿的理由，夏天和王克俭后来也因此故事多多。

方超是班里特别不热衷体育运动的同学之一，却选择去了国家体委的机关报，若干年后更成为该报的领头人。

阿朗去了国家的宣传管理部门，成了一位新闻官，之后站上了领导岗位，为国家的外宣事业操碎了心。

老廉携几位漂亮女生去了国家对外通讯社。后来他和夏天一起为国内首家股份制行业媒体的改造并肩战斗，成为好战友。

田雨西去了国家画报社。但待了没几天，他便奔向大洋彼岸，改学法律，后成为华人圈著名的大律师。

大个儿选择在央视打短工，后来也去了美国，成为著名推销员。

陈斯凡和阿威则在最后时刻搭上去我党机关报的末班车。

老马和文迪成了夏天的同行，他们分别在不同的涉外集团任公关先生和公关小姐，这让夏天觉得自己并不是一个人在战斗……

在所有同学中，几乎只有李嬗在毕业时没有确定单位。

进入七月，毕业分别便是倒计时的状态，打牌、夜话是每天晚上上演的戏码，各种组合会以各种名义凑在一起团聚，许多以前想说却不敢说的话此刻都喷涌而出。有的嫌面对面表达得还不够充分不够深刻，便在对方的毕业纪念册上泼墨挥毫。

班里的毕业纪念册是特别定制的，统一版式，统一规制，每个同学都占了其中一页，每页中都有一张最能代表自己青春风采的彩色照片。在纪念册前几页，是当时八十二岁高龄的老一辈无产阶级革命家陆定一和系里几位学术泰斗的殷殷寄语。

陆老的题词是：全心全意为人民服务，不怕任何艰难困苦。几位老师的寄语则分别是：读书破万卷，下笔如有神；捍卫真理，奋斗不息。夏天认为，这算是对新闻系毕业生的终极要求和最高指示。

夏天从每个同学给自己的留言中，找到了多个观察自己的视角，让他对自己的认识也变得立体丰满起来。

他的几个好友的留言基本是这样的：世间最美好的东西，莫过于有几个头脑和心地都很正直的朋友；一个人无论他开始多么不幸，总能达到命运允许他达到的顶峰；一旦意志不再晕眩，世界就会为你而升腾……这几个同学看似了解夏天的一些黑历史，因此在理解中也有期望。

有几个则回顾了他们大学默契相交的几个重要片段，纪念他们的友谊长青：那年中秋，卢沟桥，火真旺，月色变淡了，鸡肉的香味却留在了所有人的记忆深处……

王克俭在他的留言里写道：在学校吃糠咽菜的日子，胃里是空空的，却拥有这份与你坦诚相交的友谊，去澳大利亚的日子，不会太远了吧？

临毕业前，正好赶上张艺谋电影《红高粱》上映，好几位同学都引用了电影主题曲中的歌词给夏天留言，就像歌词接龙，每人一句，串联起来意思就完整了：你只要大胆地往前走！往前走，莫回呀头！通天的大路，九千九百九十九！

夏天其实听出了这些同学的弦外之音，他们希望夏天在现在这条正确的道路上义无反顾勇往直前，不要再徘徊眷恋，包括和李婳之间的这段感情。夏天感觉到，很多同学对他和李婳之间的这段感情的看法相当复杂。

夏天在李婳毕业纪念册上的留言可谓是"半仙"附体，大胆预测了李婳的人生走向：仗剑万里行，晓霜贯天星，长风掬野媚，空沙对月明。夏天后来觉得这几句偈语有些尖刻且不怀好意，但他当时就是这么想的，直到现在也不知道说对了几分，也许是不说不错，一说就错。

夏天在给李婳留言时潜意识或许有故意激怒李婳的想法，但李婳的回应非常简洁大气，她给夏天的留言只有两个字：珍重。夏天不知道李婳是故意无视还是心怀歉疚。

在所有留言中，只有老石的留言让夏天很生气，老石写道：周游列国，纵横游说，你是游刃有余的，只是往后千万别到学校来理发！

惹夏天生气，后果还是很严重的，夏天后来每次去珠海找老石，都要求老石安排港式高级理发师给自己理发。

当然，也有几个同学在毕业纪念册上没有留下一个字，夏天理解，也许确实是无言以对或无话可说，再或者是千言万语，尽在不言中……

七月六日，学校在八百人教室召开了整个年级的毕业典礼，给每个人都颁发了盖着校长蓝色名章的毕业证书，宣告了同学们大学生涯的正式结束，从这天开始，大家就可以打包收拾行李，各奔前程。

这天晚上，一向神出鬼没的田雨西突然跑到各个男生宿舍串联，建议全体男生到学校马路对面的小泥湾大吃一顿，说他已经和小泥湾的老板打好招呼，今晚包场。

田雨西的建议和大家的想法一拍即合，班里几乎所有的男生都参加了晚上的聚餐。大家一边胡吃海塞，一边回忆着大学期间的趣事囧事，无论大家之前有过什么过节，此刻好像都随着毕业的来到烟消云散了。

把小泥湾的存货都吃干净之后，大家才抚着肚子，步履蹒跚往回走。此刻，已是夜阑时分。月明星稀，月光透过白杨树茂密的树叶洒在白颐路上，让人感觉整条大街都在月色中摇曳晃荡，大街上行人和车辆早已沉寂，只有夏天这帮毕业生的喧嚣。

第六十章
是结束也是开始

对于告别来说,最煎熬的也许就是送行。离校的最后几天,夏天和留京的同学基本上每天都要往北京火车站跑,站台上,经常是一群人热泪滚滚。

送行时班里同学到得最全的,是陈若珊、老石等几个奔赴广东的时候。因为前面几拨特别是送程程和老康回新疆的时候,大家有些生离死别的感觉,有人哭大发了,于是大家约好这回不哭了,因为他们毕竟不是上前线,而是到中国改革开放经济发展的最前沿,是留在北京的同学随时要找机会去膜拜的地方。

把他们送上车后,大家故意嘻嘻哈哈兴高采烈地在站台上跟车厢里的人逗贫,老马指挥大家统一喊起了口号:向广东人民学习!向广东人民致敬!祝广东人民在改革开放的大潮口大显身手!苟富贵,不相忘!

大家的口号喊得整齐划一,声势浩大,把站台附近的陌生人吓了一跳。喊口号不过瘾,大家又接着唱歌,陈斯凡谱写的班歌《新闻,新闻,我们的前程》自然是主打歌曲,当唱到"新闻工作者,肩负历史责任,为了共同目标踏上征程"的时候,小豹子又一次自告奋勇，在陈斯凡脑袋顶上打起了拍子。这回陈斯凡没有抱头逃跑，反而一本正经和小豹子联袂指挥起来，让唱歌的声浪进一步高涨。

因为唱了"肩负历史重任"，车内车外所有人都不好意思哭鼻子了，于是大家一直沉浸在欢乐祥和的气氛中，直到列车拉响了汽笛，直到车身有了第一下抽搐。

当列车缓缓启动时，有的人还是脱口而出唱起了《送战友》，送战友的曲调一响，许多人的眼泪就夺眶而出。

当把所有同学送完后，夏天发现，还剩下了浩然，浩然因为派遣手续的问题，还要再耽搁几天。这让夏天觉得正中下怀，他甚至盼望浩然手续下不来才好呢，正好可以留在北京了。

被派遣手续耽搁的浩然，把夏天送到了新的单位报到，并帮着夏天把行李搬到了单身宿舍。夏天发现，大学四年下来，自己身无长物，唯一增加的就是四大箱书，再加上这几年被各种知识武装得光怪陆离的头脑，所有这些也许就是自己仅有的可以骄傲的资本了。

新单位的条件，可以说超过了夏天的预期，原来说好的两人一间的宿舍，变成了一个套房里独立的小单间，虽然只有八平方米，但和大学时八人一间的宿舍相比，显然有天壤之别。套房里有共用的浴室和厨房，不想吃食堂了自己还可以开火做饭，夏天庆幸自己这么快就有一个立足之地，他甚至开始憧憬把家人接过来团聚的情形。

报到之后的头几天，白天夏天在单位熟悉工作，晚上就和浩然厮混在一起，直到浩然办妥了一切手续。

浩然离开的时候，同学们都已经走得差不多了，浩然也只希望夏天一个人去送行。送行是在夜里，他们两个都没有眼泪，但列车离开时，夏天感觉浩然像卷裹在黑暗中被带走了，自己心里也是一片黑漆抹乌的。浩然到西安后，很快给夏天寄来一张明信片，上面写着：京华已成烟云……

夏天在新单位安顿下来没多久，就收到了李婳的一封信，就像他预感的那样，在离开了学校尤其是班里的环境后，她应该还会跟自己联络的。

李婳的嘴还是很硬的，说她给他写信，不是为了别的，是想跟他探讨业务，因为她加盟了一家广告公司，正好可以跟他的单位合作。

至于她说的所谓"别的"，他们俩自是不言自明，但夏天不明白的是，她为什么要特意提到"别的"呢？

当李婳骑着她那辆除了铃不响哪儿都响的自行车威风凛凛来到夏天面前时，夏天心里很快就有一种熟悉的感觉，他知道她还是原来那个姑娘。

李婳到的时候，单位食堂已经没饭了，夏天只好把她领到自己宿舍。到宿舍后，夏天拿了一口小锅、一个饭盆，又带着李婳到楼下的一个小饭馆打了两个菜和一碗饭回到宿舍。

李婳让夏天陪自己再吃点儿，夏天因为刚在食堂吃过饭，便婉言谢绝了，这让李婳吃起来也不是那么欢实。夏天陪着李婳边吃边聊，恍惚中好像又回到了他们刚开始谈恋爱的那段时光。

李婳吃完饭，夏天故意蛮横地命令她去洗碗，李婳干脆耍起了赖，娇滴滴地说："怎么能要客人洗碗呢？"

夏天开玩笑道："最近你这样的客人太多了，因为单位还没开工资，自己都快揭不开锅了。"

李婳听了一愣,说:"你现在真是穷光蛋了,那我真得好好接济接济你。"说着就掏出了自己的钱包,要把包里的钱都给夏天。

　　看到李婳的举动,夏天差点儿鼻子一酸,他不禁又想起和李婳初吻那天的情形,李婳帮自己买羽绒服时也是这样毫不犹豫掏出了自己的钱包。

　　他忽然有一种冲动,想再次把李婳拥入怀中……